곳비 꽃비

2

| 일러두기 |

• 이 글은 역사적 인물을 모티프로 하였으나 작가의 상상력을 더하여 창작한 소설입니다.

이은소 장편소설

꽃비
곳
비
2

고즈넉
이엔티

꽃곰비비 2

1쇄 발행 2023년 1월 25일

지은이 이은소
펴낸이 배선아
편 집 강지형
디자인 이승은
펴낸곳 고즈넉이엔티

출판등록 2017년 3월 13일 제2021-000008호
주   소 서울특별시 마포구 성지1길 25 4층
대표전화 02-6269-8166 **팩스** 02-6166-9199
이 메 일 gozknockent@gozknock.com
홈페이지 www.gozknock.com
블 로 그 blog.naver.com/gozknock
페이스북 www.facebook.com/gozknock
인스타그램 www.instagram.com/gozknock

목 차

2부

함길도

1

5년 후

곳비는 안평 대군 궁방인 수성궁 솟을대문을 올려다보았다. 이 대문만 봐도 가슴이 먹먹하던 시절이 있었는데, 눈가가 젖어 들던 시절이 있었는데, 발끝이 떨리던 시절이 있었는데 이젠 옛이야기가 되어버렸다.

곳비는 스물이 되었다. 그동안 부부인은 아들 두 명을 낳고 세상을 떠났다. 용은 재혼도 아니 하고 첩실도 아니 들였다. 안방의 주인은 없었다. 영신이 부부인 대신 궁방 살림을 맡아 했다. 부부인이 살아 있을 때 용이 처지를 딱히 여겨 명목상 기첩으로 들인 설련과 미앵은 별채 한 칸씩을 사이좋게 차지하고 있었다.

곳비가 사랑 뜰로 들어서자 영신이 사랑에서 나왔다. 곳비는 허리를 굽혀 영신에게 인사를 했다. 영신이 웃으며 곳비에게 다가왔다.

"항아님, 광평 대군의 서신을 전하러 오셨군요. 어서 들어가보셔요. 대군께서 좋아하시겠습니다."

곳비는 영신과 안부를 주고받고 사랑에 들었다. 용에게 절을 하고 서신을 내밀었다. 용이 서신을 읽고 빙그레 웃었다.

"좋은 소식이구나."

곳비는 궁금했지만 묻지 않았다. 생각시 생활 십일 년, 곳비는 이제 어엿한 궁녀였다. 윗전의 일은 알아도 모르는 척해야 했다.

용이 말을 타고 궁방을 떠났다. 곳비는 양 내관과 함께 걸어서 용을 뒤따랐다. 곳비와 양 내관이 반 시진이 걸려 도착한 곳은 넓은 벌이었다. 용이 달리던 말을 멈추고 곳비에게 곁으로 오라고 손짓했다.

곳비가 다가가자 용은 곳비에게 말에 오르라고 하였다. 곳비가 용을 보면서 용이 타고 있는 말에 오르려고 했다.

"아니, 내 말은 왜? 저기 저 말."

용이 가리키는 곳에 말이 한 마리 더 있었다.

"저 혼자요?"

"왜, 나랑 함께 타고 싶으냐? 경을 칠 텐데?"

곳비가 고개를 숙였다. 폐세자빈 봉 씨가 궁녀와 동침하여 폐출된 이후, 임금께서는 궁인들의 상사(相思) 문제에 날을 세우고 있었다. 궁인들은 불미한 소문에 조금이라도 이름이 오르내리면 즉시 의금부에 끌려가 문초를 받았다.

"뭘 그리 심각하게 받아들이느냐? 어서 오르거라."

"소녀는 말을 못 타옵니다."

"배우면 다 타게 된다. 걱정 말거라."

"소녀는 걸어 다녀서 말이 필요 없사옵니다."

"가마도 탈 수 없는데 멀리 가려면 말을 배워야 한다."

조선의 법은 삼품(三品) 이상 고관들의 부인에게만 가마를 허용하고 있었다.

"소녀는 멀리 갈 일이 없사옵니다. 걸어만 다닐 뿐이옵니다."

"멀리 가야 하는데?"

용이 말에서 내려 곳비에게 다가왔다.

"아니요. 소녀가 멀리 갈 일이 무에 있습니까?"

"어허, 가야 한대도."

용이 씩 웃었다. 곳비는 뒷걸음질 치며 고개를 저었다.

"아니요. 무섭습니다. 말 타다가 떨어져서 다친 사람이 얼마나 많은 줄 아십니까? 전 못 탑니다. 가까운 데만 다닐 겁니다."

"가야 한다니까?"

용이 곳비의 허리를 잡았다.

"어, 어, 어……."

눈 깜짝할 사이에 몸이 공중에 뜨는가 싶더니 곳비는 어느새 말 위에 앉아 있었다.

"어디를 간다는 말씀이십니까?"

"함길도. 나와 함께 함길도로 가자."

곳비는 좋다 싫다고 대답할 틈도, 함길도는 왜 가느냐고 물어볼 새도 없었다. 용이 엉덩이를 살짝 내려치자 말이 달리기 시작했다.

곳비는 놀라고 무서워 비명을 질렀다.

"그래. 잘하고 있구나. 말은 이렇게 배우는 게다."

곳비는 더 크게 비명을 지르며 발을 버둥거렸다. 곳비의 발이 말의 몸체를 치는 바람에 말은 더 빠르게 달리기 시작했다.

그 모습을 보며 미소를 짓고 있던 용이 몸을 날려 말에 올랐다. 서둘러 곳비를 쫓았다. 말이 속도를 내자 가벼운 곳비의 몸이 들썩거렸다. 곳비의 몸이 공중으로 솟아올랐다가 다시 말 위로 떨어졌다. 놀란 말이 더 빨리 뛰었다.

'아, 대군. 저는 이렇게 죽사옵니다.'

곳비의 손이 미끄러졌다. 고삐를 놓쳐서 옆으로 떨어지려는 찰나, 용이 곳비를 당겨 안고 제 말에 태웠다. 용이 곳비의 차가운 손을 잡고 말했다.

"내가 있는데 걱정하지 말래도."

'으앙' 하고 곳비가 울음을 놓았다. 안도와 설움이 북받쳤다. 용이 말을 멈추고 곳비를 살폈다.

"전 정말 죽는 줄 알았습니다."

"내가 널 죽게 내버려두겠느냐?"

"너무 하십니다. 진짜 무서웠습니다."

"미안하다. 그리 놀랬느냐?"

오래간만에 보는 곳비의 우는 모습에 당황하여 용은 아이를 달래듯이 말했다. 하긴 곳비는 예나 지금이나 용에게는 늘 어린아이 같았다.

"전 함길도 안 갈 겁니다. 대군이 가시는 데는 어디든지 안 갈 겁니다."

곳비가 다시 울음을 놓았다.

"알았다. 울지 말고, 그만 내리자."

용이 먼저 말에서 내려 곳비에게 손을 내밀었다.

"싫습니다."

"그럼, 계속 말 위에 있을 테냐?"

"그것도 싫습니다."

"내 손을 잡거라. 괜찮다."

"안 됩니다. 말이 또 뛸 겁니다."

곳비는 몸을 웅크린 채 떨었다. 용은 곳비의 손을 꼭 잡았다.

"정말 미안하구나. 내 다시는 너 혼자 말에 태우지 않으마. 하나 지금은 말에서 내려야 한다. 내가 있으니 아무 일도 없을 게야. 몸을 돌릴 테니, 내 등만 보고 뛰어내리거라. 등에 업히면 된다. 아주 잠깐 이다. 내 등만 보면서 뛰어내리면 아무 일도 없을 게다. 할 수 있지?"

곳비는 눈빛을 떨며 용을 바로 보았다.

"나를 믿거라."

곳비가 고개를 끄덕였다. 용이 몸을 돌려 등을 내밀었다. 곳비가 천천히 몸을 움직여 너른 등에 업혔다.

"잘했다, 우리 곳비."

곳비는 긴장이 풀려 몸이 축 늘어졌다. 용이 곳비를 업고 걷기 시 작했다. 양 내관이 놀라 뛰어왔다.

"다쳤습니까?"

"아니. 좀 놀랐을 뿐이다. 가서 말을 찾아오너라. 난 곳비를 데려다

쥐야겠다."

"말도 없이 걸어가시려고요?"

"하는 수 없지 않느냐?"

용은 곳비를 업고 다시 걷기 시작했다. 날이 저물고 있었다.

"좀 괜찮으냐?"

"예."

"그럼, 내리겠느냐?"

"아니요. 아직 걷지는 못하겠습니다."

용이 미소를 지었다.

"너 지금 나한테 복수하느냐? 그럼 방법을 잘못 골랐다. 네 몸이 깃털처럼 가벼워서 하나도 힘들지 않느니라."

"복수라니요? 진짜 다리가 후들거려서 걷지 못하겠습니다."

"그래. 그럼 오늘 밤새도록 업어주마."

저녁 어스름이 하늘을 물들였다. 주홍빛 하늘이 눈부시게 빛났다. 곳비의 얼굴도 용의 얼굴도 주홍빛으로 물들었다.

"대감."

"왜?"

"소녀에게 너무 다정하게 대하지 마십시오."

"왜?"

"그러다가 제가 대군께 반하면 어찌합니까? 다른 여인네들처럼."

"너 그럼 지금까지 나한테 반하지 않았단 말이냐?"

"예! 반하지 않았습니다. 하나 앞으로 반할지 모르니 제게 너무 잘해주지 마십시오."

"그럼 어찌 대할까?"

"그냥 다른 궁인들에게 하듯이, 그리 대하십시오."

"넌 내게 이미 다른 궁녀들과 다른데 어찌 똑같이 대하겠느냐?"

"달라도 전 궁녀이지요. 거기까지이지요."

"그게 무슨 말이냐?"

곳비가 얕은 숨을 내쉬었다. 눈가가 촉촉해졌다. 곳비가 눈을 한 번 감았다 떴다. 용에 대한 연정을 어찌 접었는데 다시 처음으로 되돌아갈 수는 없었다.

"아무리 다정히 대하셔도 저 함길도는 안 갈 겁니다."

어스름이 물러가고 날이 어두워졌다. 곳비도 용도 말이 없었다. 용은 곳비를 업은 채 달빛을 따라 걸었다. 밤바람이 선선했다.

"곳비야."

"예."

"함길도로 같이 가는 게다."

"싫습니다."

"주 상궁도 가고, 가지도 가고, 양 내관도 가는데?"

"하여도 싫습니다."

"하여도 난 너와 꼭 같이 가야겠다."

"싫습니다. 전 결코 대군과 함께 가지 않겠습니다."

용이 다시 곳비를 불렀지만 곳비는 대답 없이 등에 얼굴을 파묻었다.

"자는구나."

"안 잡니다."

"난 또, 네가 하도 잘 자서 또 자는 줄 알았다."

"이제 내려주십시오."

"괜찮다."

"아닙니다. 이제 내려주십시오. 다 나았습니다."

용이 곳비를 내려주었다.

"아이고."

용이 허리를 펴면서 앓는 소리를 했다.

"힘드셨지요?"

"아니다. 하나도 힘들지 않았다. 봐라, 쌩쌩하다."

"아니요. 그동안 제가 이랬다저랬다 해서 힘드셨지요?"

"아니…… 조금……. 네가 하도 이상하게 구니까."

"이제부터 예전의 곳비로 돌아오겠습니다."

"그래? 그럼 이제 다 컸느냐?"

"예."

곳비가 웃었다.

"장하다, 우리 곳비. 진작 말을 탈 걸 그랬구나. 생사를 한 번 오가니 이리 철이 드는구나."

용이 곳비의 등을 두드렸다. 곳비가 용을 빤히 보다가 입을 열었다.

"대군, 제 꿈이 뭔지 기억하십니까?"

"응, 후궁이 되는 거잖아."

"아니요. 그거 말고요. 어릴 적 품었던 제 진짜 꿈이요."

"뭐였더라……."

"대군의 색시가 된다고 하지 않았습니까?"

용이 웃었다.

"옳거니. 그랬다. 너 내 색시가 된다고 하였지. 한데 어쩐다?"

"괜찮습니다. 그때는 어려서 잘 몰랐습니다. 이제 그 꿈은 꾸지 않습니다. 제 꿈도 바뀌었습니다."

"그래. 뭐냐?"

"제 자리에서 대군을 잘 보필하겠습니다. 전 궁녀이니까요. 제 소임을 다하겠습니다."

용은 말문이 막혔다. 곳비가 대견하기도 하였지만, 한편으로는 서운하기도 하였다. 제 품에서 기른 아기 새가 자라서 품을 떠나는 것 같았다.

용은 어린아이를 다루듯이 곳비의 머리를 쓰다듬었다. 곳비가 저도 모르게 용의 손길을 피했다. 용은 머쓱하여 제 손을 바라보았다. 이제는 곳비의 머리도 쓰다듬지 못하겠구나, 생각했다.

"그럼 함길도에 같이 갈 테냐?"

용이 서운한 마음을 누르고 말을 돌렸다.

"함길도는 좀……. 거기까지는 못 걸어갈 것 같습니다."

"잘 보필한다면서?"

"함길도에서 돌아오시면 잘 보필하겠사옵니다, 안평 대군 대감."

곳비가 미소를 지었다.

사내의 목소리에 곳비가 고개를 들었다. 곳비는 광평 대군을 따라 이미 흥인문에 도착해 있었다. 광평 대군은 안평 대군의 도착지인 회령을 거쳐 종성으로 갈 예정이었다.

곳비는 결국 제 마음을 따라 왔다. 두 다리는 절대 한성을 떠날 수 없다고 말렸지만, 제 마음은 이미 용을 따라 함길도에 가 있었다.

용이 오자 어디선가 나타난 영신이 용에게 다가갔다. 먼저 와서 기다린 듯하였다. 용은 영신을 보고 말에서 내렸다. 영신이 손수건을 내밀었다. 손수건에 놓인 푸른 꽃이 청초했다.

"난입니다. 대군께서 좋아하시는 듯하여……."

영신이 말끝을 흐리며 고개를 살짝 숙였다. 영신의 흰 뺨, 검은 눈동자, 발그레한 볼, 붉은 입술은 곳비의 눈에도 아름다워 보였다.

용은 손수건을 받아 품에 넣었다. 손수건의 난은 영신이 손수 수놓은 것이었다. 저리 아름다운 여인이 직접 수놓은 손수건이라. 대군의 가슴이 얼마나 벅찰까. 곳비는 생각했다.

"조심히 다녀오십시오."

인사를 하는 영신의 눈에 눈물이 그렁하였다.

용을 수행하게 된 영교가 주위를 두리번거리다가 곳비를 보고 미소를 지었다. 영교는 대과에 급제하여 승정원 주서 자리에 있었다. 영교가 곳비에게 다가왔다.

"항아님, 아니 오신다면서요?"

"그러게 말입니다. 제가 왜 따라왔을까요?"

곳비가 영신에게 시선을 두면서 한숨을 쉬었다.

"영신 아씨는 어찌 저리 고우실까요? 말씀하시는 모습도, 웃으시는 모습도, 심지어 숨을 쉬시는 모습도 천생 여인입니다. 저러니 대군께서 은애하실밖에요."

"항아님도 곱습니다."

영교가 곳비를 보며 웃었다.

용이 곳비를 불러 말에 오르라고 말했다.

"아니요. 전 걸어갈 수 있사옵니다."

"종일 걸어야 한다."

"예, 걸을 수 있사옵니다."

"내가 태워줄 수도 없고, 널 업고 갈 수도 없다. 그래도 걸어갈 테냐?"

"물론이옵니다. 걱정하지 마십시오."

용을 필두로 긴 행렬의 긴 여정이 시작되었다. 누원, 금성, 철령을 지나 함흥에 도착한 다음, 함흥에서 다시 회령으로 가야 했다.

영교는 가는 내내 뒤를 돌아보았다. 노비들과 함께 도보 행렬에 섞여 있는 곳비가 신경 쓰였다. 영교가 말에서 내려 고삐를 잡고 기다렸다. 곳비가 가까워지자 영교는 곳비의 옆으로 갔다.

"항아님, 궁녀들에게는 말이 지급되지 않습니까? 말을 타시지요."

"사실 저는 말이 무섭습니다. 걷는 게 훨씬 좋으니 먼저 가십시오."

"항아님 먼저 가십시오."

영교는 곳비를 먼저 보냈다. 그리고 행렬의 뒤에서 말을 끌고 걷기 시작했다. 멀리 곳비의 뒷모습이 보였다. 마음이 훨씬 홀가분했다.

보름이 지났다. 용 일행은 함흥 땅에 도착했다. 함흥 관찰사와 관리들, 지방 세력가들이 대군 일행을 마중 나왔다. 그간 용은 머무는 곳마다 지방 관리와 유지들에게 환대를 받았다. 대접하는 입장에서도, 대접받는 입장에서도 불편하기는 마찬가지였으나 관례였다.

　용은 미리 사령을 보내 연회는 준비하지 말고, 편히 쉴 수 있는 방과 음식과 물만 준비하라고 일러둔 터였다. 그러나 함흥 감영에 들어서는 순간 기생들과 악공들이 풍악을 울려대며 용을 맞았다. 용이 바라보자 양 내관이 어쩔 수 없다는 표정을 지었다.

　"대감!"

　용이 안으로 들어가려는 찰나, 웬 여인이 달려와서 용에게 안겼다.

　'저건 또 뭐야?'

　곳비는 저도 모르게 얼굴을 찡그렸다.

　"하하하."

　용이 멋쩍은 듯이 웃었다.

　"역시 안평 대군이십니다. 가는 곳마다 여인들이 줄을 서니……."

　관찰사도 웃었다.

　화려한 가채와 분 단장과 복장으로 보아 여인은 기생이었다.

　"넌 박비 아니냐?"

　박비라는 이름을 듣고 주 상궁이 양 내관에게 물었다.

　"저번에 자네가 말한 평양 기생? 평양 기생이 왜 함흥에 있나?"

　박비가 얼굴을 들고 용을 향해 방긋 웃었다.

　"대군께서 오신다는 소식을 듣고 대군을 모시러 함흥까지 왔사옵니다. 소녀, 그동안 대군을 사모하여 대군께서 다시 오시기만을 오매불망하였는데 어찌 이리 소녀의 애를 태우신단 말이옵니까? 이제라도 대군을 만나니 여한이 없사옵니다."

　박비는 눈물을 찍으며 용의 품으로 파고들었다. 용은 박비를 달래 함께 대청으로 올라갔다. 연회가 시작되었다.

곳비는 별채 툇마루에 앉아 기지개를 켰다. 온몸이 노곤하였지만 예상한 것만큼 힘들지는 않았다. 여정은 당초 계획보다 훨씬 더 느슨하게 진행되었다. 한나절을 걷고, 충분히 휴식하고, 또 한나절을 걷고, 각 고을 동헌에서 유숙하는 식이었다. 용은 연회에 불려 다니느라 바빴지만, 곳비는 동헌에 여장을 풀고 나서는 날이 밝을 때까지 푹 쉴 수 있었다. 온종일 걸을 줄 알았는데 이 정도면 명국까지도 갈 수 있겠다 싶었다.

오는 내내 날도 좋았다. 하늘은 높고 푸르고, 햇볕은 따스했다. 햇빛을 받은 나뭇잎들은 붉고 노란 빛깔을 뿜냈다.

동헌은 여전히 시끄러웠다. 풍악 소리와 술잔이 부딪치는 소리, 양반네들의 웃음소리, 기생들의 노랫소리로 흥성대고 있었다. 곳비는 주위를 살폈다. 아무도 보이지 않았다. 곳비는 한 손가락으로 제 코를 막았다.

"대군!"

아까 박비가 내던 콧소리를 흉내 내어보았다.

"대군! 홍홍홍."

곳비는 혼자서 웃다가 다시 코 한쪽을 막았다.

"대군, 소녀 그동안 대군을 사모하여 대군께서 다시 오시기만을 오매불망하였는데 어찌 이리 소녀의 애를 태우신단 말이옵니까? 홍홍홍."

"하여 오지 않았느냐?"

박비를 흉내 내며 사지를 꼬던 곳비가 돌처럼 굳었다. 고개를 들자 몇 보 앞에서 용이 웃고 있었다.

"아, 대군. 편히 쉬시옵소서."

곳비가 절을 하고 뒷걸음질 쳤다. 몸을 돌려서 내빼기 시작했다.

"어딜 가느냐? 내가 오기만을 오매불망하였다면서?"

"혹시 다 들으셨사옵니까?"

"아니. 네가 나를 사모하였다는 말 정도? 내가 네 애를 많이 태웠다는 말 정도?"

용이 곳비의 앞으로 다가왔다. 곳비가 양손으로 붉어진 얼굴을 가렸다.

"나에 대한 네 마음이 그런 줄 몰랐구나. 진즉 말하지 그랬느냐?"

곳비가 한숨을 내쉬었다. 손을 떼고 용을 올려다보았다.

"대군!"

"왜?"

용이 고개를 숙여 곳비를 내려다보았다. 그의 눈에 장난기가 가득하였다.

"하명하실 일이라도 있사옵니까?"

"하던 걸 계속해보거라."

"무얼 말씀이시옵니까?"

"왜 있잖아. 흥흥흥."

"아, 정말 소녀를 계속 놀리실 겁니까?"

"왜. 흥흥흥. 내가 더 잘하지 않느냐? 흥흥흥."

"저 이제 다 컸다고 말씀드렸사옵니다. 자꾸 놀리지 마옵소서."

"넌 아직 크려면 한참 멀었다."

용이 곳비의 머리를 손으로 짚었다. 곳비는 용보다 키가 세 뼘은 더 작았다.

"홍홍홍, 홍홍홍."

용이 곳비를 놀려대며 몸을 낮추어 곳비와 눈높이를 맞추었다. 곳비가 눈을 깜빡였다 다시 떴다. 용의 얼굴이 제 바로 앞에 있었다. 곳비가 다시 눈을 감았다.

용은 시선을 곳비에게 고정하였다. 용이 말을 멈췄다. 곳비를 놀리고 싶은 마음이 저도 모르게 가셨다. 잠시 침묵이 흘렀다.

"곳비 진짜 많이 컸구나."

용이 제 뺨을 두드리면서 몸을 일으켰다.

"아, 이제야 취기가 오르는구나. 왜 이리 날이 덥누? 하여 홍홍홍은 아니 들려주겠다고?"

곳비는 용을 흘겨보았다.

"알았다. 그만하마."

용이 웃었다.

"한데 너 아무 앞에서나 눈 감지 말거라."

"어찌 그러십니까?"

"더 못생겨 보이잖아. 사람들이 놀랄 것이다."

용이 딴 곳을 바라보며 말을 이었다.

"진짜는 대군을 오매불망 기다리는 여인에게 들으소서."

"하하하. 너도 보았느냐? 지난번 평양에 들렀을 때, 감사가 주최한 연회에서 딱 한 번 보았을 뿐인데 예까지 쫓아왔구나. 내가 그리워

쫓아온 사람을 무정하게 돌려보낼 수도 없고……. 항간에서는 내가 평양에서 기첩을 얻었다고 떠드는 모양인데 이거 참, 나도 난감하구나."

"대군께서 신분 고하를 막론하고 찾아오는 사람을 쉽게 내치지 않으신다는 걸 잘 알고 있사옵니다. 소녀에게 설명하지 않으셔도 되옵니다."

"아, 그래. 이게 중요한 게 아니지. 내 진짜 중한 일이 있어 널 보러 왔느니라. 따라오너라."

용이 곳비를 데려간 곳은 뒤뜰이었다. 넓은 마당이 시원스레 펼쳐져 있었다. 양 내관이 말 한 마리를 끌고 왔다. 곳비가 불안한 눈빛으로 말을 바라보았다.

"이제 함흥 감영을 벗어나면 가난한 고을뿐이다. 우리가 하룻밤을 유숙하면 현감이든 군수든 또 무리를 해서 접대를 하려고 들 터이니 내일부터는 속도를 내서 달려야 한다. 우리가 빨리 회령에 도착하는 것이 민폐를 줄이는 길이야."

"소녀도 말을 타라는 말씀이시지요?"

"내가 곁에 있을 테니 겁먹지 말거라."

곳비가 망설이며 옷고름을 만지작거렸다.

"날 믿거라."

용이 손을 내밀었다. 곳비는 용의 손을 잡고 말에 올랐다.

다음 날, 일행은 함흥을 떠날 차비를 했다. 곳비는 말에 올랐다. 용의 특훈 덕분에 자신감이 붙어 말을 보자마자 달리고 싶어졌다.

"항아님, 이제 말을 타십니까?"

영교가 다가와 물었다.

"예, 오늘부터는 속도를 내야 한다고 해서요."

"하긴 예상보다 일정이 많이 지체되긴 했습니다. 한데 안 무서우십니까?"

"예, 이젠 무섭지 않습니다."

"한데 대군은……."

영교가 주변을 두리번거렸다.

"아, 저기 계시네요."

곳비와 영교의 시선이 대문간에 있는 용에게 향했다. 박비가 용에게 매달려 울고 있었다.

"저 여인, 어젯밤에 대군께서 사라지셨다고 밤새 짐승처럼 울부짖었답니다. 어딜 가나 여인들이 대군을 참 좋아합니다."

"부러우십니까?"

"아니요. 전 한 여인에게만 사랑받으면 됩니다."

"나으리께서는 사랑받으실 겁니다. 그럴 만한 분이시니까요."

영교가 말없이 웃었다.

2

용 일행은 함흥을 떠난 지 일주일 만에 회령에 도착하였다. 북방의 바람은 매서웠다. 김종서 장군의 눈매도 날카로웠다. 그의 웃음소리는 북풍처럼 크고 시원했다. 장군은 야인들과 더불어 낮에는 사냥을 하고 밤에는 들에서 술을 마셨다. 그중에는 귀화한 야시우도 있었다.

오늘은 용이 김종서 장군과 마주 앉아 술잔을 들었다. 광평 대군도 함께했다. 하늘을 지붕 삼아 바람을 맞으며 마시는 술맛은 일품이었다. 용은 장군과 도성의 이야기, 북방의 이야기를 주고받으며 웃고 떠들었다.

취기가 오르고 분위기가 무르익어갔다. 한순간 장군의 술상 위로 화살이 날아들었다. 장군이 호탕하게 웃으며 술을 따랐다. 용의 머리 위로도 화살이 날아들었다. 용이 미소를 지으며 술잔을 비웠다.

"조심하십시오. 독화살입니다. 하하하."

김종서 장군이 웃었다. 강 건너 야인들이 안주 삼아 보내는 것이라고 했다.

"하하하. 안주 맛이 별로입니다. 싹 치워버립시다."

용이 말했다.

광평 대군이 두 사람을 보며 웃었다.

다음 날, 용은 강가에 서서 야인들의 땅을 바라보았다. 저녁 노을빛이 야인들의 땅에도 곱게 내려앉아 있었다. 곳비가 다가와 방금 내린 차를 용에게 건넸다. 차에서 김이 모락모락 올랐다. 용이 차를 한 모금 삼켰다. 북방에는 찬 계절이 빨리 왔다. 따뜻한 차가 좋을 때였다. 용은 빈 잔을 곳비에게 건네고 다시 강 너머를 바라보았다.

임금은 신하들의 반대를 무릅쓰고 압록강과 두만강을 국경으로

정하고 사(四)군과 육(六)진을 설치하였다. 강을 경계로 해야 국경을 방어하기도 쉬울뿐더러 강 건너 여진족이 조선의 방패막이 역할을 해주리라는 계산에서였다.

하지만 밀려난 야인들은 시시때때로 강을 넘어와 백성들의 재물을 약탈하고 그들을 납치해갔다. 용은 이 문제를 해결해야만 했다.

"곳비야, 싫으면 지금이라도 여기에 남거라."

"아닙니다. 대군을 따라가겠습니다."

오늘 낮, 김종서는 야인 부족에 심어 놓은 첩자 야시우가 보낸 밀서를 받았다. 밀서에는 야인 대장 이만주의 비밀 거처에 대한 첩보가 있었다. 용은 이만주의 비밀 거처로 직접 찾아가 그를 회유할 작정이었다. 우선은 무장 없이 궁녀와 내관들만 데리고 갈 계획이었다.

"위험한 일이다."

"그럼 저 대신 군사들을 이끌고 가시겠습니까?"

"아니. 그럴 순 없다. 난 전투가 아니라 화친을 원하니까."

"그럼 소녀가 함께 가겠사옵니다. 싸우러 가시는 길이 아니잖아요. 위험할 일이 무에 있겠사옵니까?"

용이 곳비를 바라보았다. 곳비의 눈동자에 비친 제 모습이 빛나고 있었다. 곳비도 이제 어린아이가 아닌 듯싶었다. 용은 다시 강 너머를 향해 얼굴을 돌렸다. 용은 요즈음 곳비와 눈이 마주치면 자기도 모르게 시선을 피하곤 했다.

'가만, 내가 왜 시선을 피하지?'

용은 다시 곳비를 바라보았다. 곳비의 발그레한 얼굴이 단장한 여인처럼 고왔다.

"너, 화장했느냐?"

"아니요."

"한데 오늘은 어찌 그리 뺨이 발그스름하누?"

"또 놀리십니까? 제 뺨은 언제나 붉지요."

"그렇지. 넌 항상 뺨이 붉지."

용이 낮게 중얼거리며 앞장섰다. 곳비가 용을 따랐다.

다음 날, 한낮이 기울고 용은 곳비와 가지, 양 내관, 역관 등을 이끌고 강을 건넜다. 여자와 아이들이 나와 용 일행을 구경하였다.

용은 첩보에 적힌 야인 대장 이만주의 비밀 거처로 갔다. 비밀 거처 주변은 아무도 살지 않는 것처럼 조용했다. 용이 소리쳤다.

"나는 조선국의 왕자, 안평 대군 이용이다. 이만주를 만나 화친을 도모하러 왔다."

용과 일행들은 양손을 들어 무기를 지니지 않았다고 보여주었다. 역관이 용의 말을 통역했다.

잠시 후 구석구석에서 숨어 있던 사내들이 모습을 드러냈다. 사내들은 용과 일행을 향해 화살을 조준했다. 곧 이만주가 부하들을 이끌고 나타났다. 부하들 역시 긴 창을 세워 들고 있었다. 볕에 그을린 이만주의 검은 몸에는 군데군데 전투의 흔적이 새겨 있었다.

"우리를 먼저 내쫓은 건 너희들이다."

"우리는 잃어버린 우리의 땅을 되찾은 것뿐이오. 하나 그대들이 정착하여 삶을 꾸리고 있던 점을 감안하여 그대들을 우리의 백성으로 품으려 하오. 당신이 당신의 부족민을 이끌고 조선에 귀화하면 땅을 내어주고 세금과 부역을 면제해주겠소. 또 당신이 잡아간 조선인 포로들을 내어준다면 우리가 잡은 포로들도 모두 석방하고, 더는 죄를 묻지 않겠소."

역관이 용의 말을 통역했다. 한참 동안 이만주와 부하들 사이에 알 수 없는 말이 오갔다.

"좋소."

이만주가 몸을 물리며 정중히 용을 안으로 안내했다.

용은 야인들에게 술과 고기를 대접받았다. 용과 술잔을 부딪치며 이만주가 먼저 입을 열었다. 화친에는 조건이 있다고 했다. 용은 말해보라고 했다.

"화친의 증표로 궁녀들을 남기고 가십시오, 대감."

이만주가 누런 이를 드러내고 웃었다. 용의 얼굴이 굳어졌다.

"안 되오."

"소인이 내일 아침 부족민을 이끌고 대군께 가겠사옵니다. 하나 부족민을 이끌고 있는 제 입장에서는 만에 하나의 수를 생각지 않을 수 없사옵니다. 대군과 김종서 장군께서 함정을 파놓고 기다리시면 어찌하옵니까? 하니 궁녀들을 남겨주십시오."

이만주가 말했다.

"그건 안 되오. 차라리 내가 남겠소."

"그건 더 아니 될 말씀이옵니다. 대군께서 안 돌아오시면 김종서 장군께서 가만 계시지 않을 것이옵니다."

"그럼 내관들을 남기겠소."

"아니. 궁녀들을 남겨주십시오."

용의 이마에 주름이 깊어졌다. 용이 곳비를 바라보았다.

"대감, 괜찮습니다. 소녀 걱정은 마소서."

가지도 거들었다.

"예, 대군. 저도 곳비와 함께 남겠사옵니다."

"이러려고 너희들을 데려온 것이 아니다."

"알고 있습니다. 하나 대사가 어찌 계획대로만 진행되겠사옵니까?"

야인 역관이 두 사람의 대화를 통역하여 이만주에게 들려주었다. 이만주가 말했다.

"걱정하지 마십시오. 궁녀들은 털끝 하나 건드리지 않겠사옵니다. 내일 아침, 날이 밝으면 우리 부족민과 궁녀들은 함께 강을 건널 것이옵니다."

용이 곳비를 보며 물었다.

"괜찮겠느냐?"

"예, 대감."

곳비가 고개를 끄덕였다. 잘 해낼 수 있다는 뜻이었다. 용도 고개를 끄덕였다. 너를 믿는다는 뜻이었다.

용은 곳비와 궁녀들을 남겨두고 강 건너 회령으로 돌아갔다.

이만주를 비롯한 야인들은 궁녀들에게 친절히 대해주었다. 밤이 되자 곳비는 불꽃을 쏘아 올렸다. 대군께 자신들이 무사히 있다는 사실을 알려줘야 한다고 하니 이만주는 흔쾌히 승낙했다. 하나, 둘, 셋. 세 개의 불꽃이 밤하늘에서 빛을 뿜었다. 빛 가루가 강물로 떨어졌다.

"대군, 보고 계시지요?"

"곳비야, 잘 하고 있는 게로구나."

강 건너에서 용이 불꽃을 보며 중얼거렸다. 밤이 이슥하도록 용은 강가를 떠나지 않았다. 말없이 강 너머를 바라만 보았다. 한밤중, 불꽃이 두 번 날아올랐다. 용은 곳비가 여전히 무사하다는 걸 확인하고 자리를 떴다.

용이 막사로 돌아왔을 때, 영교가 초조한 얼굴로 막사 앞을 왔다 갔다 하고 있었다.

"소 주서, 아직 잠자리에 들지 않았는가?"

"대감, 어찌 궁녀들을 야인에게 인질로 넘긴단 말이옵니까?"

영교의 얼굴은 상기되어 있었다.

"대사를 위해선 어쩔 수 없는 선택이었네. 무사히 잘 있으니 걱정하지 말게."

"야인들을 믿사옵니까? 그들은 이미 여러 번 우리 조정과 한 약조를 어겼사옵니다. 항아님들의 무사 귀환을 장담할 수 없사옵니다."

"그들은 무사할 걸세. 나를 믿게."

밤새 잠을 이루지 못한 영교와 달리 용은 금방 잠에 빠져들었다. 용은 새벽녘에 일어나 강가로 나갔다. 강 너머에서 불꽃이 한 번 피어올랐다. 물론 곳비가 쏘아 올린 불꽃이었다. 용은 동요하지 않았다. 짐작대로였고, 곳비도 제 역할을 아주 잘 해내고 있었다.

약속한 시간이 다 되었다. 이만주도, 야인 백성들도, 곳비도 나타나지 않았다.

"대감, 배가 오지 않습니다."

강가에서 곳비를 기다리던 영교가 와서 안절부절못하며 말했다. 용은 영교를 진정시키며 미소를 지었다.

그 시각 이만주는 부하들과 함께 종성 땅에 있었다. 협조하는 척 간밤에 강을 건너 종성으로 향했다. 용의 짐작대로였다. 물론 종성에서는 김종서 장군과 광평 대군이 방비를 하고 있었다.

"자, 이제 우리 차례군."

용은 군사들을 이끌고 강을 넘어 이만주의 부족이 있는 곳으로 진격했다. 이만주가 없는 틈을 타서 부족을 장악했다.

영교는 야인 부족 사이를 헤집고 다니면서 곳비를 찾아다녔다.

"나으리."

영교를 먼저 찾은 곳비가 웃으며 다가왔다.

"항아님."

영교가 달려가 저도 모르게 곳비의 손을 잡았다가 얼른 놓았다.

"괜찮으십니까? 다친 곳은 없으십니까?"

영교가 곳비를 이리저리 살펴보았다.

"괜찮습니다."

"어찌 이리 무모하십니까?"

곳비가 방긋 웃었다. 제가 무모한 게 아니라 용의 지략을 믿었기 때문에 가능한 일이었다.

용은 야인들에게 화친의 기회를 주고자 했다. 하지만 야인 대장 이만주에 대한 의심의 끈은 놓지 않았다. 이만주가 화친을 받아들이는 척하면서 용을 안심시키고 종성으로 갈 가능성을 염두에 두었다. 이만주가 궁녀들을 남기라고 청하지 않아도 화친을 핑계로 곳비와 가지를 남겨두고 올 계획이었다. 이만주의 행보를 감시하고 보고할 자, 이만주가 경계하지 않고 안심할 자가 필요했고 곳비가 적격이었다.

곳비는 용과 계획한 대로 어젯밤 불꽃 세 개를 쏘아 올렸다. '무사'를 알리는 신호였다. 한밤중에 쏘아 올린 불꽃 두 개는 '이만주 배신, 도강'을 알리는 신호였다. 오늘 새벽 쏘아 올린 불꽃 한 개는 '무장 군사 십여 명'을 알리는 신호였다.

두 번째 신호를 받고 김종서는 군사들을 이끌고 종성으로 갔다. 매복해 있다가 강을 건너는 이만주 일당을 생포했다. 세 번째 신호를 받고 용은 강을 건넜다.

영교가 말을 이었다.

"적진 소굴로 들어가시다니요?"

"대군을 믿으니 전 어디든지 갈 수 있습니다."

곳비가 웃었다.

말을 타고 달려오는 용을 발견하고 곳비가 달려갔다. 용이 말에서 내렸다. 제 몫을 훌륭히 해낸 곳비를 보니 곳비가 이제 정말 어린아이가 아니라는 사실이 실감났다.

"장하다, 우리 곳비. 네 덕분에 계책이 성공했다."

곳비가 환하게 웃었다. 이 순간만큼은 누구보다 제가 용에게 꼭 필요한 사람인 것만 같아서, 용에게 꼭 필요한 일을 한 것만 같아서 기쁘고 흡족하였다.

용도, 종성에 있던 광평 대군도, 종성으로 간 김종서 장군도 승전 고를 울렸다. 야인 대장 이만주를 마침내 잡아들였다. 조선인 포로들도 전원 구출해내었다. 야인들의 잔당이 남아 있었지만 대장을 잃은 적은 오합지졸일 뿐이었다.

밤에는 잔치가 벌어졌다. 술과 나물과 찬 바람이 있었다. 더 이상 화살은 날아들지 않았다. 모처럼 회령의 밤이 편안했다.

3

다음 날 아침, 세 마리의 말이 진영을 출발했다. 곳비와 용, 양 내관이 타고 있었다. 말은 한 시진을 달려 초가가 옹기종기 모여 있는 고을에 이르렀다. 고을 어귀에 말을 매어 놓고, 곳비는 용을 따라 고을 안으로 들어섰다. 이십 호 정도가 있는 작은 고을이었다.

"어디로 가는 길이옵니까?"

"가보면 알 게다."

두 칸짜리 초가 앞에서 용이 멈췄다. 쓰러져가는 사립문을 밀고 안으로 들어섰다. 곳비가 주변을 둘러보면서 안으로 들어갔다. 낡고 초라한 집이었다. 마당에는 잡초만 무성했다.

"계시오?"

안에서는 답이 없었다. 용이 방문을 열었다. 아무도 없었다. 용이 집 안을 둘러보았다. 집 안이라고 해봐야 방 한 칸, 부엌 한 칸이 다였다. 부뚜막이 차가웠다. 사람이 사는 집 같지 않았다.

"이 집이 맞을 텐데……."

용이 고개를 갸웃거렸다. 집 밖으로 나와 사람이 보이는 이웃집으로 갔다.

"저 집이 중년 아낙과 그 자식들이 사는 집이 아니오?"

용이 낡은 초가를 가리키며 물었다.

"뉘신지……."

"친척이오."

"한 달 전에 떠났습니다."

"아니, 왜?"

"이방인들이 낯설고 물 선 곳에 정착하기란 쉽지 않지요. 이곳은 늘 오는 이도 많고, 떠나는 이도 많답니다."

용이 곳비를 바라보았다. 용의 얼굴에 낭패감이 일었다. 용은 낡은 초가를 잠시 바라보다가 걸음을 옮겼다.

"친척이라면 종친분을 찾으셨사옵니까?"

고을을 벗어나면서 곳비가 물었다.

"아니. 만나야 할 사람이 있어서 어렵게 찾아 왔는데 늦었구나."

용은 더 이상 말이 없었다. 곳비는 묻고 싶은 게 더 있었지만 용의 얼굴을 보니 차마 물을 수 없었다.

용은 대궐을 나온 이후로 줄곧 곳비의 가족을 찾았다. 곳비의 가족은 고리대금업자를 피해 이곳저곳을 떠돌다가 북방에 정착하면 세금과 부역을 면제해준다는 소식을 듣고 회령으로 흘러들어온 듯하였다.

군이 곳비를 끌고 회령에 온 가장 중요한 이유가 허무하게 사라져 버렸다. 용이 걸음을 늦추고 곳비를 바라보았다. 어미와 아우들을 꼭 찾아주고 싶었는데 한발 늦어버렸다. 다행히 기대가 없던 곳비는 실망도 없었다. 여느 때와 다름없이 보였다. 그래도 용의 눈에는 오늘따라 곳비가 안쓰러웠다.

"곳비야."

"예?"

곳비가 무구한 미소를 지어 보였다.

"잘했다."

"뭘요?"

"어제 말이다."

곳비가 얼굴을 붉히며 어깨를 들썩였다.

"다 대군 덕분이옵니다. 대군께서 제가 죽게 내버려두지 않는다고 하셨잖아요. 대군을 향한 믿음이 절 도운 거랍니다."

"그러긴 했었지. 하나……."

용이 부러 말끝을 흐리며 표정을 어둡게 했다.

"하나?"

"아닌데……."

"예?"

곳비가 걸음을 멈추고 눈매를 찡그렸다. 용도 걸음을 멈추고 곳비를 내려다보았다.

"곳비야, 생각해보거라. 나야 물론 널 죽게 내버려두고 싶지는 않다만, 네가 혹여라도 이만주에게 잡혀 죽을 위기에 처했다면 강 너머에 있는 내가 무슨 수로 널 구했겠느냐?"

"그럼 제가 불꽃을 쏘아 올리지 않았다면……."

"너의 희생과 명예로운 죽음을 애도했을 것이다."

"희생, 죽음, 애도라니요?"

곳비가 입을 다물지 못했다.

"한데 넌 죽지 않았다. 작전을 훌륭히 수행하고 이만주를 잡는 데도 공을 세웠지. 하니 네가 한 일은 내 도움이 아니라 순전히 네 용기와 슬기로 해낸 것이다."

"예, 뭐…… . 제 용기와 슬기…… ."

곳비는 용의 말이 맞다고 생각하면서도 마음 한구석이 찜찜했다.

"그런 셈이네요."

"정말 대단하다. 넌 역시 이 안평의 사람답구나. 대궐에 수백 명의 궁녀가 있어도 너처럼 훌륭한 궁녀는 없을 게다."

그런가? 곳비는 용의 말에 기분이 좋아져 어깨를 들썽거렸다.

"나는 수백 수천의 궁녀를 준다 해도 너와는 바꾸지 않을 것이다. 아니지. 궁녀뿐이겠느냐? 수천 수만의 군사를 준다 해도 너와는 바꾸지 않을 것이다."

"에이, 너무 나가셨습니다. 한, 열 명의 궁녀라면 모를까."

곳비가 웃었다.

"아니. 진정이다."

용의 말투와 표정에는 장난기가 없었다.

"참말요?"

곳비의 눈이 반짝 빛났다. 입꼬리가 다시금 올라갔다.

"암, 참말이다."

곳비의 미간이 다시 좁혀졌다. 용이 곳비의 표정을 살폈다.

"그럼, 만에 하나 이만주가 마음을 다르게 먹었다면 소녀는 정말 죽을 수도 있었습니다."

"죽이지는 않았겠지. 노예로 팔았다면 모를까?"

"예?"

곳비가 미간을 찡그렸다.

"보자. 우리 못생긴 곳비는 얼마를 받을까?"

용이 곳비의 얼굴을 자세히 살펴보는 시늉을 했다.

"하지 마십시오."

곳비가 고개를 돌리며 용을 저지했다. 용이 웃었다. 곳비가 잠시
생각하다가 말했다.

"하여도 좀 서운합니다. 제 목숨보다 작전이 더 중요한 거잖아요."

'그럴 리가 있겠느냐.'

용이 곳비를 보며 말없이 웃었다.

"이번 작전으로 조선인 포로 수십 명을 구하고, 몇백 명의 조선인
이 편히 밤잠을 이룰 수 있게 되었다. 너라면 어찌했겠느냐? 내가 인
질로 잡혀 있고, 조선의 운명과 여러 사람의 목숨이 왔다 갔다 한다
면?"

"전 대군을 구하겠습니다."

"아니. 그래선 아니 된다. 내 목숨 하나가 무에 그리 중요하다고?"

"중요합니다. 제게는 대군이 살아 계시는 게 제일 중요합니다."

곳비의 음성이 높아졌다.

"글쎄다. 대장부에겐 목숨보다 더 중한 게 있단다. 넌 아직 잘 모
르겠지만. 그만 가자. 양 내관 목 빠지겠다."

용이 다시 걷기 시작했다. 곳비가 용의 뒷모습을 보면서 작게 중

얼거렸다.

"목숨보다 중요한 게 어디 있다고요?"

곳비에게는 용이 살아있다는 사실이 제일 중요하였다.

4

곳비와 가지는 이른 아침부터 강가에 나와 있었다. 찬 바람이 뺨을 훑고 지나갔다.

"곳비야, 네 얼굴 너무 빨개."

"추워서."

곳비가 양손으로 뺨을 감쌌다.

"너무 일찍 나왔나 봐. 한양은 날이 딱 좋을 텐데……. 여긴 아침저녁으로 너무 추워."

가지가 한양의 가을을 그리워하며 곳비의 귀를 감싸주었다.

"훈련을 시작하기 전에 서둘러야 해. 병사들이 나오다 우리를 보면 놀라서 도망갈 수도 있으니까."

가지가 고개를 끄덕였다.

오늘은 용의 탄일이었다. 곳비는 용의 상에 육고기와 물고기를 올리고 싶었다. 조선은 몇 년째 가뭄이 이어지고 있었고, 북방의 사정은 더 나빴다. 대군의 식사라고 해도 산야에서 얻을 수 있는 나물로 만든 찬이 전부였다.

어젯밤 영교는 곳비의 고민을 듣고 들에 나가면 꿩이 있고 강에는 물고기가 있으니 잡으면 된다고 했다.

―잡을 수 있으시겠어요?

―아마도요. 최선을 다한다면…….

다음 날 아침 강에서 만나기로 약속을 하고 영교와 곳비는 헤어졌
다.

저멀리 영교가 오고 있었다. 손에는 도구들이 들려 있었다. 영교는
도구들을 바닥에 펼쳐 놓았다. 그물, 덫, 작살, 통발, 낚싯대가 있었
다. 병영에서 빌린 것으로, 쓰는 법도 다 배웠다고 했다.

영교는 들에 덫을 놓고 강에 통발을 놓았다. 한 시진을 기다렸으
나 통발에도 덫에도 걸려든 것이 없었다.

"그냥 가자. 주 상궁 마마님께서 밥도 짓고, 국도 끓이고, 나물도
무치고, 떡도 만드신다고 했어."

가지가 지친 얼굴로 말했다. 곳비는 빈 통발과 덫을 보면서 망설
였다.

"너 먼저 가. 나는 조금만 더 기다려볼게."

영교가 다른 도구들을 사용해보자고 제안했다.

"항아님은 낚싯대를 잡고 계십시오. 저는 그물로 꿩을 잡겠습니
다."

가지는 낚싯대를 챙기며 제가 잡고 있겠다고 했다. 곳비는 작살을
집어 들며 그물사냥을 돕겠다고 했다.

"제가 꿩을 붙잡으면 나으리께서 그물을 던지십시오."

"그건 물고기를 잡는 도구라 들었는데……."

"이걸로 꿩도 잡을 수 있을 것 같아요."

곳비가 힘차게 작살을 휘둘렀다.

용은 말을 타고 벌을 달렸다. 멀리서 작살을 들고 들쑥날쑥 껑충껑충 설쳐대는 곳비의 모습이 눈에 들어왔다. 용이 양 내관을 불렀다.

"저것이 내가 생각하는 그 아이가 맞느냐?"

"근처 마을의 미친 아낙이 아니오니까?"

"아니다. 잘 봐라."

양 내관이 목을 빼고 한참 들여다보았다.

"대군께서 생각하시는 그 아이가 맞사옵니다."

"저 사내는?"

양 내관이 다시금 목을 빼고 한참 들여다보았다. 영교가 그물을 들고 곳비와 함께 펄쩍펄쩍 뛰고 있었다.

"소 주서이옵니다."

"아니, 저것이 진짜 미친 게냐? 외간 사내랑 저기서 무얼 하는 게야?"

용이 말을 달렸다. 양 내관이 인상을 찌푸리며 두 다리로 용을 쫓았다.

용은 곳비의 앞에 멈추어 섰다. 곳비가 뜀박질을 멈추고 용을 올려다보았다. 머리는 헝클어지고 옷고름은 풀려 있었다.

"뭐 하는 짓이냐?"

용의 목소리가 차가웠다. 눈빛도 매서웠다.

"그냥……. 심심하여……."

"심심하다? 네가 정녕 미치기라도 했느냐? 너는 궁녀이니라. 그

몰골로 외간 사내와 예서 무얼 하고 있느냐?"

"외간 사내가 아니라 소 주서이옵니다."

"소 주서는 사내가 아니더냐?"

용의 목소리가 높아졌다. 곳비의 눈에 눈물이 핑 돌았다. 용을 위해 아침 일찍부터 고생하였는데 용이 역정을 내니 서럽고 서운했다. 곳비는 치맛자락을 꼭 붙잡고 눈물을 꾹 삼켰다. 곳비는 아무 말 없이 용에게 절을 하고서는 막사로 걸음을 옮겼다.

영교가 다가와 용에게 머리를 숙였다.

"송구하옵니다."

용은 말없이 숨을 가다듬었다.

"곳비 항아님의 잘못은 없사옵니다. 항아님이 대군의 생신상에 고기를 올리고 싶다고 하여 소인이 사냥을 권했사옵니다. 소인의 잘못이옵니다. 송구하옵니다."

용은 영교를 바라보았다. 별일도 아닌데 목소리를 높인 자신이 부끄러웠다.

양 내관이 숨을 헉헉대며 왔다. 용이 양 내관에게 손을 내밀었다.

"활."

용이 양 내관이 건네는 활을 받았다. 사방을 둘러보았다. 사냥감한 마리가 눈에 들어왔다. 용이 활시위를 당겼다. 한 번 더 당겼다. 두 개의 화살은 정확히 꿩에 명중했다.

"곳비에게 가져다주게. 내가 잡았다는 소리는 하지 말고."

용은 다시 말을 움직였다. 양 내관이 용을 따르며 물었다.

"대감, 무엇 때문에 이리 화가 나셨사옵니까?"

"내가 화난 것 같으냐?"

"예."

"아니다."

용은 화가 나지 않았다고 하면서도 양 내관의 말이 사실임을 깨달았다. 별일 아닌데도 저도 모르게 화가 났다. 요 며칠 긴장한 탓인 듯하였다. 괜히 곳비에게 역정을 낸 듯하여 미안했다. 용은 화를 가라앉히고 양 내관에게 곳비를 찾아오라고 했다. 그러나 곧 마음을 바꾸고 속도를 내서 말을 달렸다. 양 내관이 또 인상을 쓰며 용을 쫓았다.

곳비는 막사에 기대어 쪼그려 앉은 채 얼굴을 무릎에 묻고 있었다. 희미한 햇살이 곳비의 머리에 내려앉았다.

"여기 있었구나."

용이 다가왔다.

"여기서 뭐 하는 게야? 한참을 찾았다."

용이 막사를 둘러보면서 말했다. 똑같은 천막이 수십 개 있었다. 곳비가 손으로 햇볕을 가리며 용을 올려다보았다.

"주 상궁은 내 생일상을 차린다고 아침부터 분주하고, 가지는 물고기를 잡는다는데 너는 예서 뭐 하는 게야?"

곳비가 말없이 코를 훌쩍였다.

"내 생일인데 정녕 아무것도 안 해줄 작정이냐?"

"예."

"그러지 말고 하나 해주거라."

"……."

"나 진짜 너무너무 먹고 싶은 게 있는데?"

"……."

"안 먹으면 병나겠는데?"

"……."

"화병 나서 소리 지르고, 눈 부릅뜨고, 널 막 괴롭힐지도 모르는데?"

"뭡니까?"

"화전. 네가 해주는 화전이 먹고 싶다."

"화전이 뭐라고……."

곳비가 혼잣말처럼 중얼거렸다.

"주 상궁 마마님이 음식을 많이 하시잖아요. 가지가 물고기도 잡아 오겠죠. 그거 드시면 되죠."

"아니. 만 가지 찬이 있다 해도 나는 꼭 화전이 먹고 싶다. 화전을 먹어야 병이 안 날 것 같다. 부탁하마. 곳비야, 네가 해주는 화전이 꼭 먹고 싶구나."

"그럼, 뭐. 어려운 건 아니니까요."

곳비가 옷고름을 만지작거리며 일어섰다.

곳비가 기침을 했다. 콧물도 흘러내렸다. 용이 팔을 들어 소맷자락으로 곳비의 콧물을 닦았다.

"그러게 누가 찬 바람 맞으면서……."

곳비가 서운한 눈빛으로 용을 바라보았다.

"이 봐라. 고뿔이 걸리지 않았느냐? 안 되겠다. 화전은 다음에 하고, 지금부터 아무것도 하지 말고 쉬거라."

"괜찮습니다. 에취."

"이 봐라, 이 봐."

용이 다시 제 소맷자락으로 곳비의 콧물을 닦았다.

"열은 없느냐?"

용이 곳비의 이마를 짚었다. 용의 손에 열이 전해졌다.

"이 봐라. 열까지 나지 않느냐?"

"형님."

용과 곳비가 소리 나는 쪽을 보았다. 금성 대군이 웃고 있었다. 용이 곳비의 이마에서 손을 떼고 웃음을 지었다.

"아니, 네가 이곳엔 어쩐 일이냐?"

"형님의 탄일에 제가 빠질 수 없지요."

"자식, 예서 보니 너무 반갑구나."

용이 금성 대군을 향해 걸음을 뗐다.

"그리고 하나 더, 형님이 제일 바라시는 선물을 가져왔지요."

금성 대군이 옆으로 비켜섰다. 용이 걸음을 멈추었다. 영신이 얼굴을 내밀고 미소를 지었다.

"형님, 제 선물이 마음에 드십니까? 몇 달간 이별이라니요? 형님께서 얼마나 그리워하셨겠습니까? 아니 그렇습니까, 형님?"

금성 대군이 용과 시선을 맞추며 물었다.

용은 머뭇거렸다. 대답할 수 없었다. 한양을 떠난 후 용은 한 번도 영신을 생각한 적이 없었다. 용은 그저 어색하게 눈웃음만 지었다.

날이 저물었다. 안평 대군 이용의 탄일 축하연과 함께 승리를 자축하는 연회가 시작되었다. 병영 들판에 간단한 연회장이 마련되었다. 모닥불에서는 꿩고기와 물고기가 익어가고, 주 상궁이 준비한 음식과 영신이 가져온 음식들로 잔칫상은 화려하고 푸짐했다.

특히 영신이 가져온 음식은 수랏간 상궁들이 만든 것처럼 모양새와 빛깔이 곱고 정갈했다. 영신의 미소만큼 아름다운 음식들이었다. 곳비는 그 음식만 봐도 괜히 주눅이 들었다.

용, 광평 대군, 금성 대군, 김종서 장군, 지방 세족들은 모닥불 옆에 마련된 잔칫상 둘레에 앉아 술과 음식에 취하고 있었다. 김종서가 용과 술잔을 부딪치며 말했다.

"대군의 계책에 참으로 탄복하였습니다. 성상을 가장 많이 닮은 아드님이시라 들었는데, 과연 영민하십니다. 한데 처음부터 이만주를 잡아들이지 않으신 연유를 묻고 싶습니다."

"타의나 무력에 의해서가 아니라 우선은 스스로 선택할 수 있는 기회를 주고 싶었습니다. 포로가 아니라 조선의 백성으로 받아들이고 싶었습니다."

"세상 사람들이 대군의 뜻을 헤아려준다면 얼마나 좋겠습니까? 하나 대군의 자비를 이용하려는 자들이 있기 마련입니다. 하여 공격을 할 때는 주저하지 말아야 합니다. 대군의 너그러운 성정이 오히려 대군을 해할까 염려스럽습니다."

"감히 죽기를 작정하지 않고서야 누가 우리 대군을 이용하겠습니까?"

야인 부족에서 간자 노릇을 하며 조선군에게 정보를 넘긴 야시우가 용의 맞은편으로 자리를 옮기며 말했다.

"대군의 명성은 익히 들었사옵니다. 듣던 대로 호걸이시군요. 이리 뵙게 되어 영광이옵니다. 소인이 술을 한 잔 올리겠사옵니다."

야시우가 용에게 절을 하며 술을 올렸다.

가지가 화전을 가져와 용의 앞에 차려놓았다. 곳비가 만들어놓고는 가져갈까 말까 망설이던 음식이었다.

"이걸 음식이라고 대군께 올리는 게야?"

야시우가 가지를 타박하면서 상 가운데에 있던 도미찜과 화전을 용의 앞으로 밀어주었다. 통통한 생선 위에 오색 고명이, 뽀얀 진가루 전에는 붉은 꽃잎이 올라가 있었다. 영신이 준비한 음식이었다.

용은 가지가 가져온 화전을 쳐다보았다. 메밀 전 위에 솔잎 가루가 뿌려져 있었다. 용이 웃었다.

"송구하옵니다. 치우겠습니다."

가지가 화전 접시를 들었다.

"두거라. 내가 먹고 싶어 특별히 주문하였다."

용은 곳비가 만든 화전을 집어 입에 넣었다. 솔향과 꿀맛이 메밀의 거친 질감과 어우러져 오묘한 맛을 냈다. 곳비의 마음이 입 안으로 퍼져나갔다. 아픈 몸으로 종일 메밀을 빻고 솔잎을 갈았을 곳비를 생각하니 하나도 남길 수 없었다.

"대군, 맛난 안주가 왔으니 한 잔 더 하십시오."

야시우가 화전을 꿀꺽 삼키며 용의 잔에 술을 따랐다. 용이 기분 좋게 잔을 비웠다. 용의 잔이 비워질 때마다 야시우는 계속 술을 따랐다.

다들 영신의 음식을 맛나게 들었다. 맛과 모양을 칭찬했다. 용은 별말은 없었지만 곳비의 음식을 열심히 먹었다. 곳비는 그 모습을 놓치지 않고 보았다가 넌지시 물었다.

"대감, 화전을 더 드릴까요?"

"아니다."

"주십시오."

영교가 말했다. 곳비는 화전을 한 접시 더 가져왔다. 영교는 맛있다며 화전을 계속 집어 먹었다. 용도 경쟁하듯이 곳비의 화전을 집어 먹었다. 곳비는 용이 화전을 좋아하는 듯하여 기분이 좋았다.

야시우는 용에게 연신 아첨하며 술을 올렸다. 안평 대군에게 잘 보이고 싶어서 안달 난 사람 같았다. 용은 취기가 점점 올랐다.

"곳비야, 왜 화전에 꽃이 없느냐?"

금성 대군이 곳비의 화전을 앞뒤로 보면서 물었다.

"곳비야, 이게 화전이다."

금성 대군은 영신의 화전을 집어 들고 곳비에게 보여주었다. 곳비는 대꾸는 하지 못하고 술만 벌컥벌컥 들이켰다.

"금성 대군, 화전은 이리 만들어야 한다. 달고, 입에 달라붙지도 않는다. 보아라. 색깔도 낸다. 장인의 정신이 깃들어 있다. 이건 진흙 속에 피어난 꽃을 표현한 것이지. 오늘은 꽃이 없지만."

용의 말을 듣고 곳비는 미소를 지었다. 용이 드디어 제 음식을 알아주고 있었다.

"그래도 곳비의 화전은 너무 못생겼습니다, 형님."

금성 대군의 말에 곳비는 화가 났지만 아무 말 못 하고 술잔만 들었다. 용이 곳비의 술잔을 빼앗아 술을 들이켰다. 영교도 술을 들이켰다. 용과 영교는 경쟁하듯이 술을 마셔댔다.

48

"꿩과 물고기도 잡았다지? 가져오너라."

용이 소리쳤다.

화전도, 꿩고기도, 물고기도, 술도 용은 맛나게 먹었다. 영교도 질세라 음식과 술을 맛나게 먹었다. 모두 술에 취하고, 음식에 취하고, 바람에 취했다. 하늘 높은 곳에서는 무수한 별들이 반짝였다.

잔치를 파하고 용은 막사 안으로 들어왔다. 미리 화로에 불을 피워두어 따뜻한 기운이 느껴졌다. 몸이 풀리자 취기가 한꺼번에 몰려든 용은 눕자마자 잠에 빠져들었다.

곳비도 제 막사로 돌아와 쓰러지듯이 누웠다. 아픈 몸을 이끌고 잔치를 돕느라 기진하였다. 몸은 힘들었지만 기분은 좋았다. 꿩도, 물고기도, 화전도 용이 맛나게 먹었다. 이보다 보람된 일은 없었다. 옆 침상에서 가지가 코 고는 소리가 들렸다. 그 소리를 들으며 곳비도 곧 잠이 들었다. 밤도 잠도 깊어갔다.

병영은 고요히 잠들었다. 술에 취한 사내들의 코 고는 소리가 막사 밖으로 흘러나왔다. 그리고 번쩍 공중에서 불꽃이 일었다.

"기습이다!"

"피하십시오."

"북을 울려라."

외침에 곳비는 잠을 깼다. 얼른 밖으로 뛰어나갔다. 병사들이 눈을 비비며 막사 밖으로 나오고 있었다.

적의 침입을 알리는 북소리가 울리기 시작했다. 공중에서 쏟아진 불화살이 병영 여기저기에 떨어졌다. 불은 막사에도 옮겨붙었다. 막사가 타면서 연기가 솟아올랐다. 사람들이 허둥대며 막사에서 튀어나와 우왕좌왕했다.

"사람들을 깨워!"

누군가 소리쳤다. 어젯밤 술을 마신 탓에 곤히 잠들어 있는 자들이 많았다.

곳비는 막사 안으로 들어왔다. 주 상궁이 소동을 듣고 일어났다. 곳비는 황급히 가지를 흔들어 깨웠다. 세 사람은 밖으로 나왔다. 북풍에 불길이 빠르게 번져나갔다. 병사들과 병영에 머물던 사람들이 물동이를 날라 불을 끄기 시작했다.

곳비는 용의 막사로 달려갔다. 용의 막사는 맨 앞에 있었다. 막사에서 나오면 들판과 강이 한눈에 들어왔다. 용은 막사 앞에 앉아 해거름과 해돋이 보기를 좋아했다. 이 풍광 때문에 회령을 떠나고 싶지 않다고도 말했다.

때문인지 용의 막사는 이미 활활 타오르고 있었다. 괴물처럼 검은 연기를 내뿜고 있었다. 곳비는 막사로 뛰어가며 용을 찾았으나 용도 양 내관의 모습도 보이지 않았다. 영신이 눈물을 흘리며 막사 입구에 서서 대군을 불렀다.

"아씨, 대군은요? 우리 대군은요?"

"안에 계시는 것 같아요. 소식을 듣고 달려왔는데 이미 막사는 불에 타고 있었어요. 아무리 찾아도 대군의 모습은 보이지 않아요. 어제 약주를 너무 많이 드셨는데 혹 안에서 주무시다가…… 항아님!"

영신이 소리를 질렀다. 곳비가 막사 안으로 뛰어들었다. 말릴 틈도 없었다.

막사 안은 연기가 자욱했다. 목재 탁자와 의자들은 이미 불타고 있었다. 불이 붙은 가구들에 가로막혀 곳비는 침상으로 나아갈 수가 없었다.

"대감! 대감!"

곳비는 소리를 질렀다. 용은 대답이 없었다. 곳비는 주변을 둘러보았다. 비단 휘장이 불에 타고 있었다. 곳비는 비단 휘장을 뜯었다. 휘장을 바닥에 내리쳐 불을 껐다. 이어 휘장을 휘둘러 의자에 붙은 불을 끄려는 찰나 막사 지붕이 내려앉았다.

"아!"

곳비가 소리를 질렀다. 막사가 곧 무너질 듯하였다.

"대감!"

곳비는 몸을 낮추고 가장자리로 기어갔다. 온몸이 뜨거워졌다. 목이 타들어갔다. 눈에서는 눈물이, 코에서는 콧물이 줄줄 흘러내렸다. 침상이 보였다. 하지만 연기 때문에 자꾸만 눈이 감겼다. 호흡이 느려졌다. 곳비가 쓰러졌다.

"대군이 저기 계시는데……. 대군을 깨워야 하는데……."

갈증이 났다. 곳비가 눈을 감았다.

5

"야인들이 마을로 간다."

병영이 난리 통인 틈을 타서 야인들은 민가로 진격했다. 몸을 숨기고 있던 이만주의 잔당이었다. 병사들은 김종서의 명에 따라 잡히는 대로 무기를 들고 야인들을 뒤쫓았다.

용이 말을 멈추었다. 용은 야인들이 공격을 시작하였을 때 양 내관이 깨우는 소리를 듣고 바로 막사를 빠져나왔다. 곧바로 김종서와 합류해 보초를 서고 있던 병사들과 전열을 가다듬었다. 용이 병영을 돌아보았다. 병영은 시뻘겋게 타들어 가고 있었다. 용은 말을 몰아 병영으로 향했다.

병영으로 돌아오자마자 용은 제 막사 앞으로 달려갔다. 영신이 넋 나간 사람처럼 주저앉아 눈물을 뚝뚝 쏟고 있었다.

"괜찮소? 몸이 상하였소?"

"대감!"

영신이 울면서 용에게 안겼다.

"살아 계셨습니까? 무사하셨습니까?"

"난 무사하오. 그대는?"

"저도 괜찮습니다. 전 대군께서 안에 계시는 줄 알고……. 이리 무사하시니 되었습니다. 무사하시니 되었습니다."

영신이 계속 울어댔다.

"우리 식구들은? 식구들은 다 무사하오?"

용이 영신을 바로 세우며 물었다.

"예, 무사합니다. 소 주서는 불을 끄고 있습니다."

"다른 식구들은?"

용이 주위를 두리번거렸다. 자신을 깨운 양 내관은 물동이를 옮기고 있었다. 멀리 광평 대군과 금성 대군의 모습도 보였다. 왕자고 내관이고 궁인이고 노비고 할 것 없이 모두 불을 끄는 데 전념하고 있었다.

"식구들이요?"

"우리 궁방 가솔들 말이요."

"예, 우리 가솔들은 무사한 듯합니다. 다만 곳비 항아님이 대군의 막사 안으로 들어갔습니다."

용이 영신을 놓고선 벌떡 일어났다. 양 내관에게 물동이를 가져오라고 소리쳤다. 양 내관이 물동이를 대령하자 용은 제 도포를 벗어 물에 적셨다. 용은 영신에게 치마를 벗어달라고 말했다. 영신이 치마를 벗어 건네자 용이 영신의 치마를 물에 적신 다음, 물동이의 물을 제 몸에 부었다.

"대군, 뭘 하시려고요?"

영신이 불안한 얼굴로 물었다.

"곳비가 안에 있소."

"하여 지금 불구덩이 안으로 들어가시려고요?"

용은 대답도 없이 막사 안으로 향했다.

"아니 됩니다."

영신이 양손으로 용을 붙잡았다.

"놓으시오."

"그럴 수 없습니다. 막사 꼴을 보십시오. 이미 쓰러졌습니다."

"소인이 들어가겠사옵니다."

양 내관이 젖은 도포와 치마를 당겼다.

"넌 어서 사람들을 불러와 막사의 불을 꺼!"

용이 양 내관에게 엄하게 소리치고 영신을 뿌리쳤다. 용은 한 치도 망설이지 않고 막사 안으로 들어갔다.

"곳비야, 곳비야."

용이 도포를 걸치고 치맛자락을 휘둘러 앞에 놓인 불을 껐다. 막사의 가운데가 내려앉아 가구들과 뒤엉켜 있었다. 그 뒤로 침상 앞에 쓰러진 곳비의 모습이 보였다. 곳비를 애타게 부르며, 용은 젖은 도포와 치마를 걸치고 가장자리로 가서 불더미를 뛰어넘었다. 뜨거운 것도 몰랐다. 용은 곧장 곳비에게 달려갔다. 곳비의 몸을 흔들었지만 대답이 없었다.

"곳비야, 곳비야."

용이 곳비의 뺨을 두드렸다. 곳비가 눈을 떴다.

"대군!"

그러나 곳비가 다시 눈을 감았다. 용이 손수건을 꺼내 곳비의 입과 코를 감쌌다.

"곳비야, 정신을 놓으면 안 된다."

용은 도포를 벗어 곳비의 몸에 걸치고 양팔로 곳비를 들어 올렸다. 입구는 이미 불바다였다. 나갈 수가 없었다. 용은 곳비를 등에 업었다. 침상을 넘어 막사 뒤쪽으로 갔다. 단도를 꺼내 막사의 천막을 위에서 아래로 찢었다. 단도를 들어 다시 한번 찢고, 또 찢었다. 작은 입구가 만들어졌다.

용은 막사 밖으로 나와 곳비를 내려놓았다.

"곳비야, 곳비야."

용이 곳비를 끌어안았다.

"곳비야, 정신 차려. 곳비야, 곳비야."

곳비는 눈을 뜨지 못했다.

"곳비야, 제발. 눈 좀 떠. 제발, 제발. 곳비야, 곳비야, 제발 정신 좀 차리거라. 곳비야, 제발 눈을 뜨거라. 날 떠나지 말거라."

곳비는 여전히 반응이 없었다.

"곳비야, 제발. 제발 정신 차려, 제발. 난 너 없이, 난 너 없이 못 산단 말이다."

용의 눈에서 눈물이 떨어졌다. 동이 터 오르고 있었다. 용은 정신을 차리고 주변을 살폈다.

"의원! 의원을 부르라."

용이 고함쳤다. 양 내관이 헐레벌떡 달려와 용을 살폈다.

"대감, 다치셨사옵니까?"

영신과 영교도 쫓아왔다. 영신은 울먹이며 용의 안부를 물었다. 용은 대답하지 않고 곳비만 불러댔다. 영교의 시선이 용에게 안긴 곳비에게 향했다.

"곳비 항아님이……."

"곳비가 정신을 잃었다. 의원은? 어서 의원을 부르라!"

"의원은 없사옵고, 의생이 있사옵니다. 한데 이 난리 통에 어디 있는지……."

양 내관이 주변을 살피며 말을 얼버무렸다.

"어서 찾아. 아니, 내 직접 가겠다."

용이 양팔로 곳비를 안은 채 일어섰다. '의생!' 고함을 지르며 막사 사이로 성큼성큼 걸어갔다.

영신이 바닥에 주저앉아 용의 뒷모습을 망연히 바라보았다. 영교가 몸을 낮추어 영신의 어깨를 잡았다. 지금 누이의 심정이 제 마음과 다르지 않으리라, 싶었다.

불이 났다는 소식을 들었을 때 영교는 곧장 누이의 막사로 달려갔다. 다행히 누이는 막사를 무사히 빠져나오고 있었다. 영교는 누이의 안전을 확인하고 바로 곳비의 막사로 달려갔다. 주 상궁과 가지가 불을 끄느라 몸을 바삐 놀리고 있었다.

하지만 곳비는 보이지 않았다. 영교는 가지를 붙잡고 곳비의 행방을 물었다. 가지도 그제야 주위를 두리번거리며 곳비를 찾았다. 영교는 막사 주변을 뒤지며 곳비를 찾았지만 곳비의 모습은 보이지 않았다.

영교가 막사 안을 향해 곳비의 이름을 불렀지만 대답이 없었다. 영교는 주 상궁과 가지를 도와 곳비의 막사부터 불을 끄기 시작했다. 불길이 어느 정도 잦아들고 입구가 확보되었을 때 막사 안으로 들어갔지만 곳비는 없었다. 곳비의 모습이 보이지 않아서 안도했다. 영교는 곳비를 찾아 병영을 뒤지기 시작했다.

"누이, 일어나요. 일어나 대군께 가요."

영교가 영신을 일으켰다. 영신이 쓰러질 듯 몸을 휘청거렸다. 영교가 제 도포를 벗어 영신의 몸에 덮어주었다. 영신을 부축해 용을 뒤쫓기 시작했다.

"어서, 이 아이를 치료하게."

용이 곳비를 침상에 내려놓으며 의생에게 명했다.

"대감, 화상을 입으셨사옵니다. 소인에게 몸을 맡기소서."

의생이 용의 등을 살피며 말했다. 상의가 불에 타 구멍이 나 있었고 그 틈 사이로 벌겋게 덴 어깨와 등이 보였다.

"이 아이가 눈을 뜨지 않아. 숨은 쉬는데 정신을 차리지 않아."

"대감부터."

용이 의생의 멱살을 잡아끌어 곳비의 앞에 앉혔다.

"잘 듣게. 자네, 이 아이를 살려내지 못한다면 내 손에 죽을 것이야."

"예, 대감."

겁에 질린 의생이 몸을 떨면서 곳비를 진맥했다.

"어떤가?"

"연기에 질식했사옵니다. 우선 숨을 편히 쉴 수 있게 옷고름을 풀어야 하는데, 소인이⋯⋯."

"양 내관, 주 상궁이나 가지를 데려와."

용이 양 내관에게 소리쳤다. 양 내관이 밖으로 나갔다.

"그다음엔? 침을 놓아야 하지 않는가?"

"송구하옵니다. 소생은 아직 시침할 실력은 아니 되옵니다. 약은 의서를 살펴보고 올리겠사옵니다."

"그럼, 지금 당장 할 수 있는 일이 없단 말인가?"

"그것이⋯⋯. 아, 손발을 따뜻하게 해주고, 김칫국물과 무즙을 먹여야 하옵니다."

"그럼, 김칫국이든 무즙이든 당장 가져와. 당장 대령하라고!"

용이 다시 소리쳤다. 의생이 머리를 조아리며 밖으로 나갔다.

용이 발을 동동 구르며 주 상궁을 기다리다가 곳비에게 다가갔다. 용이 무릎을 꿇고 앉았다. 두 손을 들어 잠시 머뭇거리다가 곳비의 저고리 고름을 풀었다. 저고리를 풀어헤치니 이번에는 끈으로 꽁꽁 묶인 치마가 보였다. 치마가 가슴을 압박하고 있었다. 용이 다시 머뭇대며 치마끈을 풀려고 할 때 영신과 영교가 들어왔다.

"소첩이 하겠습니다."

영신이 다가와 곳비의 치마끈을 풀었다. 영교가 고개를 돌리며 밖으로 나갔다.

"손을 따뜻하게 해주시오."

영신이 곳비의 손을 주무르기 시작했다. 용은 곳비의 발치로 다가가 버선을 벗기고 곳비의 발을 주물렀다.

영교는 막사 앞에 서 있었다. 막사 안에서 제가 할 수 있는 일이 없었다.

양 내관이 물동이를 지고 막사 안으로 들어왔다.

"대감, 화상을 입으셨다면서요? 찬물로 식혀야 한답니다."

양 내관이 물동이를 내려놓으며 말했다. 용이 곳비의 곁에 떨어진 손수건을 주워 물에 적셨다. 손수건으로 곳비의 얼굴을 닦았다. 영신의 시선이 손수건에 머물렀다. 함길도로 떠나던 날 제가 건넨 손수건이었다.

양 내관이 새 수건을 물에 적셔 용에 등에 대주려고 하자, 용이 그 수건을 받아 곳비의 이마에 올려주었다. 이 모습을 지켜보던 영신도 조용히 밖으로 나왔다. 영교가 영신을 보고 곳비가 어떤지 물었다.

"대군께서 정성을 다하시니……."

영신이 말을 멈추었다.

주 상궁과 가지가 김칫국물과 무즙을 가지고 막사 안으로 들어왔다. 주 상궁과 가지는 용의 몰골을 보고 걱정스러운 표정을 지었다.

"대감, 소인들이 곳비를 돌보겠나이다. 치료부터 받고 좀 쉬십시오."

"어서 먹이시게."

용이 곳비의 머리맡으로 가서 앉았다. 곳비를 일으켜 세우고 제 몸에 기대게 했다. 주 상궁이 김칫국물과 무즙을 떠서 곳비의 입 안에 넣어주었다.

"부상자가 많을 것이네. 곳비의 곁은 내가 지킬 터이니 자네는 부상자들을 돌보시게. 그리고 양 내관은 어찌 된 일인지 알아보고 오너라."

날이 저물었다. 곳비는 여전히 깨어나지 않았다. 용이 곳비의 이마에 놓인 수건을 다시 물에 적셔 얹어주었다. 고뿔까지 겹쳐서 열이 펄펄 끓었다.

"곳비야, 제발 이겨내다오."

용이 곳비의 손을 잡았다.

이따금씩 주 상궁이 음식을 들고 다녀갔다. 가지도 와서 곳비의 증세를 물었다. 용은 먹지도 자지도 않고 곳비의 곁을 지켰다.

한밤중에 양 내관이 들어왔다. 야시우의 배신이라고 했다.

"놈은?"

"찾고 있사옵니다."

용은 제 잔에 연신 술을 따르던 야시우를 기억해냈다. 야인 부족

출신인 야시우는 조선에 중요한 정보들을 넘기고 있었다. 하지만 이만주가 잡힌 후 흩어진 야인 잔당과 결탁하여 야인들이 병영에 불을 지르고 고을을 약탈해가도록 도운 것이다.

양 내관이 나가고 다시 용과 곳비, 단둘이 남았다. 어둠 속에서 곳비의 얼굴이 희미하게 드러났다. 곳비가 힘겹게 숨을 쉬고 있었다.

"곳비야, 제발 돌아와다오."

용이 얕은 숨을 토했다. 곳비가 잘못된다면 야시우는 물론이거니와 방심한 자신을 결코 용서할 수 없을 것 같았다.

"곳비야, 미안하다. 네 안부부터 먼저 확인해야 했는데……. 네가 내게 가장 소중한 사람이라는 걸 너무 늦게 깨달았구나."

용은 야인들이 기습을 했다는 소식을 듣고 밖으로 나오자마자 군에 합류한 자신을 탓했다. 군에 합류하기 전에 곳비를 보았더라면 곳비가 저를 구하기 위해 불 속으로 뛰어드는 일도 없었으리라.

"곳비야, 내가 자만했구나. 네가 날 영원히 떠날 수 있다는 걸 몰랐구나."

곳비는 언제나 용이 제일 우선이었는데, 왜 제게는 곳비가 제일 우선이 아니었을까. 용의 가슴에 난생처음 후회라는 감정이 밀려들었다.

"곳비야, 내게 기회를 줘. 내게도 너를 제일 우선으로 여길 기회를 줘."

용이 곳비의 손을 양손으로 감싸고 고개를 떨구었다.

"제발."

용이 곳비의 손에 입을 맞추며 기도했다.

6

하루가 지나고 곳비가 눈을 떴다. 사내의 그림자가 눈앞에 어른거렸다. 제 손을 잡은 사람의 온기가 마음까지 녹여주었다.

"대감……."

"항아님!"

영교가 감았던 눈을 뜨고 곳비를 불렀다.

"나으리시군요."

곳비가 제 손을 바라보았다. 영교가 손을 놓았다.

"손이 너무 차서……. 항아님, 괜찮으십니까? 어디 아프신 데는 없으십니까? 의생을 부르겠습니다."

"아닙니다. 괜찮습니다. 다들 무사하시지요? 대군께서도요."

"예, 대군도 다른 이들도 다 무사합니다."

용이 무사하다는 말에 곳비는 안도했다. 제 걱정은 들지 않았다. 용만 무사하면 되었다. 용만 무사하면 저는 아무래도 좋았다.

"항아님, 깨어나주셔서 고맙습니다. 항아님이 아니 깨어나셨다면…… 아니 제가 조금만 빨랐더라면, 제가 조금만 서둘렀더라면, 항아님을 불구덩이 속으로 보내지 않았을 텐데요. 깨어나주셔서 감사합니다. 이제 한시름 놓았습니다. 항아님이 누워 있는 동안 항아님이 제게 얼마나 소중한 사람인지 깨달았습니다."

곳비가 옅은 미소를 지었다. 영교가 곳비의 눈을 응시했다. 곳비의 눈동자에 비친 제 모습을 들여다보면서 입을 열었다.

"항아님을 진정 좋아합니다. 아니, 항아님을 사모합니다."

곳비와 영교 사이에 침묵이 흘렀다. 곳비의 눈동자에 영교의 모습이 일렁였다.

"그러니까 제 말은……."

영교는 저도 모르게 나온 고백에 당황하여 얼굴을 붉혔다. 곳비가 침착하게 말했다.

"나으리셨군요. 꿈결에 나으리의 목소리를 들었습니다. 절 위해 애써주셔서 감사합니다."

곳비가 미소를 머금었다.

"저도 나으리를 좋아합니다. 벗으로서요. 나으리의 마음도 제 마음과 다르지 않겠지요?"

곳비가 영교에게 동의를 구하듯이 고개를 끄덕였다.

"예, 그렇지요. 벗으로서……."

곳비의 얼굴이 환해졌다. 진심으로 안도하였다.

"대군께서는 어디 계십니까?"

영교가 희미하게 미소를 지었다. 곳비가 깨어났다는 기쁨도 잠시, 가슴이 먹먹해져왔다.

야인 대장과 배신자를 공개 처형한다는 소식을 듣고 백성들은 성문 밖으로 모여들었다. 김종서 장군과 안평 대군이 야인 대장을 추포했다고 하여 안심하고 있었는데, 그저께 밤 야인들은 병영에 불을 지르고 고을을 약탈해갔다.

그간 조선 첩자 노릇을 해오던 야인, 야시우라는 자의 배신 때문이라고 했다. 야시우는 조선군에게 거짓 정보를 넘기면서 야인 잔당에게 협조했다. 간밤에 장군과 대군과 군사들이 압록강을 건너 야인들의 잔당을 토벌하고, 은신처에 몸을 숨기고 있던 야인 배신자 야시우를 잡아 왔다고 했다.

한양에서 온 대군은 성난 범처럼 사나웠다고 했다. 야인 잔당을 모조리 쓸고 저항하는 자들을 단칼에 벴다고도 했다.

강 건너 야인 부족에는 노인과 여자와 아이들만 남았다고 했다. 공개 처형도 대군의 뜻이라고 했다. 죄인들은 죽어서도 땅에 묻히지 못하고, 그 목은 성문에 효수하고 그 몸은 짐승에게 뜯어 먹힐 거라고 했다.

금성 대군과 함께 함길도로 온 정현 옹주는 영신과 함께 성루에 올랐다. 광평 대군과 금성 대군이 정현 옹주를 보고 알은체를 했다. 정현 옹주와 영신이 그들 곁으로 다가갔다.

성루 한가운데에서는 김종서 장군과 용이 아래를 내려다보고 있었다. 용의 얼굴이 지옥에서 온 사자처럼 차갑고 무서워 보였다. 장군의 손짓에 죄인들의 목이 단칼에 달아났다. 광평 대군은 고개를 돌렸고 금성 대군은 이마를 찡그렸다. 옹주와 영신은 눈을 감았다.

처형이 끝나고 영신은 하얀 명주 수건을 들고 용에게 다가갔다. 간밤의 전투에서 생긴 땀과 핏물로 얼룩진 용의 얼굴을 닦아주기 위해서였다. 하지만 용은 영신을 보지 못하고 서둘러 성루를 내려갔다. 말을 타고 막사 쪽으로 달려갔다. 말이 속도를 내면서 용의 허리에 달린 피 묻은 검이 출렁였다. 영신은 명주 수건을 손에 쥔 채 우두커니 서서 용이 떠난 자리를 바라보았다.

"안평 오라버니는 왕자들 중에서 제일 너그럽고 호탕한 분이라 여겼는데 저렇게 화나신 모습은 처음 봅니다."

정현 옹주가 왕자들과 걸어오면서 말했다. 영신이 옹주와 왕자들에게 시선을 옮겼다.

"그런 형님의 자비를 이용하다니, 이만주도 야시우도 죽어 마땅합니다. 저것들은 내 손에 잡혀야 했는데……."

금성 대군이 이를 앙다물고 주먹을 쥐었다.

"오늘 같으면 안평 오라버니와는 눈도 못 마주치겠습니다. 아니 그렇습니까?"

정현 옹주가 영신에게 물었다. 영신이 고개를 끄덕이며 말했다.

"대군께서도 화를 낼 줄 아는 분이셨군요."

잠자코 있던 광평 대군이 입을 열었다.

"형님은 화를 내실 줄 모르는 분이 아니라 화를 잘 다스리는 분이시지요. 하나 형님도 오늘은 화를 다스리는 법을 잊으셨을 겁니다."

영신이 광평 대군에게 물었다.

"야시우라는 야인 첩자의 배신 때문이겠지요?"

광평 대군이 말없이 미소만 지었다. 곳비 때문이라고는 말할 수 없었다.

"그나저나 이제 우리도 집으로 돌아가는 건가요? 곳비도 어서 한양으로 데려가서 의원에게 보여야 할 텐데요."

"오, 금성 대군. 곳비를 걱정하십니까? 이곳이 무서운 건 아니시고요?"

정현 옹주가 금성 대군에게 얼굴을 들이밀며 말했다. 눈가에 웃음기가 가득하였다.

"물론, 곳비를 걱정하지요. 죽을 고비를 넘겼는데 빨리 의원에게 보여야 하지 않겠습니까? 그리고 형님들의 임무도 다 끝났잖아요. 그죠, 형님?"

"그래. 야인들을 토벌했으니 이만 돌아가면 되는데 곳비가 걱정이구나. 돌아간다 해도 그 여정을 견딜 수 있을지……. 가마를 탈 수도 없고, 혼자 말을 탈 수도 없을 텐데……."

"제 가마를 내주면 됩니다."

정현 옹주가 말했다.

"누이는요?"

"전 말을 타지요. 이참에 말을 배워야겠습니다."

"그럼, 누이의 가마를 곳비에게 내주고, 누이께 말 타는 법은 제가 가르쳐드리겠습니다."

금성 대군의 말에 정현 옹주가 고개를 저었다.

"아니오. 말은 다른 분께 배우겠습니다."

정현 옹주는 영교를 생각하며 눈빛을 반짝였다.

왕자들과 옹주는 병영으로 돌아와 곳비의 막사를 찾았다. 영신은 막사 밖에 있던 영교를 보고 걸음을 멈추었다.

"예서 뭐 하느냐?"

"북방의 공기가 좋아서요."

"좋기는 뭐가……. 나는 이곳이 싫다. 날도 차고, 하늘도 우중충하고…… 괜히 온 듯싶구나."

"요 며칠간 고생을 많이 하셨지요?"

영신은 고개만 떨굴 뿐 대답이 없었다.

"안 들어가십니까? 안평 대군께서도 안에 계십니다."

"응…… 들어가야겠지."

영신은 고개만 끄덕일 뿐 움직임이 없었다.

"영교야, 곳비 항아님 말이다. 대군들과 옹주와 각별한 사이 같더구나. 특히 안평 대군께서 많이 아끼시는 것 같아. 물론 안평 대군께서는 모든 궁인에게 잘해주지만 뭐랄까 곳비 항아님에게는 남다른 정이 있으신 것 같아."

"예, 모두 어릴 때부터 함께 자라서 각별한 사이랍니다. 곳비 항아님이 생각시로 처음 입궁했을 때부터 안평 대군을 모셨답니다."

"아무리 그래도 목숨을 걸고 불 속으로 뛰어들고, 내내 병간호를 하는 건 좀 심하시구나. 그래 봤자 부리는 궁인일 뿐인데……."

"대군께 곳비 항아님은 그저 부리는 궁인이 아니랍니다. 안평 대군께서는 친누이처럼 곳비 항아님을 아끼시지요. 친누이들인 공주님이나 옹주님보다 함께 한 시간이 많으니까요."

"아무래도 왕가에서 자라신 분이라 나 같은 범인과는 생각이 다른 면이 있으시겠지."

"저도 누님이 불 속에 있다면 뛰어들었을 겁니다. 의식이 없으셨다면 내내 곁을 지켰을 테고요."

"그래. 그래도 대군께서 나와 곳비 항아님을 대하는 태도가 너무 다르신 것 같아……."

"당연하지 않습니까? 누님은 대군의 첫정이십니다. 누님을 잃고 대군께서는 그 어떤 여인에게도 마음을 주지 않으셨습니다. 여인들과 염문을 뿌리며 한량으로 소문나 있지만 여인들에게 정을 주시는

분은 아닙니다. 부부인을 생각해보십시오. 얼마나 외롭게 지내셨습
니까? 대군께는 누님밖에 없습니다. 괜한 걱정하지 마십시오."

"그럴까?"

"그럼요. 들어가보십시오."

"아니다. 대군께서 음식을 드신 게 없으니 상이라도 좀 봐야겠다."

영신이 자리를 떴다. 영교가 한숨을 쉬었다. 곳비에 대한 안평 대
군의 마음을 저도 확신할 수 없었다. 다만 오누이의 정이라 영신이
믿어주길 바랐다. 저도 그렇게 믿고 싶을 뿐이었다.

어둠 속에서 곳비가 눈을 떴다. 미소를 지었다. 이번에는 틀림없이
용이었다. 어둠 속에서도 알아볼 수 있었다. 용이 제 침상 앞에 꼿꼿
이 앉아 눈을 붙이고 있었다. 제 손을 잡고 있었다. 곳비는 다른 손을
옮겨 용의 손에 포갰다. 용이 움찔거렸다. 곳비가 얼른 손을 떼고 눈
을 감았다. 용이 불을 밝혔다. 곳비의 이마에 놓인 수건을 들고, 이마
를 만졌다.

"이제 열도 다 내렸구나."

곳비의 얼굴이 붉어졌다. 눈꺼풀이 파르르 떨렸다. 용이 미소를 지
었다.

"눈을 뜨거라."

곳비는 반응이 없었다.

"어허, 눈을 뜨래도."

곳비가 눈을 떴다. 용을 향해 살포시 웃었다. 용이 미소를 지으며
곳비의 뺨을 쓰다듬었다.

"살았느냐?"

곳비가 고개를 끄덕였다.

"대감께서는 괜찮으시옵니까? 안색이 좋지 않사옵니다."

"너는 괜찮으냐?"

"대감께서 무사하시면 소녀는 괜찮습니다. 대감께서는요?"

"나도 괜찮다. 네가 괜찮으니까."

곳비가 멀뚱히 용을 바라보았다.

"왜?"

"오늘 좀 이상하시옵니다. 괜찮으시옵니까?"

"곳비야, 약조해다오. 다시는 나를 위해 목숨을 걸지 말거라. 알겠느냐?"

"윗전을 위해 목숨을 바치는 일이 궁인의 본분이옵니다."

"아니. 넌 내게 궁인이 아니다. 하니 너는 살아야 한다. 다시는 나를 위해 목숨을 걸어서는 안 된다. 알겠느냐?"

용이 곳비의 손을 잡았다. 곳비가 눈을 동그랗게 뜨고는 고개를 끄덕였다. 용이 할 말을 삼키며 고개를 돌렸다.

이른 새벽, 두 마리의 말이 병영을 빠져나갔다. 한 마리에는 용과 곳비가 타고 있었고, 다른 한 마리에는 양 내관이 타고 있었다. 용은 곳비를 따뜻하게 감싸 안으며 생각했다.

'곳비야, 네가 사는 것이 나를 위하는 일이다. 네가 사는 것이 내 소중한 여인, 단곳비 너의 본분이니라. 나를 살리는 길이니라.'

새벽 공기가 찼다. 바람이 불었다. 하지만 용이 있어 곳비는 따뜻하였다. 용의 품에 기댄 채 곳비가 물었다.

"우리, 어디로 가옵니까?"

"우리 집으로."

"예……."

"왜? 가고 싶은 곳이라도 있느냐?"

"제가 가고 싶다면 갈 수 있사옵니까?"

"그래. 어디든지, 네가 원하는 곳으로 가자꾸나."

"이 세상에 없는 곳인데도요?"

"어떤 곳이기에?"

"음…… 굽이굽이 도는 계곡을 지나서 복사꽃이 만발한 골짜기를 지나서 구름 속을 지나서 만나는 세상이요."

"무릉도원이구나. 신선과 선녀가 산다는 곳."

"아니요. 그곳엔 대군과 제가 살아요. 그리고……."

"그리고?"

"그리고 그곳엔 왕자도 궁녀도 없어요. 이 세상에는 없는 꿈속 세상이지요."

"그래. 그럼 가보자. 꿈속 세상으로. 대군도 궁녀도 없는, 너와 내가 있는 그 세상으로."

용은 곳비를 꼭 안았다. 다시는 놓치지 않을 듯이. 영원히 놓치지 않을 듯이 꼭 안았다.

사랑의 계절

1

곳비는 막 인두질을 끝낸 무명 손수건을 뺨에 대었다. '아!' 하고 저도 모르게 탄성이 나왔다. 뺨에 닿는 온기가 좋았다. 곳비는 손수건을 전해주던 용의 모습을 떠올렸다.

―곳비야.

부드럽고 다정한 목소리가 곳비의 풋잠을 깨웠다. 툇마루에 앉아서 말린 꽃잎을 정리하다가 졸고 있을 때였다.

곳비가 얼른 고개를 들며 눈을 떴다. 용이 입을 벌리고 그윽하게 웃고 있었다. 가을 햇살 탓인지, 잠이 덜 깬 탓인지 저를 내려다보는 용의 눈망울이 어느 때보다 반짝거렸다. 곳비의 얼굴이 슬그머니 붉어졌다.

―많이 고단한 모양이구나.

곳비가 눈을 멀뚱거리며 용을 올려다보았다. 잘못 들은 게 아니었다. 용의 목소리가 여전히 다정했다. 말투도 달랐다. 졸고 있던 제게 장난삼아 핀잔을 주지도 않았다.

─광평의 궁방에서는 네게 일을 많이 시키니? 내가 곽 상궁을 만나볼까?

─아니요.

용의 표정과 음성이 하도 낯설어 곳비는 홀린 양 고개를 저었다.

─그래. 힘들면 언제든지 내게 말해야 한다.

곳비는 입술을 모으고 고개를 끄덕였다.

─광평 대군께서는 출타 중이신데요…….

─알고 있다. 오늘은 우리 곳비를 보러 왔다.

'우리?'

곳비는 당황하였지만 내색하지 않았다.

─무슨 일로……?

─우리가 꼭 일이 있어야만 보는 사이더냐?

용이 곳비의 옆에 앉았다. 곳비의 시선이 제 옷깃에 와 닿는 용의 옷깃에 머물렀다.

─말해보거라. 우리가 꼭 일이 있어야 보는 사이냐?

─그건 아니겠지요…….

곳비가 옷깃에서 시선을 거두며 말했다.

─그래. 너와 나는 일이 있어도 보는 사이고, 일이 없어도 보는 사이고, 궁금하면 보는 사이고, 보고 싶으면 보는 사이니라.

─그럼, 지금은 무슨 사이인데요?

─일이 있어서 보는 사이?

곳비는 김이 샜다. 그럴 줄 알았다는 듯이 떫은 표정을 지었다.

—그리고 보고 싶어서 보는 사이.

용이 그림처럼 아름다운 얼굴을 돌려 곳비와 시선을 맞추었다. 곳비는 숨이 멎었다. 용은 과연 고수였다. 저 얼굴과 말재주로 여인네들을 홀린 게 틀림없었다. 평양 '홍홍홍'까지.

—네 것이다.

용이 곳비의 손에 무명 손수건을 쥐여주었다.

—펼쳐보아라.

곳비가 손수건을 펼쳤다. 하얀 천 위를 수놓은 분홍빛 복사꽃과 나무…… 곳비는 반갑고 놀라 가슴이 촉촉해졌다.

—이것 때문에 어린 시절 침방이며 수방에 가겠다고 떼를 쓴 게지? 네 어미가 만든 것은 아니지만 비슷하게 흉내는 내었다.

오래전, 곳비가 경회루에서 용을 처음 만난 때였다. 곳비는 용의 얼굴에 먹물을 엎지르는 바람에 제 손수건을 시커멓게 물들여야만 했다. 집을 떠나기 전 어머니에게 받은 마지막 선물인 손수건을.

곳비는 어미가 생각날 때마다 그 손수건을 떠올렸다. 제 손으로 똑같은 손수건을 만들고 싶었다. 침방에서 바느질은 어느 정도 익히기는 했는데, 자수는 제대로 배우지 못했다. 수방은 용의 반대로 갈 기회조차 없었다.

—똑같아요. 어머니 손수건이랑.

곳비가 손수건에 놓인 복사 꽃잎을 손가락으로 쓸며 울먹였다.

—고맙습니다.

—미안하다. 더 일찍 주지 못해서…….

곳비는 다림질한 손수건을 함에 넣었다. 아까워서 가지고 다니면서 쓸 수는 없을 것 같았다.

밖에서 노비 아이가 손님이 오셨다고 알려왔다. 곳비는 손수건을 함지에 넣고 자리에서 일어났다. 가지가 오기로 되어 있었다. 이 계절이 끝나기 전에 가지와 들에 나가 꽃잎을 딸 예정이었다.

지금 들에는 들국화가 한창일 것이다. 꽃잎을 따서 말려 놓으면 병치레가 잦은 광평 대군 부인에게 필요한 약재로 쓸 수 있었다. 또 광평 대군이 좋아하는 찻잎으로도 쓸 수 있고, 용이 좋아하는 술을 담글 수도 있었다. 곳비는 부엌에 들러 광주리를 챙긴 다음 대문간으로 갔다.

"곳비야."

"대감, 어쩐 일이십니까?"

곳비를 다정히 부르며 반갑게 맞이한 사람은 가지가 아니라 용이었다.

"내가 한 말을 그새 잊은 게냐? 잘 생각해보아라. 어찌 왔는지……."

"예에……. 한데 지금은 좀 바쁜데요. 가지랑 할 일이 있어서요."

"가지는 안 올 게다. 그 할 일 내가 하러 왔다."

들 가득히 펼쳐진 꽃밭을 보고 곳비가 탄성을 질렀다. 노란색 물결이 곳비의 마음을 흔들었다. 용과 양 내관의 얼굴도 환해졌다. 곳비와 양 내관의 손이 바빠졌다. 광주리에 노란 꽃잎이 쌓이기 시작했다.

꽃잎을 따던 곳비가 허리를 펴고 용을 보았다. 용이 곳비에게 다가왔다.

"대감, 심심하지 않으시옵니까? 꽃잎이라도 같이 따시지요. 시간이 빨리 갑니다."

"꽃이 너무 아름다워서 꽃잎을 따기가 미안하구나."

"대군께서 국화를 좋아하시는지 몰랐습니다."

"오늘 보니 좋구나. 국화도 단화(丹花, 붉은 꽃)도."

"그렇지요? 역시 대군께서는 붉은 꽃을 좋아하시지요?"

"응, 붉은 꽃이 제일 좋긴 하다."

용이 미소를 지었다.

"하나 국화도 오래 보니 그 아름다움을 알겠구나. 너처럼."

"저처럼요?"

"응, 너처럼."

곳비가 가만히 용을 바라보았다. 요 며칠 용의 언행이 이상했다. 어느 때에는 너무 기름져서 느끼하기까지 했다. 곳비가 걱정스레 용을 바라보다가 웃음을 터뜨렸다.

"푸하하하하하하. 이제야 소녀가 아름다워 보이십니까? 서운하옵니다. 전 처음엔 아니었지만 옛날부터 대군이 멋져 보였는데……."

"그랬느냐?"

용의 눈이 반짝였다.

"물론, 다른 이들의 눈에도 다 멋져 보인다는 게 문제였지만……."

"다른 이들의 눈은 중요하지 않다. 네 눈이 제일 중요하다."

"예, 제 눈엔 대군께서 제일 멋져 보이십니다."

용이 곳비의 얼굴을 빤히 들여다보았다.

"왜 그리 보십니까?"

"내 눈에는 단화(丹花)가 제일 예쁘구나."

그럼 그렇지. 곳비는 실망했지만 티 내지 않았다. 제가 실망할 처지는 아니었다.

"저는, 오래 보아야 아름다워 보이는 저랑 닮아서 그런가, 국화가 제일 좋습니다."

곳비는 꽃향기를 맡고는 다시 꽃잎을 따기 시작했다.

"국화로 밭을 만들려면 얼마나 들려나?"

용이 중얼거리며 들 한가운데로 걸어갔다.

광주리에 꽃잎이 소복이 쌓였다. 곳비와 양 내관이 서로 꽃잎을 얼마나 땄는지 확인하며 용에게 다가갔다. 몸을 숙이고 있던 용이 허리를 폈다. 용의 손에 꽃다발이 한 아름 들려 있었다.

"미안하다 하시더니 많이도 꺾으셨습니다. 영신 아씨께 드릴 거지요? 소녀가 다듬어드리겠사옵니다."

곳비가 꽃다발을 향해 손을 내밀었다.

"아니."

용이 꽃다발을 높이 치켜들면서 말했다.

"그럼, 또 어느 여인의 마음을 흔들 작정이십니까? 너무 하십니다."

"여인에게 줄 것이 아니다."

용은 제 마음을 몰라주는 곳비가 서운하여 양 내관에게 다가갔다.

"내가 널 많이 사랑한다, 양 내관."

용은 양 내관에게 꽃다발을 안기고서는 몸을 돌려 성큼성큼 자리를 떴다.

"대군께서 좀 이상하시다."

양 내관이 꽃다발을 안은 채, 입을 벌리고 용의 뒷모습을 우두커니 바라보았다.

"나으리께서도 느끼신 게지요?"

곳비의 얼굴에 그늘이 졌다. 사람이 죽을병에 걸리면 안 하던 말이나 행동을 한다는데 갑자기 주변 이들에게 지나치게 다정히 구는 용이 걱정스러웠다.

용은 회령에서 야인들을 성공적으로 토벌한 공로를 인정받았다. 조정 안팎에서 용을 따르는 무리들이 늘어갔다. 수성궁 솟을대문은 방문객들로 문턱이 닳을 지경이었고, 가솔들은 손님을 접대하느라 쉴 틈이 없었다. 곳비도 종종 수성궁에 와서 일손을 돕곤 하였다.

어느새 어둠이 내려앉았다. 손님들은 집으로 돌아가고, 낮 동안 수성궁에 들끓던 술과 음식과 사람들의 열기도 식어갔다. 사랑 영창으로 서늘한 바람이 불어왔다. 양 내관이 얼른 문을 닫으며 용의 눈치를 살폈다. 용은 시선을 붓끝에 고정한 채 뭘 그리 보느냐고 물었다.

"좀 울적해 보이시옵니다."

"양 내관, 자네는 외롭지 않느냐?"

"소인은 외로워봤으면 좋겠습니다. 종일 대군을 모시느라 외로울 시간이 없사옵니다."

용이 고개를 들어 양 내관을 향해 두 눈을 흘겼다. 양 내관이 배시시 웃었다.

"사랑한다, 많이 사랑한다 하셔놓고서는……."

"미친……."

용이 다시 붓을 놀렸다.

"어찌 물으십니까? 혹 대군께서도 외로움을 느끼시옵니까?"

"그런 것 같구나."

"에이, 대군의 곁에 사람이 얼마나 많은데 외롭다 하시옵니까? 오늘도 종일 내내 단 한순간도 홀로 있을 틈이 없으셨는데요?"

용이 피식 웃었다.

"외로움은 곁에 사람이 없어서 생기는 감정은 아닌 것 같구나. 외로움은……."

용은 말을 멈추고 생각했다.

'외로움은…… 내가 원하는 사람이 내 곁에 없을 때 일어나는 감정이구나. 내가 은애하는 사람이, 그 사람의 마음이 멀리 있을 때 일어나는 감정이구나.'

처음이었다. 용의 가슴에 외로움의 바람이 분 적은…….

용은 양 내관에게 그만 물러가라고 했다. 다른 날보다 너무 이르기 때문에 양 내관은 용에게 '예?' 하고 되물었다.

"외로움을 느낄 시간을 가져보거라."

용이 고개를 떨구고 붓을 들었다. 양 내관은 조용히 밖으로 나왔다.

"계절 탓인가……."

양 내관은 고개를 갸웃거리며 중문을 벗어났다.

"뭘 그리 중얼거리십니까?"

마당에 있던 곳비가 물었다.

"아, 곳비야, 잘 왔다. 대군께 한번 가보거라."

"무슨 일이라도 있습니까?"

"응, 좀 울적해하신다. 네가 가서 대군을 많이 웃겨드리거라."

"울적해하시면 영신 아씨를 부르시지요? 제가 웃기는 재주가 어디 있습니까?"

"몰랐느냐? 대군을 웃게 만드는 이는 너밖에 없다. 별당 아씨도 그런 재주는 없으시다. 어서 가보거라."

곳비는 양 내관에게 등을 떠밀려 사랑으로 향했다.

용이 붓을 놓고 고개를 들었다. 곳비가 방 안으로 들어와 가까이 왔다. 곳비는 자리에 앉아 용이 그리던 그림을 바라보았다.

"꽃밭이군요."

"국화다."

"색이 없어서 잘 몰랐습니다. 한데 평소 대군께서 그리시던 그림과는 많이 다르옵니다."

그동안 용이 그린 그림은 큼지막한 국화 두세 송이가 주인공이었다. 하지만 지금 그리고 있는 그림은 셀 수도 없이 많은 국화가 배경을 이루고 있었다. 그 배경 한가운데에는 여인이 서 있었다.

"영신 아씨군요."

"아니다. 잘 보거라."

곳비가 고개를 갸웃거리며 그림을 자세히 들여다보았다. 익숙한 머리 모양, 새앙머리를 한 여인……. 곳비의 눈이 커졌다. 곳비가 고개를 들어 용을 바라보았다.

"날 외롭게 만드는 여인."

"누구인데요?"

"부왕의 여인."

곳비가 깊은숨을 토했다. 작은 어깨가 축 내려앉았다. 곳비는 생각에 잠긴 듯 침묵했다. 몹시 당황스러웠다. 용이 곳비와 눈을 맞추며 곳비를 나직이 불렀다. 곳비가 용을 바라보다가 어렵게 입을 열었다.

"혹, 후궁의 반열에 오르실 마마님입니까?"

"뭐라?"

"대군을 외롭게 만드는 여인, 성상의 여인이라면……."

"아니다. 내 어찌 그런 패륜을 저지를까?"

용이 손사래를 쳤다. 곳비는 잠시 안도했다가 다시 용을 보며 단호한 표정을 지었다.

"그래도 아니 되옵니다."

"왜?"

"그럼 궁녀이겠군요. 잘 아시잖아요. 궁녀는 오직 임금께만 허락된 몸이라는 사실을요."

"예외를 만들면 되지 않겠느냐? 나는 이미 은애하는 여인을 한 번 잃었다. 부왕께서도 내가 은애하는 여인을 두 번이나 잃게 하지는 않으실 게다."

"글쎄요. 말처럼 그리 쉬웠다면……."

자기에게도 기회가 있었을까. 곳비의 낯빛이 어두워졌다.

"한데 누구입니까? 제가 아는 이입니까?"

"너."

"예?"

"라면 어떻겠느냐?"

"싫습니다."

"아니, 왜?"

용은 납득할 수 없다는 표정을 지었다.

"내가 왜 싫으냐? 너 어릴 때 내 색시가 되는 일이 꿈이라고 하지 않았느냐?"

"철모르는 어릴 적 이야기이지요. 제가 말씀드리지 않았습니까? 그 꿈 바뀌었다고요. 이제 궁녀로서 제 소임을 다하겠다고 말씀 올렸을 텐데요?"

"그 소임 다하지 않았잖아."

"다하지 않았다니요. 소녀가 잘못한 점이 있사옵니까?"

"날 보러 오는 것."

용이 투정하듯 말했다.

"이리 오지 않았습니까?"

"내가 제일 먼저였으면 좋겠다. 수성궁에 왔으면 제일 먼저 날 보러 왔으면 좋겠다."

"손님이 좀 많아야지요. 하루 종일 얼마나 바빴는데요."

"손님은 나도 많았고, 나도 바빴느니라. 그래도 난 종일 널 기다렸다. 내가 얼마나 외로웠는지 아느냐?"

용이 시무룩한 표정으로 아이처럼 말했다.

"외로우시다니요? 종일, 손님을 맞느라 바쁘셨다면서요."

"그래도 외로웠다."

"외로움은 그런 게 아니랍니다."

곳비가 용을 달래듯이 말했다.

"네가 외로움을 아느냐?"

"외로움은 내가 사모하는 이가 날 봐주지 않을 때 일어나는 감정이지요."

"네가 어찌 아느냐?"

용은 놀라 곳비를 보았다.

"소녀는 궁녀이옵니다. 궁녀들에게 외로움은 숙명이지요."

곳비가 슬픈 눈으로 미소를 지었다. 용은 잠자코 있다가 물었다.

"곳비야, 네가 궁녀가 아니었다면 어땠을까? 지금보다 행복했을까? 우리 사이는 어땠을까? 많이 달라졌을까?"

"제가 궁녀가 아니었다면 대군을 만나지 못했겠지요?"

"그렇구나. 그렇겠구나……."

용은 말끝을 흐리며 고개를 끄덕였다. 용의 눈빛도 슬퍼 보였다.

다음 날 곳비는 반 시진 일찍 눈을 떴다. 차가운 새벽 공기를 맞으며 수성궁으로 갔다. 용은 아직 침소에 있었다.

"곳비 왔사옵니다. 대군께 제일 먼저 왔사옵니다."

곳비가 침소를 향해 속삭이고, 조용히 걸음을 옮겨 서재로 들어갔다. 곳비는 서안 앞에 앉았다. 흰 접시에 가지고 온 물을 따랐다. 노란 빛깔이 흰 접시 위로 퍼져나갔다. 어젯밤 치자 열매를 끓여서 식혀둔 물이었다. 서안 위에는 용이 그린 국화밭 그림이 있었다.

곳비는 붓을 들어 노란 물을 묻힌 다음 국화잎에 찍었다. 꽃밭이 노랗게 물들어갔다. 곳비는 붓을 멈추고 꽃밭에 선 여인을 바라보았다.

'하지만 국화도 오래 보니 그 아름다움을 알겠구나. 너처럼.'

'날 외롭게 만드는 여인.'

'부왕의 여인.'

용의 목소리가 떠올랐다. 제게 손수건을 건네주던 일도, 저를 은근히 바라보던 눈빛도……. 설마…… 그럴 리는 없었다. 곳비는 고개를 저었다. 용과 함께한 세월이 십 년이 넘었다. 그간 용에게 제가 여인이던 적은 한 번도 없었다. 곳비는 대군을 외롭게 만드는 이 여인이 누구일지 궁금했다. 곳비가 생각에 잠겨 있을 때 용이 들어왔다.

"무얼 그리 골몰히 생각하고 있느냐?"

"이 여인 말이옵니다."

"그래. 이 여인?"

용은 눈빛을 반짝이며 곳비를 보았다.

"이 여인이 저라면 행복할 것이옵니다."

용이 빙긋 웃었다. 잠이 완전히 달아났다.

"대군은 이 조선에서 가장 멋진 분이시니까요. 그런 대군의 사랑을 받는다면 진정 행복할 것이옵니다."

용의 얼굴에 화색이 돌았다.

"참말 행복하냐?"

"하나……."

"하나?"

"응원해드리지는 못할 것이옵니다."

"어째서?"

"대군께서는 사별하긴 했지만 이미 가례를 올리셨고, 또 영신 아씨도 계시니까요."

"하나 내 마음이 이 여인에게 있다면, 내가 연모하는 이는 이 여인이라면······."

"상대는 궁녀가 아니옵니까? 그 여인, 대군의 마음으로 인해 고초를 겪을 것이옵니다. 내 마음으로 인해 누군가 곤란해지거나 누군가 상처를 받는다면 그 마음 숨겨야겠지요. 그 마음 접어야겠지요. 저는 그리할 것이옵니다."

곳비는 오랫동안 제게 해오던 말을 용에게 내뱉고 붓을 들었다. 용은 곳비를 물끄러미 바라보았다.

"그리고 전 대군께서 궁녀를 마음에 두시는 건 싫습니다."

곳비가 붓을 놀리며 흘리듯이 말했다. 용은 시무룩해졌다. 어쩐지 곳비가 제 마음을 안다면 반기지 않을 듯하였다.

영신은 후원에 나와 있었다. 인왕산 자락에 지은 수성궁은 한 폭의 그림처럼 빼어난 경관을 자랑했다. 그중에서도 이 후원은 용의 정성이 가장 많이 들어가 있었다. 연못 주위에는 밖에서는 볼 수 없는 귀한 꽃들과 기암괴석들이 장관을 이루고 있었다. 연못 뒤편에는 소나무가 작은 숲을 이루고 있었고, 숲 뒤에 있는 층계를 올라가면 인왕산 계곡이 펼쳐졌다.

지은 지 얼마 되지 않은 단안각 대청에 앉아 있노라면 인왕산과 후원의 수려한 정경이 한눈에 들어왔다. 영신이 단안각 현판을 보고 있을 때 영교가 다가왔다. 영신의 붉은 입술이 가는 미소를 그렸다.

"무얼 그리 골똘히 보십니까?"

"단안각을 보고 있었다. 저 이름을 보노라면 이 집을 지으신 대군의 마음에 짐작 가는 바가 있구나."

"어떤 마음이요?"

"여인을 그리는 마음."

"그렇군요. 단안(丹顔). 붉은 얼굴. 여인의 얼굴을 뜻하는군요. 처음에는 단화(丹花), 붉은 꽃이라고 지었다가 이름을 바꾸셨다더군요. 누님을 생각하며 지으신 듯합니다."

영신이 희미하게 미소를 지었다.

"한데 시에서는 '홍안(紅顔)'이라는 표현을 쓰지 않느냐? 왜 '홍안'이 아니라 '단안'일까?"

"'홍안'은 너무 흔합니다. 우리 대군께서는 또 남들이 다 쓰는 건 싫어하시지요."

영신은 고개만 설핏 끄덕였다.

"그만 들어가십시오. 날이 차서 누이의 얼굴이 진짜 '단안'이 되었습니다."

"대군을 뵈었더냐?"

"누님께 먼저 왔습니다."

"그래. 한집에 살아도 이리 뵙기가 어려우니. 어찌 대군보다 네 얼굴을 더 많이 보는 것 같구나."

"대군께서 워낙 바쁘셔야지요. 문객들이 끊이지 않으니 누님께서 이해하십시오."

영교는 영신을 별당에 데려다주고 나오는 길에 곳비를 만났다. 곳

84

비는 사랑에서 나오는 길이었다. 인사를 나누고 영교가 물었다.

"혹, 항아님의 성자(姓字)를 여쭈어봐도 되겠습니까?"

"단, 단가 곳비입니다."

"특이한 성자입니다. 본관은…….."

"천한 이에게 본관이 어디 있겠습니까? 본래 성자도 없었지요. 입궁하면서 대군께서 지어주신 성씨랍니다."

"예, 고운 성자를 주셨군요."

"곱기는요. 사실 저를 놀리는 뜻으로 지으신 거랍니다. 대군께서는 어릴 때부터 절 놀리는 재미로 사는 분이셨거든요."

"놀리다니요?"

"제 얼굴을 보면 드는 생각이 없으십니까?"

영교가 곳비의 얼굴을 가만히 들여다보았다.

"곱다."

곳비가 웃었다.

"어여쁘다. 아름답다."

"에이, 그런 거 말고, 색을 보십시오. 제 낯색이 어떠합니까?"

"백옥처럼 하얗습니다. 아니다, 솜털처럼 하얗나? 아닌데, 구름처럼 하얗습니다."

영교의 표정과 음성이 진지했다.

"호호호. 제가 나으리 덕분에 웃습니다. 제 얼굴이 하얗단 말입니까? 절대 대군께 그런 말씀은 마셔요. 또 두고두고 절 놀리실 겁니다."

"제 덕분에 웃으셨으니 항아님께 꽃차를 한 잔 청해도 되겠습니까?"

"물론입니다. 제 얼굴이 하얗다고 칭찬하셨으니 나으리께는 얼마든지 드리겠습니다."

"얼굴이 하얀 게 칭찬입니까?"

"예, 제게는 가장 좋은 칭찬입니다."

잠시 후 영교는 아래채에 있는 방 안에 들었다. 영교는 툇마루에 앉아 차를 우리는 곳비를 바라보았다. 마룻바닥이 찰 텐데, 괜히 차를 부탁했구나, 싶었다. 그렇다고 방 안으로 들어오라고 할 수도 없는 노릇이었다.

곳비가 고개를 들자 영교는 시선을 들어 아래채를 둘러보았다. 아래채에는 수성궁에 머물면서 숙식을 해결하는 문객들이 많았다.

곳비가 영교에게 차를 따라주었다.

"감사합니다."

"수성궁에 드신 손님을 대접하러 왔는걸요. 제 일입니다."

"제 누이도 잘 부탁드립니다."

"아씨는 대군께서 잘 돌보고 계시니 염려 놓으셔요."

영교가 말을 하려다 말고 입을 다물었다. 그의 얼굴에 검은 물결이 잠시 일렁였다.

"혹, 아씨께 무슨 일이 있습니까?"

"대군께서는 좋은 분이지요. 너그럽고 호탕하고 유쾌하고, 또 사람들을 좋아하시지요. 지위 고하를 막론하고요. 문무 모두 출중하고, 뛰어난 시인이자 서예가이자 화가이시기도 하고요. 한데 좋은 사내는 아닌가 봅니다."

곳비는 짐작 가는 바가 있었다. 근래 용의 마음이 영신이 아니라 다른 여인에게 있다는 사실을 알고 있었으니까.

"부부인께는 처음부터 정이 없으셨지요. 하나 제 누이는 다르지 않습니까?"

곳비는 사람의 마음이, 애정이 한결같으면 좋겠다고 생각했다. 하지만 용을 탓하고 싶지는 않았다. 사람의 마음이, 연정이 변할 수도 있으니까. 용에 대한 제 마음도, 제 연심도 변하기를 바라니까. 아니, 변해야 하니까. 이제 조금은 변했다고 믿고 있으니까. 앞으로 더 많이 변할 테니까.

"어쨌든 누이를 잘 부탁합니다. 가엾고 외로운 분이십니다. 처음부터 안평 대군을 만나지 않았다면 좋았을 텐데…… 이왕지사 이리된 것, 대군과 행복하게 살았으면 좋겠습니다."

"대군은 의리를 아는 분이십니다. 좋은 사내는 아닐지 모르나 아씨께 의리는 지키실 겁니다."

영교가 잔을 비웠다. 곳비는 다시 차를 따랐다. 국화 향이 은은하게 퍼졌다.

곳비는 용의 그림 속, 국화밭에 있는 여인을 떠올리며 한숨을 지었다. 영교도 곳비를 따라 한숨을 쉬었다. 두 사람이 마주 보고 웃었다.

2

용이 한숨을 길게 쉬었다. 또 외로우신가. 양 내관이 걱정스러운 표정으로 용을 바라보았다.

"곳비를 들라 할까요?"

"됐다."

"그럼, 별당 아씨를 오라 할까요?"

"됐다."

"그럼, 대군께서 많이 사랑하시는 저라도?"

"됐다, 됐다, 됐다 하지 않았느냐? 다 필요 없으니 나가거라."

양 내관이 가까이 앉으려다가 밖으로 나갔다.

용은 그림 속 붉은 꽃을 들여다보았다.

'내 마음으로 인해 누군가 곤란해지거나 누군가 상처를 받는다면 그 마음 숨겨야겠지요. 그 마음 접어야겠지요. 저는 그리할 것입니다.'

곳비의 말이 떠올랐다. 용은 한숨을 쉬었다.

"대감."

밖에서 양 내관의 목소리가 들렸다.

"필요 없다 하지 않았느냐?"

"그것이 아니오라……."

"정현 옹주 드시옵니당."

정현 옹주의 장난스러운 음성이 들렸다. 곧 문이 열리고 정현 옹주가 모습을 드러냈다. 정현 옹주가 자리에 앉자마자 안부도 묻지 않고 말했다.

"오라버니께 청이 있사옵니다."

용은 대답하지 않았다. 지금은 곳비 생각밖에 없었다.

"소 주서와 자리를 마련해주십시오. 만나고 싶다는 청을 넣었는데 법도가 그렇지 않다며 거절당했습니다."

"그럼, 법도를 따라야지."

"한 번은 만나야 합니다."

"내가 대신 전하마. 무슨 일이냐?"

용이 건성으로 물었다.

"오라버니께서 대신하실 수 없는 일입니다."

정현 옹주의 엉뚱한 성정을 잘 아는 용이 이제야 불안한 듯 물었다.

"무언데?"

"청혼을 할 것입니다."

"뭐라? 청혼?"

용이 '하!' 하고 바람 빠지듯 웃었다.

"청혼이라니? 청혼은 신랑댁에서 신부댁에 넣는 것을. 게다가 넌 옹주다. 부마를 간택하는 것은 윗전의 일이거늘, 부왕과 모후께서 어련히 알아서 하실까."

"청혼을 왜 부모님들끼리 해야 합니까? 왜 부마는 꼭 윗전 마마들께서 간택해야 합니까? 길례 당사자는 저인데, 제가 원하는 사람에게 직접 하면 안 됩니까? 서로 마음을 확인하고, 중전마마께 청을 올리면 안 됩니까?"

"그래도 여인인 네가 청혼을 하다니, 소 주서가 비웃을 게다."

"제 연심에 최선을 다하고 싶습니다. 옹주, 여인이라는 굴레에 갇혀 아무것도 하지 않고 포기하고 싶지는 않습니다. 제가 최선을 다해도 안 되는 건 어찌할 수 없겠지요. 하나 최선을 다하지 않는다면 미련이 남을 겁니다. 오라버니께서도 첫정에 최선을 다하셨기에 영신 아씨가 명국으로 떠난 뒤에도 견딜 수 있지 않으셨습니까? 다행히 소 주서가 제 마음을 받아주면 그보다 기쁜 일은 없겠지요. 혹 받아주지 않더라도 물론 아프겠지만, 당분간은 아프겠지만 저도 미련 없이 깨끗이 잊을 수 있습니다."

용은 잠시 생각하다가 말했다.

"네 고백으로 인해 소 주서가 곤란해하면? 불편해하면? 서로 어색해질 수도 있다."

"그렇다고 죽는 건 아니잖아요. 해를 입는 건 아니잖아요. 아파도 내가 더 아프고, 부끄러워도 내가 더 부끄러운데?"

"그래도 이루어질 수 없는 사랑이라면?"

이건 뭐지? 정현 옹주는 대답 없이 용을 바라보았다.

"이루어질 수 없는 사랑이요? 신분의 차이 같은 걸 말씀하시나요?"

"뭐, 그래 비슷한 거다."

정현 옹주가 이마를 찡그리고 한숨을 토했다.

"혹시 오라버니께서 광평 대군댁 노비를 좋아한다는 소문이 사실입니까? 물론 유부녀보다는 낫지만, 그래도……."

"뭐, 광평 대군의 노비?"

"부전이라던가? 그 계집종이 그리 예쁘다면서요?"

"뭐, 노비? 예뻐? 그 궁에 예쁜 아이가 어디 있느냐?"

용이 발끈하다가 음성을 낮추었다.

"뭐 하나 있는 것도 하다만……."

"맞지요? 하나 있지요? 오라버니가 그 노비에게 반해서 광평 대군 궁방에 자주 드나든다는 소문을 들었습니다."

"누가 그딴 망발을. 아니. 절대 그런 일 없다."

"없으면 다행이고요. 어쨌든 제 부탁은 들어주시는 겁니다."

"아니."

"오라버니."

"안 된다. 일국의 옹주가 청혼을 하다니, 왕가의 체통을 깎아 먹을 셈이냐?"

옹주는 계속 용에게 졸라댔지만 용의 대답은 한결같았다.

"사내는 되고, 여인은 안 되는 더러운 세상."

옹주는 혼자 중얼대며 용의 사랑채를 나갔다.

저녁 무렵에는 진양 대군과 임영 대군이 용을 찾아왔다. 요즈음 조정을 시끄럽게 하고 있는 임영 대군이 벌인 때문이었다. 이미 임영 대군은 궁중의 시녀와 사통하여 작첩을 회수당한 적이 있었다. 그런데 이번에는 화의군 이영과 더불어 여인들을 궁에 들이다가 적발되었다.

임영 대군은 진양 대군과 용에게 도와달라며 머리를 조아렸다. 용은 처음도 아니고 두 번씩이나 왕실의 체통을 무너뜨리고 국법을 어겼으니 책임을 지고 벌을 받으라고 했다. 임영 대군은 진양 대군을 보며 살려달라고 울먹였다. 진양 대군은 용의 말이 맞다고 하면서도 기회를 봐서 임영 대군이 복귀하도록 힘쓰겠다고 했다.

"대간들의 상소가 빗발친다고 들었습니다. 형님께 해가 될까 저어됩니다."

용이 진양 대군을 보며 말했다.

"어쩌겠느냐? 형제 아니냐? 우리가 돕지 않으면 누가 나서겠느나?"

"예, 형님 말씀이 옳습니다."

용은 진양 대군의 말에 순종하였다.

"감사합니다, 형님. 감사합니다, 진양 형님."

임영 대군은 눈물을 흘리며 진양 대군에게 머리를 숙였다. 하지만 용에게는 서운하다 못해 분한 마음이 드는 건 어찌할 수 없었다.

곳비는 용의 부름을 받고 수성궁 후원으로 향했다. 후원 가까이에 가자 국화 향이 은은하게 퍼져왔다. 며칠 전까지 수성궁에서는 맡지 못한 향기였다. 곳비는 고개를 갸웃하며 후원 안으로 들어섰다. 곳비의 눈이 커졌다. 입도 벌어졌다. 국화밭을 통째로 옮겨 심은 듯 후원은 국화로 가득하였다. 온통 노란 세상이었다.

"마음에 드느냐?"

용의 목소리였다. 곳비는 뒤를 돌아보았다. 용이 자신만만한 표정으로 서 있었다.

"이게 다 뭡니까?"

"그림과 똑같다."

곳비는 일전에 용이 그린 국화밭 그림을 떠올렸다.

"이제 그림 속 여인이 누군지 알겠느냐?"

"글쎄요."

곳비는 아직 감이 잡히지 않았다.

"널 위해 준비했다."

곳비는 여전히 무슨 소리인지 갈피를 잡지 못했다. 것보다 더 궁금한 점이 있었다.

"그럼, 이전에 있던 꽃들은요?"

"꺾었겠지?"

용이 나 잘했지, 하는 미소를 지으며 고개를 갸울였다.

"세상에. 재물이 그리 차고 넘치십니까?"

"네가 국화를 좋아한다고 하여……."

"예, 국화를 좋아합니다. 하나 다른 꽃들도 싫어하지 않습니다. 게다가 이 후원에 있던 꽃들은 다 값비싼 것들이 아니었습니까? 국화는 이미 다 졌을 텐데, 이거 다 어디서 나셨습니까? 값비싼 재물을 주고 구해 오신 게 아닙니까?"

곳비의 말을 묵묵히 듣고 있던 용이 빙그레 웃었다.

"왜 웃으십니까?"

"좋아서."

"뭐가요?"

"네 잔소리. 이게 바로 '바가지'라는 게지? 민가의 아낙들이 지아비에게 많이 퍼붓는 거."

곳비의 입에서 가느다란 실소가 터져 나왔다. 곳비는 두 손을 모았다.

"대감, 궁인인 소녀가 어찌 하늘처럼 높으신 윗전께 바가지를 긁을 수 있겠사옵니까? 소녀의 말은 충정에서 나온 간언이니 부디 곡해치 마소서."

"괜찮다. 네 바가지는 언제든지 환영이니 그리 정색하지 말거라. 그리고 국화밭이 싫으면 다른 걸 말하거라."

"없습니다. 아무것도 없으니 괘념치 마십시오."

"왜? 풀밭이든 꽃밭이든 무엇이든지 말해보거라."

"없습니다."

"진정 없느냐?"

"예."

곳비가 고개를 끄덕였다. 오늘따라 용이 왜 이러는지, 이상하다 싶었다. 분명 광평 대군은 용에게 병이 없다고 했는데 용은 마치 곧 세상을 떠나게 되어 영영 이별하는 사람처럼 굴었다. 용이 한 발짝 앞으로 다가왔다. 고개를 낮추어 곳비의 눈을 들여다보았다.

"그럼 내가 말하겠다."

"……."

"내가 원하는 것."

"……."

"네 마음."

용이 곳비에게 더 가까이 다가왔다. 곳비는 갑자기 얼굴이 화끈거리고 가슴이 두근거려서 용의 시선을 피했다.

"……제 마음?"

곳비가 속삭이듯 말했다.

"그래. 네 마음."

곳비가 고개를 들어 용과 시선을 맞추었다.

"제 마음을 원하십니까?"

"그래. 네 마음을 원한다."

"그럼, 대군의 마음은요?"

"내 마음은 네게 있다."

곳비는 말을 잇지 못했다. 여느 때처럼 용이 저를 놀리고 있다고 하기에는 용의 눈빛도, 주변 기운도, 제 느낌도 좀 달랐다. 곳비는 잠시 침묵하다가 입을 열었다.

"전 모르겠는걸요. 언제부터입니까?"

언제부터일까? 함길도에서 곳비가 죽을 뻔했을 때부터? 시회를 하기 위해 양전 마마를 모시고 곳비가 수성궁으로 왔을 때부터? 출합 후 곳비와 대궐에서 재회했을 때부터? 곳비가 대궐에 남겠다고 했을 때부터? 아니면 어린 시절 곳비와 함께 궁을 나갔을 때부터? 어쩌면…….

"처음부터. 내 마음은 처음부터 네게 있었구나. 하나 궁중의 법도가 지엄하고, 네 항상 내 곁에 있을 줄 알았고, 내 어리석어 깨닫지 못했구나. 너에 대한 내 마음이 연정이라는 것을. 너는 분명 피를 나눈 공주도 옹주도 아닌데, 내 너를 누이라고 내 자신에게 다짐하듯 생각하며 선을 그었구나."

용이 온 마음을 다해 고백하고 있었다. 그 눈빛은 어느 때보다 영롱하고 맑았다. 하지만 곳비는 용의 마음을 오롯이 받아들일 수 없었다.

"그럼, 계속 그리해주십시오."

곳비가 담담히 말했다.

"그리할 수 없다. 이제 내 마음을 깨달았느니라. 한데 어찌 너를 누이로만 보겠느냐? 이미 너는 내 가장 소중한 여인인 것을."

바람이 불었다. 숲에서 낙엽들이 바스락댔다. 곳비가 흠칫하며 주위를 살폈다. 용과 제 대화를 누군가 듣지는 않을까 겁이 났다. 지난 십일 년 동안 용에게서 듣고 싶던 말을 이제야 듣게 되었는데 기쁨 아닌 두려움이 앞섰다. 이제 곳비도 완연한 궁녀가 다 되어 있었다.

"대감, 저는 대군의 색시가 되고 싶다고 노래하던 철부지 소녀 곳비가 아니옵니다. 대군도 저도 장성한 어른이 아니옵니까? 궁녀로서 제가 대군께 어찌 처신해야 하는지는 대군도 저도 너무나 잘 알지요. 부디 궁녀로서 제 본분을 다할 수 있게 해주십시오."

곳비가 조곤조곤 말했다. 얼굴에 미소도 지었다. 용은 곳비를 가만 바라보다가 어깨를 늘어뜨렸다.

"네가 그리 원한다면……. 네가 원하는 바가 그러하다면……."

용이 옅은 숨을 토했다.

"내겐 네 마음이 가장 중요하니까. 네 마음이 가장 소중하니까 네 뜻대로 하겠다."

곳비가 고개를 숙여 절을 하고서 돌아섰다.

"하나 내 마음을 네게 두고 가겠다."

곳비가 걸음을 멈추었다.

"그리고 기다리겠다. 내 마음은 처음과 같이, 언제나 항상, 영원히 네게 있느니라. 네게 있을 테니까."

곳비가 다시 걸었다. 멀리서 짝을 부르는 산짐승의 울음소리가 구슬피 들려왔다.

3

용은 회령으로 가는 길에 접대를 과하게 받은 일로 탄핵을 받았다. 대간들은 대군이 본분을 잊고 기녀를 끼고 유흥을 즐겼다고 상소를 올렸다. 임영 대군이 대간들을 부채질했다는 소문이 있었지만 용은 믿지 않았다.

용은 방문객을 거절하고 종일 사랑에 처박혀 있었다. 용은 광평 대군에게 서신을 보냈다. 하릴없이 무료하니 인편에 소식이라도 전해달라는 내용이었다. 수성궁에 방문하기 위해 차비를 하던 광평 대군은 용의 서신을 읽고 미소를 지었다. 다시 자리에 앉으며 곳비를 보냈다.

곳비가 사랑채 중문을 넘어섰다. 누마루에 앉아 도를 닦듯이 중문을 뚫어지라 노려보던 용이 눈을 깜박거렸다. 눈물이 질금 흘러나왔다. 용은 손으로 눈을 비볐다.

"대감, 우십니까?"

곳비가 다가오며 물었다.

"울다니?"

"왜 눈물을 보이십니까?"

"내 그리운 이를 기다리다 눈이 빠질 뻔하였구나."

곳비가 미소를 지으며 얼굴을 붉혔다.

"너 말고 광평. 직접 오지 않고, 서신을 보낸 모양이구나."

곳비가 여유롭게 웃으며 용에게 서신을 건넸다. 이제 용의 장난스런 농에 넘어가 파르르 할 나이는 지났다.

"어서 답신을 주십시오."

"싫다. 답신은 주지 않을 게야."

"어찌하여 그러십니까?"

"답신을 주면 네가 가버릴 테니까."

"칩거하신다더니 참 심심하신가 보옵니다."

곳비가 웃었다.

"너는 어찌 기분이 좋아 보인다?"

"예, 좋습니다. '홍홍홍'을 불러서 노시더니 고소합니다."

"내가 불러서 논 게 아니다. 내 죄라면 너무 잘난 것이다. 너무 잘
나서 여인들이 나를 따르는 걸 어찌하랴? 군자의 도량으로 나를 따
르는 여인을 어찌 야박하게 거절할 수 있겠느냐? 물론!"

용이 손가락을 치켜들고 곳비를 바라보았다.

"이제는 아니다. 나는 달라질 것이다."

"글쎄요, 최근에 또 기첩을 들이셨다지요?"

"기첩이라니?"

"서소문 밖에 대군의 기첩이 있다 하더이다."

"아, 사정이 딱하여 내 좀 도와주는 게다. 부모와 아우들을 봉양하
기 위해 기녀 노릇을 해야 하는데, 딱하지 않느냐? 기녀는 첩으로 들
어앉아야 기방에서 나올 수가 있기에 내가 명분을 만들어주었다. 하
나 내 손 한번 잡지 않았다. 우린 그저 함께 시를 읊고, 술잔을 기울
이고, 가야금을 연주했을 뿐이다. 그냥 벗이다. 물론, 내 앞으로 여인
들은 벗도 삼지 않을 것이다."

"우리……?"

"응, 우리. 너와 나. 우리."

"함께……?"

"응, 함께. 너와 나. 함께."

용이 곳비와 저를 가리키며 웃었다. 곳비도 웃다가 눈을 가늘게 떴다.

"한데 안 추우십니까? 바람이 찬데 어찌 누마루에 나와 계십니까?"

"자연을 병풍 삼은 내 모습이 신선 같지 않으냐?"

"아니요. 한량 같습니다. 계속 한량 놀이하십시오. 소녀는 이만 돌아가겠습니다."

"아니다. 한량 놀이, 아니 신선 놀이 끝났다. 추운데 방으로 들어가야지. 어서 가자."

용이 방을 향해 곳비의 등을 떠밀었다. 곳비는 방으로 들어오며 문을 조금 열어두었다.

"춥다면서 문은 왜?"

"남녀가 유별한데……."

"언제부터 우리가 방문을 열어두고 있었느냐?"

"그래도……."

용의 진심을 안 날부터 곳비는 용을 대하는 일이 더 조심스러워졌다.

"걱정 마라. 내 아무 짓도 안 할 것이다. 네 허락 없이는."

용이 문을 닫았다.

"추우니 아랫목에 앉거라."

"아닙니다."

"아니긴, 네가 윗목에 앉으면 내 마음이 편할까."

"그래도, 안 됩니다. 법도가 그렇지 않사옵니다."

"하는 수 없구나. 고집은."

용은 아랫목에 펴 놓은 보료를 들고 곳비에게 다가갔다.

"뭐 하시려고요?"

용이 대답 없이 웃었다. 보료로 곳비를 폭 감싸주고서는 그 앞에 마주 앉았다. 뒤는 보료가, 앞에는 용이, 곳비는 이불에 폭 파묻힌 채 움직일 수 없었다. 곳비의 얼굴이 붉어졌다. 가슴이 콩닥거렸다. 용이 빙긋이 웃었다. 곳비가 눈을 흘기며 용을 밀쳐냈다.

"그러고 보니, 너!"

용이 곳비를 다시 보료로 감싸주며 곳비의 앞에 바투 다가와 앉았다. 곳비가 눈을 동그랗게 떴다.

"함흥에서도 '홍홍홍' 흉내를 내고 있었지. 아까도 '홍홍홍'에 대해 바가지를 긁었고……."

"바가지라니요?"

"그래. 충심에서 우러나온 간언이라고 해두자. 또 서소문 밖에 집을 얻어 준 기녀에 대해서도 '충심에서 우러나온 간언'을 올렸고……."

곳비가 침을 꼴깍 삼켰다.

"계속 신경이 쓰인 모양이로구나."

"뭘요?"

"나를 따르는 여인들에 대해서?"

"아닙니다."

"맞느니라. 이는 분명……."

곳비는 다시 한번 침을 꼴깍 삼켰다.

"투기다, 투기. 투기는 연정에서 오는 법. 너 그동안 나를 사모하고 있던 게 아니냐?"

"휴."

곳비가 저도 모르게 한숨을 쉬었다. 긴장이 탁, 하고 풀리는 데서 오는 한숨이었다.

"사모라니요. 당치 않으시옵니다. 소녀, 대군을 둘러싸고 세간에 도는 소문이 걱정되어 아뢴 것이옵니다. 충심으로요."

"그래서 우리 곳비, 내 걱정 많이 했구나."

용이 곳비를 달래듯이 말했다.

"당연하지요. 대군이 사람들 입에 오르내리는 게 싫습니다. 그건 대군을 위하는 제 충심이 용납하지 않사옵니다."

"그거 아느냐? 걱정도 사랑이니라. 나는 매일 네 걱정뿐이었다. 너를 처음 만났을 때부터 지금까지. 밥은 잘 얻어먹고 다니는지, 싸우지는 않는지, 도망갈 궁리를 하고 있지는 않은지, 어디 가서 쥐어 터지고 있지는 않은지, 울고 있지는 않은지, 또 출합 후에는 네가 잘 지내는지, 네 간식은 누가 챙겨주는지, 승은은커녕 부왕의 눈에 띄기라도 했는지, 사고는 안 치는지……."

곳비가 눈을 반짝이며 용의 말을 잠자코 들었다.

"지금은 볕이 나도 걱정, 비가 와도 걱정, 바람이 불어도 걱정, 날이 흐려도 걱정이다. 네 고운 피부가 그을리지는 않을지, 네 비를 맞아 고뿔이라도 들지는 않을지, 네 작은 몸이 바람에 날아가지는 않을지, 구름이 네 웃음을 앗아가지는 않을지……."

곳비는 괜히 부끄러워져 부러 크게 웃었다.

"하하하. 다 쓸데없는 걱정이옵니다. 소녀의 걱정도 다 쓸데없는 거고요. 그리고 소녀는 원래 걱정이 많사옵니다. 대군만 걱정하는 게 아니옵니다. 대군을 따르는 모든 여인을 다 걱정합니다. 그 여인들의 마음이 얼마나 아프겠사옵니까? 같은 여인으로서 걱정을 하옵니다. 걱정이 많아서 아주 잠을 못 잘 지경이옵니다."

"내 친절히 대해줄뿐더러 어려운 사정을 헤아려 도와주거늘, 그 여인들까지 걱정할 일이 무에 있느냐?"

"그 친절이 문제이옵니다. 대군께서는 늘 그 친절이 문제였사옵니다. 그 여인들에게도, 제게도……."

곳비의 음성이 잦아들었다.

"그게 무슨 말이냐? 친절이 어찌 문제가 되느냐?"

"마음에 없는 사람들에게까지 친절을 베풀지 마십시오. 나쁩니다. 특히 여인네들에게는요. 하니 대군께서 한량이라는 소리를 들으시는 겁니다. 진정 사려가 깊은 사내라면 여인을 위해서 거절해야 합니다."

"하여 너는 나를 거절했느냐? 사려 깊은 여인이라?"

"거절하지 않았습니다."

"받아주지도 않았잖아."

"받아주지도 않았는지 어떻게 아십니까? 대군이 저에 대해서 다 아십니까?"

"그럼 받아준 것이냐?"

용의 얼굴에 화색이 돌았다.

"아니요."

"내가 뭘 모르느냐? 내가 뭘 놓쳤느냐? 모르는 게 있으면 알려다오, 말해다오. 곳비야, 응?"

용은 시선을 피하는 곳비에게 얼굴을 들이밀며 졸라댔다.

"금성 대군 드시옵니다."

양 내관의 목소리에 용이 보료를 놓고 벌떡 일어났다. 곳비가 보료를 덮고 고개를 숙였다.

"분위기 왜 이래?"

금성 대군이 들어와서 용과 곳비를 번갈아 보았다.

"곳비, 또 혼이 났느냐?"

"아니, 뭐⋯⋯."

곳비가 말을 얼버무렸다.

"형님, 그만 좀 하십시오. 곳비도 이제 다 큰 처자인데 언제까지 애 다루듯이 불러서 혼을 내십니까? 광평 형님께 말씀드려서 글월 심부름을 시키지 말라고 해야지, 볼 때마다 구박하시니⋯⋯."

"그런 것이 아니다."

"그럼요? 쟤 표정이 왜 저렇습니까?

용이 한숨을 쉬었다.

"한데 그 보료는⋯⋯."

"아무것도 아니다!"

"설마 형님께서⋯⋯ 곳비를⋯⋯."

용과 곳비가 동시에 침을 꼴깍 삼켰다.

"보료까지 덮어놓고 때리신 겝니까?"

"아니다."

용이 소리쳤다.

"그렇지요. 우리 형님께서 아무리 화가 나셔도 그렇지, 여인을 구타하실 분은 아니시지요."

금성 대군이 곳비를 바라보았다.

"곳비야, 형님은 내가 달래드릴 터이니, 나가보거라."

곳비가 허리를 숙여 두 사람에게 절을 하고서는 나갔다.

"이따가 답신 받으러 오너라."

용이 문밖을 향해 소리쳤다.

"왜 왔느냐?"

용이 금성 대군에게 뽀로통하니 물었다.

"위로해드리러 왔지요."

"근신 중인 거 안 보이느냐?"

"그래서 왔지요. 우리 형님, 외로우실까 봐. 많이 외로우셨지요?"

"그래. 외롭다, 외로워. 네가 곁에 있으니 더 외롭구나."

용은 금성 대군과 곳비가 떠난 자리를 번갈아 보며 한숨을 쉬었다.

곳비는 광평 대군 궁방으로 돌아가기 전에 용의 당부에 따라 사랑에 들렀다. 용이 답신을 건네주었다. 곳비가 인사를 하고 일어나자 용이 함께 일어났다. 용은 곳비를 따라 방을 나섰다. 곳비를 따라 댓돌에 내려서고, 뜰을 걷고, 중문을 넘어 대문간까지 나왔다. 곳비가 다시 한번 허리를 숙이고 인사를 했다.

"곳비야."

"예?"

"내 마음을 외면하지 않는다면, 내일도 오너라."

곳비가 대답을 하려 하자 용이 곳비의 말을 가로막았다.

"아니, 내가 싫지 않다면, 내가 쳐 죽일 만큼 싫지 않다면 내일도 오고, 모레도 오고, 매일매일 오너라, 응?"

"예."

곳비가 미소를 지었다. 용의 얼굴이 환해졌다.

"아니, 아예 수성궁으로 오너라. 이제 예서 살자꾸나."

"쳐 죽일 만큼만 싫지 않을 뿐이옵니다."

"알았다, 알았느니, 내일 꼭 와야 한다."

"예."

곳비가 인사를 하고 걸음을 옮겼다.

"곳비야!"

곳비가 뒤를 돌아보았다.

"잘 가거라. 내일 또 보자."

용이 곳비를 향해 손을 흔들었다. 곳비는 허리를 굽히고 절을 했다.

용의 아들인 의춘군을 만나고 돌아가는 금성 대군도 대문간으로 나왔다. 금성 대군이 앞장을 서고 곳비가 뒤따라 나가는데 용의 목소리가 들렸다.

"잘 가거라."

용이 대문간에 서 있었다.

"예, 형님."

"내일도, 모레도, 글피도, 매일매일 와라."

"예, 그래도 이 아우밖에 없지요?"

금성 대군이 미소를 지었다.

"그래. 너밖에 없다."

용의 시선이 곳비에게 꽂혔다.

"바쁘더라도 짬을 내보겠습니다."

금성 대군이 소리쳤다.

"그래. 꼭 오너라."

용의 눈에는 여전히 곳비만 있었다.

"우리 형님, 많이 약해지셨네."

금성 대군이 안타까운 표정으로 고개를 돌렸다.

4

용은 후원에 나와서 보름달을 바라보고 있었다. 동그란 것이 꼭 우리 곳비를 닮았구나, 생각하며 달을 향해 손을 흔들었다. '곳비야' 하고 불러도 보았다. 그 순간 양 내관이 용을 불렀다. 용은 팔을 뻗어 기지개를 켜고 뒤를 돌아보았다. 양 내관이 단안각에 주안상을 준비해놓았으니 드시라고 했다.

"그래. 신통한 짓을 했구나."

용이 걸음을 옮겼다. 양 내관은 용을 후원으로 안내했다. 용이 단안각 방 안으로 들어섰다. 초 하나만 밝혀진 방 안에는 뜻밖에도 영신이 있었다. 용은 영신의 의도를 알아차렸지만 짐짓 모르는 척하고 물었다.

"야심한 시각에 자지 않고, 어쩐 일이시오?"

"대군을 뫼신 지 오래되어…… 앉으시지요. 소첩이 술을 한 잔 올리겠습니다."

용은 잠시 망설이다가 자리에 앉았다. 영신이 술 주전자를 들었다.

"술은 됐소."

용이 술 주전자를 받아 내려놓았다.

"대감, 소첩이 많이 부족한 사람이라는 걸 알고 있습니다. 제가 더 잘하겠습니다. 대군께 최선을 다하겠습니다."

"내가 오히려 그대에게 부족한 사람이오. 하여 말인데……."

영신이 용의 말을 가로막았다.

"대군을 진정 사모합니다. 반가의 여식이었을 때도, 공녀로 갔을 때도, 대군의 소실로 사는 지금도, 제 상황은 달라졌지만 대군을 향한 마음은 한결같습니다. 하여 소첩 이제, 대군의 아이를 낳고 싶습니다. 단안각에서 우리 아이를 키우고 싶습니다."

영신이 불을 껐다. 용에게 다가와 그의 품 안으로 미끄러졌다. 용이 얕은 숨을 토했다.

곳비는 말린 대추를 하나 집어 입 안에 넣었다. 단맛이 입 안 가득 퍼졌다. 대추를 또 하나 집어 반 갈랐다. 씨를 빼내고 얇게 저미며 꽃 모양을 만든 다음 꿀 항아리에 넣었다. 항아리 안에 꽃 모양 대추가 차곡차곡 늘어갔다.

한나절 동안 일을 하고 나니 목이며 어깨며 팔이 무거웠다. 하지만 대추차를 마실 용을 생각하니 마음이 가벼워졌다. 곳비는 기지개를 켜며 일어났다. 입을 크게 벌리고 하품을 하려다가 급히 다물었다. 곳비의 시야에 뜻밖의 손님이 들어왔다. 영신이었다. 곳비가 허리를 숙이며 인사를 했다.

"아씨, 여기까진 어인 일이십니까?"

"항아님을 뵈러 왔습니다."

영신이 곳비를 보며 붉은 입술을 움직여 미소를 만들었다.

어젯밤 용은 영신은 안아주지 않았다. 용은 제 품에 안긴 영신을 밀어내고는 자리에서 일어났다.

―이곳이 마음에 들면 처소로 삼으시오.

―대감, 부디 소첩의 마음을 외면하지 마십시오.

용은 영신을 내려다보다가 다시 자리에 앉았다.

―그대를 연모했소. 처음 보았을 때부터. 그대 덕분에 행복한 날이 많았고, 그대와 함께 하는 미래를 꿈꾸며 행복했소. 하나 우리의 인연은 어긋났고, 날이 가면서 그대를 보내고 죽을 것 같던 내 열병도 나아졌고, 상사의 정도 다해버렸다오. 하나 돌아온 그대를 외면할 수는 없었소. 내 그늘에서 머무르는 것이 그대에게 더 나으리라 생각했소. 내 집 지붕 아래에서, 그대의 삶이 더 수월해지리라 생각했소. 한데 내 결정이 그대를 더 외롭게 하였구려. 미안하오. 그대가 원하는 삶을 사시오. 그대가 원하는 대로 해주겠소.

영신은 어제 단안각을 나가던 용의 뒷모습을 떠올리며 곳비가 안내한 방으로 들어섰다. 별채 행랑에 딸린 작은 방이었다.

"차를 내오겠습니다. 잠시만 기다려주셔요."

"아닙니다."

영신이 곳비의 손을 잡았다. 곳비와 영신이 마주 앉았다. 영신은 잠시 숨을 고르더니 말을 꺼냈다.

"대군의 마음이 항아님께 있는 듯합니다."

곳비가 입술을 옴짝거리다가 고개를 떨구었다.

"항아님도 알고 계셨군요. 하면 항아님의 마음도 대군께 있습니까?"

곳비가 고개를 들었다.

"아니. 대답하지 마십시오. 항아님의 마음은 중요치 않습니다."

영신이 치맛자락을 잡았다가 놓았다.

"항아님을 탓하는 것이 아닙니다. 항아님께 청을 드리러 왔습니다. 대군의 마음을 잡고 싶습니다. 항아님은 궁녀이시니 어차피 대군과 연정을 이룰 수는 없지요. 하나 저는 다릅니다. 제겐 대군밖에 없습니다."

'저도 대군밖에 없었는데……. 제가 먼저였는데…….'

하지만 곳비는 말하지 못했다. 괜히 죄책감이 들고 영신이 가여워 고개만 떨구었다.

영신은 방을 나오며 곳비의 손을 잡았다.

"항아님, 눈에서 멀어지면 마음에서도 멀어질 것입니다. 부탁드립니다."

영신이 멀어졌다.

곳비는 영신의 뒷모습을 멍하니 바라보다가 다시 영신을 불렀다. 툇마루에 놓여 있던 항아리를 들어 영신에게 안겨주었다.

"대추차입니다. 대군께 드리십시오. 불면 증상에 좋습니다."

영신이 간 후 곳비는 방 안에 우두커니 앉아 있었다.

후드득, 처마를 때리는 빗방울 소리가 들려왔다. 곳비는 창을 열었다. 빗방울이 이내 빗줄기가 되어 내리고 있었다.

"그래. 오늘만 우는 거야."

곳비의 눈에서도 물방울이 흘러내렸다. 흐느끼는 소리가 빗소리에 묻혀갔다.

그 시각 용도 누마루에 올라 비를 바라보고 있었다.

"오라는 비는 오지 않고, 가라는 비만 오는구나."

용이 한숨을 지었다.

정현 옹주는 수성궁 후원에 홀로 나와 꽃밭을 바라보고 있었다. 한숨을 길게 내쉬었다. 옹주의 마음처럼 국화도 다 시들어 있었다.

용은 결국 정현 옹주의 부탁을 들어주었다. 수성궁에 소 주서를 초대해 자리를 마련해주었다. 정현 옹주는 용의 사랑에서 영교와 이야기를 나누었다.

―나으리의 배필이 되고 싶습니다.

―송구합니다, 옹주님. 소생은 사모하는 분이 있습니다.

― 예, 그러시리라 짐작은 하고 있었습니다. 혹시나 하는 마음에, 혹여 나으리의 마음이 바뀌지 않았을까, 하는 기대에 여쭈어보았습니다. 사모하시는 분이 있다니 더는 청하지 않겠습니다.

―송구합니다.

―아닙니다. 제가 좋아하는 사람이 꼭 저를 좋아하라는 법은 없지요.

영교가 옹주를 바라보았다. 정현 옹주의 몸도 마음도 많이 자라 있었다. 옹주가 사내라면 좋은 벗이 되었겠구나, 생각했다.

─나으리께서 좋아하시는 분은 어느 댁 규수입니까? 혹 저도 알 만한 분인가요?

─어느 댁 규수는 아니옵고…….

소 주서는 대답을 하지 못했다. 당황한 듯도 보였다.

─아직 고백도 못 하신 것 같군요.

─고백을 하면 그 사람이 곤란해집니다. 우리 사이도 어색해지고요.

'일전에도 같은 말을 들은 적이 있는데…….'

정현 옹주는 용을 떠올렸다. 용에게서도 같은 말을 들은 적이 있었다.

'설마?'

옹주가 고개를 갸웃거렸다.

'아니, 그럴 리는 없지.'

옹주가 다가오는 용을 보며 고개를 저었다.

"괜찮으냐?"

"괜찮지는 않지요. 하나 지난 십여 년간 제가 할 수 있는 최선을 다했으니 미련은 없습니다."

용이 옹주의 어깨를 두드려주었다. 옹주가 언제 이리 자랐는지 대견했다.

곳비는 며칠 동안 수성궁에 가지 않았다. 광평 대군의 서신 심부름에 몸이 아프다고 핑계를 대었을 뿐인데 진짜 병이 들었다. 온몸이 방망이로 두들겨 맞은 것처럼 아팠다. 몸은 뜨거운데 추위를 심하게 느꼈다. 기운이 없고 몸이 무거워 내내 잠만 왔다. 눈을 뜨는 것도 일어나는 것도 힘겨웠다. 같이 방을 쓰는 동무가 깨우면 눈을 떠서 죽 몇 술을 뜨고, 약을 넘기고, 다시 눈을 감았다. 온몸의 기력이 다한 것 같았다.

가지와 주 상궁이 문안을 왔다. 가지가 곳비를 일으켜 부축해주었다. 주 상궁이 직접 쑨 죽을 떠먹여주었다. 맛이 썼다. 곳비는 다시 쓰러지듯 누웠다. 숨을 쉴 기력조차 남아 있지 않았다. 눈물이 흘러내렸다.

가지와 주 상궁이 돌아간 후에도 곳비는 내내 자리에 누워만 있었다.

"대군, 저 죽나 봐요."

곳비는 눈을 감았다. 꿈에서 용을 보았다.

"곳비야."

용이 곳비의 이마를 짚었다. 곳비의 뺨에 제 손을 대보고, 그 손을 제 뺨에 댄 다음, 다시 곳비의 뺨에 대었다. 곳비가 용의 손을 잡았다.

"곳비야, 내가 보이느냐?"

"대군, 대군이시군요."

곳비가 붉게 충혈된 눈을 가늘게 뜨고 미소를 지었다.

"그래. 나다."

"드디어 오셨군요."

"늦어서 미안하다. 네 이리 아픈 줄 몰랐구나."

"아니요. 늦지 않으셨어요. 이렇게 꿈에서라도 대군을 보고 떠날 수 있게 되어 다행입니다."

"꿈에서뿐이겠느냐? 네가 원하면 언제든지 나를 볼 수 있다."

"예, 소녀도 알고 있습니다. 눈을 떠도 눈을 감아도 제겐 늘 대군이 보였습니다. 꿈속에서도 꿈 밖에서도 제겐 늘 대군이 보였습니다. 언제나 어디에서든지 대군만 보였지요. 처음부터 지금까지, 눈을 뜨나 눈을 감으나 늘 대군만 생각했으니까요. 대군이 절 보실 때나 대군이 절 보시지 않을 때나 대군이 다른 여인을 보실 때나, 늘 대군을 사모했으니까요."

"곳비야……."

용의 얼굴이 희미해졌다.

"대군……."

곳비가 입을 다물었다.

곳비는 꿈에서 용의 품에 안겨 있었다. 용과 저를 태운 말이 달리고 있었다.

"어디로 갑니까?"

"어디로 가고 싶으냐?"

"극락이요. 이왕이면."

"그래. 그럼 극락으로 가자."

"대군도 함께 가십니까?"

"그래."

"안 됩니다. 대군은 오래오래 살다 오십시오. 소녀가 먼저 가서 대군을 기다리겠습니다."

"아니. 어디든 너와 함께 가리라."

찬 바람이 불었지만 용의 품은 따뜻하고 아늑했다.

한참을 앓고 곳비는 꿈에서 깨어났다. 눈을 떴다. 열이 내린 것 같았다. 살았구나, 싶었다. 곳비는 길게 숨을 내쉬고 옆으로 돌아누웠다. 곳비의 눈이 점점 커져 놀란 토끼처럼 큰 눈이 되었다. 용이 제곁에 잠들어 있었다. 곳비가 놀라서 벌떡 일어났다. 몸이 가뿐했다. 주위를 둘러보니 처음 보는 방이었다.

"대감, 대감."

곳비가 용을 흔들어 깨웠다. 용이 눈을 떴다가 다시 감았다. 용이 다시 눈을 뜨고는 벌떡 일어났다.

"곳비야, 괜찮으냐?"

"예, 괜찮습니다."

"살았구나. 이제 다 나았구나."

용이 곳비를 안았다.

"이제 다 나았어."

"대감, 이거 좀 놓으시고요."

곳비가 몸을 뗐다.

"예가 어디입니까?"

"온양 행궁이다."

"온양이요?"

"그래. 온정욕(온천욕)이 효과를 본 모양이구나. 며칠간 앓아누워있었다. 잘 먹고 잘 쉬면 낫는다고 하여 널 이리로 데려와서 쉬게했다."

"그럼, 소녀가 온정욕을 했사옵니까?"

114

"그래. 내가 널 데려와서 온정에 담그고, 씻기고, 옷을 갈아입히고, 밥을 먹이고, 약을 먹이느라 얼마나 고생했는지 아느냐?"

"잠깐만요."

곳비가 이마를 찌푸렸다.

"온정에 담그셨다고요? 저를요? 옷도 갈아입히시고요?"

"그래. 젖은 옷 그대로 자리에 눕힐 순 없지 않느냐?"

용은 대수롭지 않은 일이라는 듯 말했다.

"예? 대군께서 제 옷을 갈아입히셨다고요?"

"그래."

곳비가 제 몸을 살폈다. 속곳까지 새 옷을 입고 있었다.

"하."

곳비가 신음을 토했다.

"괜찮다. 너도 예전에 대궐에서 나를 다 보지 않았느냐? 내 속곳을 처음 끄른 여인도 너이구나. 이제 비겼다."

어린 시절 곳비는 본의 아니게 목욕간에서 용의 알몸을 본 적이 있었다. 하지만 그때와 지금은 달랐다. 곳비는 너무 부끄럽고 당황하여 소리를 지르며 밖으로 뛰쳐나갔다.

"아!"

곳비가 마루에 서서 먼 산을 보며 소리를 질러댔다.

"아!"

곳비가 얼굴을 가리고 소리를 질러댔다. 마당에서 일을 보던 세 사람이 동시에 곳비를 보았다. 양 내관, 주 상궁, 가지였다.

"곳비야."

"이제 괜찮은 게야?"

"대군의 정성이 하늘에 닿았구니."

가지와 양 내관, 주 상궁이 한마디씩 하며 곳비에게 달려왔다. 곳비는 입을 벌리고 아무 말 없이 서 있었다.

"바람이 차다."

용이 호피 가죽을 갖고 나와 곳비를 감싸주었다. 곳비가 용에게 눈을 흘겼다.

곳비가 방으로 들어왔다. 양 내관이 소반을 들고 들어왔다. 닭죽과 동치미가 놓여 있었다.

"입맛이……."

"곳비야, 다 먹어야 한다. 귀하디귀한 경상 나삼이 들어갔다. 네가 며칠 동안 한양의 집 한 채를 먹은 게야."

양 내관의 말에 곳비의 입에 벌어졌다.

"복도 많은 것, 대궐에 계신 마마님들보다 팔자가 좋지."

양 내관이 구시렁대며 밖으로 나갔다.

"입맛이…… 입맛이 확 돕니다."

곳비가 숟가락을 들었다. 용이 곳비의 숟가락을 빼앗았다.

"죽은 쭉 내가 먹였느니라."

곳비가 용을 쳐다보았다.

"옷 갈아입히는 것만 빼고 다 내가 했느니라."

곳비가 잠시 생각하다가 공손히 고개를 숙였다.

"고맙습니다, 대감."

"고마우면 다 먹거라."

용이 숟가락으로 죽을 떠서 곳비에게 먹였다. 곳비가 죽을 받아먹다가 한숨을 쉬었다.

"집 한 채 값이라니……."

"또 바가지를 긁으려고? 정말 다 나았구나."

용은 기분이 좋은 듯 빙긋 웃었다.

"바가지는요, 아닙니다. 다 먹어야지요. 집 한 채……."

"돈이 아까우면 다 먹고, 빨리 나으면 된다. 아, 하거라."

곳비가 입을 벌리고 용이 주는 죽을 받아먹었다. 여전히 돈은 아까웠다.

"집 한 채……. 차라리 돈으로 주시지……."

"그래? 너 그런 거 좋아하느냐? 진작 말하지. 돈은 얼마든지 줄 수 있다."

"아, 목이 멥니다."

"그럼, 국물을 떠먹어야지. 아."

용이 동치미 국물을 떠서 곳비의 입가에 가져다주었다. 곳비가 울상을 지으며 용이 주는 음식을 받아먹었다.

용이 온 마음을 다하여 돌본 덕분에 곳비의 몸이 완전히 회복되었다.

볕이 좋은 날, 용은 곳비를 태우고 말을 달렸다. 용과 곳비가 반 시진을 달려 도착한 곳은 산 아래였다. 산세가 수려했다. 숲과 계곡이 수성동 골짜기와 비슷했지만 수성동보다 더 아늑하고 운치가 있었다. 그림 속 풍경 같았다.

"여기가 어디이옵니까?"

곳비가 경치에 감탄하며 물었다.

"마음에 드느냐?"

"예."

곳비가 주변을 둘러보며 고개를 끄덕였다.

"그럼, 우리 한양을 떠나서 예서 살까?"

곳비가 용을 바라보았다. 용이 곳비를 내려다보며 눈을 맞추었다.

"우리 예서 함께 살자. 극락은 아니지만⋯⋯ 너와 함께 있으면 무릉도원은 만들 수 있겠구나."

"극락은 왜⋯⋯?"

곳비가 고개를 갸웃거렸다. 용이 웃으며 곳비에게 다가왔다. 곳비가 뒤로 물러났다.

"내가 가까이 갈 터이니 움직이지 말거라."

용이 곳비를 향해 다시 한 발짝 나아갔다. 팔을 뻗어 곳비의 허리를 감쌌다. 곳비를 향해 몸을 낮추었다. 용의 눈동자에 곳비의 모습이 맺혔다. 용의 얼굴이 곳비에게 더 가까이 다가왔다. 곳비가 붉은 얼굴을 돌렸다.

"궁녀를 희롱하십니까?"

"희롱이 아니라 연정이다."

용이 곳비의 얼굴을 제 앞으로 다시 돌렸다.

"알고 있다, 네 마음을. 나를 사모하는 네 마음을."

"사모하다니요? 누가요? 제가요?"

곳비가 눈을 동그랗게 뜨고 고개를 저었다. 용이 미소를 지었다.

"글쎄, 네가 내 꿈을 꾼다면 내가 네 꿈속에 간 걸까, 네가 내 꿈속에 온 걸까?"

"……."

"눈을 떠도 눈을 감아도 이제 내겐 늘 너만 보이는구나. 꿈속에서도 꿈 밖에서도 이제 내겐 늘 너만 보이는구나. 언제나 어디에서든지 이제 내겐 늘 너만 보이는구나. 너를 연모하니까."

"아……."

곳비가 오만상을 찌푸리고 숨을 내쉬었다.

"꿈이 아니었어. 그럼 말도, 그래, 말을 타고 온양에 온 거야. 극락도…… 내가 한 말이었어. 다 꿈이 아니었어."

용이 미소를 지었다. 민망으로 얼룩진 곳비의 뺨을 쓰다듬어서 다림질을 하듯 반듯하게 폈다. 그리고 곳비의 눈동자를 응시했다. 그 눈동자 안에 한 사내가 있었다. 곳비를 은애하는 한 사내, 제가 있었다.

"너를 은애한다, 곳비야. 그리고 너도 나를 은애한다."

곳비가 얕은 숨을 토하며 용의 눈을 응시했다. 곳비가 잠시 머뭇대다가 입을 열었다. 오랜 세월 삼킨 말을, 오랜 시간 감춘 마음을 한 번쯤은 털어놓고 싶었다. 그 한번이 오늘이지 싶었다.

"예, 소녀 대군을 사모합니다. 소싯적부터 줄곧 대군을 사모했습니다. 대군의 색시가 되는 꿈을 꾸었지요."

용이 환하게 웃었다.

"하나 소녀는 궁녀잖아요. 제가 무얼 할 수 있겠습니까? 제가 대군께 무엇이 될 수 있겠습니까? 하여 대궐에 남았습니다. 궁밖에서 사는 것이 소원이었지만, 대군을 따라가지 않고 대궐에 남았습니다. 대군을 잊으려고요. 대군을 잊어야 하니까요."

용은 말을 이을 수 없었다. 몰랐다. 그저 어린아이의 귀여운 소망쯤이겠거니 했다. 곳비의 마음이 한 사내에 대한 연모였음을, 곳비가 여인으로서 줄곧 저를 사모하였음을 생각지 못했다. 용은 곳비의 마음과, 곳비가 홀로 견뎌왔을 그 세월이 고맙고 미안하고 갸륵하고 안타까워 그저 '곳비야.' 하고 이름을 부를 수밖에 없었다.

"외로움을 어찌 아느냐고 하셨지요? 제가 겪어봤으니까요. 늘 외로웠으니까요. 대군 때문에 늘 외로웠으니까요. 대군을 사모하고부터 늘 외로웠으니까요. 저는 늘 대군만 바라봤는데 대군은 절 봐주지 않으셨지요. 다른 이를 보셨지요."

"미안하다."

용의 눈이 촉촉해졌다.

"그냥 전 누이라고 했으니까요. 우리는 식구였으니까. 식구끼리는 서로 상사의 정을 품으면 안 되니까 전 늘 외롭고, 슬프고, 아팠어요."

"왜 진즉에 말하지 않았느냐?"

"말하면, 말하면, 뭐가 달라지나요? 전 정승이니 판서니 내로라하는 집안의 딸도 아니고, 반가의 여식도 아니고, 하다못해 기생도 아니고, 노비도 아니고 궁녀인데요. 아무것도 할 수 없는 궁녀인데요. 아무것도 될 수 없는 궁녀인데요."

눈물이 곳비의 뺨을 타고 흘러내렸다. 용의 눈에도 물기가 차올랐다. 용은 곳비의 얼굴을 감싸고 눈물을 닦아주었다. 용도 눈물이 흘러내릴 듯하여 곳비를 꼭 안았다.

"네가 왜 아무것도 할 수 없는 궁녀냐? 네가 왜 아무것도 될 수 없는 궁녀냐? 넌 지난 십여 년 동안 내 곁에서 내게 가장 필요한 일들을 했고, 내게 가장 소중한 사람이었다. 지난 십여 년간의 네 마음이 외면당했다고 생각하지 말거라. 네가 누이로 있던 지난 세월 동안도, 내게 여인이 된 지금도 넌 내게 가장한 소중한 사람이다. 내가 다른 여인을 보고 있었을 때도, 다른 여인을 반려로 맞았을 때도 내게 가장한 소중한 사람은 너였다. 그건 한 번도 변함이 없었다."

용의 말은 진심이었다. 돌이켜 보면 곳비는 용에게 늘 가장 소중한 이였다. 곳비가 고개를 들어 용을 보았다.

"앞으로 변하면요? 눈에서 멀어지면 변하는 것이 사람의 마음이 아닙니까?"

"우리 함께한 세월이 십여 년이거늘, 우리 떨어진 세월이 있었거늘, 내 마음도 네 마음도 변하지 않았다. 앞으로도 그럴 것이다."

"겨우 십여 년인 것을요. 앞으로 우리에게 살날은 이십 년, 삼십 년, 사십 년도 더 남은 것을요. 장담하지 마십시오. 인생은 눈 감기 직전에서야 가타부타 말할 수 있습니다."

"그래. 장담할 수 없으니 하는 데까지 해봐야 한다. 하는 데까지 한번 해보자꾸나."

곳비가 숨을 얕게 토했다.

"지금껏 궁녀의 연정이 허락된 적은 단 한 번도 없었습니다."

곳비는 고개를 숙였다.

"넌 아직 정식 궁녀가 아니지 않느냐? 아직 생각시이니 방법이 있을 게다. 내가 그 방법을 찾아볼 테다. 하니 나를 믿고 기다려다오."

곳비가 용을 바라보았다. 간절히 용을 믿고 싶었다. 하지만 불가능한 일이었다. 곳비의 눈에서 눈물이 다시금 흘러내렸다. 용이 곳비의 눈물을 닦아주었다.

용은 곳비를 향해 다시 몸을 낮추었다. 곳비가 붉은 얼굴을 떨었
다. 몸도 떨었다. 용이 곳비의 허리를 감싸고, 팔에 힘을 주었다. 용
이 곳비의 이마에 입을 맞추었다. 곳비의 얼굴이 붉어졌다. 제 이마
에 와 닿는 용의 숨결이 부드럽고 따뜻했다.

5

밤이 깊었다. 곳비는 주 상궁과 가지와 함께 건넌방에서 잠자리에
들었다. 주 상궁과 가지는 금방 잠이 들었지만 곳비는 잠이 오지 않
았다. 행복하지만 행복만 할 수 없어서 슬프고, 행복하지만 행복이
사라질까 봐 두려웠다.

"곳비야."

용의 목소리가 들렸다. 곳비는 한숨을 쉬었다. 시도 때도 없이 용
의 목소리가 들리는 증상이 다 나았나 싶었는데 다시 또 시작되었다.

"곳비야."

증상이 아니었다. 곳비는 조용히 일어나 창가로 갔다.

"곳비지? 나와 보거라."

창가에 비친 그림자가 말했다. 곳비는 옷을 입고 방을 나갔다. 용
이 말과 함께 곳비를 기다리고 있었다.

용이 곳비를 데려간 곳은 외딴 초가 앞이었다.

"여긴 왜……"

곳비는 침을 꼴깍 삼켰다.

"눈을 감거라."

곳비는 가슴이 떨렸다. 손도, 발도, 심지어 오장육부에 머리카락까지 다 떨리는 듯했다. 이래도 되나 싶었다. 작첩을 회수당하고 과전을 몰수당한 임영 대군의 일이 떠올랐다. 의금부 감옥과 고신도 떠올랐다.

"대감, 이건……."

"어서 눈을 감으래도."

곳비는 마음을 굳게 먹고 눈을 감았다. 생애 단 한 번, 잊을 수 없는 아름다운 기억을 제 삶에 허락해도 될 듯하였다. 곳비는 용의 손에 이끌려 집 안으로 발을 들였다.

"눈을 뜨거라."

"벌써요?"

"왜? 뭐, 지금 눈을 뜨면 아니 되느냐?"

"아니요. 됩니다."

곳비는 눈을 떴다. 순간 눈물이 왈칵하고 쏟아졌다. 초로의 여인이 눈물을 머금고 곳비를 보고 있었다. 그리고 그리던 어머니였다. 단 한 번도 잊지 못한 어머니였다. 꿈에서도 만나지 못한 어머니였다. 보지 않아도 좋으니 살아만 있으면 좋겠다고 생각한 어머니였다.

"어머니."

곳비가 한 발짝을 뗐다.

"곳비야."

어미도 한 걸음 앞으로 다가왔다.

"어머니!"

"곳비야!"

모녀는 서로를 향해 달려가 부둥켜안았다. 곳비는 긴 세월 참아온 눈물을 뿌리며 통곡하듯이 울었다. 곳비의 어미는 미안하다는 말을 되풀이하며 목 놓아 울었다.

용은 코끝이 시큰거려 고개를 돌렸다. 처자 둘과 사내 하나가 눈에 들어왔다. 곳비의 아우들이었다. 용은 곳비에게 다가가 등을 도닥였다.

"자, 이제 아우들도 만나봐야지."

곳비는 아우들을 보며 또 눈물을 흘렸다. 기뻐서 울고, 슬퍼서 울었다. 아우들은 곳비만큼 장성해 있었다. 그들의 얼굴을 잊은 적이 없다고 생각했다. 언제 어디에서든지 만나기만 하면 금방 알아볼 수 있다고 생각했다. 하지만 곳비가 기억하던 아우들의 얼굴은 없었다. 언제 어디에서 만났어도 알아보지 못했으리라고 생각하니 잠시 슬퍼졌다.

곳비는 아우들에게 다가갔다. 홍시야, 미나리야, 길개야, 이름을 부르며 셋을 끌어안았다. 아우들도 눈물을 흘렸다. 용도 눈시울이 붉어져 고개를 돌렸다.

곳비와 용, 어미와 아우들이 작은 방으로 들어갔다. 어미와 아우들이 용에게 절을 올리려고 하자 용이 말렸다.

"어머니께서는 곳비의 절을 받으십시오."

어미는 영문을 몰라 용을 멀뚱히 쳐다보았다.

"곳비의 어머니이시면 제게도 어머니…… 가 될 수 있지 않겠소?

하하하."

어미는 더 어리둥절한 얼굴로 곳비를 멀뚱히 보았다.

"어머니, 제 절을 받으시고 대군께 절을 올리시지요."

곳비가 어미에게 절을 올렸다.

어미가 용에게 절을 하려고 했지만 용은 편하게 생각하시라며 한사코 거절했다. 아우들이 용에게 절을 올리고, 곳비와 아우들이 맞절을 했다.

그동안 용은 사람을 보내 곳비의 가족을 찾았다. 하지만 곳비의 가족은 용이 보낸 사람을 고리대금업자로 오해하고 도망만 다녔다고 했다. 이곳까지 도망 와서야 자신들을 찾는 이가 곳비의 윗전인 안평 대군이라는 사실을 알았고, 안평 대군이 빚도 이미 다 갚아주었다는 사실 또한 알게 되었다고 했다.

어미와 아우들은 용에게 감사하다고 인사를 올렸다.

"이제 날 믿고 아무 걱정 없이 편히들 지내시오."

"빚을 갚아주신 것만으로도 감사한데 더 이상 신세를 질 수는 없습니다."

어미가 말했다.

"곳비가 녹봉이 꽤 된다오. 그리고 빚은 곳비가 이미 열심히 일하여 다 갚았소."

어미는 곳비에게 또 미안하다고 했다. 궁 생활이 고되지 않았는지, 외롭지 않았는지 눈물을 흘리며 물었다. 곳비는 미소를 지으며 다 좋았다고 답했다. 어미는 곳비의 미소에 마음이 더 아팠다. 눈물이 멈추지 않았다. 곳비의 손을 잡고 눈물만 흘릴 뿐이었다.

"곳비 걱정은 마시오. 내 평생 곳비를 잘 돌보겠소."

용이 말했다. 용의 말뜻을 잘 알고 있는 곳비가 얼른 덧붙였다.

"대군께서는 정말 좋은 윗전이세요. 아랫것들을 늘 식구처럼 대해
주세요."

어미는 좋은 분을 만나서 다행이라며, 곳비를 아껴주셔서 감사하
다며 용에게 또 인사를 했다.

곳비는 내일 또 오마, 하고 집을 나섰다. 용은 말을 끌면서 곳비와
나란히 걸었다.

"감사합니다. 대군의 은혜는 평생 잊지 않겠습니다."

"그래. 은혜는 꼭 갚거라."

용이 곳비를 뚫어지게 보면서 웃었다. 곳비는 용의 시선에 고개를
돌렸다.

"소녀, 성심을 다하여 대군을 모시겠습니다."

"아니."

용이 걸음을 멈추고 곳비의 어깨를 살포시 잡았다.

"넌 이제 날 모실 필요가 없다."

"……."

"넌 이제 나를 모셔야 하는 궁녀가 아니다. 내가 가장 은애하는 여
인일 뿐이다. 은애한다, 곳비야."

용은 곳비에게 성큼 다가가 살짝 입을 맞추었다. 곳비가 얼굴을
붉히며 미소를 지었다. 용은 그 모습이 사랑스러워 다시 입을 맞추
었다.

달과 별이 두 사람의 앞날을 축복하며 빛을 뿌렸다.

궁녀의 혼례

1

곳비는 이틀을 가족과 보냈다. 어미는 용의 태도를 수상쩍게 여기다가 곳비에게 혹 용과 남다른 사이인지 물었다. 곳비는 그저 좋은 윗전일 뿐이라고 답했다.

온양을 떠나는 날 아침, 곳비와 용, 양 내관, 주 상궁, 가지까지 어미의 집에 들러 곳비의 가족과 인사를 나누었다. 용은 곧 도성에 집을 마련할 터이니 조금만 기다리라고 했지만 곳비 어미는 더 이상 신세를 질 수 없다며 정중히 거절했다. 용은 곳비가 어머니를 닮아서 고집이 세다고 말하며 웃었다.

곳비 일행은 도성으로 돌아왔다. 곳비는 숭례문에서 일행과 헤어졌다. 곳비는 동쪽 숭신방으로, 수성궁 식구들은 서쪽 인달방으로 향했다.

용은 곳비를 보낸 후, 수성궁 식구들과도 헤어졌다. 함께 오겠다는 양 내관을 겨우 보내고선 말을 돌렸다. 곧장 곳비를 쫓았다.

곳비는 천천히 말을 몰았다. 용이 뒤따라오는 걸 알았기 때문이었다. 곳비는 구름을 먹은 듯 가슴이 그득했다. 하늘을 품은 듯 가슴이 넉넉했다. 행복했다. 늘 저 혼자 용을 바라보기만 했는데 이제는 용이 저를 바라보고 있었다. 곳비는 이 순간을 엿가락처럼 오래도록 늘리고 싶었다. 그래서 용이 저를 부를 때까지 모르는 척하자, 했다.

인적이 드문 조용한 숲길로 접어들었다. 새소리, 풀벌레 소리뿐이었다. 곳비는 말을 멈추었다. 용도 말을 멈추었다. 곳비는 다시 말을 몰았다. 용도 다시 움직였다. 곳비는 또다시 말을 멈추었다. 용도 말을 멈추었다. 곳비는 숲을 둘러보는 척 잠시 뜸을 들이다가 말에서 내렸다. 용도 말에서 내렸다.

"이리 오십시오."

곳비가 몸을 돌려 용에게 말했다. 용이 머쓱하게 웃었다.

"알고 있었느냐?"

"예, 뒤통수가 따끔하더이다."

"그럴 리가. 내 얼마나 부드럽고 따뜻한 눈빛으로 너를 바라보았거늘……."

용이 웃으며 다가왔다. 곳비는 얼른 고개를 돌리면서 딸꾹질을 했다. 용의 눈빛이 따뜻하다 못해 뜨거웠다. 제 입술에 입을 맞추던 용의 따스한 입술이 떠올랐다. 곳비는 눈을 감았다.

"뭐 하느냐?"

용이 곳비를 향해 몸을 낮추고 물었다.

"아무것도 아닙니다."

곳비는 눈을 뜨면서 고개를 흔들었다.

"너 혹시……?"

"저 아무 생각도 안 했습니다. 우리에겐 아무 일도 없었습니다."

"그래. 우리에겐 아무 일도 없었다. 여느 때처럼 너는 날 많이 은애하고, 나는 널 조금 은애했지. 그 밖에 아무 일도 없었느니라."

곳비가 이마를 찡그리며 눈을 흘겼다. 곳비의 얼굴이 벌겋게 달아올랐다. 용이 손바닥으로 곳비의 이마를 반듯하게 펴주었다.

"어여쁘구나."

곳비는 내심 좋으면서도 여전히 화가 가시지 않았다는 듯 새초롬한 표정을 지었다.

"나한테 반한 모습이……."

곳비가 다시 얼굴을 찌푸렸다.

"내가 미쳤지. 어쩌자고 제 잘난 맛에 사는 분한테 십 년 넘게 꽁꽁 숨긴 비밀을 말해서 이 꼴을 당하는지……."

곳비가 구시렁댔다.

"억울해하지 말거라."

곳비가 용을 흘겨보았다.

"오늘은 내가 널 더 많이 은애하면 되니까. 그래도 억울하면 날 조금만 은애하거라. 그래도 억울하면 내일도, 모레도, 앞으로 십 년, 이십 년, 삼십 년이 지나도 내가 널 더 많이 은애하겠다. 넌 계속 조금만 은애하거라."

"은애 아니 할 겁니다."

곳비가 고개를 돌렸다. 용은 몸을 낮추어 곳비에게 제 얼굴을 들이밀었다. 곳비와 눈을 맞추었다.

"정말, 이래도?"

곳비의 가슴이 콩닥콩닥 뛰었다. 얼굴이 더 붉어졌다. 곳비는 얼른 눈을 감았다.

"너무 두근대지 마라. 난 네가 그리 유혹해도 아무 짓도 안 할 테다."

"유혹이라니요?"

곳비가 눈을 뜨고 용을 다시 흘겨보았다. 용이 곳비의 볼에 입을 맞추었다.

"흘겨보는 모습이 예쁘다니까."

곳비는 이마를 찡그리고 다시 용을 흘겨보았다.

"이마를 찡그리고 흘겨보면 더 예쁘다니까."

용이 곳비의 다른 쪽 볼에도 입을 맞추었다.

"다른 사내 앞에선 눈 감지 마라."

"⋯⋯?"

"다른 사내는 나보다 인내심이 없거든."

"요물!"

용이 웃으며 곳비를 번쩍 들어 올렸다.

"이건 또 뭡니까?"

용이 곳비를 제 말에 태웠다.

"대군의 말을 주시렵니까?"

"왜, 말은 갖고 싶으냐?"

"아니요."

"상관없다. 어차피 같이 타고 갈 테니."

"그럼 저 말은요?"

곳비는 제가 타고 온 말을 가리켰다.

"여기다 매어두자."

"누가 가져가면은요?"

"가져가든지……. 필요한 이에게 도움이 된다면 괜찮으니라."

"또!"

곳비의 음성이 높아졌다. 용이 곳비의 눈치를 살피며 울상을 지었다.

"그럼 어떡하느냐?"

"양 내관이나 노복을 데리고 오셨어야죠."

"양 내관이나 노복이 따라왔으면 정말 좋겠느냐?"

"말을 버리는 것보다야 낫습니다. 이미 저 때문에 집 한 채를 쓰셨습니다. 전 대군께서 저 때문에 쓸데없이 재물을 쓰시는 게 싫습니다."

"쓸데없는 짓이 아니다. 너를 위한 일이었으니까."

"적당히 쓰시란 말입니다, 적당히."

곳비가 나무라는 어조로 말했다.

"그래도 네가 힘든 건 싫다. 긴 시간 말을 몰았으니 얼마나 힘들겠느냐? 내 마음 같아서는 가마를 태우고 싶지만, 그리할 수 없으니 이렇게라도 널 편하게 해주려는 게다."

곳비는 말에서 내렸다. 제가 타고 온 말에게 다가갔다.

"어휴, 저 고집!"

용은 입술을 씰룩이며 말에서 내려 곳비에게 다가갔다.

곳비는 한 손으로 제 말 고삐를 잡고, 다른 손을 용에게 내밀었다.

"이리 오십시오. 함께 말을 타도 좋지만 나란히 손을 잡고 걸어도 좋습니다."

"어휴, 네 고집이 참 마음에 드는구나."

용이 환하게 웃었다. 용은 제 말을 끌고 와서 곳비의 손을 잡았다. 용과 곳비가 손을 잡고 나란히 걸었다.

"곳비야."

"예?"

"넷이서 나란히 손을 잡고 걸어도 좋지만 우리 둘이서만 손을 잡고 걸으면 더 좋겠구나. 넷은 좀 버겁구나."

"말은 절대로 버리고 갈 수 없습니다. 두 마리 다 우리와 함께 갈 겁니다."

"곳비야, 너 아느냐? 점점 더 바가지가 심해진다. 정말 민가의 여편네 같구나. 우리 한 십 년은 같이 산 부부 같지 않으냐?"

"무슨 말씀을요? 소녀는 대군을 모시는 궁녀이옵니다."

"그 밤, 우리 사이에 아무 일도 없지 않은 그 밤, 내 분명히 말하였을 텐데? 이제부터 너는 내게 궁녀가 아니라고. 내겐 은애하는 여인일 뿐이라고."

곳비는 저도 모르게 미소를 지었다. 용의 입술 사이에서 나오는 '은애하는 여인'이라는 말이 그 무엇보다 달콤하고 벅찼다.

"하니 너도 날 윗전으로 대하지 말고, 네가 사랑하는 사내로 대하거라. 바가지도 더 많이 긁고. 그런 의미에서 힘들지 않으냐? 업어주랴?"

"또!"

"아, 맞다. 말도 끌고 와야지."

"대감, 어쩜 이렇게 돈 걱정을 안 하십니까? 아무리 재물이 많다 해도 마구 써버리면 되겠습니까? 왕자님들의 궁방 중에서 수성궁이 제일 화려하다지요? 그림과 글씨, 서책도 명국에서 들어오는 최고급 으로만 사 모으시고요. 요즈음은 글씨도 비단에만 쓰신다지요? 아, 그리고 옥으로 만든 바둑돌도 모자라 바둑판을 아예 옥으로 만드셨 다면서요? 이러다가 거지 왕자 되시겠습니다."

"내가 거지 왕자가 되면 싫으냐?"

발걸음을 멈춘 용이 몸을 낮추고 곳비와 눈높이를 맞추었다. 곳비 는 용의 눈빛에 홀린 듯 진심을 털어놓았다.

"아니요. 저는 물론 대군께서 부자 왕자이든 거지 왕자이든 왕자 든, 왕자가 아니든 좋지만……."

곳비가 용을 바라보면서 생각했다.

'대군께서 왕자가 아니라 평민이었으면 더 좋았을 텐데요.'

용이 곳비를 바라보았다.

'나도 그렇다. 내 왕자라는 자리가 너무 버겁구나.'

"어쨌든 재물을 낭비하지 마시라고 드리는 충언이옵니다."

"걱정 말거라. 내 너와 수성궁 가솔들은 굶기지 않을 테니."

두 사람은 나란히 손을 잡고 광평 대군의 궁방에 도착하였다. 이 미 날은 저물어 달빛이 곱게 내려앉았다. 노복이 나와 곳비의 말을 끌고 궁방 안으로 사라졌다. 곳비가 용에게 인사를 했다.

"꿈에서도 내가 보인다니 잠시 헤어져도 섭섭지는 않겠구나. 이따 보자."

용이 웃었다.

"그 꿈 이야기는 제가 고열로 정신이 없을 때 헛소리한 겁니다."

"그래. 그럼 내가 네 꿈을 꾸겠다. 내가 네 꿈을 꾸면 내가 네 꿈속으로 가게 될까? 아니면 네가 내 꿈속으로 오게 될까?"

"어휴, 안녕히 가십시오, 대감."

곳비가 절을 하고선 돌아섰다.

"그래. 이따 꿈속에서 보자꾸나. 하하하."

용의 웃음소리가 곳비의 귓가에 울렸다.

"하하하. 하하하. 하하하."

곳비는 꿈속에서도 용의 웃음소리를 들었다. 내가 대군의 꿈속에 간 것인가, 대군이 내 꿈속에 온 것인가. 곳비는 잠결에 생각하다가 고개를 저으며 눈을 떴다.

"하하하."

여전히 용의 웃음소리가 들렸다.

'또 들려. 연정이 너무 지나쳐 내가 대군께 미쳐 있는 게야. 꿈에서도 생시에서도 대군의 웃음소리가 들려.'

곳비는 제 귀를 막았다. 여전히 용의 웃음소리는 또렷했다.

'가만.'

곳비는 자리에서 일어나 방 밖으로 나왔다.

"하하하."

"호호호."

용이 뜰 가장자리에서 여종과 노닥거리고 있었다. 용의 소문에 등장했던 미녀 부전이었다.

'저것이!'

곳비는 저도 모르게 입을 앙다물고 주먹을 쥐었다. 당장 댓돌로 내려서려다가 멈칫하고는 다시 방 안으로 들어갔다.

곳비는 명경을 들여다보았다. 낯빛이며 머리 모양이며 옷차림이며 모두 황망했다. 곳비는 조용히 방문을 열었다. 앉은 채로 손만 뻗어 부전이 갖다 놓은 소세 물을 방 안에 들였다. 곳비는 얼굴을 깨끗이 닦은 다음 분칠을 했다. 입술연지도 찍었다. 자리옷을 벗고 치마 저고리도 제대로 갖춰 입었다. 머리도 다듬었다.

곳비는 이부자리를 정리하고 방을 나갔다. 그새 여종이 한 명 더 와서 용과 이야기를 나누고 있었다. 무엇이 즐거운지 여종들은 발그레한 얼굴로 용을 올려다보며 웃었다. 곳비는 그 꼴을 보고 있자니 전에는 한 번도 느껴보지 못한 이상야릇한 감정이 치밀어 올랐다.

용은 언제나 곳비에게는 닿을 수 없는 윗전이었다. 용이 부부인을 맞을 때도, 영신을 맞을 때도, 기녀들과 소문에 휩싸일 때도 슬프고 아팠지만 내심 수용했다. 저는 궁녀이고 용은 대군이니 용이 여인을 사랑하고, 가례를 올리고, 여인을 가까이하는 일은 어쩔 수 없는 일이었다.

조선의 사내들은, 조선의 지체 높은 사내들은, 조선 왕가의 사내들은 부인을 맞고, 첩을 들이고, 기녀들과 어울리니까. 그런가 보다 했다. 용이 함흥에서 '홍홍홍'을 만났을 때도 기분이 좋지는 않았지만 이해는 하였다.

그런데 지금은 기분이 이상했다. 막연한 슬픔도 아니었다. 가슴이 찢어질 듯한 아픔도 아니었다. 슬프지도 않고, 아프지도 않고, 괴롭지도 않지만 신경을 거스르는 기분 나쁜 감정이 치밀어 올랐다. 용의 앞에서 웃음을 짓는 여종들도, 장단을 맞추어 주며 여종들을 웃게 만드는 용도 꼴 보기 싫었다.

곳비는 여종들을 불러 물 한 사발을 가져오라고 했다. 곳비의 목소리는 차분했지만 표정은 차가웠다. 곳비를 본 용이 손을 흔들며 다가왔다. 곳비가 시선을 돌리고 먼 산을 바라보았다.

"곳비야."

용이 해맑게 웃으며 곳비의 곁으로 왔다. 곳비가 용을 바라보았다. 저를 설레게 하던 웃음도 지금은 보기 싫었다.

"그럼, 일 많이 보고 가십시오."

곳비가 방을 향해 돌아섰다.

"가려고?"

"새벽 댓바람부터 다망하신 대군을 방해하고 싶지는 않사옵니다."

"내가 새벽 댓바람부터 예까지 왜 왔겠느냐?"

"저를 보러 오신 건 아닌 듯하옵니다."

"그럼, 우리 항아님은 누구를 보러 나오셨기에 새벽 댓바람부터 분칠을 하고 입술연지까지 바르셨을까?"

"대군은 아닙니다."

곳비가 먼 산을 보며 새초롬히 대꾸했다. 용은 곳비의 시선을 따라 몸을 옮기며 곳비와 눈을 맞추었다.

"대군은 우리 아씨를 뫼시러 왔으니, 어서 차비하고 나오시지요. 분칠은 더 이상 안 해도 되시옵니다. 안 해도 곱사옵니다."

곳비는 용을 흘기며 방 안으로 들어갔다. 용은 그런 곳비를 보며 웃었다.

용과 곳비는 안암산에 올라 영도사에 당도했다. 용은 불심이 두터 웠다. 사찰을 방문하는 일이 잦았지만 곳비만 데리고 절에 온 것은 처음이었다. 용은 불당에 들었다. 곳비는 불자가 아니었기에 불당 밖에 서 있었다. 곧 용의 기도가 시작되었다. 곳비에게 들릴 만큼 큰 소리였다.

"부처님, 소인이 미욱하여 오랜 세월 동안 가장 소중한 이를 서운하게 하였습니다. 이제 소인은 남은 평생 단곳비 한 여인만을 사랑하며 살겠습니다. 부디 곳비가 소인의 마음을 받아들여 백년해로하게 하소서. 더불어 곳비가 오늘 아침부터 내내 기분이 좋지 않사옵니다. 곳비의 기분이 좋아지게 하소서."

곳비는 미소를 지었다. 아침에 잠깐 서운했던 일이 봄눈처럼 싹 녹아버렸다. 이제 곳비의 마음에 완연한 봄이 왔다.

두 사람은 사찰을 떠나 산 아래가 한눈에 내려다보이는 바위에 자리를 잡았다. 광평 대군 궁방과 민가가 조그맣게 보였다. 찬 바람이 불어오고 낙엽이 흩날렸다.

"춥지 않느냐? 그만 돌아갈까?"

용이 곳비의 손에 입김을 호호 불며 물었다.

"아니요."

용이 미소를 지었다. 곳비는 제 마음을 들켜버린 듯하여 잠시 아차 싶었다.

"춥지는 않습니다."

곳비는 다시 새초롬히 말했다. 용은 곳비를 위해 챙겨 온 갖옷을 곳비에게 덮어주었다.

"곳비야, 무슨 일이 있구나?"

"없습니다."

"이건 이래서 싫고 저건 저래서 좋다. 싫고 좋고를 분명히 말해줬으면 좋겠구나. 이미 나는 오랫동안 네 마음을 모른 채 살아왔다. 하니 이제부터는 네가 나로 인해 행복한 날들만 있었으면 좋겠다. 날 곡해하고, 그 때문에 네 마음이 상하는 일이 없었으면 좋겠다. 네가 무엇이 속상한지, 무엇 때문에 슬픈지, 왜 아픈지 모두 다 숨김없이 들려주었으면 좋겠구나."

곳비는 한숨을 쉬고 용을 바라보았다.

"그냥 저도 모르게 기분이 나빠졌습니다."

"왜?"

"대군이 싫습니다."

"……."

"대군이 멋있는 게 싫습니다. 멋있게 웃는 것도 말하는 것도 싫습니다."

"그럼 어찌해야 하느냐? 얼굴을 가리고, 말도 하지 않고, 웃지도 않고 살까?"

"그게 아니라 여인들과 웃음을 나누는 게 싫습니다."

"하하하."

용이 큰 소리로 웃었다. 곳비가 제 무릎에 얼굴을 묻었다.

"압니다. 저도 이런 제가 부끄럽습니다."

용은 곳비의 얼굴을 들어 올리고, 양손으로 뺨을 감쌌다.

"우리 곳비는 얼굴이 벌겋게 달아오를 때가 제일 예쁘구나. 하하하."

곳비의 얼굴이 더 붉어졌다.

"부끄러운 게 아니다. 나도 사실 네가 다른 사내들이랑 웃음을 나누면 무지 싫을 것이다. 아니, 불같이 화를 냈을 것이다."

"대군도요?"

"그래. 하지만 나는 대군이니 넓은 아량으로 이해하는 척했을 것이다. 하나 넌 대군이 아니니 괜찮다."

용은 하늘을 바라보고 두 손을 모았다.

"부처님, 안평 대군 이용은 이제 다른 여인들과는 절대 웃지 않겠습니다. 곳비만 보며 웃겠습니다."

용이 곳비를 바라보았다.

"부처님께 맹세하였다. 이제 다른 여인들을 보고서는 절대 웃지 않겠다. 물론 중전마마는 괜찮겠지?"

"다른 여인도, 중전마마도 괜찮습니다. 저도 넓은 아량으로 이해해보지요, 뭐. 한데 부전은 절대 안 됩니다. 아니, 미인은 안 됩니다. 아니, 저보다 예쁜 여인들은 절대 안 됩니다."

"그럼, 웃을 일이 없겠구나. 너보다 예쁜 여인은 없으니까."

곳비가 웃었다.

"대군은 정말 요물이십니다."

곳비는 용 때문에 기분이 오락가락, 상했다가 좋았다가, 슬펐다가 기뻤다가 왔다 갔다 했다.

'그래도 좋아요.'

곳비가 미소를 지었다.

용이 하품을 했다. 지난 며칠간 곳비를 간호하고, 어제는 아침 일찍 온양을 떠나 밤늦게 수성궁에 도착했다. 새벽에 수성궁을 나오느라 일찍 일어났다. 며칠간의 피로가 온몸을 휘감고 몰아치기 시작했다.

"좀 주무십시오. 대군께서도 옛날에 제게 무릎베개를 해주셨지요?"

"기억하고 있느냐?"

곳비가 고개를 끄덕였다. 시회를 위해 수성궁에 왔을 때, 곳비가 잠드는 바람에 밤새 용이 무릎베개를 해주었다.

"한데 대군, 제가 그때 잠을 자고 있었을까요? 아니면 깨어 있었을까요?"

곳비가 웃었다.

"너도 요물이다. 내가 그때 꼿꼿이 앉아서 밤새 불경을 외우느라 얼마나 고생했는지 아느냐?"

"대군의 목소리, 대군의 무릎이 참 좋았습니다. 하니 오늘은 제가 대군의 베개가 되어드리겠습니다."

곳비가 양반다리를 하고 제 무릎을 쳤다.

"안 된다. 사내가 어찌 여린 여인의 무릎을 베고 눕겠느냐? 네 무릎이 얼마나 아프겠느냐? 나는 이것이면 족하다."

용이 곳비를 꼭 껴안았다. 용의 품이 따뜻했다. 두 사람의 머리 위로 햇살이 곱게 쏟아졌다.

요 며칠, 곳비 생애 가장 행복한 날들이 이어졌다. 이 시간이 영원하길 바랐다. 곳비는 이 시간이 끝나지 않게 해달라고, 믿지도 않는 부처님께 빌었다.

2

용은 매일 안암궁에 왔다. 사랑으로 가서 광평 대군과 잠시 이야기를 나누고 곳비와 함께 궁방을 나섰다. 두 사람은 손을 꼭 잡고 안암산에 올랐다. 날이 찼다. 용은 곳비의 손이 차가워질 때마다 걸음을 멈추고 입으로 호호 불어주었다. 곳비의 손을 제 품속에 넣어 데웠다가 다시 걸었다.

용은 매일 곳비에게 연정을 고백했다. 곳비는 담담히 미소만 지을 뿐 대답하지 않았다. 곳비도 이유를 정확히 몰랐다. 오랜 세월 제 마음을 몰라준 용에게 서운함이 들어서인지, 마음 한구석에 남아 있는 두려움 때문인지, 무엇 때문인지 알 수 없었다.

곳비는 밤이면 한 시진씩 잠을 이루지 못했다. 생각도 고민도 더 많아졌다. 앞날을 생각하면 불안하였고, 제 처지를 생각하면 슬퍼졌다. 근심은 늘 답이 없었다. 확실한 건 단 한 가지, 저는 여전히 용을 연모하고 있다는 사실이었다. 그리고 용 덕분에 곳비는 요즈음 제 생애 가장 행복한 날들을 보내고 있었다.

용의 애정에 곳비는 마음이 한없이 따뜻해졌다. 날은 흐리고 추웠지만 제 몸속엔 봄이 피어나고 있었다. 따뜻하고 부드러운 바람도, 화사한 꽃잎도, 흰 구름 넘실대는 파란 하늘도 제 마음속에 다 있었다. 곳비는 너무 좋고, 행복하고, 벅차고, 기뻐서 한밤중 대숲에라도 들어가서 '안평 대군께서 단곳비를 은애하신대요. 단곳비는 안평 대군의 정인이래요.' 마구 소리치고 싶었다.

오늘도 곳비는 용과 안암산에 올랐고 용은 곳비에게 고백했다.

"이 몸은 붉은 꽃을 사모하나 꽃은 말없이 고개만 떨구누나."

용은 여느 때처럼 산 아래를 바라보았다.

"오랜 세월 껴안은 단심(丹心)이 깊고 두터워 고개만 떨굴 뿐이라네."

용이 고개를 돌려 곳비를 바라보았다.

"뭐라 했느냐?"

"소녀도 대군을 사모합니다."

용이 눈빛을 반짝이며 곳비의 양손을 마주 잡았다.

"소녀도 대군을 연모하고 은애합니다."

"나도 너를 사모한다. 연모한다. 은애한다. 이제 우리 영원히 한 마음으로 살자."

용은 곳비를 품에 안았다. 곳비는 귀에 와 닿는 용의 심장 소리에 또 행복해졌다.

곳비는 용과 함께 궁방으로 돌아왔다. 주 상궁과 가지가 곳비를 기다리고 있었다. 두 사람이 활짝 웃으며 곳비에게 다가왔다.

"매일 대군을 따라 불공드리러 간다며? 부처님이 네 소원을 들어 주셨나 봐."

가지가 말했다.

"곳비야, 축하한다. 드디어 관례를 올리게 되었구나."

곳비와 용의 얼굴에 그림자가 어렸다. 용이 곳비를 보면서 중얼거렸다.

"관례라면?"

"곳비가 드디어 궁녀의 혼례를 올리고 정식 궁녀가 됩니다, 대감."

주 상궁이 대답했다. 가지가 축하한다며 호들갑을 떨었다.

다른 궁녀들도 소식을 듣고 다가와서 곳비의 관례를 축하해주었다.

"응…… 그래……."

곳비는 엷은 미소를 지으며 용을 찾았다. 그러나 어느새 용은 사라져 빈자리만 보일 뿐이었다.

용은 곳비의 관례 소식을 듣자마자 곧장 입궐하였다. 달리듯 동궁전에 도착했다. 세자는 그렇지 않아도 용을 부를 참이었다고 했다. 용이 말을 꺼내기 전에 세자의 입에서 곳비의 이름이 먼저 나왔다. 곳비와 온정욕을 다녀온 적이 있느냐고 물었다.

"예, 제가 데려갔사옵니다."

"그 일로 너를 힐난하는 상소가 올라왔구나."

"곳비는 그냥 궁녀가 아니라……."

"그래. 곳비와 너의 사이가 오누이처럼 각별하다는 건 알고 있다.

하나 세간에서는 곳비와 너의 사연을 다 알지 못한다. 그저 왕자가 궁녀를 데리고 온정욕을 갔다고 입방아를 찧을 뿐이지. 너를 음해하려는 자들에겐 유용한 빌미가 될 수도 있고. 또, 곳비도 이제 어린아이가 아니지 않느냐? 어엿한 규수로 장성하였으니 주의해야 한다.”

“빌미가 아니옵니다, 저하.”

무슨 뜻이냐는 듯 세자가 용을 쳐다보았다.

“소신이 곳비를 연모하고 있사옵니다.”

“연모라니……. 곳비를 누이로 여기지 않더냐?”

“누이로 여겨야만 했으니까요. 곳비는 궁녀이잖아요.”

“그래. 곳비는 궁녀이다. 네 여인이 될 수 없는 아이니라.”

“한데 소신이, 제가, 이 아우가 곳비를 여인으로서 연모합니다. 하여 저하께 도움을 청하러 왔사옵니다.”

세자가 눈을 가늘게 뜨면서 깊은숨을 토했다. 상소를 다시 보면서 입술을 깨물었다. 잠시 후 고개를 들고 용을 바라보았다.

“내가 할 수 있는 건, 이 상소를 내 선에서 조용히 처리하는 것뿐이다. 부왕께서는 자애롭고 너그러운 성심을 지니셨지만 궁녀들에게만은 엄격하시다. 너도 알지 않느냐? 부왕께서 윤허치 않으실 게다. 곳비를 예전처럼 누이로 아끼면 안 되겠느냐?”

“저하, 소자는 이제 곳비를 누이로만 볼 수 없사옵니다. 곳비를 반려로 삼아 여생을 함께하고 싶사옵니다.”

용이 고개를 숙였다. 세자가 용의 어깨를 두드렸다.

“내 너처럼 여인을 절절히 연모하고 원한 적이 없어 네 심경을 온전히 헤아리기는 어려우리라. 하나 네가 곳비를 고집한다면 너나 곳비가 다치리라는 점은 알고 있다. 청지야, 내 이미 여인으로 인해 부왕께 두 번이나 불효하였다. 너는 내가 온 길을 밟지 않았으면 좋겠구나."

세자는 자신의 허물을 언급하면서 용을 설득하고 있었다. 두 명의 세자빈, 김 씨와 봉 씨가 불미스러운 일로 폐출되었다. 두 사건 모두 궁녀가 연루되어 있었다. 그 후 부왕은 세자의 후궁 중에서 양원 권 씨를 세자빈으로 세웠다. 세자는 내심 홍 승휘를 원했으나 고집을 부리지 않고 부왕의 뜻에 순종했다. 그것이 자식 된 도리, 신하 된 도리일 터. 하지만 용은 그 도리를 따를 수 없을 것 같았다.

"송구하옵니다, 저하."

용은 다시 고개를 숙였다. '저는 자식 된 도리, 신하 된 도리를 다하지 못할 것 같사옵니다' 라는 뜻이 숨어 있었다.

하늘에서 빗방울이 듣었다. 곳비는 후원에 망연히 서 있었다. 광평 대군이 다가와 우산을 씌워주었다.

"대감, 주십시오."

곳비가 우산을 받기 위해 손을 내밀었다.

"우산을 들려면 좀 더 커야겠구나."

광평 대군이 곳비를 내려다보면서 손바닥으로 곳비의 정수리를 가리켰다. 곳비가 미소를 지으며 손을 거두었다.

"날이 차다. 빗방울도 굵어질 테고. 네 이제 고뿔이라도 걸리면 어떤 분 때문에 내가 몹시 곤란해진다. 들어가지 않겠느냐?"

"소녀는 좀 더 있다 들어가겠사옵니다."

"꽃차를 한잔 마셨으면 좋겠는데……."

광평 대군과 곳비가 서재로 자리를 옮겼다. 곳비가 광평 대군에게 차를 건넸다. 광평 대군은 곳비에게 찻잔을 도로 내밀었다.

"가랑비를 맞으면서 밖에 오래 있지 않았느냐? 네 몸부터 데우거라."

곳비는 새 잔에 차를 따라 광평 대군에게 건넸다. 광평 대군이 차를 비웠다. 곳비가 다시 따르려고 하자 광평 대군이 막았다.

"사랑에 손님이 드셨다. 남은 차는 손님께 대접하거라."

곳비가 차를 들고 사랑으로 갔다.

"차를 들이겠사옵니다."

방 안에서는 아무런 답이 없었다. 곳비가 방 안으로 들어갔다. 생각에 잠겨 있던 용이 벌떡 일어나 차를 받았다.

"황송하옵니다, 아씨."

"사랑에 든 손님이 대군이셨습니까?"

"몰랐느냐? 당분간 광평의 신세를 지기로 했다."

"아니, 신선궁 같은 수성궁을 두시고 왜 여기에?"

"내 선녀님이 여기 계신데 나 홀로 신선궁에 가서 무엇 하겠느냐?"

"그럼, 오늘은 선녀가 올리는 천상의 차를 맛보시지요."

곳비가 차를 내려 용에게 건네주었다.

"맛이 어떠신지요?"

"맛있다."

"참말이십니까?"

"아니."

용이 고개를 저었다.

"난 사실 꽃차의 맛을 잘 모르겠구나. 하나 맛있다. 네가 주는 꽃차는 다 맛있다."

곳비가 미소를 지으며 용을 바라보았다.

"대감, 그거면 됩니다. 그 마음이면 됩니다. 저 때문에 너무 애쓰지 마십시오. 소녀, 이번 생엔 순리에 맞게 살렵니다."

기대를 품으면 실망은 더 깊은 법. 곳비는 기대하지 않기로 했다. 잠시 꿈을 꾸었다고 생각하기로 했다. 꿈속에서 행복했으니 되었다고 생각했다. 용과 잠시 마음을 나눈 것으로 족했다. 이제 궁녀의 운명을 받아들일 때였다. 괜찮아, 괜찮아. 저를 다독였다. 궁녀로서 윗전인 용을 존경하고 흠모하리라.

"태초에 사람이 처음 날 때부터 왕자와 궁녀가 있었겠느냐? 궁녀는 평생 혼인하지 않고 홀로 살아야 한다는 법도가 있었겠느냐? 모두 인간이 정한 것일 뿐, 순리가 아니다."

"저로 인해 대군께서 곤란해지시는 건 싫습니다."

"걱정 말거라. 나 안평 대군이다. 누가 나를 곤란하게 하겠느냐? 너는 궁녀이기 전에 내 여인이다. 관례 따위는 안 올려도 되니 신경 쓰지 말거라."

용이 걱정스러운 마음을 감추고 곳비를 향해 환하게 웃었다.

3

용은 아침 일찍 안암궁을 나와 경복궁으로 향했다. 대전에 들어 임금께 안부를 여쭈었다. 자리를 바로 뜨지 않고 긴히 드릴 말씀이 있다고 하였다.

"아바마마, 오래전 소자에게 약조하신 바를 이행해주소서."

임금이 웃었다. 이미 중궁에게서 언질이 있었다.

오래전 임금은 용의 정인을 명국에 공녀로 보냈다. 그때 임금은 다시는 아들과 아들이 연모하는 여인이 헤어지지 않게 하겠다고 약조하였다. 이번 일이 성사되면 세간에서는 입방아를 찧어대겠지만 이번에는 허락할 작정이었다.

"그래. 아비가 이번에는 너의 연정을 지지해주마."

"성은이 망극하옵니다, 아바마마. 하면 간택을 하여주소서."

"간택까지 할 필요가 있겠느냐? 소실로 들이면 될 것을……."

"소자가 진정으로 연모하는 여인입니다. 소자에게 가장 귀한 사람입니다. 소실로 살게 할 수는 없사옵니다. 정실부인으로 맞고 싶사옵니다."

"정실부인? 천인인 노비를 어찌 대군의 정실부인으로 들이겠느냐?"

임금이 용의 안색을 살폈다. 무조건 허락할 작정이었고, 이미 말도 뱉었다. 하지만 정실부인으로 들이겠다는 뜻은 아니었다.

"노비라니요? 곳비는 노비 출신이 아니옵니다. 양반은 아니나 양인 출신이옵니다. 정실이 못 될 이유는 없사옵니다."

"곳비라니? 아비는 광평의 여종이라고 들었는데 아니었느냐?"

"예, 광평의 궁방에 있는 아이는 맞사오나 여종이 아니라 궁녀이옵니다."

임금의 얼굴에서 웃음기가 가셨다. 눈매가 날카로워졌다.

"뭐라? 궁녀?"

"예, 곳비를 혹 기억하시는지요? 어릴 때부터 소자와 함께 자란 아이옵니다. 예전에 수성궁에서 열린 시회에도 참석했사옵니다."

"그래. 기억이 나는구나. 한데 네가 원하는 아이가 그 아이란 말이냐?"

"예, 아바마마."

용은 부왕이 곳비를 기억하여 다행이라고 생각했다.

"안 된다."

임금의 목소리가 무거워졌다.

"방금 윤허하지 않으셨사옵니까?"

"아니. 과인이 윤허한 바는 소문에 들리는 광평 대군의 여종이지, 임금의 궁녀가 아니다."

"하나 곳비는 궁녀인걸요."

"노비든, 기녀든, 양인이든, 반가의 여식이든 네가 원한다면 다 윤허하겠다. 단, 궁녀는 아니 된다."

"백 명의 여인을 데려와보십시오. 소자가 원하는 사람은 곳비뿐이옵니다."

"포기하거라."

"소자가 원하는 사람은 곳비 한 사람뿐이옵니다."

임금이 잠시 있다가 말했다.

"네가 계속 고집을 피우면 아비가 곳비를 죽여야 한다."

"아바마마!"

"네 할아버님이신 태종 대왕께서 궁녀에 관한 율을 정비하셨고, 아비가 태종 대왕의 뜻을 받들어 궁녀들을 엄중히 경계해왔다. 상사의 문제를 일으킨 궁녀들은 가차 없이 단죄하였다. 궁녀 백여 명이 옥사를 겪고, 세자빈까지 폐위된 사건도 있었다. 과인이 며느리에 이어 아들마저 내쳐야겠느냐? 이 일은 못 들은 바로 하겠다."

임금이 시선을 돌렸다.

"아바마마, 곳비는 아직 생각시이옵니다. 정식 나인은 아니옵니다."

"생각시든 정식 나인이든 입궁한 이상 궁녀이다. 더는 언급하지 말거라."

임금이 일어섰다. 용이 임금의 옷자락을 붙들며 엎드렸다.

"아바마마, 곳비를 주지 않으실 바엔 소자를 죽여주소서."

"그럼 하는 수 없구나."

임금이 곁방의 문을 열었다. 호위 내관이 고개를 숙였다. 임금은 호위 내관이 차고 있는 검을 뽑았다. 성큼성큼 발을 옮겨 용의 앞에 섰다. 용은 진정 죽음을 각오한 듯 차분히 몸을 세우고 눈을 감았다. 임금이 용의 앞에 검을 던졌다. 차가운 금속음이 용의 가슴에 떨어졌다.

"역적이 되거라."

용이 눈을 떴다.

"검을 들어 아비를 죽이고, 세자를 죽이고, 네가 용상에 앉거라. 그런 후에만 임금의 여인인, 궁녀 곳비를 차지할 수 있다."

"아바마마."

"물러가라. 다시 한번 궁녀를 탐한다면 너는 과인의 아들이 아니고 조선의 왕자가 아니니라."

용은 고개를 떨구었다. 임금이 자리에서 일어나 밖으로 나갔다.

곳비는 대문 밖으로 나와 용을 기다렸다. 날이 저물어도 용은 돌아오지 않았다. 날이 차고, 곳비의 몸도 차가워졌다. 사내를 태운 말한 마리가 궁방을 향해 달려오고 있었다. 곳비가 말을 향해 달려갔다. 말이 곳비를 보고 멈추어 섰다. 그 위에 탄 이는 영교였다. 영교가 말에서 내리며 미소를 지었다. 곳비의 상기된 얼굴에 실망스러운 빛이 감돌았다. 곳비가 쓸쓸한 미소를 지으며 영교에게 인사를 했다.

영교는 긴히 할 말이 있다며 곳비를 한적한 곳으로 인도하였다. 영교와 곳비가 궁방 뒤쪽, 숲 입구에 마주 섰다. 영교는 곳비와 시선을 맞추고 말을 꺼냈다.

"항아님, 관례를 올리신다고 들었습니다."

곳비의 얼굴이 어두워졌다.

"항아님이 진정 원하시는 일입니까?"

"궁녀로서 마땅히 따라야 할 일이지요."

"궁녀의 삶에 대해 생각해보셨습니까? 평생 봐주지도 않는 임금만을 바라보며 외로이 늙어가야 합니다. 전 항아님을 그리 내버려둘 수는 없습니다."

"무슨 말씀이신지……."

"제가 항아님을 모시겠습니다. 저랑 함께 왜국이든, 명국이든, 어디로든지 떠나주십시오. 제가 다 알아서 준비하겠습니다."

영교는 진심이었다. 곳비와 함께 살 수 있다면 고향도 가족도 입신양명도 포기할 수 있었다.

"그럴 수 없습니다."

"왜죠? 이미 제 마음을 짐작하셨겠지요? 전 항아님을 사모합니다. 항아님을 행복하게 해드리고 싶습니다."

"나으리의 마음도, 제안도, 배려도 받을 수 없습니다. 송구합니다."

"혹 안평 대군 때문입니까?"

곳비는 말문이 잠시 막혔다.

"저는 궁녀입니다. 제겐 안평 대군도 나으리도 가당치 않습니다."

"대군에게 마음을 두지 마십시오. 대군은 여인에게 진실한 사랑을 주는 분이 아닙니다. 제 누이를 보십시오. 대군이 그렇게 연모하였어도, 지금 누이는 외롭습니다."

"말씀이 지나치십니다. 대군과 아씨의 정에는 분명 우리가 모르는 바가 있겠지요."

곳비는 영교의 시선을 피했다. 영신이 돌아온 이후 용의 마음이 예전 같지 않다는 건 알고 있었지만 용의 고백을 받으니 영신에게도 죄인이 된 듯한 기분이 들었다. 영신을 생각하니 영교에게도 미안해졌다.

"대군이 항아님께 뭘 해줄 수 있습니까? 대군은 결코 왕자라는 자리를 버리지 못합니다. 결국 항아님만 다치실 겁니다. 죽을 수도 있습니다. 하나 저는 다릅니다. 항아님이 원하면 제 자리를 버리고 어디든지 갈 수 있습니다. 설령 잡히더라도 항아님과 함께 죽을 것입니다. 항아님을 버려두고 저 혼자만 살지 않을 겁니다."

곳비가 숨을 내쉬며 어깨를 늘어뜨렸다.

"나으리를 따라 몸만 가면 행복합니까? 제 마음이 이곳에 있는걸요."

"그럼, 평생 궁녀로 살다가 죽을 작정이십니까?"

"평생 궁녀로 살다가 죽어도 저는 이곳을 떠날 수 없습니다."

'예, 저는 안평 대군을 사모합니다. 대군과 함께할 수는 없어도, 설사 대군이 절 버리셔도, 제가 다치더라도, 제가 죽더라도 제가 먼저 대군을 떠날 수는 없습니다.' 라고 곳비는 말하지 않았다.

"송구합니다. 저는 궁녀이옵니다. 더 이상 제게 마음을 두지 마십시오."

곳비는 영교에게 인사를 하고 돌아섰다. 영교의 눈에 눈물이 차올랐다. 곳비의 뒷모습이 희미해져갔다.

"어디 갔다 오느냐?"

용이 뾰로통한 얼굴로 물었다. 안암궁 대문 밖에서 용은 곳비를 기다리고 있었다. 곳비가 용을 보면서 웃었다.

"웃으면 내가 풀릴 줄 알고?"

"그럼 이건요?"

곳비가 용의 뺨에 입을 맞추었다. 용이 웃으며 다른 뺨을 내밀었다.

"반쪽만 풀렸느니라."

"들어오십시오."

곳비가 먼저 대문 안으로 들어섰다.

"한데 뭐 하다 왔느냐?"

"윗전으로서 부리는 이의 일거수일투족을 알아야겠다면 말씀드려야겠지요?"

"아니. 난 네 윗전이 아니니까 말하지 않아도 된다. 그리고 나는 여인의 일거수일투족 캐묻는 좀스런 사내가 아니다."

"한데 소녀는 알아야겠습니다. 대군께서는 세자 저하를 뵙고 온다고 하시고는 왜 이리 늦으셨습니까?"

"모처럼 뵈었더니 형님께서 날 놓아주지 않으시더구나."

곳비가 용을 응시했다.

"참말입니까?"

"그럼."

용은 부러 눈을 크게 뜨고 곳비와 시선을 맞추었다.

"대군 또한 제게 숨김없이 말해주셔야 합니다. 무엇이 괴로운지, 그 괴로움이 소녀 때문인지 아닌지, 소녀 때문에 곤란한 일을 겪으시지는 않았는지 말입니다. 약조해주셔요."

"물론이다. 너로 인해 괴로울 일이 뭐가 있겠느냐? 너로 인해 내하루하루가 행복한 것을."

"참말이지요?"

"물론."

용이 고개를 끄덕였다. 곳비가 걸음을 뗐다. 용이 곳비의 뒷모습을 가만히 보고 있다가 곳비를 불렀다. 곳비가 뒤를 돌아봤다. 용이 곳비에게 다가와 곳비의 어깨에 얼굴을 묻었다.

"지금은 네 위로가 필요하다."

용이 속삭이듯 중얼댔다.

"뭐라 하셨습니까?"

"네가 필요하다고 하였다."

곳비가 고개를 끄덕였다. 용의 무게를 견디지 못한 곳비가 휘청거렸다. 용은 얼른 고개를 들고 곳비를 안았다.

"놓아주십시오. 누가 보면 어쩌시려고요?"

"누가 봤으면 좋겠구나. 내가 은애하는 여인이 단곳비라는 사실을 세상 모두가 알아줬으면 좋겠구나."

"안 됩니다."

곳비가 정색하며 용의 품을 빠져나왔다. 용은 놀라며 곳비를 바라보았다. 그 눈빛이 하도 막막하여 곳비는 곧 미안해졌다.

"제 말은 그게 아니라, 아직 사람들이 알면 안 될 듯하여서요."

곳비가 옷고름을 만지작거리며 고개를 숙였다.

"괜찮다."

용이 희미하게 웃었다.

"대군께서 잘못하신 건 없습니다. 그저 소녀가 궁녀이다 보니…….
송구하옵니다."

곳비가 변명하듯 말했다. 그런 곳비의 모습을 보니 용은 속상해졌다.

"괜찮대도. 네가 궁녀라서 미안해할 일은 아무것도 없느니라.
내게 무엇도 미안해하지 말거라. 오히려 잘못은 내가 많이 했느니……."

용은 곳비와 눈을 마주치며 부러 밝게 웃었다.

"내 잘못한 일은 몇 배로 잘하여 갚아줄 테야."

'대군께서 제게 잘못하신 일은 없습니다.'

곳비가 용을 바라보며 미소를 지었다.

"예, 그럼. 많이 잘해주십시오."

곳비가 밝은 목소리로 말했다.

"그래. 어찌 잘 해주랴? 무엇을 원하느냐? 내 다 사주마."

"재물을 쓰는 건 더 이상 아니 됩니다."

곳비가 고개를 저었다.

"그럼?"

"우선은 방으로 들어가 주무셔야겠습니다."

용이 잠시 멈칫하다가 말했다.

"아, 그거……. 그걸 원하는 게냐?"

"예."

"그래. 난 아직 거기까지는 생각지 못했다만 네가 원한다면 기꺼이 할 수 있다."

용이 곳비의 옷자락을 만지작거리며 은근한 미소를 지었다.

"들어가자."

"먼저 들어가십시오. 소녀는 씻으실 물과 이부자리를 준비해놓으라 이르겠습니다."

"아, 그래. 그럼 너는 준비가 다 되면 오겠느냐?"

"더 하실 말씀이 있으십니까?"

156

"아니. 말이 무슨 필요가 있겠느냐?"

용이 눈을 가늘게 뜨며 웃었다.

"그럼, 내일 아침에 문안을 여쭙겠사옵니다."

"내일 아침? 그럼, 오늘 밤은?"

"오늘 밤이요?"

"나를 원하는 것이 아니었느냐? 방에 들어가 자라고 해서……."

곳비가 멀뚱히 있다가 얼굴을 찡그렸다. 용을 향해 눈을 흘기고 소리를 질렀다.

"아! 지금 무슨 말씀을 하십니까? 대군께서 그런 분이실 줄은 꿈에도 몰랐습니다. 오늘 밤은커녕 내일 아침에도, 낮에도, 밤에도, 모레도 절 보지 못하실 겁니다."

곳비가 씩씩대며 제 처소로 걸음을 뗐다.

"그게 아니었느냐? 아님 말고."

용이 중얼대다가 곳비를 향해 소리쳤다.

"너야말로 무슨 생각을 하는 게냐? 난 그저 불경만 외려 했느니라."

"어휴!"

곳비가 가면서 다시 소리를 질렀다. 용이 그런 곳비를 보며 생각했다.

'네 미소도, 네 얼굴도, 네 목소리도, 심지어 네가 화를 내는 모습까지 내게는 위로가 되는구나.'

용이 멀어지는 곳비의 뒷모습을 보면서 서글프게 웃었다.

용은 방으로 들어와 갓을 벗어 던지듯 내려놓았다. 한숨을 길게 내쉬고 자리에 앉았다.

용은 곳비와 함께하는 때는 늘 행복했다. 곳비가 아홉 살 소녀였을 때부터 스무 살 처녀가 된 지금까지. 곳비만 보면 마음이 편하고, 장난을 치고, 웃었다. 곳비가 사고를 쳐서 화가 나고 보기 싫은 순간조차도 곳비를 진정으로 미워한 적은 단 한 번도 없었다. 돌이켜 보면 그 순간도 다 좋았고 행복했다.

지금은 말할 것도 없었다. 행복 이상의 감정이었다. 곳비와 함께 있으면 지옥도 극락이 되었고, 속세도 무릉도원이 되었다. 희끄무레한 하늘도 푸르게 보였고, 잎을 떨군 가지도 무성해 보였다. 서글픈 빗줄기도 반가운 꽃비였다. 온 세상이 곳비였다. 용은 이제 정말 곳비 없이는 살 수 없었다. 곳비가 없으면 제 세상도, 제 삶도, 제 존재도 없는 것과 마찬가지였다.

곳비가 방문을 열고 들어왔다.

"딴생각하지 마십시오. 광평 대군께서 차를 드리라 하여 왔사옵니다."

곳비는 대추차가 든 찻잔을 내려놓았다. 김이 피어올랐다. 어느새 용은 불면 증상이 사라져 대추차 없이도 잠을 잘 들 수 있었다. 하지만 곳비에게 말하지 않았다. 곳비가 대추차를 들고 오는 이 시간이 좋았다.

"내 딴생각은 하지 않았다. 오직 너만 생각하였다."

곳비가 웃었다.

"그럼 안녕히 주무십시오."

곳비가 일어섰다.

"안 된다."

곳비가 용을 흘겨보았다.

"대추차가 너무 뜨겁다."

"알맞게 식혀서 가져왔는걸요."

용이 차를 한 모금 마시고는 '앗, 뜨거.' 하면서 호들갑을 떨었다.

"못 먹겠단 말이다. 네 예쁜 입술로 호호 불어서 식혀다오."

곳비는 웃으며 자리에 앉았다. 차를 호호 불었다. 차를 다 식힌 다음 용에게 건넸다.

"그럼 안녕히 주무십시오, 안평 대군 대감."

곳비가 고개를 숙여 절을 하고 일어났다. 용이 곳비의 손을 잡고 제 품으로 끌어당겼다. 곳비가 용의 품에 폭 안겼다.

"대감!"

곳비가 용의 팔 안에서 빠져나오려고 했다. 용은 곳비를 더욱 꼭 안았다.

"내 잠시 세자 저하의 명으로 멀리 다녀와야 한다. 한동안 널 못 볼 터이니 잠시 이대로만 있자꾸나."

곳비는 잠자코 있었다. 지금은 그리해야만 할 듯하였다. 용도 곳비도 말없이 서로를 보듬었다.

이른 아침, 새소리에 곳비는 눈을 떴다. 푹신한 비단 요, 매끄러운 비단 이불, 잠자리가 낯설었다. 용이 머무는 방이었다. 곳비는 벌떡 일어났다. 주위를 살폈다. 용은 보이지 않았다. 곳비는 다행이다 싶어 숨을 내쉬었다가 곧 표정이 어두워졌다. 어젯밤 용의 눈빛, 표정, 음성이 떠올랐다. 심상치 않았다. 곳비는 어깨를 죽 늘어뜨리고 용을 염려하였다.

용이 대전 앞에 꿇어앉았다. 사실은 소문이 되어 날개를 달고 날아가 궁내 사람들은 용이 광평 대군의 여종 부전을 달라며 석고대죄를 하고 있다고 수군거렸다.

날이 저물고 밤이 깊어갔다. 부왕이 대전에서 나와 용에게 다가왔다.

"아비가 미안하구나. 소 씨 처자를 보내지 않았더라면 네가 궁녀에게 마음을 주지 않았을 터인데……. 아비의 죄가 크구나."

용이 고개를 들었다.

"그 때문이 아니옵니다. 곳비에 대한 연정, 다짐하듯 부인해왔지만 언젠가는 터질 마음이었사옵니다."

임금이 몸을 낮추었다.

"용아, 네가 한 번만, 정말 마지막으로 한 번만 이 아비를 봐주면 아니 되겠느냐? 아비는 너를 잃을 수 없다. 이 아비가 살면 이제 얼마를 더 살겠느냐? 아비가 죽으면 네가 세자를 보필하고, 장차 태어날 세손을 지켜야 한다."

"아바마마, 소자, 물론 세자 저하와 장차 태어나실 세손께 충성을 다하겠사옵니다. 목숨을 걸고 두 분 마마를 지키겠사옵니다. 하나 은애하는 여인도 지키고 싶사옵니다. 진정 연모하는 여인의 사내로도 살고 싶사옵니다."

임금이 몸을 일으키고 용을 내려다보았다.

"너는 왕자이고, 아비는 임금이니라. 사사로이 원하는 것을 다 얻을 수는 없는 법. 왕가에 태어난 너와 이 아비의 운명이니라."

"아바마마, 하나 곳비와 헤어지고서는 소자가 살아갈 수 없사옵니다."

용이 눈물을 떨구었다. 먼발치서 중전이 이 모습을 지켜보면서 눈시울을 적셨다.

임금이 대전으로 돌아가고 나서 중전이 용에게 다가왔다.

"대군."

용이 고개를 들었다.

"어찌하여 아바마마의 성심을 어지럽히는가?"

"송구하옵니다."

"송구하면 송구할 일을 그치면 되느니."

"어마마마, 아바마마를 설득하여주십시오."

"아바마마의 말씀이 옳네. 자네 어찌 궁녀를 마음에 두는가?"

"하면 소자는 어찌합니까?"

용의 눈에서 눈물이 흘러내렸다.

"대군은 눈물을 거두게."

중전이 몸을 낮추고 용의 어깨를 두드렸다. 용이 중전의 품에 쓰러지듯 안겼다.

"어머니, 소자 죽을 것 같아요. 그 아이를 보내고는 살 수 없습니다."

용은 어깨를 떨며 울었다. 중전의 눈에서도 눈물이 흘러내렸다.

용이 세자 저하의 명을 받고 떠난 지 하루가 지났다. 곳비는 중궁전의 부름을 받고 경복궁으로 향했다. 아이들이 너울을 쓰고 말에 오른 곳비를 가리키며 '궁녀다!'라고 외쳤다. 곳비의 얼굴이 발개졌다. 곳비는 아직도 궁녀를 보는 사람들의 시선에 익숙하지 않았다.

중전마마께서 갑자기 왜 부르시는 걸까. 대군 때문일까. 혹 세자 저하께 대군과 제 사연을 들으셨을까. 곳비는 고개를 숙이고 생각했다.

마지막으로 보았을 때, 용은 평소와 다름없는 척하였다. 그저 세자 저하와 즐거운 시간을 보내고 왔다고 하였다. 하지만 곳비는 왠지 모르게 용이 떠난 이후로 불안하였다. 용의 얼굴과 목소리가 가슴 한쪽에 걸려 마음이 편치 않았다.

아니야. 나쁜 일이라면, 그저께 세자 저하께서 미리 언질을 주셨겠지. 대군께 공무를 맡기지 않으셨겠지. 곳비는 안 좋은 생각을 애써 떨쳐버리려 했다.

세자 저하와 중전마마와 말씀이 잘되어, 혹 중전마마께오서 방도를 마련해주시는 걸까. 곳비는 잠시 희망을 품었다가 이내 고개를 저었다. 괜한 기대는 품지 말자고 다짐하면서도 어느 순간 연기처럼 피어오르는 일말의 기대는 어쩔 수 없었다.

중전은 여느 때보다 자애로운 미소로 곳비를 맞았다. 곳비에게 다과를 건네며 지난 밤 대전에서 임금과 나눈 대화를 떠올렸다.

─과인도 곳비를 허락하고 싶소. 과인은 이미 대신들의 반대에도 불구하고 우리 아이들이 소실을 들이는 걸 다 눈감아주었소. 하나 궁녀는 허락할 수 없소. 대궐의 법도만은 지켜야 하오.

중전이 애틋한 눈길로 곳비를 바라보았다.

"곳비야."

중전의 음성이 한없이 다정하고 나직했다.

"예, 중전마마."

"고개를 들어 나를 보거라."

"소녀, 어찌 감히……."

"괜찮다. 나를 보거라."

"황공하오나 하명하시니 감히 우러러 뵙겠나이다."

곳비가 고개를 들었다. 중전이 곳비를 바라보았다. 따뜻하면서도 아픈 눈빛이었다. 곳비는 중전의 얼굴에서 그 뜻을 읽었다. 좀 전까지 품었던 일말의 기대가 물거품처럼 사라졌다. 곳비가 입을 열었다.

"소녀, 중전마마의 뜻을 알겠사옵니다. 성려 놓으소서."

곳비는 고개를 숙였다.

"네 장성하여서는 바느질이며 음식 솜씨도 나무랄 데 없었고 하나를 들으면 열을 깨우칠 만큼 총명하였지."

중전이 숨을 길게 내쉬며 말을 이었다.

"안평이 그리 슬피 울부짖는 모습은 내 처음 보았다."

중전은 용과 임금 사이에 있던 일, 용이 대전 바닥에 꿇어서 청을 올리던 일, 용이 통곡하던 일을 들려주었다.

곳비는 얼굴도 눈도 붉어졌다. 눈이 촉촉이 젖어 들었다. 곳비가 몸을 낮추었다.

"송구하옵니다. 모두 소녀의 잘못이옵니다. 소녀로 인해 대군께서 불충하는 일이 없도록 하겠사옵니다. 부디 대군을 용서하여주소서."

중전의 눈시울도 뜨거워졌다. 중전이 곳비를 가까이 불러 손을 잡왔다. 곳비가 놀라 고개를 들었다.

"네 이리 곱구나. 마음도 용모도. 이러니 까다로운 용의 마음을 얻었을 게야. 네가 궁녀만 아니면 용에게 가장 좋은 배필이 되었을 텐데……."

"대군의 배필이라니요, 가당치 않사옵니다. 소녀의 처지를 잘 알고 있사옵니다."

"그래, 곳비야. 그리 말해주니 고맙구나. 너도, 우리 안평도 둘 다 왕실과 인연이 없었다면 얼마나 좋았겠느냐? 너희들이 어떻게 자라며 정이 들었는지 내 다 아는데, 그 정을 떼놓으려니 미안하구나. 너희들의 운명이 너무 안타깝구나."

중전은 지난 세월을 떠올렸다.

"내 왕비인 까닭에 친정은 몰락하고 아비는 죄인으로 사사되시고 가족들은 모진 고초를 겪었단다. 왕가의 사람들은 그렇게 산단다. 남들이 보기엔 세상 부러울 게 없겠지. 하나 진정 원하는 것도, 지키고 싶은 것도, 사랑하는 것도 다 가질 수 없단다. 네가 용의 입장을 헤아려주렴."

곳비는 고개를 끄덕이며 생각했다. 그래. 중전마마는 아버지를 여의셨는데, 대군이 뭐라고. 우리 사이가 다 뭐라고. 내가 뭐라고. 곳비는 마음에도 없는 생각을 머릿속에 새기듯 되뇌었다.

곳비가 교태전을 나왔다. 날은 차고, 하늘은 희끄무레했다. 곳비의 뺨 위로 소금처럼 굵은 가루가 날아들었다. 진눈깨비였다.

곳비는 대전으로 갔다. 뜰에 용이 무릎을 꿇고 앉아 있었다. 곳비는 문 곁에 서서 용을 바라보았다. 용의 머리 위로 진눈깨비가 흩날렸다. 진눈깨비가 곳비의 얼굴 위로 떨어졌다. 차가웠다. 눈(雪)물인지 눈(目)물인지 구별할 수 없는 물방울이 곳비의 뺨을 타고 흘러내렸다.

곳비는 용에게 다가갈 수 없었다. 용이라면 저런 모습을 보이고 싶지 않아 하리라. 곳비는 한참을 서서 용의 뒷모습을 바라본 채 소리 없이 울었다. 그리고 결심했다. 용을 위해서 제가 할 수 있는 일을 해야겠다고 다짐했다.

등 뒤에서 중궁전 김 상궁이 곳비를 불렀다. 중전이 와 있었다.

"걱정하지 마라. 내 아들이다. 너만큼 용이 안쓰럽고 내 마음이 쓰리단다. 가 있거라. 여긴 내가 알아서 하마."

중전이 말했다. 곳비가 허리를 숙여 절을 하고 물러났다.

중전은 잠시 마음을 다잡고 대전 뜰로 들어갔다.

"이용, 너는 어미 치맛자락을 붙들고 자비를 구하던 소년이 아니다. 조선국의 대군이며 임금의 아들이며 신하이다. 기껏 여인 하나 때문에 임금께 불충하고 아바마마께 불효하느냐? 썩 물러가거라. 네 이리 고집을 부린다면 곳비를 내명부의 율로 다스리겠다."

"어마마마."

"그래. 내가 네 어미다. 내 너를 이리 가르쳤더냐? 불효와 불충을 하려면 이 어미부터 죽이거라. 아니면 이 어미가 목이라도 매야겠느냐?"

"어마마마, 물러가소서. 소자의 일이옵니다."

"아니지. 자식을 잘못 가르친 내 일이지. 나 또한 식음을 끊고 예서 대죄하겠다."

중전이 머리를 풀었다. 상궁들이 달려와 중전을 말렸다. 중전은 단호했다. 상궁들은 어서 중전마마를 중궁전으로 모셔달라며 용에게 머리를 조아렸다. 용이 제 가슴을 치며 중전과 상궁들을 바라만 보았다.

곳비는 대궐을 나왔다. 다리가 휘청거렸다. 대궐에서 그런 일을 겪었으면서도 내색하지 않고 저를 대할 용을 생각하니 가슴이 무너지는 듯하였다. 곳비의 뺨을 타고 물기가 흘러내렸다. 눈물인지, 진눈깨비가 녹아내리는 물인지 곳비는 여전히 알 수 없었다.

곳비가 궁방을 향해 터벅터벅 걸었다. 흥인문 근처에서 말 한 마리가 곳비 앞에 멈추었다. 용이었다. 용이 말에서 내려서면서 말은 어찌했느냐고 물었다. 그러고 보니 대궐에 갈 땐 말을 타고 간 것 같았다.

"정신은 어디에다 두고?"

"송구합니다. 잃어버렸습니다."

곳비의 눈에서 눈물이 흘러내렸다. 용이 당황하며 제 손으로 곳비의 눈물을 훔쳤다.

"괜찮다. 다른 말을 주면 되지."

"대군께서 하사하신 말인데, 소중한 말인데, 소녀가 잃어버렸습니다. 소녀의 잘못이옵니다. 소녀가 잘못했사옵니다."

"울지 마라. 나무라는 것이 아니다. 네가 힘들까 봐 그렇지. 날도 추운데 한참 걸어왔지 않느냐?"

용이 솜 두루마기를 벗어 곳비에게 덮어주었다.

166

"말을 잃어버린 건 잘못이에요. 나무라셔도 돼요."

"아니다. 말은 얼마든지 있다. 다른 말을 주면 된다."

"아니요. 소녀에게 더 이상 말을 주지 마세요. 대군의 것은 필요 없습니다. 대군의 것은 아무것도 필요 없습니다. 이제 소녀에게 아무것도 주지 마세요."

곳비가 소리 내어 울었다.

"알겠다. 그럼 광평에게 제 말을 주라고 하겠다. 네 원하는 대로 다 할 터이니 그만 울거라."

용이 곳비의 어깨를 토닥이며 곳비를 안았다. 곳비가 용을 얼른 밀쳐냈다. 주위를 살피며 뒤로 물러섰다. 용은 무안해졌다. 곳비를 보면서 팔을 옆으로 뻗었다가 제 자리에 내려놓았다. 곳비는 곳비대로 그런 용을 보니 미안해졌다. 마음이 불편했다. 곳비의 눈에 다시 눈물이 그렁하였다.

"소녀는 괜찮사옵니다."

"내가 괜찮지 않다. 어서 가자."

용이 곳비의 손을 잡으려다 말았다.

"대감."

"응?"

용이 미소를 지었다. 그 미소가 곳비를 더 아프게 했다.

"수성궁으로 돌아가십시오."

곳비의 표정은 무겁고 음성은 낮았다. 용이 잠시 머뭇대다가 물었다.

"나 혼자?"

"예."

용이 말없이 곳비를 바라보았다. 묻고 싶은 게 한가득한 얼굴이었지만 참았다.

"먼저 가 계십시오. 소녀도 곧 가겠사옵니다."

"정말 올 테냐?"

용이 불안한 눈빛으로 물었다. 인정하고 싶지는 않았지만 곳비가 전날과는 달라져 있었다. 지금 헤어지면 다시 만날 수 없을 것만 같았다.

"예."

"그럼, 내 말을 타고 가거라."

곳비가 잠시 망설이다가 고개를 끄덕였다. 이 말을 타지 않으면 용이 저를 보내줄 것 같지 않았다. 곳비는 말에 올라 먼저 출발했다. 용이 망연히 곳비를 바라보았다.

4

곳비의 뜻대로 수성궁으로 돌아온 용은 사랑에 틀어박혔다. 양 내관을 통해 곳비가 중궁전에 다녀왔으며, 중궁전을 나온 이후 곳비의 안색이 좋지 않았다는 사실을 알아냈다. 용은 짐작 가는 바가 있었다. 당장에라도 곳비에게 달려가고 싶었지만 곳비의 말을 듣기로 했다.

날이 저물었다. 용이 밖으로 나왔다. 달빛이 뜰 위로 하얗게 부서졌다. 아름다웠다. 곧 달빛처럼 아름다운, 아니 달빛보다 아름다운 곳비가 뜰 안으로 들어왔다. 용이 불안한 얼굴로 곳비를 쳐다보았다. 곳비가 달빛처럼 환하게 웃었다. 곳비도, 곳비의 미소도 눈이 부셨다. 용의 입에서 안도의 한숨이 터져 나왔다. 용이 곳비에게 성큼성큼 다가갔다.

"하루도 안 지났는데, 그새 내가 보고 싶어서 왔느냐?"

"예, 보고 싶었사옵니다."

곳비가 하얀 이를 드러내고 미소를 지었다.

"그럼, 오늘은 예서 자고 가런? 물론, 따로. 난 내 방에서 넌 네 방에서."

"좋지요. 밤새 이야기를 나누어도 좋고요."

"이런 요물!"

용은 곳비의 볼을 꼬집었다.

"오늘은 꼭 드리고픈 말씀도 있고요."

용이 잠시 웃었다가 얼굴에 그늘을 드리웠다.

"내일 하면 아니 되겠느냐?"

"아니요. 오늘 하겠습니다."

용은 곳비가 무슨 말을 할지 알고 있었다. 궁녀, 곳비의 선택은 하나밖에 없었다. 용은 곳비의 손을 잡았다.

"곳비야……. 내가 어찌하면 되겠느냐?"

"예전으로 돌아가고 싶습니다. 전 관례를 올리고 정식 나인이 되겠습니다. 대감께서도 왕자의 본분을 저버리지 마소서."

"어마마마 때문에 그러느냐? 부왕 때문에 그러느냐? 두 분은 내 알아서 설득할 것이다. 내게 시간을 다오."

"역도가 되시려고요?"

용은 말문이 막혔다. 역시 그 방법밖에는 없는 것인가. 찰나 생각하다가 고개를 저었다. 역도라니 생각조차 담을 수 없었다.

"제가 원하는 바는 다 들어준다고 하셨지요? 그럼 제 뜻을 따라주십시오."

곳비의 목소리가 이미 결정을 끝낸 듯 담담하여 용은 마음이 무너지는 듯하였다.

"미안하다. 이번에는 네 뜻을 따를 수 없구나."

"그럼 시간을 두고 생각해보소서."

용이 미끄러지듯 몸을 낮추어 무릎을 꿇었다.

"곳비야, 내 뜻을 따라다오. 제발."

"일어나십시오."

"약조해라. 내 뜻을 따르겠다고."

"일어나십시오."

"약조부터 하거라."

"일어나십시오."

"곳비야, 제발 나를 믿고 기다려주면 안 되겠느냐?"

"대감, 우리 죄인은 되지 말아요."

곳비가 용의 손을 뿌리치고, 등을 보이며 돌아섰다.

"곳비야……."

용이 곳비의 이름을 나직이 토했다.

눈발이 흩날리기 시작했다. 곳비가 다시 용을 향해 돌아섰다. 용이 숨을 삼켰다. 곳비가 용에게 다가갔다. 용이 참았던 숨을 토했다.

"곳비야……."

곳비가 용의 앞에 앉아 용과 눈높이를 맞추었다.

"곳비야……."

용이 말을 끝내기 전에 곳비가 용의 입술에 입을 맞추었다. 길고 뜨거운 작별이었다. 두 사람의 눈에서 눈물이 흘러내렸다. 곳비가 용의 눈을 들여다보았다. 말보다 더 무겁고 간절한 눈빛이었다. 용은 곳비를 한참 응시하다가 입을 열었다.

"곳비야, 이번에도 나는 네 뜻을 따르겠다. 하나 너를 포기하지는 않겠다. 네가 노비라도, 궁녀라도, 과부라도, 아이 어미라도 너를 포기하지 않겠다. 기다릴 것이다. 네가 돌아올 때까지. 노력할 것이다. 너를 붙잡을 수 있을 때까지. 은애할 것이다. 영원히."

곳비가 일어서서 문간을 향해 돌아섰다. 천천히 걸음을 뗐다. 걸으면서 생각했다.

'제 마음도 늘 대군께 있습니다. 오늘도, 내일도, 모레도, 십 년이 지나도, 이십 년이 지나도 변함없이 늘 대군께 있을 것입니다.'

하늘은 굵은 눈발을 쏟아내고 있었다. 올겨울의 첫눈이었다. 용은 바닥에 머리를 떨어뜨렸다.

'미안하구나. 내 미약하여 너를 곁에 두지 못하는구나.'

용의 몸 위로 새하얀 눈이 쌓이기 시작했다. 용은 한참을 그렇게 엎드려 있었다. 사랑에 들른 주 상궁이 그 모습을 보고 용에게 달려왔다.

"대감, 무얼 하십니까?"

"주 상궁, 곳비의 관례를 성대하게 치러주게. 가장 성대하게. 아무도 곳비를 얕보지 못하게."

용이 일어나 방으로 들어갔다. 주 상궁이 고개를 갸웃거리며 하늘을 바라보았다.

"우리 곳비, 시집 잘 가라고 눈이 많이 오네."

주 상궁이 미소를 지었다.

곳비의 관례 날이었다. 궁녀가 관례를 올리면 윗전은 명주, 모시, 무명, 베를 한 필씩 하사했다. 이는 광평 대군이 담당하였다. 친정이라고 할 수 있는 본가에서는 궁녀의 의복과 세간을 마련하고, 잔치 음식을 준비하여 윗전들을 비롯하여 대궐 식구들, 손님들을 대접하게 되어 있었다. 본가가 변변치 않은 곳비였지만 의복도, 세간도, 음식도 최상급이었다. 용 덕분이었다.

곳비는 본가를 대신한 수성궁으로 와서 '궁녀의 혼례'라고 하는 관례를 치렀다. 녹원삼을 입고 어염족두리를 한 곳비가 혼례상을 앞에 놓고 절을 올렸다. 신랑은 없었다. 보이지 않는 신랑이 계시는 대궐 방향으로 절을 올릴 뿐이었다.

영교와 영신이 단안각 누마루에 서서 곳비의 혼례를 지켜보았다. 영신은 흐뭇한 눈으로, 영교는 슬픈 눈으로.

"곱구나. 본궁으로 들어가 승은을 입으면 좋으련만……."

영신이 말했다. 곁이 조용해 고개를 돌려 보자 영교의 안색이 곧 쓰러질 듯 파리했다. 영교는 말없이 자리를 떴다.

수성궁에 몸을 의탁한 기첩 설련과 미앵이 누마루로 올라 영신에게 인사를 건넸다.

"눈엣가시를 이제야 뺀 기분입니다. 속이 후련합니다. 형님도 그러시지요?"

설련이 말했다.

"형님?"

영신이 설련을 노려보았다.

"아씨지요. 우리랑은 처지가 다른 분이신데……."

미앵이 말했다.

"어쨌든, 아씨께서도 이제 발 뻗고 주무시겠습니다."

"대체 무슨 말인가?"

"저 곳비라는 계집 때문에 대군께서 저희에게 곁을 주지 않으시잖아요?"

"투기는 칠거지악이거늘."

"못 들으셨습니까? 대군께서 곳비를 데리고 온정욕까지 다녀오셨답니다. 곳비를 달라고 대죄까지 하셨고요."

"어허, 말조심하게. 곳비는 궁녀일세. 성상의 여인이야. 대군과 곳비의 일이 알려진다면 다치는 건 대군일세. 한 번만 더 곳비와 대군의 일을 입에 올렸다가는 내 매로 자네를 다스릴 테야."

영신이 설련을 꾸짖고 자리를 떴다.

"저도 첩이면서 어디서 부인 행세야?"

설련이 입을 비죽거렸다.

"형님, 참말입니까? 참말 곳비 항아님 때문에 대군께서 다치실 수도 있습니까?"

미앵이 걱정스러운 듯 물었다.

"계속 곳비를 은애하시면 결국 대군께서 벌을 받으시겠지."

"그럼 어찌합니까?"

"자네, 오라비의 사돈의 팔촌이 임영 대군댁 청지기라 하였는가?"

"예, 그건 왜?"

설련이 미앵의 팔을 잡으며 미소를 지었다.

용은 사랑에 홀로 남았다. 내관도, 궁녀도, 노비도 모두 곳비의 관례를 구경하기 위해 후원으로 갔다. 양 내관이 잔치 음식으로 한 상을 차려 왔다. 용은 조반을 들지 않았지만 젓가락을 들지 않았다. 양 내관이 재차 권했다.

"두고 가거라."

용은 다시 홀로 남았다.

'우리 곳비, 대접이 소홀하다고 구박받지는 않겠네.'

용이 상 위에 놓인 음식들을 보면서 희미한 미소를 지었다.

용이 갑자기 가슴을 두드렸다. 아무것도 먹지 않았는데 가슴이며 목구멍이며 꽉 막힌 듯 답답하였다. 손으로 얼굴을 훔쳤다. 뜨거운 물이 뺨을 타고 흘러내리고 있었다. 용은 한숨을 쉬면서 고개를 숙였다. 어깨를 떨더니 곧 목 놓아 통곡하기 시작했다.

몽유도원

1

"대감, 소인 잠시 들겠사옵니다."

양 내관은 용의 허락이 떨어지기도 전에 숨을 몰아쉬며 방으로 들어왔다. 용은 표정도 감정도 없었다. 서책에만 시선을 고정하고 움직이지도 않았다.

"대감, 곳비가 유배를 간답니다."

용이 고개를 들었다.

"곳비가 유배를 간답니다."

용과 온정욕을 간 일로 곳비의 행실을 탄핵하는 상소가 올라왔다고 했다. 다행히 곳비는 어떤 문초나 장형도 받지 않고 교동으로 유배만 가게 되었다고 했다. 양 내관은 곳비의 몸이 상하지 않았고, 대군께서도 무사하시니 천만다행이라고 했다. 성상의 은혜가 하늘과 같다고도 했다.

용이 벌떡 일어나 방을 나갔다. 양 내관이 갓과 도포를 챙겨 뒤따랐다. 용은 양 내관이 입혀주는 대로 걸쳐 입으며 대문간으로 향했다. 눈물을 훔치며 달려오는 주 상궁과 가지에게 안암궁으로 가서 곳비를 돌보라고 일렀다. 저는 우선 중궁전에 가서 상황을 알아보고 대전으로 갈 작정이었다.

용이 대문을 나서려는 참에 좌부승지와 군사들이 들이닥쳤다. 좌부승지는 어명이라면서 금족령을 전했다. 안평 대군 이용은 후일 명이 있을 때까지 궁방에서 한 발짝도 움직이지 말라는 명이었다. 군사들이 수성궁을 에워싸고 용을 막아섰다.

"길을 열라."

군사들은 좌부승지를 쳐다보면서 꼼짝하지 않았다. 용은 군사 하나가 차고 있는 검을 뽑아 들었다.

"아무도 다치길 원치 않는다. 어서 길을 열라."

좌부승지가 군사들을 물리고 용의 앞을 막아섰다.

"영감, 비켜주시오."

용이 말했다.

"대감, 성상께서 이 사람까지 보내신 걸 보면 모르시겠습니까? 대감께서 수성궁을 나가고자 한다면 이 사람을 죽이고 나가셔야 합니다."

양 내관이 무릎을 꿇고 용을 말렸다. 수성궁 가솔들이 모두 무릎을 꿇었다. 영신과 설련, 미앵까지 나와서 무릎을 꿇었다. 설련은 그깟 궁녀 하나가 뭐냐고 대감께서 어명을 거역하시냐며 용의 바짓자락을 붙잡고 울었다. 용이 휑한 눈으로 설련을 노려보았다. 설련이 용의 바짓자락을 슬그머니 놓고는 미앵을 쳐다보았다. 미앵이 지레

겁을 먹고 딸꾹질을 시작했다. 영신은 설련과 미앵을 번갈아 보았다. 짐작 가는 바가 있었다.

곳비는 정식 나인이 된 지 닷새 만에 유배형을 받았다. 광평 대군은 어찌 된 일인지 알아보겠다며 출타 차비를 했다. 곳비는 광평 대군을 말렸다.

"차라리 잘 되었습니다, 대감."

곳비가 담담히 말했다.

"소녀가 도성에 있으면 안평 대군께 누가 될 뿐이옵니다."

"형님께서 방법을 찾겠다고 하지 않았느냐? 넌 그저 형님을 믿고 기다리기만 하면 된다."

곳비는 용이 저를 위해 애쓰기를 바라지 않았다. 이제 저는 용에게 헛된 희망일 뿐이었다. 제가 곁에 있으면 용은 헛된 희망을 붙잡고 불효하고 불충할 것이 뻔했다.

"안녕히 계십시오, 대감."

곳비는 미소를 지으며 광평 대군에게 절을 했다.

곳비는 숭례문을 나오면서 인왕산 자락을 한 번 쳐다보았다. 용이 저를 잊고 편안하기를 기도하며 한성을 떠났다.

4년 후

곳비는 유배지 교동에 오고 나서 네 번째 가을을 맞았다. 올해는 붉고 노란 잎이 유난히 서러워 보였다. 지난 삼 년간 계절이 바뀔 때마다 용은 이곳을 다녀갔다. 곳비는 용이 알아차리지 못하게 숨어서 용을 바라보았다. 용도 곳비의 시선이 닿지 않는 어느 곳에 숨어서 곳비를 지켜보았으리라. 곳비는 용이 오기를 바라지 않으면서도 새 계절이 올 때마다 용을 기다렸다.

방문을 열어놓고 앉아서 하염없이 먼 산만 바라보던 어느 날, 곳비는 해배(귀양을 풀어줌)되었다. 지체 말고 광평 대군의 궁방인 안암궁으로 복귀하라는 명을 받았다.

곳비는 짐이라고 할 것도 없는 가벼운 보따리를 챙겨 길을 나섰다. 동리 아낙들과 곳비에게 글을 배운 아이들이 마을 어귀까지 나와서 곳비를 배웅해주었다. 곳비는 아낙들과 아이들과 몇 번씩 손을 맞잡으며 작별 인사를 나누고 돌아섰다.

마을을 지키는 느티나무 아래 반가운 얼굴이 있었다. 곳비는 눈물을 삼키고 환한 얼굴로 양 내관을 맞았다. 양 내관이 다가와 곳비를 보며 눈시울을 붉혔다. 곳비도 눈가가 붉어졌다.

"나으리, 그간 무탈하셨습니까?"

"고생 많았구나."

"고생은요."

"대군께서 오셨다."

'대군'이라는 말에 뜨거운 눈물이 눈이 아니라 가슴에서 울컥하고 올라왔다. 무수한 나날이 흘러도 곳비는 어쩔 수 없었다. 매일 용을 잊었고 매일 용을 기억했다.

양 내관이 느티나무를 가리켰다. 느티나무 잎 사이로 용이 모습을 드러내었다. 곳비의 눈이 촉촉해졌다. 물기가 시야를 가려 용의 모습이 희미해졌다. 곳비는 하늘을 향해 얼굴을 들고 눈물을 떨구어냈다. 용이 다가왔다. 곳비와 용이 마주 섰다. 두 사람은 한동안 말없이 서로를 응시하였다.

"좀 야위셨습니다."

곳비가 먼저 입을 열었다.

"말도 마라. 네가 떠난 후 한 해를 사랑에서만 보내셨다. 운신을 아니 하시니 드시는 양도 적고, 드시는 양이 적으니 얼굴도 몸도 야위실 수밖에."

곳비는 마음이 아려왔지만 부러 밝게 웃었다.

"도성에서는 해가 서쪽에서 떴답니까? 나다니기 좋아하시는 분이 어찌 일 년을 궁방에만 계셨습니까?"

용도 그제야 웃었다.

"집 밖을 나가면 도성 안 여인네들이 다 수작을 거니 나갈 수가 있어야지. 내 지금 나 때문에 독수공방하는, 못난 여인을 짝사랑하는 중이라서."

곳비가 웃음을 터뜨렸다. 몸은 야위고 눈가에는 가느다란 잔주름이 피었지만 용은 그대로였다. 용의 농 같은 진심을 들으면서 곳비는 안도했다. 참 알 수 없는 감정이었다. 용이 변하기를 그토록 바랐지만 용이 변하지 않은 모습을 보니 마음이 놓였다.

곳비는 사 년 만에 깨달았다. 이번 생에는 이 사내를 영원히 사랑하리라는 것을. 이 사내를 잊으려는 노력이 부질없으리라는 것을.

"한데 너는 어째 살이 올랐다."

"예, 저를 귀찮게 하는 어떤 남정네가 보이지 않으니 살겠더이다."

곳비도 용도 눈물을 삼키고 함께 웃었다.

양 내관이 갈 길을 재촉했다. 곳비는 걸음을 떼면서 수성궁 식구들과 광평 대군의 안부를 물었다. 용의 얼굴이 어두워졌다. 양 내관이 조심스럽게 말했다.

"광평 대군께서는 병환 중이시다. 창진(두창)이다."

곳비의 얼굴이 굳어졌다. 창진은 쉬운 병이 아니었다. 세간에서는 '마마'라고 높여 부르며 제발 목숨을 앗아가지 말라고 기도하는 병이었다. 광평 대군은 닷새 전부터 열이 끓고 기침을 하여 자리보전을 하더니 일어나지 못한다고 하였다. 아들을 보러 온 임금께 청이 있다며, 곳비의 해배를 청했다고 하였다.

"어서 가자. 광평이 널 보면 좋아할 게야."

용이 느티나무에 매어둔 말을 끌고 와 곳비에게 건넸다. 용과 곳비, 양 내관은 각자 말에 올라 도성으로 향했다.

곳비는 새까만 밤이 되어서야 안암궁에 도착했다. 광평 대군은 병석에 누워 있었다. 곳비는 눈물을 참으며 광평 대군에게 절을 했다.

"대감, 단가 곳비가 돌아왔사옵니다."

"곳비가 왔구나. 곳비가 왔어."

광평 대군의 메마른 얼굴에 희미한 웃음기가 번져갔다. 광평 대군이 손짓으로 곳비를 불렀다. 곳비가 무릎걸음으로 광평 대군에게 다가갔다.

"잘 왔다."

"송구하옵니다, 대감."

"아니야. 이제라도 왔으니 되었다. 이제 우리 형님 걱정은 아니 해도 되겠어."

광평 대군이 중얼거렸다.

"대감……."

곳비가 참고 참은 눈물을 떨구었다.

곳비는 사랑을 나오자마자 툇마루에 주저앉았다. 무릎을 세우고 그 위로 얼굴을 묻었다. 어깨를 떨며 흐느꼈다. 용이 다가와 곳비의 어깨를 토닥이다가 껴안았다. 곳비는 얼른 몸을 떼고 용을 바라보았다.

"울어도 된다. 내게 의지해도 된다. 내게 위로받아도 된다."

용이 곳비를 향해 손을 뻗었다. 곳비가 용의 손을 잡았다. 잠시 가만히 있다가 용의 손을 제 자리에 돌려놓았다.

"이것이면 족합니다. 더는 제게 손을 내밀지 마십시오."

용은 무슨 뜻이냐는 듯 곳비를 바라만 보았다.

"대감께서 진정 소녀를 위하신다면 소녀를 궁녀로만 대해주십시오."

"넌 내가 연모하는 여인이다."

"아니요. 소녀는 궁녀이옵니다."

"난 널 은애한다."

"대감의 무모한 연정 때문에 소녀, 더 이상 죄인이 되고 싶지 않사옵니다."

곳비는 용에게 공손히 절을 하고 사랑채를 나갔다.

용은 곳비의 말을 믿지 않았다. 곳비는 여전히 저를 사모하고 있었다. 다만 저를 위하여 한평생 궁녀로만 살기로 작정하였으리라. 용이 할 일은 곳비의 신분을 돌려놓는 일이었다. 곳비의 애정과 충심을 볼 때 곳비는 궁녀의 신분으로 사는 한, 결코 제게 오지 않으리라고 확신하였다.

용은 다음 날 날이 밝자마자 대궐에 들어 임금과 독대하였다.

"소자, 재취하겠사옵니다."

임금이 웃었다.

"반가운 소리구나. 그렇지 않아도 일전에 네 모후와 이야기를 나누었다. 곧 간택령을 내리라 하마."

"간택령은 필요 없습니다."

"그래. 복잡한 절차는 생략해도 되겠지. 네 모후와 의논하여 적당한 혼처를 구해보마."

"적당한 혼처도 필요 없습니다."

임금이 눈썹을 꿈틀거렸다.

"아직도……."

"예, 곳비이옵니다. 소자가 원하는 반려는 곳비 한 사람뿐이옵니다."

"사 년이 지났다. 사 년을 떨어져 있었으면 지울 때도 되지 않았느냐?"

"사 년이 아니라 사십 년, 사백 년, 사천 년을 떨어져 있어도 소자가 은애하는 이는 곳비 한 사람뿐이옵니다."

임금이 한숨을 쉬었다.

"네 항간에는 한량이라고 소문이 났다는데 어찌 순정을 버리지 못

하느냐? 차라리 한량으로 살거라."

"아바마마, 소자가 버리고 싶다 하여도 버릴 수 없사옵니다. 곳비는, 곳비에 대한 연심은 그렇습니다. 아바마마께서도 어마마마를 사랑하시어 외가가 멸문지화를 당할 때 어마마마만은 지키지 않으셨사옵니까?"

임금이 한숨을 쉬었다.

"용아, 아비가 진양 대군을 '수양'으로 개명한 연유를 아느냐?"

용은 갑자기 둘째 형인 수양 대군의 이야기가 왜 나오나 싶었다.

"수양산에서 절개를 지키다 굶어 죽은 백이와 숙제를 닮으라는 뜻이었다."

"무슨 말씀이온지……."

"아비는 살날이 얼마 남지 않았고 세자는 병약하고 세손은 어리구나."

"아바마마, 받잡기 망극한 말씀이옵니다."

"아니, 너는 알아야 한다. 수양은 너와 다르다. 이 아비가 세상을 하직했을 때 너는 세자와 세손을 지켜야 한다."

임금이 용의 손을 잡았다.

"그러기 위해선 넌 네 자리를 지켜야 하고, 네 자리를 지키기 위해선 무결해야 한다. 네가 은애하던 아이를 공녀로 보내 미안하다. 곳비를 허락하지 못해 미안하다. 하나 곳비는 안 된다. 곳비는 궁녀이고, 궁녀는 왕의 여인이다. 너는 왕자이고, 왕자의 혼사는 정치이다. 너는 곳비가 아니라 네게 힘을 실어줄 수 있는 가문과 혼사를 맺어야 한다. 아비가 부탁하마."

임금의 눈빛과 음성이 간절했다. 임금은 곳비와의 관계로 인해 용이 대군으로서의 권위와 지위를 실추하는 걸 원치 않았다. 용이 붉어진 눈으로 고개를 끄덕였다.

"소자, 왕자로서의 본분을 잊지 않겠사옵니다. 세자, 세손께도 충심을 다하겠습니다. 하나 곳비가 아니라면 가례는 올리지 않겠사옵니다."

용은 임금께 절을 하고 물러 나왔다.

신의 왕후의 후손인 문승유가 궁녀를 남장시켜 숙직소로 데려가 사통한 사건이 있었다. 대신들과 대간들은 연일 문승유를 사형하라고 주청하였다. 임금은 문승유를 관노로 삼게 했다.

숙근 옹주의 궁녀 고미가 수강궁의 담을 넘어 달아나는 사건이 있었다. 이 사건에 궁인 백여 명이 연루되었다. 임금은 이들을 경복궁 밀실에 가두고, 진양 대군과 금성 대군 등에게 명하여 문초하게 했다. 이들은 몇백 번이나 매를 맞고, 압슬형(壓膝刑)까지 당하였다.

임금은 곳비와 용을 입궁하게 했다. 곳비에게는 문초 과정을 보게 했다. 용을 불러서는 네가 곳비를 포기하지 않는다면 다음에는 곳비가 다칠 수 있다고 경고하였다.

곳비는 추국장을 나오면서 마침 대전을 나오던 용과 마주쳤다. 곳비는 임금이 저와 용을 부른 연유를 짐작했다. 용이 입을 열려고 하자 곳비가 먼저 말했다.

"우리 순리대로 살아요. 대감, 소녀 때문에 불효하고 불충하지 마소서."

곳비는 용의 대답을 듣지 않고 자리를 떴다.

계절이 바뀌어 찬 바람이 부는 동안 용은 안암궁에 다녀가지 않았다. 중전께서 이어하시어 광평 대군의 곁에 머무셨는데도 용은 오지 않았다. 곳비는 이제 용도 욕심을 버리겠구나, 하고 생각했다. 왕자로서, 궁녀로서 각자의 본분을 지키며 살 수 있겠구나, 하고 안심했다. 서운하고 서럽고 슬프지 않다면 거짓이겠지만 곳비는 용이 다치지 않는 것으로 만족했다. 용이 무탈하면 제 아픔 따위는 얼마든지 견딜 수 있었다.

곳비는 광평 대군의 이마에 새 물수건을 올려주었다. 광평 대군의 붉은 눈꺼풀이 움직였다. 광평 대군이 눈을 가늘게 떴다.

"대감, 뭘 좀 드시겠사옵니까?"

광평 대군이 고개를 저었다.

"내의의 말이 진지도 약도 잘 드시면 곧 쾌차하신다고 하였사옵니다."

광평 대군의 입술이 가늘게 움직였다. 애써 미소를 짓다가 붉은 얼굴을 일그러뜨리며 기침을 하였다. 곳비가 마른 수건을 광평 대군의 입가에 대주었다. 기침이 잠잠해지자 광평 대군이 입을 열었다.

"곳비야, 안평 형님이 보고 싶구나. 네가 모시고 와주련?"

"예, 대감."

곳비는 붉게 물든 눈을 보이지 않으려고 얼른 고개를 돌렸다.

"대감!"

곳비가 비해당 뜰로 들어서면서 소리쳤다. '비해당'은 새로 지은 사랑채에 임금께서 직접 하사하신 이름이었다. 용이 놀라 대청으로 나왔다.

"광평 대군이 뵙고 싶어 하십니다."

용을 보자마자 곳비가 붉어진 눈으로 숨을 헐떡이며 말했다.

"어서요."

"그래. 가자꾸나."

용이 망연한 얼굴을 거두고 발을 뗐다.

용은 내내 광평 대군의 곁을 지켰다. 밥을 먹이고, 약을 먹이고, 몸을 닦아주었다. 하지만 광평 대군의 병세는 더 나빠졌다. 광평 대군의 몸에 발진이 피어오르고 물집이 생겨났다. 고열로 들끓는 중에도 온몸을 떨었다. 가끔씩 알 수 없는 말도 중얼거리곤 했다.

"환지야……."

용이 광평 대군의 자를 불렀다. 광평 대군은 답이 없었다. 괴로운 듯 신음을 토해내고 있었다. 용은 벌떡 일어섰다. 밖으로 나왔다. 아랫방에 있던 곳비가 용을 따라 나왔다.

용은 버선발로 후원으로 달려가 불탑 앞에 섰다. 하늘에서는 빗방울이 떨어지고 있었다. 겨울비였다. 하지만 용은 아랑곳하지 않고 기도를 올리기 시작했다. 곳비가 우산을 가지고 와서 용의 곁에 섰다.

"대감, 들어가십시오. 날이 찹니다."

"내가 할 수 있는 게 기도밖에 없구나."

"이러다가 대감까지 병드시겠습니다."

용이 젖은 눈으로 곳비를 바라보았다.

"곳비야, 내 광평마저 잃고 어찌 살겠느냐? 하니 지금은 기도를 드려야 한다."

용은 탑을 향해 고개를 돌렸다.

'그럼, 제가 함께 있겠습니다.'

곳비는 말없이 우산을 받쳐주었다. 용은 광평을 위해, 곳비는 광평과 안평을 위해 기도를 올렸다. 찬비가 멈추지 않고 땅을 적셨다. 용의 마음도, 곳비의 마음도 젖어갔다.

광평 대군이 눈을 떴다.

"형님이 이리 오실 줄 알았다면 진즉에 많이 아플 걸 그랬습니다."

"미안하다."

광평 대군이 무거운 머리를 움직여 고개를 저었다.

"은애하시어, 여전히 곳비를 은애하시어 못 오신 게지요? 하여 밖으로만 도시는 거고요."

"다 지난 일이다. 나는 왕자이고, 곳비는 궁녀이니라."

용이 광평 대군을 안심시키기 위해 아무 일도 아니라는 듯이 말했다.

"형님, 곳비를 돌봐주세요."

"걱정하지 말거라. 곳비는 여전히 내 누이이다."

광평 대군이 눈을 한 번 깜빡였다.

"형님과 곳비와 함께, 우리 셋이서 청유(아담하고 깨끗하며 속되지 아니하게 놂)를 하고 싶습니다."

"그래. 병이 나으면 경치 좋은 곳으로 가자꾸나."

"지금요."

"지금은 정월이다. 날이 추우니라."

"병도 나아가고, 지금 가고 싶습니다."

용이 걱정스러운 표정으로 망설였다.

"어릴 때 형님과 곳비만 몰래 출궁을 하셨지요? 제가 얼마나 부러워했는지 아십니까? 원을 풀고 싶습니다. 갔다 오면 병이 나을 듯합니다."

용이 광평 대군의 이마를 한 번 쓸고 고개를 끄덕였다.

용과 곳비는 광평 대군을 데리고 밖으로 나왔다. 노복이 이불과 화로를 들고 뒤따라왔다. 일행은 궁방 뒷산, 사찰까지 올랐다. 용은 볕이 드는 바위를 찾았다. 바위 위에 이불을 깔고 광평 대군을 앉혔다. 노복은 곁에서 화로를 피웠다. 용은 곳비에게 광평 대군을 맡기고 불당에 들었다. 지금은 그 어느 때보다 기도가 절실한 때였다.

곳비는 광평 대군이 입은 솜두루마기를 다시 한번 여며주고 갖옷을 덮어주었다. 광평 대군이 얼굴을 들고 햇볕을 쬐었다.

"날이 내내 흐렸는데 대군께서 외출을 하시니 해가 나옵니다."

곳비가 밝게 말했다.

"이제 곧 병도 다 나으시겠습니다."

"곳비야."

광평 대군이 얼굴을 돌려 곳비를 쳐다보았다.

"수성궁으로 가거라."

"소녀를 쫓아내시려고요?"

"그래. 사고뭉치 나인은 이제 필요 없느니라."

"그거야 철모르는 시절, 한때의 이야기 아니옵니까? 지금은 제가 얼마나 수완 좋은 궁녀인데요."

"알고 있다."

광평 대군이 미소를 지었다.

"내 집에서 한세월을 보냈구나. 이제 네 집으로 가거라. 내 유언이다."

"대감."

"곳비야, 바보 같은 우리 형님을 잘 부탁한다. 내가 멀리 갈 테니, 한동안 뵙지 못할 테니…… 그 심사 몹시 허우룩하실 게야."

"대감, 어찌 그런 말씀을 하시옵니까?"

"네가 곁에 있어드리렴."

곳비는 눈도 코도 붉어졌다. 가슴이 젖고 목이 메어 말이 나오지 않았다.

"네 음식도, 꽃차도 많이 그립겠구나. 지난 사 년 동안은 맛보지 못했구나."

"앞으로 많이 올리겠사옵니다."

곳비가 가슴 속에서 터져 나오려는 슬픔을 꾹 참고 말했다.

"형님께 올리려무나. 맛없다고 타박하셔도 진심이 아니시다."

결국 곳비의 눈에서 눈물이 터져 나왔다.

"울지 마라. 네게 형님이, 형님께 네가 있어 안심하고 떠날 수 있구나."

"떠나신다니요? 소녀, 영원히 안암궁에서 대군을 모실 것이옵니다."

광평 대군이 엷은 미소를 지었다.

"그래. 우선 어깨부터 좀 빌리자꾸나."

광평 대군이 곳비의 어깨 위로 쓰러졌다. 곳비가 팔을 뻗어 광평 대군의 어깨를 감싸주었다.

용이 돌아왔다.

"형님, 곳비 말고 이 아우도 좀 업어주십시오."

"그 또한 부러웠느냐?"

"예."

"내 매일 업어주겠다."

용이 광평 대군에게 등을 내밀었다. 광평 대군은 곳비의 도움을 받아 용에게 업혔다.

"곳비야, 우리 형님 등이 참 따뜻하구나."

용이 눈을 붉히며 걸음을 뗐다. 곳비는 광평 대군의 안색을 살피며 함께 걸었다. 광평 대군이 용의 등에 얼굴을 묻었다.

"곳비야, 우리 형님 등이 참 따뜻하다."

"예, 이제 매일 매일 업히십시오."

광평 대군이 곳비에게 미소를 건네며 눈을 감았다. 햇살을 받아 광평 대군의 미소가 하얗게 빛났다. 용이 걸음을 멈추었다. 곳비가 광평 대군의 등을 쓸어내렸다.

"광평 대군."

곳비의 눈에서 다시 눈물이 흘러내렸다. 용이 다시 걷기 시작했다. 용의 눈에서도 눈물이 흘렀다.

2

꽃나무들은 산과 들에 꽃망울을 터뜨렸다. 붉고 노랗고 하얀 꽃들이 산잔등을 곱게 수놓았다. 피부에 와 닿는 봄기운이 부드러웠다. 볕이 좋은 날, 광평 대군의 상여가 안암궁을 떠났다.

"환지야, 청유를 즐기기에 좋은 날이구나."

용이 청명한 하늘을 올려다보며 말했다.

상여가 나간 뒤 궁방의 여인들은 방에, 마루에, 뜰에, 부엌에 틀어박혀 저마다 슬픔을 삭였다.

곳비는 행랑 툇마루에 앉아 있었다. 광평 대군은 천성이 온유하고 순한 사람이었다. 함께 있는 사람들의 마음을 편하게 해주는 재주가 있었다. 부리는 이들이 잘못해도 큰소리 한번 내는 일이 없었다. 곳비보다 어렸지만 곳비에게는 오라비 같았다. 용의 마음을 가장 잘 헤아려준 아우였다. 곳비와 용의 마음을 가장 잘 이해하고 지지해준 벗이었다.

곳비는 광평 대군이 기거하던 사랑채만 봐도, 대군이 서 있던 뜰만 봐도, 대군이 거닐던 후원만 봐도 눈물이 났다. 여전히 꿈같았다. 광평 대군이 궁방에 없다는 사실이 아직도 믿기지 않았다.

장지에 갔던 영교가 돌아와 곳비의 곁으로 다가왔다.

"잘 모시고 왔습니다."

곳비가 고개를 끄덕였다.

"항아님은 이제 어쩌십니까?"

"집으로 가야겠지요."

"집이라면?"

"수성궁이요."

영교가 곳비의 곁에 앉았다. 두 사람은 말없이 앉아 볕을 쬐었다.

오후에는 영신이 다녀가고 밤에는 용이 왔다. 곳비는 사랑채 뜰에서서 용을 맞았다.

"이제 그만 집으로 가자."

용이 먼저 말을 꺼냈다.

"예서 지내겠습니다."

"삼년상을 지내려느냐?"

"계속 살려고 합니다."

"광평의 뜻이었다."

"광평 대군께서도 이해하실 겁니다."

"수성궁은 네 집이다. 주 상궁도, 가지도, 양 내관도 모두 너를 기다리고 있다."

"수성궁은 제집이 아니옵니다."

"나 때문이냐?"

"그럼 대군께서는 저 때문에 이곳에 발길을 안 하셨사옵니까?"

"그럴 리가……."

"저도요. 대군 때문에 불편한 일이 무에 있겠습니까? 다만, 이곳에서 오래 살았습니다. 이제는 이곳이 가장 편하옵니다."

용이 고개를 떨구었다.

"그렇구나. 이제는 이곳이 가장 편해졌구나. 내 곁이 아니라……."

192

"대군의 곁이 편했던 적은 없었사옵니다."

"그래. 나는 네게 나쁜 사내였지."

"사내가 아니라 윗전이요. 아주 까다로운 윗전이셨습니다."

"그래. 나는 까다로운 윗전, 너는 말 안 듣는 궁녀이고."

두 사람이 쓸쓸한 마음을 감추고 서로를 향해 웃었다.

눈발이 휘날렸다. 금세 굵어져 눈송이가 되었다. 두 사람은 사랑
툇마루에 나란히, 하지만 거리를 두고 앉았다. 말없이 내리는 눈을
바라보았다.

"괜찮다."

용이 다시 말을 꺼냈다. 곳비가 용을 바라보았다.

"말 안 듣는 궁녀라도 괜찮다. 사고 치는 궁녀라도 괜찮다. 네가
무엇이든 나는 다 괜찮다."

"전 까다로운 윗전은 싫습니다."

"잊었느냐? 난 이제 네게 윗전이 아니다. 네게는 가장 좋은 사내가
되겠다. 하여 강요하지 않겠다. 난 여전히 널 은애한다. 기다리마. 언
제든지 돌아오너라. 돌아만 오너라."

곳비는 주먹을 쥐었다 펴면서 오늘 낮에 영신과 나눈 대화를 떠올
렸다.

―수성궁으로 돌아온다고?

―예, 소녀, 본디 수성궁의 궁녀이니 그만 돌아갈까 합니다.

영신이 웃으며 곳비의 손을 잡았다.

―자네가 온다니 내 한시름 놓았네. 내색은 안 했지만 그동안 나
홀로 대군을 모시느라 쉽지 않았다네. 자네도 알다시피 우리 대군께

서 좀 까다로운 분이신가. 겉옷은 물론 속곳까지 내 손을 거친 것만 찾으신다네. 야참 하나를 드셔도 내가 일일이 보살펴야 하네. 이제 자네가 온다니 나도 한숨 돌리겠구먼.

거짓이었다. 용이 영신에게 시중을 맡길 리가 없었다. 곳비는 영신이 애잔했다. 사내가 뭐기에 연정이 뭐기에 곱고 귀한 영신이 금방 들켜버릴 속내를 감추고 말을 꾸며대는지, 그 모습이 딱하고 서글펐다.

곳비는 돌아가고 싶지 않아졌다. 제아무리 여인이 아니라 궁녀로서만 살겠다고 다짐했지만 잔머리를 굴려 가며 한낱 궁녀인 저를 경계하는 영신을 보니, 그녀와 얽히고 싶지 않을뿐더러 그녀가 사는 세상에 발을 담그고 싶지 않아졌다. 저까지 애잔하고 딱해지고 서글퍼지기가 싫었다.

곳비는 용을 바로 보며 대답했다.

"싫습니다. 제가 대군을 은애하지 않습니다."

한밤 어둠 속에서도 용의 얼굴이 어두워졌다. 상처받은 얼굴이었다. 곳비는 마른침을 삼키고 말을 내뱉었다.

"대군께서도 소녀를 더 이상 은애하지 마십시오. 원치 않는 마음은 지기 싫은 짐일 뿐이옵니다."

곳비는 고개를 돌렸다. 상처받은 용의 얼굴을 보고 싶지 않았다.

"내 너를 연모하지만 네가 원치 않는다면 그 마음을 접고 기다리겠다. 언제든지 돌아오너라."

곳비는 끝내 대답하지 못했다. 용이 일어섰다. 쓸쓸한 등을 보이며 걸음을 뗐다. 곳비는 용의 뒷모습을 바라만 보며 눈물을 삼켰다.

세월이 흘렀다. 광평 대군의 묘에 새파란 풀들이 빼곡히 덮였다. 용은 이립(而立, 30세)의 나이를 넘어섰다. 길게 자란 수염이 턱을 덮고 있어도 어색하지 않았다. 수염이 자라 용의 얼굴을 덮는 동안, 용은 모후인 소헌 왕후와 부왕인 세종 대왕과 영이별했다.

소헌 왕후는 승하하기 전에 곳비를 불러 유언처럼 말했다.

─안평이 너를 첩이 아니라 처로 삼고 싶다고 했다. 궁녀는 첩도 아니 되는데 처라니……. 안평에게 힘이 되어줄 수 있는 처가가 필요하다. 종묘사직을 위한 길이다. 안평을 놓아주렴. 약조해다오.

곳비는 눈물을 흘리며 용을, 안평 대군을 불효 불충한 자로 만들지 않겠다고, 궁인으로서 만 대군을 따르겠다고 약조했다.

소헌 왕후께서 승하하자 용은 곳비의 손을 잡고 이제 그만 제 곁에 있어달라고 눈물로 간청했다. 곳비는 영원히 궁녀로서 대군을 따르겠으니 더 이상을 바라시면 죽어버리겠다고, 영원히 대군을 떠나겠다고 했다. 곳비의 손을 잡은 용의 손이 죽은 이의 것처럼 힘없이 툭, 떨어졌다. 더 이상 기다리겠다고는 말하지 않았다. 다만 '살아있거라. 네가 살아야 나도 사느니.'라고 말할 뿐이었다.

소헌 왕후를 능에 안장하고 돌아온 날, 용이 곳비에게 말했다.

"곳비야, 기억하느냐? 네가 살아야 나도 산다는 말. 너는, 너만은 나보다 먼저 가지 마라. 날 두고 가지 말거라."

용은 여전히 곳비를 연모하였으나 더는 그 마음을 드러내지 않았다. 곳비도 여전히 용을 사모하였으나 그 마음을 묻어두었다.

세월이 흐르고, 선왕과 선왕후의 무덤에도 파란 풀이 돋아나고, 용과 곳비도 함께 나이 들어 갔다.

"곳비야!"

"아기씨!"

곳비가 수성궁으로 들어서자 잘생긴 소년이 달려와 곳비를 안았다. 안평 대군 이용의 아들, 덕양정(德陽正) 우량이었다.

"곳비야, 왜 이리 오랜만에 오누? 내가 얼마나 보고 싶어 했는지 아느냐?"

우량이 곳비의 손을 잡았다. 곳비가 몸을 낮추어 우량과 눈높이를 맞추었다.

"저도 아기씨가 많이 보고 싶었답니다."

"이리 왔으니 되었다. 내 긴히 네게 할 말이 있느니라."

우량이 진지하게 표정을 가다듬었다.

"무엇입니까?"

"곳비야, 나는 아버님 같은 사내는 되지 않을 게다."

"아버님과 같은 사내요?"

곳비가 고개를 갸울였다.

"아버님은 나쁜 사내이시다. 어머니에게 그리 박정하셨다더니 여전히 밖으로만 나도신다."

"그건⋯⋯."

"나는 평생 한 여인만을 은애할 게다. 하니 내게 시집오거라. 내 언제나 네게 다정히 대해줄 것이다. 결코 너를 외롭게 하지 않을 것이다."

곳비가 입술을 앞으로 내밀며 울상을 지었다.

"한데 어떡하지요? 소녀는 궁녀라서 시집을 갈 수가 없는데요?"

196

"뭐라?"

우량이 얼굴을 붉히면서 울음을 놓았다.

"넌 왜 애를 울리느냐?"

먼발치서 곳비와 우량을 지켜보던 용이 다가왔다. 우량은 용을 보
자 더 서럽게 울었다.

"아버님……."

"덕양정, 사내는 울지 않는 법이다."

"소자, 곳비에게 장가들고 싶습니다. 한데 곳비는 궁녀라서 안 된
다고 합니다."

용이 곳비를 쳐다보았다. 곳비가 어색한 미소를 지었다.

"그래. 곳비는 안 된다."

"궁녀는 사람이 아닙니까? 다른 여인들은 다 시집가는데 왜 궁녀
는 안 됩니까? 내관들도 장가를 드는데 왜 궁녀는 안 됩니까?"

"덕양정, 궁녀의 혼례 문제는 아비도 어찌할 수 없구나. 한데 곳비
가 궁녀가 아니라도 너의 색시로는 받아들일 수 없다."

"어째서요?"

우량과 곳비가 동시에 용을 바라보았다.

"이 아비는 예쁜 며느리를 보고 싶구나. 곳비는 못생기지 않았느
냐?"

우량이 눈을 부릅떴다.

"곳비는 못생기지 않았어요. 세상에서 제일 고와요. 설령 곳비가
못생겼다고 하더라도 소자는 곳비를 사모합니다. 꼭 곳비에게 장가
들 겁니다."

우량이 용에게 소리치고서는 안채로 달려갔다.

"뭐? 사모? 저것이 여인네 치마폭에 싸여서 정신을 못 차리는구나."

"부전자전이옵니다."

곳비가 웃었다.

"내가 언제 여인네 치마폭에 싸여 있었다고 그러느냐?"

"요사이 기녀들에게 둘러싸여서 음풍농월하신다는 풍문이 들리고 있사옵니다."

"내 실연의 상처가 너무 커서 시와 음악으로 달래본 것이니라."

"그 실연의 상처는 대군만 겪었답니까? 불공평합니다. 소녀, 내세에는 꼭 이용으로 태어나렵니다."

용과 곳비가 아무 일도 없던 것처럼 농을 주고받았다. 아무 사이가 아니었던 것처럼 웃음을 나누었다.

'그리 웃으니 좋구나.'

'그리 농을 하시니 다행입니다.'

용은 곳비의 웃음을 보면서, 곳비는 용의 농을 들으면서 안도했다.

"한데 어인 일로 수성궁에 왔느냐?"

'일이 있어야 수성궁에 오는 사람이지요, 이제 저는.'

곳비가 생각하면서 대답했다.

"광평 대군 부부인께서 안부 여쭈셨사옵니다."

"무탈하다."

"그럼, 이만 가보겠습니다."

곳비가 인사를 하고 뒤돌아섰다.

'너를 잡을 수 없구나, 이제 나는.'

용이 곳비의 뒷모습을 보면서 생각했다.

'그러고 보니 부전자전은 맞구나.'

이른 아침 용은 무계정사에 앉아 몽유도원도를 보고 있었다. 무계 정사는 용이 무릉도원의 꿈을 꾸고 인왕산 자락에 지은 정자였다. 몽유도원도는 그 꿈을 바탕으로 안견에게 그리게 한 그림이었다. 용은 그림과 주변 풍광을 번갈아 보았다. 도화가 만발하여 용은 과연 무릉도원에 있는 듯하였다.

눈을 감고, 용은 떠난 이들을 생각하였다. 광평 대군과 모후와 부왕. 부왕은 승하하시기 전 용과 독대했다.

—세손을 지켜다오.

—성려 놓으소서.

—곳비는…….

임금은 숨을 거칠게 몰아쉬었다.

—아바마마.

—곳비는…….

임금은 말을 잇지 못하고 힘겹게 숨을 내뱉기 시작했다. 내관이 소리쳤다. 세자와 어의가 들어왔다. 용은 더 이상 부왕의 옥음을 듣지 못했다. 하나 듣지 못해도 알 수 있었다.

인기척이 들렸다. 용이 눈을 떴다. 곳비가 무계정사로 올라오는 모습이 보였다. 용이 선대왕의 생각을 멈추고 곳비를 바라보았다. 광평 대군이 세상을 떠나고 여섯 해가 흘렀다. 지난 세월 속에서도 용과 곳비는 서로를 연모하였지만 겉보기에는 대군과 궁인의 사이로 돌아간 듯하였다.

곳비가 다가와 용에게 절을 하고 가만히 그림을 들여다보았다.

"이곳은 어떤 곳이옵니까?"

"몽유도원."

"몽유도원은 어떤 곳이옵니까?"

"그리운 이들이 있는 곳. 광평 대군, 어마마마, 아바마마, 내가 사랑하는 여인이 있는 곳."

"……."

"왕자도 궁인도 없는 곳."

용이 서안 앞에 앉았다. 곳비도 자리를 잡고 먹을 갈기 시작했다. 용이 붓을 들다가 말고 가만히 있었다. 곳비가 손을 멈추고 용을 바라보았다.

"너는 결코 나보다 먼저 가지 마라."

용이 말했다. 불현듯 생각났다는 듯이. 그리고 붓을 들었다.

곳비가 고개를 들어 밖을 내다보았다. 바람이 불고, 연분홍 꽃비가 내리고 있었다. 곳비가 댓돌에 떨어지는 꽃잎을 보면서 대답했다.

"예."

"나보다 오래오래 살아야 한다."

용이 붓을 놀리면서 말했다.

"대군을 모시고 오래오래 살 겁니다."

용이 붓을 멈추고 숨을 삼켰다.

"그래. 그거면 되었느니라. 내 더 이상 욕심부리지 않을 터이니……."

용이 속삭이듯 말했다. 곳비가 다시 먹을 갈았다. 용이 다시 붓을 움직였다. 흔들리는 심사(心思)와 달리 글씨가 정연하였다.

봄밤은 따스하고 부드러웠다. 용은 누마루에 올라 눈을 감았다. 눈을 감으면 사모하는 이도, 그리운 이도 보였다.

발자국 소리가 들렸다. 비해당 중문을 넘어 자신을 향해 천천히 다가오고 있었다. 누마루 아래에서 소리가 멈추었다. 제게 볼일이 있는 자이리라. 용은 눈을 뜨고 싶지 않았다. 눈을 뜨면 곳비도 광평도 영원히 사라져버릴 것 같았다. 영원히 눈을 감고 곳비도 광평도 담고 싶었다.

"대감."

사모하는 이의 목소리가, 꿈에서도 그리운 목소리가 바람을 타고 날아들었다. 용이 눈을 감은 채 나직이 읊조렸다.

"그리운 이 눈 감으면 보일 뿐 봄밤은 짧고 그리운 이 내 곁에 없으니 일장춘몽을 붙들고 깨어나고 싶지 않으리."

"봄밤은 짧고 봄날은 덧없지만 임을 그리는 마음 그 깊이를 알 수 없고 임을 사모하는 정은 그 끝을 알 수 없으니 내 한 마리 나비가 되어 몽유도원을 떠나지 않으리."

어디선가 그리운 이의 목소리가 들려왔다. 용은 미소를 지었다. 곳비가 나비가 되어 나풀나풀 날아와 제 어깨 위에 살며시 앉는 듯하였다.

"다녀왔습니다."

용이 눈을 떴다. 누마루 아래에 곳비가 꿈처럼 서서 저를 올려다 보고 있었다.

"수성궁 궁녀, 단가 곳비. 오랜 세월 돌고 돌아 이제 집으로 돌아 왔습니다."

곳비가 농담처럼 미소를 지었다. 용이 눈물을 흘렸다.

"어찌하여 눈물을 보이십니까?"

"네 시가 나를 울리는구나."

용이 소매로 눈물을 훔쳤다.

"이제 소녀 때문에 울지 마십시오."

곳비가 붉은 눈을 하고서 미소를 지었다.

3부

죄인

1

2년 후, 문종 1년

곳비는 비해당 툇마루에 걸터앉아 봄볕을 쬐고 있다가 몸을 일으
켰다. 관복을 입은 영교가 비해당으로 들어섰다. 승정원 주서인 영
교는 흑녹단령과 사모가 잘 어울렸다. 영교는 곳비를 보며 봄날처럼
환하게 웃었다. 이립의 나이를 넘겼으나 웃음을 지을 때면 십 대 소
년 같았다. 곳비는 영교와 인사를 나누었다. 영교는 퇴청하던 길에
잠깐 들렀다고 했다.

"대군께서는 무계정사에 계십니다."

"항아님은 비해당에 계시고요."

영교가 미소를 지었다. 영교는 걸음을 옮겨 곳비의 곁에 섰다. 두
사람은 뜰로 시선을 옮겼다. 뜰에는 도화가 활짝 피어 자태를 뽐내

고 있었다.

"안평 대군께서는 도화를 참으로 좋아하시나 봅니다. 비해당에도 무계정사에도 도화가 가득합니다."

"예, 대군께서는 무릉도원에 사는 신선을 꿈꾸신답니다."

"도화가 꼭 항아님을 닮았습니다."

곳비는 불편하고 부끄러워 고개를 숙였다. 영교의 마음이 불쑥 드러날 때마다 곳비는 할 말이 없었다. 영교는 곳비의 마음을 알아차리고 멋쩍게 웃었다.

"항아님의 붉은 뺨이 도화처럼 곱습니다."

하여 대군이 도화를 많이 심은 게 아닐까. 영교는 생각했다.

"그러고 보니 항아님의 화전과 꽃차를 맛본 지가 오래되었습니다."

"이제 음식은 만들지 않습니다."

"음식을 드리고픈 이가 없는 건 아니고요?"

영교도 곳비도 용을 떠올렸다. 곳비는 생각을 떨쳐버리기 위해 고개를 저었다.

"광평 대군께서 아니 계시니……."

"언젠가는 제가 되었으면 좋겠습니다."

"……."

"항아님께서 음식을 주고픈 이요. 그이가 제가 되었으면 좋겠습니다."

곳비는 대답 대신 복잡한 표정을 지었다. 곳비가 죽겠다고 한 이후 용은 이 같은 말을 하지 않았다. 용은 마치 아무 일도 없던 것처럼 곳비를 대했다.

이미 궁녀로서만 살겠다고 결심했기에 잘 되었다고 생각하면서도 마음 한편에서 이는 의문은 어찌할 수 없었다. 곳비는 궁금하였다. 영신에게 그러했듯 용의 마음이 제게서도 떠났는지를.

영교는 용과 달랐다. 가끔씩 제 마음을 비치곤 했다. 곳비가 정색하면 영교는 '하하하. 그런 얼굴 하지 마십시오. 항아님이 궁녀라는 사실을 명심하고 있습니다. 함께 시를 좋아하고 쓰는 문우(文友)로서 대접을 청하는 겁니다.' 라며 밝은 얼굴로 시원스레 웃으며 넘겼다.

곳비는 아름답고 반듯한 사내가 아직 미취한 몸인 까닭이 저 때문이 아닐까 염려스럽다가도 영교의 이런 반응을 보면 제가 너무 심각하게 생각하고 있지 않은지 아리송하였다.

"문우라니요, 가당치 않습니다. 소 주서 나으리께서는 대군의 손님이시고, 저는 대군의 궁녀로서 주서 나으리를 대접하는 입장일 뿐입니다."

"하나 대군을 만나기 전에 저는 이미 항아님을 만나 마음을…… 우정을 나누었습니다. 항아님께서도 제가 벗이라 하셨지요."

"그땐 제가 철이 없었습니다."

"그리 말씀하시니 서운합니다."

곳비가 잠시 주저하다가 말했다.

"저는 궁녀입니다. 혹여 나으리께 화가 미칠까 두렵습니다. 거리를 두는 것이 좋겠습니다."

곳비와 함께할 수 있다면 어떠한 화가 미치더라도 괜찮다고, 영교는 소리 내지 못하고 말을 삼켰다. 수강궁 고미 사건 이후 궁녀들에 대한 규율과 단속은 더 엄격해졌다. 법도는 궁녀들이 외간 사내와 사사로이 만나는 것은 물론, 말을 섞는 것조차 엄금하고 있었다.

영교는 더 이상 곳비에게 말을 건네지 못하고 무계정사로 향했다.

밤이 깊었다. 곳비는 소반을 들고 용의 방 앞에 섰다.

"대감, 야참을 들이겠습니다."

용이 들라고 하였다. 곳비는 방 안으로 들어와 소반을 용의 앞에 내려놓았다. 소반 위에는 모약과와 찻잔과 다관이 놓여 있었다. 모약과는 대궐에서 온 음식이었다.

곳비는 용에게 잠시 기다리라고 청하고 일어나서 창을 하나 열었다. 수성궁으로 돌아온 이후 곳비가 용과 단둘이 있을 때 습관처럼 하는 행동이었다.

"에취."

용이 큰소리로 기침을 하면서 몸을 움츠렸다.

"바람이 차구나."

곳비가 일어섰다. 창을 닫고 방을 나갈 기세였다.

"두어라."

용의 어깨에서 힘이 빠져나갔다. 요즈음 곳비는 용의 농을 상대해 주지 않았다. 더는 얼굴을 붉히며 발끈하지도 받아치지도 않았다. 심지어 잘 웃지도 않았다.

"네가 음식을 하지 않으니 모든 음식을 안심하고 맛나게 먹을 수 있구나."

곳비는 대꾸 없이 엷은 미소만 지었다. 윗전의 말씀에 궁녀들이 으레 짓는 겉웃음이었다. 용은 무안하고 시무룩해졌다. 곳비에게 저

208

는 정말 윗전으로만 남은 것 같았다. 하긴 곳비도 이제 서른이 넘었다. 더 이상 어린아이가 아니었다. 여염집 아낙 같았으면 자식을 여럿 두고도 남을 나이였다.

"농이었다. 마음에 두지 말거라."

용이 모약과를 집으면서 말했다. 곳비도 용이 농을 던진다는 사실을 알았지만 예전처럼 용을 대할 수는 없었다. 곳비는 예의 바르게 엷은 미소를 짓고서 찻잔에 차를 따랐다. 대추차였다. 찻물 위에 잣이 동동 떠 있었다.

"대추차를 마셔야 잠을 자지."

용이 차를 들었다. 용은 알고 있었다. 곳비가 이제 저를 위해 음식은 만들지 않지만 밤마다 잠 못 이루는 저를 위해 대추차를 만들어 둔다는 사실을. 그리고 제가 좋아하는 잣을 늘 고명으로 준비한다는 사실을.

용이 모약과를 한 입 베어 물었을 때 영신이 찾아왔다. 영신의 몸종이 함께 들어와 소반을 내려놓았다. 화전과 수정과가 놓여 있었다. 용은 곳비가 야참을 들인다는 사실을 뻔히 알면서도 굳이 음식을 들고 찾아온 영신의 속내를 짐작했다.

"내 미리 말하여둔다는 것을 잊어버렸네. 오늘부터 대감의 야참은 내가 들이겠네."

영신이 곳비에게 말했다.

"야참 준비는 대궐에서부터 곳비가 하던 일이니 신경 쓰지 마시오."

곳비 대신 용이 대답했다. 용의 표정도 음성도 온화했다.

하지만 영신은 서운했다. 아니, 서운하다는 말로는 부족한 감정이 울컥하고 치밀었다. 영신의 시선이 곳비를 향했다. 시선이 차가웠다. 영신은 미워졌다. 용이 아니라 곳비가. 용을 미워해야 하는데 자꾸만 곳비가 미워졌다.

곳비는 두 분 말씀 나누시라 하고 도망치듯이 방을 나왔다. 뜰에 서서 문창에 어른거리는 용과 영신의 그림자를 바라보았다. 곳비는 다시금 외로워졌다. 곳비는 이미 오래전부터 알고 있었다. 외로움은 곳비가 홀로 용을 사모할 때 느끼는 감정이었다.

무계정사로 반가운 얼굴들이 모여들었다. 영교와 금성 대군, 정현 옹주였다. 무계정사에서 보는 도화가 제일 아름답다고 하여 올해도 좋은 날을 정해 다들 들렀다.

주 상궁이 궁녀들을 데리고 화전을 부쳤다. 궁녀들은 화전놀이를 나온 것마냥 신이 났다. 영신이 화전을 들고 정자 위로 올랐다. 뽀얀 진가루 반죽 위에 진분홍 진달래꽃잎을 예쁘게 올린 전이었다.

이제 슬하에 아들 둘을 두고 있는 정현 옹주는 너무 예뻐 먹기 아깝다며 소녀처럼 호들갑을 떨었다. 금성 대군은 수성궁의 음식이 제일 맛나다며 음식을 반겼다.

잠시 후 곳비가 연분홍 도화 잎을 올려 부친 메밀 화전을 놓고 물러갔다. 금성 대군이 수성궁에 어울리지 않게 메밀전은 왜 가져왔냐며 곳비를 타박했다.

"안평 오라버니께서 좋아하시잖아요."

정현 옹주가 대신 대답했다.

"저도 좋아합니다."

영교도 거들었다. 용은 말없이 메밀 화전을 입에 넣었다. 오랫동안 그리워하던 곳비의 솜씨였다. 용이 가장 좋아하는 곳비의 맛이었다.

용은 시작(詩作)을 제안했다. 용은 풍류를 사랑했다. 용과 벗들이 모이는 곳에는 늘 시와 글씨와 그림과 음악과 술과 음식이 있었다.

"그럼, 수성궁에 계시는 시인 한 분을 더 모시지요."

영교는 곳비도 동석하기를 청했다. 용이 양 내관에게 곳비를 불러 오라고 했다.

곳비는 꿀이 담긴 종지를 들고 정자로 왔다. 꿀 종지를 용의 앞에 놓았다. 꿀 위에는 잣 몇 알이 고명으로 올라가 있었다.

용의 명에 곳비가 자리를 잡고 앉았다. 정현 옹주는 여인들도 동참할 수 있게 훈민정음으로 시를 짓자고 제안했다. 영신이 정현 옹주의 말에 힘을 실었다.

용은 오래전 부왕을 모시고 수성궁에서 시회를 연 일을 떠올렸다. 정음(正音)에 대해 말씀하시던 부왕도, 정음을 하루 만에 깨치고 제게 서신을 보낸 광평 대군도 떠올렸다. 용이 좋다고 말했다.

각자 시를 지었다. 훈민정음으로 시를 짓자던 정현 옹주와 영신은 일찌감치 포기해버렸다. 용과 영교, 금성 대군, 곳비가 붓을 움직였다. 시작을 끝낸 후, 세 사람은 돌아가며 시를 발표했다.

곳비가 시를 읽었다. 정현 옹주가 훌륭하다며 박수를 쳤고, 용은 말없이 고개를 끄덕였다. 영신이 미소를 띠고 말했다.

"소첩, 시는 잘 알지 못하오나 곳비의 시에서는 연심이 느껴집니다. 곳비가 오해받을까 저어됩니다."

"궁녀도 사람이니 연모하는 마음은 가질 수 있지 않겠습니까?"

영교가 영신을 보며 말했다. 영신은 용에게 시선을 옮겼다.

"그렇습니까, 대감? 궁녀도 연모하는 마음은 가져도 됩니까?"

"궁녀에게 연심이라니, 가당치 않소. 곳비는 상사지정(相思之情)이 아니라 연군지정(戀君之情)을 표현하였소. 임금을 그리는 마음을 담았으니 궁녀의 시로 이보다 좋은 것이 어디 있겠소?"

용이 수염을 한 번 쓰다듬으며 말했다.

"상사면 어떻고 연군이면 어떻습니까? 그저 좋으면 되었지요. 어릴 때부터 오라버니께 열심히 배우더니 곳비는 이제 어엿한 시인이 다 되었구나."

정현 옹주가 말했다. 금성 대군도 곳비가 시는 잘 짓는다고 칭찬하였다. 물론 메밀 화전도 맛은 있다고 덧붙였다.

시작이 끝나고 사람들은 도화를 구경하러 뿔뿔이 흩어졌다. 용은 자리를 뜨지 않고 곳비에게 화채를 가져다 달라고 했다. 잠시 후 곳비가 화채를 올린 소반을 들고 무계정사에 올랐다. 용은 화채는 들지 않고 말했다.

"시에 네 마음을 담지 말거라."

"……."

"연심 말이다."

곳비는 아무 말도 하지 않았다. 습관적으로 짓게 된 엷은 미소조차 보이지 않았다. 용이 잠시 있다가 말을 이었다.

"아까처럼 네가 오해받을까 저어되어 하는 말이다."

"연심이라니 당치 않사옵니다. 소녀, 상사의 마음 따위 버린 지 오래입니다. 수성궁 궁녀로서 제 본분을 잊지 않고 있습니다. 대감께서 말씀하시었듯이 제 시는 연군의 정을 노래한 것입니다.”

“그렇구나…….”

용이 답했다. 그렇구나. 곳비와의 대화 끝에 용이 습관처럼 내뱉는 말이었다.

먼발치서 영교가 용과 곳비의 모습을 바라보고 있었다. 곳비를 향한 영교의 눈빛이 애틋하였다. 정현 옹주가 다가왔다.

“마음이 많이 아프시지요?”

영교는 놀라 정현 옹주를 쳐다보았다.

“그 마음, 그 누구보다 제가 잘 알고 있지요.”

“…….”

“하나 이루어질 수 없는 연정이 아니옵니까?”

영교가 입술을 옴짝거리다가 다물었다. 제 마음을 들킨 것 같아 당황스러웠다.

“놓으십시오. 놓고 나면 다른 행복이 오더이다.”

정현 옹주가 지난날을 회상하며 영교를 위로했다.

영신은 비해당 서재를 정리하다가 탁자 위에 놓인 옥갑을 열어보았다. 옥갑 안에는 서신이 가득 차 있었다. 영신은 소헌 왕후께서 보내신 언문 서신들은 알아볼 수 있었다. 나머지는 세종 대왕과 광평 대군의 서신인 듯하였다. 영신은 서신들을 다시 넣고 옥갑을 닦았다.

다른 옥갑을 열었다. 시들이 있었다. 진서는 다 읽을 수 없었지만 정음 시는 알아볼 수 있었다. 며칠 전 무계정사에서 지은 곳비의 시였다. 그리고 또 한 편의 정음 시, '낭간거사(이용의 호)'라는 낙관이 찍힌 것으로 보아 용의 시였다. 낙관이 찍히지 않은 나머지 진서 시들의 주인도 알 것 같았다. 필체가 용의 것과 닮아 있었다.

용이 서재로 들어왔다. 영신은 곳비의 정음 시를 손에 든 채 몸을 떨었다. 용은 영신의 손에서 종이를 낚아채었다.

"비해당 정리는 하지 마시오. 곳비가 하고 있으니……."

영신은 용의 시선을 외면하고 돌아섰다. 방문을 열고 나가려다가 다시 용을 돌아보았다.

"의복 시중도 곳비가, 야참 준비도 곳비가, 비해당 정리도 곳비가 하면 소첩은 무얼 하옵니까?"

평소와 달리 영신의 어투가 날카로웠다.

"그대가 원하는 걸 찾아서 하라고 하지 않았소? 무엇이든지 내 지원해주겠다고 하였소."

"소첩이 원하는 건 대군의 곁에서, 대군의 반려로 사는 것뿐입니다."

용이 호흡을 가다듬고 말했다.

"미안하오. 그건 내가 원하지 않소."

영신이 대꾸를 하려다가 입을 다물었다. 돌아서서 방을 나왔다. 대청에 서서 숨을 가다듬노라니 곳비가 뜰로 들어서고 있었다. 영신은 곳비를 불러 세웠다. 다가와 선 곳비를 대청에서 내려다보았다.

"자네……."

영신은 말을 잇지 못했다. 하고 싶은 말이 많았지만 자존심이 허락하지 않았다.

"대군을 잘 모셔주게."

"예, 아씨."

영신은 단안각으로 돌아왔다. 자리에 앉고 보니 비로소 가슴이 뛰고 얼굴이 화끈거렸다. 증오와 분노가 치밀었다. 증오와 분노의 대상은 용이어야 하는데 자꾸만 곳비가 밉고 곳비에게 화가 났다. 곳비만 없다면, 곳비만 사라진다면 영신은 용의 마음을 되찾을 수 있을 것 같았다. 영신은 숨을 고르고 여종을 불렀다.

"오늘부터 곳비의 일거수일투족을 감시하여 내게 알리거라."

영신은 벼랑 끝에 서 있었다. 가슴 속으로 칼날처럼 차가운 바람이 불어왔다. 영신은 두 주먹을 꼭 쥐었다. 이제 더 이상 물러날 곳도, 물러날 수도 없었다.

2

용의 글씨는 유명하였다. 용은 조맹부*의 송설체를 흠모했다. 세간에서는 용의 글씨를 두고 호매한 필력과 늠름한 기운이 날아 움직일 듯하다고 칭송하였다. 명국 황제마저도 용의 송설체에 반했다고 하였다. 명국에서 온 사신들은 앞다투어 용의 글씨를 얻어가고자 했다.

용은 인왕산 자락에 무계정사를 짓고 산속에 파묻혀 유유자적하고 싶었으나 뜻대로 되지 않았다. 안평 대군 이용은 날로 유명해져

---

* 중국 원나라의 화가이자 서예가. 그의 서풍(書風)을 송설체라 함.

갔고 무계정사에는 인사들의 발길이 끊이질 않았다. 이름 있는 선비는 물론, 시정잡배들까지 용을 만나러 왔다. 누구든지 글씨를 원하면 용은 그 자리에서 써 주었고, 식객이 되고자 하면 수성궁에 방과 밥을 내 주었다.

용은 저를 찾아오는 많은 이들 중에서도 특히 소영교를 아꼈다. 영교도 용처럼 시·서·화에 애정이 많았다. 글씨도 제법 썼고 시도 곧잘 지었다. 용모가 아름답고 성정이 온화했다. 영교가 수성궁 솟을대문을 넘어서면 궁녀들이나 여종들이 묘하게 긴장하며 영교를 훔쳐보곤 했다.

용은 영교가 오면 궁녀나 여종들을 비해당 밖으로 물렸다. 수성궁 가솔과 영교가 불미스러운 일에 연루되지 않고, 영교가 좋은 배필을 얻었으면 했다. 하지만 곳비는 예외였다. 곳비는 영교에게 무던했다. 용은 광평 대군이나 금성 대군과 마찬가지로 곳비가 영교와 동석하여도 거리끼는 점이 없었다. 곳비는 영교에게 사사로운 감정이 없으리라는 믿음이 있었다.

용은 영교와 곳비와 함께 무계정사나 비해당에서 시를 짓거나 음악을 듣거나 그림을 보는 일이 많았다. 하지만 점점 이를 곱지 않은 시선으로 보는 자들이 생겨났다. 영신의 몸종, 금이도 그 시선 중 하나였다. 금이는 영신이 본가에서 데려온 종이었다. 어린 시절부터 영교를 보면서 자랐고, 영교에게 각별했다.

"곳비라는 궁녀, 소 주서 나으리께 다른 마음을 품고 있는 듯합니다."

금이가 영신에게 말했다. 영신이 잠자코 생각했다.

'소 주서가 아니다. 하나 사람들의 눈에 그리 보이는 것도 나쁘지 않겠구나.'

영신은 방을 나와 비해당으로 향했다. 비해당 중문을 바라보며 생각에 잠겼다.

'비록 소실의 자리에 있으나 나는 반가 출신이다. 그저 그런 첩실이 아니다. 자존심과 품위를 잃지 말아야 한다. 곳비를 수성궁에서 내보내야 한다. 곳비를 대군에게서 떼어놓을 수 있어야 한다. 이건 대군과 나의 행복을 찾기 위한 노력이다. 결코 투기가 아니다.'

영신은 고개를 저었다.

'투기 좀 하면 어때? 내가 연모하는 사람이 다른 여인을 연모하는데 어떻게 아무렇지 않을 수 있지? 투기라는 거, 남녀 모두 가질 수 있는 자연스러운 감정이 아닌가.'

영신이 지금껏 제 삶을 옥죄던 아녀자의 도리와 용을 향한 제 욕망 사이에서 갈등하고 있을 때 곳비가 비해당 중문으로 나왔다. 영신은 곳비를 향해 걸음을 옮겼다. 곳비가 영신에게 고개를 숙이며 인사를 했다. 영신은 곳비의 옆에 바짝 다가섰다.

"궁녀로서 도리를 저버리지 마시게."

곳비가 주춤하며 치맛자락을 움켜잡았다.

"보는 사람이 많으이."

영신은 곳비에게 잠시 시선을 두다가 걸음을 옮겨 비해당으로 들어섰다. 마침 용은 대청에 나와 봄 경치를 완상하고 있었다. 영신은 용에게 조용히 아뢸 말씀이 있다고 했다. 용은 영신과 함께 방으로 들어왔다.

용은 자리에 앉기 전에 창을 열었다. 도화 향기가 창을 넘어 방 안에 그득하게 퍼졌다. 용과 영신이 자리를 잡고 앉았다. 용은 영신이 드디어 제 인생을 찾았으리라 기대하며 무엇이든지 말해보라고 했다. 영신은 잠시 뜸을 들이다가 곳비의 일이라며 말을 꺼냈다. 용의 얼굴이 순식간에 어두워졌다.

"곳비가 외간 사내에게 연정을 품었다고 하옵니다."

용이 코웃음을 쳤다.

"말 같지도 않은 소리."

"그 말 같지도 않은 소리 때문에 곳비가 위험해질 수도 있습니다."

용이 자세를 고쳐 앉고 영신을 보았다.

"그래. 어디 한번 들어나 봅시다."

"곳비가 소 주서에게 연정을 품고 있다고 하옵니다."

"뭐라? 하하하."

용은 어이가 없어 웃음만 나왔다.

"소 주서와 곳비는 어린 시절부터 교유한 벗이오. 그대도 잘 알지 않소?"

"조선에서 여인이 어찌 사내와 벗이 된단 말입니까? 더군다나 궁녀가요?"

용은 순간 말문이 막혔다. 전조 고려와 달리 조선은 내외법이 있었다. 여전히 전조의 풍습이 남아 있어 엄격히 지켜지지는 않지만 왕실이나 사대부가에서는 드러내놓고 법을 무시할 수는 없었다. 그리고 영신의 말대로 곳비는 궁녀였다. 궁녀가 내외법을 무시하고 사내와 교유하는 일은 결코 있어서는 아니 되는 일이긴 했다.

"곳비는 수성궁의 궁녀로서 제 본분을 망각한 일이 없소. 내 명을 받고 소 주서와 동석하여 시를 지을 뿐이오. 두 사람의 사이는 내가 잘 아니 그대는 염려하지 마시오."

"곳비를 다른 궁으로 보내주십시오."

용의 표정이 싸늘해졌다. 영신은 개의치 않았다. 용에게 맞서더라도 곳비를 꼭 용의 곁에서 떼어놓으리라고 결심했다. 용의 마음은 그 후에 다시 찾으면 될 터였다.

"대감, 곳비와 소 주서를 주시하는 시선들이 있습니다. 말들이 많아지겠지요. 말은 소문이 되어 수성궁 담장을 넘을 터이고, 종국에는 곳비에게 불미한 일이 생길 테지요."

"곳비에게?"

"물론 소 주서도 궁녀와 괜한 소문에 휩싸이면 좋지 않겠지요."

"내 앞으로 단속할 터이니 그럴 일은 없을 것이오."

용의 음성과 표정이 단호했다. 영신은 한발 물러났다. 어차피 용이 한 번에 제 청을 들어주리라고는 기대하지 않았다.

영신이 나가고 용은 한동안 방 안에 틀어박혀 있었다. 곳비의 결백을 누구보다 잘 알거늘, 감히 곳비를 두고 추문을 만들어 내다니. 기분이 언짢다 못해 불쾌하고 화까지 났다.

용은 화를 가라앉히고 곳비를 찾았다. 곳비에게 주의를 줘야 할지, 위로를 해야 할지 정확한 판단이 서지 않았지만 우선은 곳비가 보고 싶었다. 양 내관은 곳비가 광평 대군께 갔다고 하였다. 용은 책을 펼쳤다. 하지만 글자가 눈에 들어오지 않았다. 용은 책장을 덮었다.

봄볕이 광평 대군과 곳비의 머리 위로 쏟아졌다. 묘에는 풀들이 돋아나고 묘지 주변에는 봄꽃이 피어 있었다. 산새가 울었다. 곳비는 광평 대군의 묘 앞에 앉아 풀을 쓰다듬었다.

"대군, 아시지요? 제가 그 망할 궁녀의 도리를 지키기 위해 얼마나 애쓰고 있는지요? 제가 무엇을 버리고 어떤 심정으로 살아가는지요?"

곳비가 술을 따르면서 중얼거렸다. 곳비의 얼굴이 평소보다 더 발갰다.

"그래도 제 마음을 알아주는 이는 광평 대군밖에 없으십니다."

곳비는 술잔을 광평 대군에게 올렸다가 제가 마셨다. 다시 술을 따랐다. 광평 대군에게 잔을 올리고 제가 술을 마시고, 따르고 올리고 마시기를 반복했다.

궁녀로서의 도리. 그 도리를 지키고자 곳비는 제 삶을 놓아버렸다. 가족들과 이별하고 낯선 대궐에 덩그러니 홀로 떨어졌을 때, 용의 색시가 되겠다는 꿈이 있었기에 대궐살이를 견딜 수 있었다. 용이 있었기에 숨을 쉬고, 밥을 먹고, 조잘거리고, 웃을 수 있었다. 아홉 살, 곳비가 대궐에 들어왔을 때부터 용은 곧 제 삶이었다. 용이 대궐을 나간 후 서로 떨어져 있던 동안에도 용을 떨쳐내고자 무던히 노력했지만 되지 않았다.

하지만 이제는 아니었다. 궁녀의 숙명을 받아들이고 궁녀의 도리를 지키겠다고 결심한 이후, 곳비는 용도 마음도 용에 대한 제 마음도 놓아버렸다. 제 평생 단 하나의 연정이니 버릴 수는 없었다. 그저 죽은 듯 가슴 깊은 곳에 묻고 드러내지 않았다. 떨쳐냈다고, 버렸다고, 놓아버렸다고 생각하며 살아왔다. 없는 듯이 살아왔다. 한데 도리를 지키라니, 보는 눈이 많다니. 영신의 말은 날카로운 칼이 되어 채 아물지 않은 곳비의 상처를 후벼 팠다.

"묻길 잘했습니다. 대감도 아시지 않습니까? 안평 대군이 얼마나 까다롭습니까? 안 드시는 것도, 안 입는 것도, 안 덮는 것도, 안 가는 곳도 얼마나 많았습니까? 물론 지금은 호인이라고 칭송받지요. 대인이라고 좋아들 하지요. 그게 다 제 덕분인 줄도 모르고."

곳비는 광평 대군과 술잔을 주거니 받거니 했다.

"그래도 요즈음 첩실은 안 들이더이다. 뭐, 기방에도 안 가고…….무계정사로 기녀들을 부르기는 하지만요. 약속도 잘 지키더이다. 기녀들을 보고 웃지는 않더이다."

곳비가 다시 술을 마시고 따랐다.

"신경이 쓰이냐고요? 아니요. 제가 뭐라고? 제겐 안평 대군에 대한 마음이 좁쌀 한 톨만큼도 남아 있지 않습니다. 그저 수성궁의 궁녀로서 언제까지나 제 본분을 다할 것입니다."

곳비는 술을 핑계 삼아, 광평 대군을 벗 삼아 그간 꾹꾹 눌러왔던 마음을 털어놓았다. 하지만 그도 잠시, 가까운 곳에서 기척이 났다. 곳비는 고개를 돌렸다. 말 한 마리가 멈추고 영교가 말에서 내렸다. 곳비는 앉은 채로 영교를 쳐다보았다. 일어설 기운이 없었다.

영교가 광평 대군에게 절을 하고 나자 곳비는 어쩐 일로 왔는지 물었다.

"광평 대군은 제게도 좋은 벗이었지요."

영교가 곳비의 눈치를 살피며 물었다.

"혹여 마음 상하신 일이라도 있습니까?"

영교는 이곳으로 오기 전에 수성궁에 들렀다. 비해당에서 나오던 영신은 영교를 보고 후원으로 데려갔다. 영신이 주위를 살피더니 나직이 말했다. 궁녀와 사사로이 연을 쌓는 것은 위험하니 곳비와 가깝게 지내지 말라고 했다.

―혹 곳비 항아님께도 같은 말씀을 하셨습니까?

영신이 한숨을 지었다.

―했느니라.

―누이는 왜 쓸데없는 소리를 하십니까?

영교는 처음으로 영신에게 화를 내고 곳비를 찾아 말을 달려왔다. 영신 대신 곳비에게 사과할 작정이었다. 하지만 막상 곳비를 보니 누이의 일을 언급하면 곳비의 자존심이 상할 것 같았다.

"아니요. 어찌 그런 생각을 하십니까?"

"항아님의 표정이 울적해 보여……."

"울적하다니요? 저 아주 즐겁습니다. 하하하하하."

곳비는 과장되게 깔깔대며 영교에게 술잔을 건넸다.

"한잔하십시오."

"제가 약주를 잘 못해서……."

영교가 머뭇거렸다. 곳비가 영교를 빤히 바라보았다. 영교가 잔을 비웠다. 금세 영교의 얼굴이 발개졌다.

"하하하하하. 나으리의 얼굴이 제 얼굴 같습니다."

곳비가 영교의 얼굴을 가리키며 웃었다.

"하하하하하. 하하하. 호호호……."

자지러지게 웃던 곳비가 웃음 끝에 울음을 터뜨렸다. 영교가 당황하여 얼굴을 더 붉혔다.

"항아님……."

"모처럼 대군을 뵈러 오니 옛 생각이 나서 그만……."

곳비가 손으로 눈물을 훔쳤다. 하지만 멈추지 않았다. 영교가 손을 들어 조심스레 곳비에게 가져가다가 말했다.

"괜찮습니다. 우셔도 됩니다. 오랜 시간 참지 않으셨습니까? 하니 우셔도 됩니다. 마음껏 우셔도 됩니다."

곳비가 눈물을 흘리며 영교를 바라보았다.

"힘들면 제게 기대십시오."

영교가 곳비를 살포시 끌어당겨 제 어깨에 기대게 하고 곳비의 등을 토닥였다. 곳비가 울음을 쏟았다.

먼발치서 이를 보고 있던 용의 얼굴 또한 붉어졌다. 용은 영교보다 한발 늦었다. 곳비와 영교가 함께 있는 것을 보고 가까이 가지 못했다. 평소라면 거리낌 없이 갔을 터인데 오늘은 왠지 발걸음이 떨어지지 않았다.

용은 붉은 얼굴을 돌리고 홀로 산을 내려왔다.

날이 저물고 곳비가 수성궁으로 돌아왔다. 용은 곳비를 비해당으로 불렀다. 용의 시선이 곳비의 얼굴에서 멈추었다. 곳비는 아직 취기가 가시지 않은 듯 얼굴이 불에 덴 양 벌겋다. 목도 손도 벌겋다.

"광평 대군을 뵙고 왔습니다."

용이 나무라기 전에 곳비가 선수를 쳤다. 용은 별말이 없었다.

"먹을 갈거라."

곳비는 천천히 먹을 갈았다.

"너도 함께 쓰자."

두 사람이 시를 쓰기 시작했다. 용이 먼저 쓰고 곳비를 기다렸다. 곳비가 시를 다 쓰고 나서 용의 시를 읽었다.

세상 사람들이 입들만 성하여서

제 허물 전혀 잊고 남의 흉보는구나

남의 흉보거라 말고 제 허물 고치고자*

곳비가 소리 내어 웃었다.

"누가 높으신 대군 대감 아니라고 할까 봐 시에서도 훈계를 하십니까?"

'곳비야, 제 허물보다 남의 허물을 먼저 보는 사람들의 말에 마음 상하지 말거라. 나도 그럴 테니……'

용은 진심을 전하지 못했다.

'하나 내 오늘은 널 아프게 해야겠구나. 세상 사람들의 눈과 입으로부터 너를 지켜야겠구나.'

용은 마음을 다잡으며 곳비의 시를 읽었다. 연시였다. 연군이 아닌 연모를 노래한 시였다.

"이제 시는 쓰지 말거라."

---

* 안평 대군이 지은 시조

곳비는 무슨 말이냐고 묻는 눈으로 용을 쳐다보았다.

"네 시에 담긴 연심을 알고 있다. 말과 행동으로는 네 마음을 감출 수 있어도 시로는 네 마음을 감출 수 없다."

곳비는 한숨을 크게 내쉬었다. 영신부터 용까지 오늘은 다들 왜 이러는지. 곳비는 술로 달래놓았던 서운함과 분노가 다시금 일어나는 것을 느꼈다.

"시심(詩心)에 거짓이 있어서야 되겠습니까?"

곳비는 따지듯이 물었다.

"궁녀의 시심에 연정을 담으면 네가 다친다."

용은 어린 누이를 달래듯 온화하게 말했다.

"알고 있습니다. 하여 그 마음 오래전에 버렸습니다."

"아니. 버리지 않았다. 넌 여전히 나를 연모하고 있다."

"잘못 읽으셨습니다."

곳비는 진심을 말할 수 없었다.

"거짓말. 연정이 변할 리 없다."

"대군도 변하지 않으셨습니까? 소녀도 마찬가지이옵니다."

"나는 변하지 않았다. 하여 네 뜻을 따랐느니라. 내 연정은 변하지 않는다. 나는 네가 와도 너를 기다리고, 네가 오지 않아도 너를 기다리고 있다."

"착각하지 마십시오. 제가 연모하는 분은 대군이 아닙니다."

용이 곳비를 보며 한숨을 지었다.

"그만 가서 쉬거라."

"대군도 이리저리 왔다 갔다 하는 마음, 저라고 못 움직이겠습니까?"

"생각보다 더 많이 취했구나. 어서 가서 자거라."

용의 자애로운 태도에 곳비는 오히려 오기가 생겼다.

"사실을 알려드리겠습니다."

"모른다. 궁녀의 연심 따위가 누구를 향하고 있는지 내 알아야 하느냐?"

용은 부러 차갑게 말했다.

"모르신다 하니 소녀, 죽음을 무릅쓰고 감히 아뢰겠나이다."

"말하지 마라. 궁녀의 연심은 죽음만 자초할 뿐이다."

용이 고개를 돌렸다.

"소 주서, 소영교 나으리이옵니다. 소인의 연심은 소 주서 나으리를 향하여 있사옵니다."

용이 천천히 고개를 돌려 곳비를 바라보았다.

'이 세상 모든 여인이 소 주서를 사모한다 하여도 너는 아니다. 그것이 네 시에 나타난 시심(詩心)이니라.'

용이 숨을 삼켰다. 용의 눈이 붉어졌다.

3

용이 고개를 돌렸다. 곳비에게 붉은 눈을 보일 수 없었다.

"그만 물러가거라."

곳비는 움직이지 않았다. 말도 하지 않았다. 용은 다시 곳비를 쳐다보았다. 곳비는 생각에 골몰하고 있었다. 소 주서 나으리라니. 저도 모르게 나온 말이었다. 오랜 시간 가슴속 깊은 곳에 꾹꾹 눌러 감추어두었던 감정의 응어리가 목구멍을 타고 넘어와 더 이상 입 안에 가두어둘 수가 없었다. 뱉어버려야만 했다. 한데 뱉어놓고 보니 엉뚱한 말이었다.

"취기가 올라 헛소리를 하는구나. 더는 실수하지 말고 물러가거라."

"저를 벌하소서."

곳비가 고개를 숙였다.

"그래. 다음에 또 밖에서 술을 마시고 오면 벌하겠느니라."

용은 아이를 타이르듯이 부드럽게 말했다.

"대감, 궁녀인 제가 외간 사내인 소 주서 나으리에게 연심을 품었다고 아뢰었사옵니다. 하오니 저를 벌하소서."

"취중에 실수하였다. 더는 말하고 싶지 않으니 물러가거라."

"실수가 아니옵니다."

"실수가 아니라……. 그럼 진정이란 말이냐?"

"예, 진정이옵니다."

이 무슨 오기란 말인가. 대군을 이겨 뭐 하겠다고. 하지만 술기운 탓인지, 그동안 제 감정을 너무 오래 숨겨놓았던 탓인지 곳비는 또 어깃장을 놓아버렸다. 용에게 묻고 싶은 말이 있어서일지도 몰랐다. 내가 소 주서를 좋아한다는데 대군께서는 아무렇지도 않느냐고, 괜찮으시냐고 물어보고 싶었다. 듣고 싶은 말도 있었다. 괜찮지 않다고, 네가 소 주서를 좋아하는 것이 아프다는 말을 듣고 싶었다. 하지만 용은 노여워하지 않았다. 곳비의 눈에는 용의 모습이 여전히 평안하고 고요해 보였다.

"나는 믿지 않는다. 하나 다른 이들은 믿을 터이다. 아니, 믿기 전에 말 만들어내기를 좋아할 터이다. 하니 함구하거라. 나는 네게서 아무 말도 듣지 못하였느니라."

용의 눈빛도 음성도 평화롭게 흘러가는 강물처럼 부드러웠다. 곳비는 부끄러움에 붉은 얼굴을 떨구었다.

용은 가지를 불렀다. 곳비를 데리고 가 잘 보살펴주라고 당부하고는 홀로 남았다. 곳비가 나가자 용은 가슴이 저릿해왔다. 꾸역꾸역 삼켰던 슬픔을 토했다. 다시금 눈이 붉어졌다.

'내 무슨 자격으로 눈물을 흘리리.'

용은 눈에 힘을 주었다.

다음 날 용은 상궁, 궁녀, 내관은 물론 노비들까지 비해당 뜰에 불러 모았다. 용이 가솔들을 한 자리에 부른 것은 처음이었다. 그동안 수성궁의 가솔들은 부부인과 영신이 관리해왔고, 아랫것들에게 특별히 분부할 일이 있으면 양 내관이나 주 상궁을 통해서 명을 전하게 했다. 뜻밖의 소집에 수성궁 가솔들은 긴장한 채 용의 명을 기다렸다. 가솔들이 다 모였다는 소리를 듣고 용은 대청으로 나왔다.

"내 집에 명례궁(수양 대군 궁방)의 간자가 있다는 사실을 알고 있다. 내 죄를 묻지 않을 터이니 오늘 중으로 수성궁을 떠나거라. 단, 추후에 수성궁의 일을 담장 밖으로 발설하는 자가 있다면 누구든지 내 용서치 않으리라."

용의 표정과 음성이 하도 엄중하여 궁인들과 노비들은 몸을 떨었다. 노비들은 서로를 흘깃대며 간자가 누구인지 가늠해보았다.

"명례궁의 간자라니, 수양 대군께서 어찌 우리 대군을 감시하신다는 게야?"

궁인들은 불안한 얼굴로 소곤거렸다.

영신만이 용의 처사를 이해했다. 수성궁의 일을 담장 밖으로 발설하지 말라. 곳비에 대한 소문을 만들어 수성궁 밖으로 전하지 말라는 뜻이었다.

용은 가솔들을 보내고 곳비를 방 안으로 불렀다. 용은 다소 경직된 표정으로 곳비를 맞았다. 곳비가 인사를 올리고 자리에 앉았다. 용은 잠시 침묵하였다. 곳비도 지은 죄가 있기에 아무 말 없이 고개를 숙이고 있었다. 여태껏 잘 지내왔는데 하필 어젯밤에 대군의 심사를 후벼 판 일이 후회가 되었다.

"내 아무리 생각해도 어제 일은 넘어갈 수가 없구나."

용이 엄한 목소리로 말했다.

"각오하고 있사옵니다."

곳비가 고개를 숙인 채 말했다.

"너!"

용이 곳비를 향해 검지를 뻗었다. 곳비가 놀라 고개를 들었다.

"네가 미치지 않고서야 어찌 밖에서 술을 마시고 들어와 내 앞에서 헛소리를 하느냐?"

"소녀, 광평 대군을 뵙고 반가운 마음에 한 잔만 한다는 것이 분별을 잃었사옵니다. 송구하옵니다. 다시는 술을 입에 대지 않겠사옵니다. 아니, 한 잔 이상은 마시지 않겠사옵니다."

용은 안도했다. 곳비가 눈을 똑바로 뜨고 '헛소리가 아니옵니다, 대감.' 이라고 할까 봐 얼마나 마음 졸였는지 몰랐다.

"당분간은 수성궁을 나가지 말거라. 무계정사도 출입 금지이니라."

"예."

곳비가 고개를 숙이며 공손히 답했다. 용은 더는 할 말이 없었다. 저는 더 이상 곳비를 나무랄 수 없는 사람이었다. 사실 곳비를 부른 까닭은 다른 데 있었지만 묻지 않기로 했다. 어젯밤 곳비가 한 말이 진정이든, 진정이 아니든 지금 당장 용이 곳비에게 해줄 수 있는 건 없었다.

"나가보거라."

곳비가 고개를 들었다.

"그것보다 명례궁의 간자라니요?"

'예' 할 줄 알았던 곳비가 나가지 않고 물었다. 용은 저도 모르게 기분이 나아졌지만 티 내지 않고 무표정하게 말했다.

"어허. 그 일은 내 알아서 할 터이니, 너는 근신하거라."

"예."

곳비가 일어나 문가로 갔다.

"곳비야."

곳비가 문을 열려다 말고 뒤돌아보았다.

"술 생각이 나거든 내게 청하거라. 우리가 술 한잔 못 나눌 사이는 아니지 않느냐?"

곳비가 말을 하려고 입술을 옴짝달싹하였다. 하나 용이 시선을 아래로 떨구고 책장을 펼치자 말없이 방을 나갔다.

영교가 돌아간 후, 용은 손을 거절하고 무계정사에 홀로 있었다. 날이 저물었다. 양 내관이 궁방으로 내려가서 석반을 드시라고 청하였지만 용은 꼼짝하지 않았다. 용은 영교를 처음 만난 때를 떠올랐다. 그때 용은 영교를 영신의 정인이라고 오해하고 영교가 제 평생의 연적이 되겠거니, 운명처럼 짐작하였다.

'한데 그 연적이 이 연적일 줄이야…….'

용은 더 이상 곳비와 영교가 동석하는 것을 허락하지 않았다. 영교가 오는 날이면 곳비를 내당에서 나오지 못하게 했다. 곳비와 함께 앉아 있다가도 영교가 오면 핑계를 만들어 곳비를 내보냈다. 이같은 상황이 반복되자 영교도 용의 의중을 알아차렸다. 낮에는 영교가 단도직입적으로 물었다.

─대감, 혹 곳비 항아님과 제가 동석하는 것을 꺼리십니까?

─자네 그리 물으니 내 숨기지 않겠네. 앞으로는 곳비와 거리를 두시게.

영교가 무슨 말씀이냐는 눈빛으로 용을 바라보았다.

─자네와 곳비의 사이를 의심하는 건 아니네. 자네와 곳비가 소싯적부터 벗으로 지낸 걸 잘 알고 있네. 하여 나도 곳비와 자네가 교유하는 것을 내버려두었네만, 그것이 다른 사람들의 눈에 들어 빌미를 제공했네. 수성궁에서 곳비와 자네의 사이를 두고 말들이 흘러나오는 모양이야. 거기까지 미처 생각지 못한 내 탓이네.

─다른 이들의 눈이 그리 중요합니까?

영교가 다소 공격적으로 물었지만 용의 태도는 변함이 없었다.

─그 눈들이 헛소문을 만들 테니까. 그 소문이 수성궁 담장을 넘어서면 세간에서는 곳비와 자네의 사이를 오해할 테니까.

─오해가 아닙니다, 대감.

이번에는 용이 궁금한 눈빛으로 영교를 바라보았다.

─제가 곳비 항아님을 사모합니다.

용의 미간이 아주 가늘게 일그러졌다가 펴졌다.

─아니 되네. 곳비는 궁녀일세. 임금 외에는 그 누구도 곳비에게 연모의 마음을 품을 수 없네.

─대군도 그러하십니까?

용이 숨을 삼켰다.

─나는 곳비가 궁녀라는 사실을 한시도 잊지 않고 있네.

─비겁하십니다.

─그럼 어찌할까? 곳비를 사모한다고 할까? 책임은 모두 곳비에게 돌아갈 테고, 곳비가 죄인이 될 텐데?

─곳비가 아니라 대군을 걱정하시는 건 아니고요?

영교의 말이 비수가 되어 용의 가슴으로 날아들었다. 영교의 말이 틀리지 않았다. 용이 곳비를 저리 두는 데에는 곳비의 뜻이 가장 중요했지만 선대왕의 체면, 왕실의 권위, 왕자로서의 지위 그리고 곳비의 안위에 대한 염려가 그물처럼 엮여 있었다.

양 내관이 그만 궁방으로 내려가자고 청했다. 용은 대답 대신 가슴을 움켜쥐었다. 용은 영교에게 정곡을 찔렸다. 영교에게 찔린 곳이 아직도 아팠다.

영교가 수성궁에 발길을 끊었다. 서신 한 통도 보내지 않았다. 영신은 몸종을 본가로 보내 소식을 알아 오게 했다. 몸종은 돌아와서 영교가 병이 들었다고 전했다.

영신은 당장 본가로 가서 영교를 만났다. 영교의 안색이 분칠을 한 것처럼 허옜다. 먹지도 자지도 못한다고 했다. 말하지도 않는다고 했다.

"마음이 많이 상했다고 하는구나. 도대체 마음 상할 일이 무엇인지 도통 말을 안 하니 모르겠구나. 혹 짐작 가는 바가 없느냐?"

"제가 어찌 알겠습니까?"

어머니의 질문에 영신은 대답을 피했지만 물론 아는 바가 있었다. 영신은 영교의 병이 제 병인 것마냥 아파왔다. 영교의 마음을 잘 알고 있었다. 하지만 속상한 나머지 마음에 없는 소리를 내뱉었다.

"못난 놈."

영신은 시름을 앓는 영교를 한 번 눈에 담고는 수성궁으로 돌아왔다.

단안각에 들었을 때 불편한 얼굴이 영신을 기다리고 있었다. 대군이 도성 밖에 살림집을 내어준 기첩, 설련이었다. 설련이 웃음을 흘리며 어디 다녀오시는 길이냐고 인사를 건넸지만 영신은 대꾸하지 않았다.

"소 주서 나으리께서 편찮으시다고 하던데 혹 본가에 다녀오십니까?"

"수성궁 출입을 삼가라는 대군의 말씀을 잊은 겐가?"

설련은 미앵과 함께 곳비를 종처럼 부리다가 용에게 쫓겨난 터였다.

"대군께서는 제가 온지 모르십니다. 오늘은 형님을 뵈러 왔습니다."

영신이 언짢은 표정으로 설련을 보았다. 빨리 이야기를 하고 나가라는 뜻이었다.

"당집에 갔다가 재미있는 소문을 들었습니다."

"그만두게. 한낱 소문 따위로 머리를 어지럽히고 싶지 않네."

"수성궁의 소문인데요?"

영신이 미간을 찡그리며 설련을 보았다. 설련의 눈이 반짝였다.

"수성궁의 궁녀를 짝사랑하는 사내가 있는데 상사병이 들었다고 합니다. 도대체 누굴까요? 제 아무리 수성궁 궁녀들을 둘러봐도 병이 날 만큼 예쁜 궁녀는 보지 못했는데 형님께서는 혹 짐작 가는 자가 있으십니까?"

영신이 서안을 내리쳤다.

"자네 큰일 날 소리를 하는구먼. 대군께서 수성궁의 궁녀들을 얼마나 엄히 단속하시거늘 어디서 그딴 망언을 내뱉는 게야? 대군께서 아시면 경을 칠 게야. 말조심하게."

'흥. 저나 나나 다 같은 첩인데 반가의 여식이라고 사람을 무시하는 꼴이라니. 자기가 부부인이라도 되는 줄 아나 봐.'

설련은 단안각을 나오면서 입을 씰룩였다.

234

다음 날 대궐 감찰 상궁에게 봉서 한 통이 날아들었다.

"단가 곳비를 당장 잡아들이라."

감찰 상궁이 서신을 읽고 소리쳤다.

4

대궐 감찰 상궁이 궁녀들을 이끌고 수성궁에 들이닥쳤다. 감찰 상궁은 우선 비해당으로 갔다. 그들을 보면서 수성궁 가솔들이 술렁였다. 용은 감찰 상궁을 안으로 들게 했다. 감찰 상궁이 아랫방에서 용에게 인사를 했다.

"감찰 상궁이 내 집엔 어인 일이신가?"

"수성궁 궁녀 단가 곳비의 방자한 행실을 고변하는 투서를 받았나이다. 단가 곳비를 데려가 문초하겠사옵니다."

용의 얼굴이 얼음장처럼 차가워졌다.

"뭐라? 방자한 행실?"

용은 입꼬리를 슬쩍 올렸다. 웃는 듯한 모습이었으나 눈빛이 하도 차가워 오히려 더 무서워 보였다. 양 내관도 처음 보는 용의 모습에 간담이 서늘해졌다.

"내 집안의 궁녀는 내 엄히 다스리고 있거늘, 어느 누가 그따위 낭설로 내 집 사람을 모함하는가?"

용의 음성은 잔잔했지만 그 어떤 큰 소리보다 위엄이 있었다. 하지만 감찰 상궁도 만만치 않았다.

"단가 곳비가 외간 사내와 사사로이 수작하고 왕래하였다는 고변이옵니다. 낭설인지 아닌지는 감찰부에서 조사하면 밝혀질 터, 이는 마땅히 감찰부에서 문초하여 처리할 일이옵니다."

감찰 상궁은 공손히 제 할 말을 다 하고 바깥에 있는 궁녀들에게 명했다.

"단가 곳비를 잡아 오너라."

"멈춰라."

궁녀들이 '예.'라고 대답하자 용은 감찰 상궁을 보며 음성을 높였다. 궁녀들이 움찔했다.

"잡아 오너라."

"멈춰라."

용의 목소리가 더 높아졌다. 궁녀들은 이러지도 저러지도 못하고 머뭇거렸다.

"대감, 이리 역정을 내실 일이 아니옵니다."

감찰 상궁이 말했다.

"그깟 투서 한 장을 믿고 내 집 사람을 잡아가 문초를 하겠다. 어림없는 소리. 내 집안은 내가 단속할 터이니 자네는 물러가게."

"대감, 이는 내명부의 일이옵니다. 대감께서 이리 나서시는 것은 모양새가 좋지 않사옵니다."

"내명부의 일이 아니라 내 집의 일일세. 내 사람을 누구 마음대로 데려가겠다는 말인가?"

"어명이다."

용이 목소리가 나는 곳으로 시선을 돌렸다. 수양 대군이 비해당 뜰로 들어서고 있었다.

"선대왕 때의 전례에 따라 궁녀 단가를 경복궁 밀실에 가두고 대군과 좌부승지가 문초하여 죄가 있으면 의금부로 보내라는 어명이시다."

전례라면 선대왕이신 세종 대왕 시절에 수양 대군과 금성 대군, 좌부승지가 문제를 일으킨 궁녀 고미를 문초하여 의금부로 보낸 일을 일컫고 있었다. 금성 대군은 이번에도 조사하라는 명을 받았지만 칭병하고 입궐하지 않았다고 한다. 안평 대군의 궁녀를 문초하는 일에 가담하고 싶지 않았으리라.

"제가 주상 전하를 뵙고 말씀 올리겠습니다. 하니 형님께서는 물러가 계십시오."

용이 수양 대군에게 말했다.

"그깟 궁녀 하나의 일에 왜 네가 나서느냐?"

"그깟 궁녀 하나가 아니라 제집 사람의 일이옵니다."

"대감, 소녀가 가겠사옵니다."

곳비가 소식을 듣고 비해당으로 왔다. 주 상궁과 가지를 비롯한 수성궁 궁녀들도 곳비를 쫓아왔다. 모두 어두운 얼굴이었다.

"네가 나설 일이 아니다. 넌 물러가 있거라."

용이 말했다.

"보내주십시오."

곳비가 고개를 숙였다.

"어명을 받잡아야 마땅한 일, 안평의 허락을 구할 일이 아니지. 어서 데려가시게."

수양 대군의 명에 감찰 궁녀들이 곳비를 낚아채듯 끌고 갔다. 감찰 상궁은 수성궁 나인들을 전원 데려가라고 명했다. 수성궁 궁녀들이 곳비의 이름을 부르며 따라갔다.

용은 양 내관에게 어서 입궐 준비를 하라고 소리쳤다. 수양 대군은 내관에게 용을 무계정사로 모시라고 했다. 용이 수양 대군을 노려보았다.

"안평, 그깟 궁녀 하나 때문에, 아니 그래, 네 말대로 네 집안사람 일로 성상 전하를 귀찮게 할 셈이냐? 자중하거라."

수양 대군은 용의 어깨를 한 번 두드리고서 비해당을 떠났다.

곳비는 경복궁 이름 모를 전각에 갇혔다. 사령은 곳비를 의자에 포박해놓고 나갔다. 문이 닫히고 자물쇠가 채워지자 곳비의 눈에서 눈물이 흘러내렸다. 사방으로 난 창은 모두 막혀 있었고 빛 한 줌 들어오지 않았다. 무서웠다. 곳비는 공포에 몸이 떨렸다.

수양 대군은 우선 수성궁 궁녀들을 한 명씩 불러 곳비에 대해 물었다.

"거짓을 고하면 네 년들도 죄를 면치 못하리라."

하지만 궁녀들의 대답은 한결같았다.

"없습니다."

'모릅니다'가 아니라 '없습니다'였다. 곳비가 사통한 외간 사내는 없다는 대답뿐이었다. 수양 대군은 수성궁 궁녀들을 문초한 뒤 밀실로 와서 곳비와 마주했다. 수양 대군은 곳비를 예리한 눈길로 뜯어보았다.

'안평이 아낀다는 그 계집이로구나.'

수양 대군은 수성궁의 사정을 이미 제 손바닥 들여다보듯이 잘 알고 있었다. 수성궁에 명례궁의 간자가 있다는 용의 짐작은 사실이었다. 수양 대군은 세종 대왕께서 승하하신 후, 언제부터인가 용을 견제하고 있었다.

"단가 곳비, 네겐 사사로이 수작하고 왕래한 사내가 있다. 사통한 궁녀는 죽음을 면치 못한다. 하나 사실대로 고하면 내 목숨을 살려주겠다."

"없사옵니다."

"있을 텐데? 잘 생각해보거라. 안평이 너희 둘의 관계를 알면서도 방조해주지 않았더냐?"

'안평'이라는 말에 곳비는 몸을 움찔했다.

"오호라. 이제 생각이 나느냐?"

"아니옵니다."

"사내와 동석하여 말을 주고받은 적이 없느냐?"

"그것은……."

"그래. 네 그저 상전이 시키는 대로 했을 뿐, 무슨 죄가 있겠느냐? 안평이 제 궁방의 궁녀들을 단속하지 못한 탓인 것을."

'왜 자꾸 안평 대군을 들먹거리지? 수양 대군의 목적은 내가 아니라 안평 대군인가.'

곳비는 고개를 숙였다.

"송구하옵니다. 소인은 대감께서 무슨 말씀을 하시는지 통 모르겠사옵니다. 안평 대군의 손님께 다과를 대접한 적은 있사옵니다. 하오나 안평 대군께서 궁녀들을 하도 엄하게 단속하시어 사내는커녕 그 그림자와도 사사로이 자리를 함께한 적은 없사옵니다."

"네 정녕 모진 맛을 봐야 이실직고하겠느냐?"

수양 대군이 거세게 탁상을 내리쳤다. 밖을 향해 소리를 쳤다.

"여봐라, 형틀을 대령하라."

곳비는 뜰로 쫓겨나 형틀에 묶였다. 수성궁 궁녀들도 뜰로 불려 나와 무릎을 꿇고 앉았다. 수양 대군이 궁녀들을 보면서 말했다.

"누구든지 사실대로 고하면 이 아이가 매를 맞는 일은 없을 것이 다."

"사실이 아닌데 어찌 고한단 말입니까?"

곳비가 고개를 들고 소리쳤다.

"쳐라."

수양 대군의 명에 사령이 장을 내리쳤다. 곳비가 비명을 질렀다. 수성궁 궁녀들이 울음을 터뜨리기 시작했다.

"어서 고하라. 외간 사내와 사통했으렷다."

"아니요."

곳비가 울먹이며 대답했다. 수양 대군의 명에 사령이 다시 장을 내리쳤다. 곳비는 비명을 지르고, 수성궁 궁녀들은 곳비의 이름을 부르며 울었다. 수양 대군은 장을 멈추고 다시 물었지만 곳비의 대답은 한결같았다.

"세게 쳐라."

수양 대군이 소리쳤다. 사령이 장을 더 높이 들었다.

"멈춰라."

모두의 시선이 목소리가 들린 곳을 향했다. 금성 대군이었다. 금성 대군은 용에게 연통을 받고 입궐한 터였다.

"형님, 지금 무얼 하십니까? 비록 죽을 죄수라도 조심하여 억울한 형장을 가하지 말고, 매양 고문할 때에는 되도록 긍휼을 다하라는 부왕의 말씀을 잊으셨습니까? 하물며 곳비는 아직 그 죄상이 밝혀지지도 않았습니다."

좌부승지가 뒷일을 수습하는 동안 금성 대군이 수양 대군에게 가까이 다가왔다. 금성 대군이 수양 대군과 시선을 맞추고 물었다.

"형님이시지요?"

수양 대군이 고개를 비스듬히 꺾고 금성 대군을 보았다.

"일을 여기까지 만드신 분, 형님이시지요?"

수양 대군이 피식 웃으며 뜰을 벗어났다. 금성 대군이 곳비에게 시선을 한 번 주고는 수양 대군을 쫓아갔다.

용은 금성 대군에게 서신을 보내고 입궐하여 곧장 대전으로 들었다. 용을 보고 난감한 표정을 지은 임금은 올 줄 알았다며 먼저 곳비에 대해 말을 꺼냈다.

"전하, 곳비는 죄가 없사옵니다."

"나도 그리 믿고 있느니라. 하나 상소가 올라온 이상 문초는 하여야 한다."

"투서가 아니었습니까?"

"처음엔 투서였다 들었다. 하나 곧 상소가 올라왔더구나. 너를 경계하는 자들에게 좋은 빌미가 되었겠지. 곳비의 일을 언급하면서 결국은 곳비를 단속하지 못한 너를 공격하고 있다."

"하면 소신의 죄만 물으소서."

"너의 죄를 물을 수 없으니 곳비의 죄라도 묻겠다는 것이다."

"저를 노린 것이 아니옵니까? 어째서 곳비가 희생양이 되어야 하옵니까?"

"그것을 알기에 너를 보호하려는 것이다."

임금이 격앙했다. 매양 온화한 임금에게서 좀처럼 볼 수 없는 모습이었다. 하지만 용도 뜻을 굽히지 않았다.

용은 며칠 후에 곳비를 수성궁으로 돌려보내겠다는 임금의 말을 듣고서야 대전을 나와 곳비에게 향했다.

곳비는 컴컴한 밀실에 갇혀 손발이 묶여 있었다. 용은 가슴속에서 울분이 치밀어 올랐다. 곳비에게 다가가 포승줄을 풀었다. 양 내관이 초를 들고 문 앞에 섰다.

"대감, 불을 밝히겠사옵니다."

"잠깐만."

용이 눈을 비볐다. 오는 길에 가지를 만나 곳비가 장형을 맞았다는 소식을 들었다. 자꾸만 눈가가 축축해졌다. 용이 눈에 힘을 주고 숨을 가다듬었다.

"들어오너라."

양 내관이 들어와 불을 밝히고 나갔다. 용은 곳비의 손목에서 시선을 멈추었다. 줄에 묶인 부분이 벌겋다. 용이 고개를 돌려 방 구경을 하는 척 감정을 가다듬었다.

"우셨습니까?"

곳비가 물었다. 애써 밝은 목소리를 내고 있었다.

"밥은 먹었느냐?"

용이 불퉁한 목소리로 되물었다. 용 또한 평소와 다름없이 보이려 노력하고 있었다.

"조선에서 죄수에게 밥도 준답니까? 사식을 가지고 오셨어야지요."

"아이고, 장하십니다. 내 평생 하옥된 죄인을 바라지 한 적이 없어서 몰랐습니다."

"아직 감옥은 아닙니다. 이 정도면 아주 좋습니다."

곳비가 주위를 둘러보며 웃었다. 용은 곳비의 웃음을 보니 긴장이 녹았다. 얼굴을 감싸며 쓰러지듯 의자에 앉았다.

"진짜 감옥으로 가는 일은 없을 게야. 두려워하지 말거라."

"저 때문에 애쓰지 마십시오."

"애쓸 일 없으니 네 걱정이나 하거라."

"저야 뭐, 대군께서 밥만 잘 넣어주신다면 어디서나 잘 지냅니다."

곳비의 미소에 용이 피식 웃었다. 용이 일어났다. 곳비의 시선이 용을 따라 움직였다. 시선은 용을 붙잡고 있었다.

"양 내관과 가지를 두고 가마. 사식도 넣어 줄 게야."

"어서 가십시오."

곳비가 용에게서 시선을 거두고 씩씩하게 고개를 돌렸다.

용은 곳비를 홀로 남겨두고 대청으로 나왔다. 조금도 움직이지 않은 채 한참을 서 있었다. 발걸음이 떨어지지 않았다. 숨조차 제대로 쉬어지지 않았다. 양 내관과 가지도 숨을 죽이고 조용히 용의 명을 기다렸다.

수양 대군이 뜰로 들어섰다. 용이 댓돌로 내려서서 수양 대군에게 다가갔다.

"오늘은 이만 퇴청하시지요."

"궁녀 하나에 호들갑은?"

"궁녀 하나가 아니라 어릴 적부터 같이 자란 제 식구입니다. 매정한 형님은 결코 이해하지 못하시겠지만."

"안평, 네 이리 다정하여 무슨 대사를 도모할꼬?"

수양 대군이 혀를 찼다.

"대사를 도모할 생각은 꿈에도 없습니다. 다만 내 식구들이 평안하기만을 바랄 뿐입니다."

"궁녀랑 식구를 먹든 노비랑 친구를 먹든 네 마음대로 하고."

수양 대군이 용을 노려보았다. 날카로운 눈매가 번득였다.

"네 진정 대사를 도모할 생각이 없다면 조정 인사들을 가까이하고 정사에 간여하는 일은 그만두거라."

용도 지지 않았다.

"다시는 내 사람들을 건드리지 마십시오. 그럼 오늘 일은 용서해 드리겠습니다, 형님."

수양 대군이 피식대며 자리를 떴다.

용은 대전 뜰에 섰다. 머리를 풀고 공복을 벗고 꿇어앉았다. 임금이 소식을 듣고 나와 용을 말리고, 수양 대군이 그런 임금을 말렸다.

"전하께오서 대죄하는 죄인을 친히 만류하시면 백성들이 왕실을 어떻게 보겠습니까? 전하께서 이리 자애로우시니 안평이 하늘 무서운 줄 모르고 날뛰는 겝니다. 그냥 두소서."

임금은 용은 죄가 없다며 수양 대군을 나무랐다. 약조한 바를 지킬 테니 어서 들어가자고 용에게 말했다.

"전하의 말씀을 믿사옵니다. 하나 소신을 겨냥하는 상소가 올라온 이상 소신이 죄를 청하여야만 전하께서도 명분이 서실 것이옵니다."

'그리고 곳비만 벌을 받게 할 수 없사옵니다.'

"소신의 충심을 부디 거절하지 마소서."

용의 설득에 임금이 대전으로 들어갔다. 임금은 밤새 대전의 불을 끄지 않았다.

날이 밝았다. 용은 망부석이 되어 움직이지 않았다. 양 내관이 용의 옆에서 무릎을 꿇고 울먹였다.

"누가 죽었느냐? 물러가거라."

용이 눈을 부릅뜨고 양 내관을 내쫓았다.

시간이 지났다. 용은 갈증이 나고 허기가 졌다. 눈꺼풀도 무거워졌다. 누군가 다가오는 것 같았다. 양 내관인가. 용이 천천히 고개를 돌렸다. 웬 사내가 머리를 푼 채 용의 옆으로 다가와 무릎을 꿇었다.

"전하, 승정원 주서 소영교 아뢰옵니다. 죄인은 소신이옵니다. 소신을 벌하시옵소서."

영교가 창백한 얼굴로 소리쳤다.

어젯밤 영교는 병석에서 수성궁 궁녀 가지의 방문을 받았다. 가지는 곳비의 소식을 전하면서 아무래도 소 주서 나으리와 얽힌 소문 때문에 곳비가 고초를 겪고 있는 것 같다고 덧붙였다. 영교는 당장 일어나 입궐하겠다고 했다. 가지는 대궐 문이 닫혔으니 지금은 입궐이 불가하다며 영교를 말렸다.

영교는 뜬눈으로 밤을 지새웠다. 날이 밝는 대로 집을 나와 곧장 입궐했다. 안색은 창백했고 입술을 메말랐지만 개의치 않았다. 쓰러져 죽는 한이 있어도 지금은 곳비를 구해야 한다는 생각뿐이었다. 영교는 대전 마당에 엎드려서 외쳤다. 자신이 죄인이라고. 자신을 벌하라고.

이미 머리를 풀고 대죄하고 있던 용이 어서 일어나라며 영교를 나무랐다. 용은 아무도 다치게 하지 않고 제 선에서 일을 마무리하고 싶었다. 영교는 무표정한 얼굴로 용을 한 번 보고서는 머리를 조아리고 다시 소리쳤다.

"전하, 수성궁의 궁녀가 하옥되어 있다는 소식을 들었사옵니다. 그 추문의 주인공은 소신이옵니다. 하나 궁녀는 무고하옵니다. 소신이 궁녀를 홀로 사모하여 연서를 보내고, 수작을 걸었사옵니다. 그 궁녀는 소신의 수작에 한 번도 응한 적이 없사옵니다. 모두 소신의 죄이옵니다."

영교는 의금부에 하옥되었다. 내내 무표정하던 영교의 얼굴에 그제야 엷은 미소가 피어올랐다. 곳비를 위해 할 수 있는 일이 있어 다행이라고 생각했다

아침 햇살 한 줄기가 문창지를 뚫고 곳비의 얼굴 위로 쏟아졌다. 곳비는 얼굴을 찌푸리다가 눈을 떴다. 저도 모르는 사이에 잠이 들어 있었다. 곳비는 몸을 들어 주변을 돌아보았다. 자신은 여전히 밀

실에 갇혀 있었다.

곳비는 정신을 차리고 기억을 더듬어보았다. 어제저녁 가지가 가져다준 음식과 약을 먹었다. 문을 사이에 두고 양 내관과 가지와 이야기를 나누었다. 그 후 양 내관은 용을 찾으러 가서 다시 돌아오지 않았다. 밤이 깊어지기 전에 가지를 수성궁으로 보냈다.

곳비는 일어났다. 어제 장을 맞은 곳이 욱신거렸다. 곳비는 다리를 절뚝대며 걸어가 문을 밀어보았다. 짐작한 대로 걸쇠로 단단히 잠겨 열리지 않았다. 곳비는 문에 기댄 채 바닥에 주저앉았다. 무릎을 세우고 얼굴을 묻었다.

한참이 지났다. 댓돌을 딛는 발자국 소리, 대청에 오르는 발자국 소리가 났다. 수양 대군일 테다. 곳비는 얼굴을 찡그리며 얼른 자리로 돌아가 앉았다. 포박이 풀린 모습을 본다면 수양 대군이 또 어찌 나올까 염려가 되었다.

곳비는 어릴 때부터 수양 대군이 불편했다. 특별한 이유는 없었다. 수양 대군이 용과 각별하지는 않았더라도 그 때문은 아니었다. 왕자는 십수 명이었고, 모두 다 용과 가깝게 지낼 수는 없었다. 하지만 유독 수양 대군은 편치 않았다. 그를 에워싼 분위기랄까, 그에게서 나오는 기운이랄까 그 무엇이 곳비를 불안하게 만들었다.

수양 대군을 볼 때면 다른 왕자들에게서 느낄 수 없는 꺼림칙한 기분에 사로잡히곤 했다. 용에게 보이는 서늘한 미소도 마음에 들지 않았다. 겉은 웃고 있지만 속은 웃고 있지 않은, 비밀이 많은 웃음이었다. 이러려고 그랬나. 곳비가 자조했다. 그래. 이 정도로만 얽혀서 다행이라고 스스로를 위로했다.

발소리가 멈추고 문이 열렸다. 긴장한 곳비의 인상이 부드러워졌다. 저도 모르게 반가운 미소를 지었다.

"우리가 그리 반갑게 웃을 사이는 아닐 텐데?"

금성 대군이 양손을 허리에 대고 곳비를 내려다보았다. 곳비가 발그레한 얼굴 가득 미소를 짓고 있었다. 순간 금성 대군은 곳비의 시선을 피했다가 다시 쳐다보았다. 곳비가 여전히 미소를 짓고 있었다. 금성 대군은 저거 왜 저래, 하는 듯 떨떠름한 표정을 지었다.

금성 대군은 용과 가장 많이 닮은 왕자였다. 사내답고 시원스럽고 준수한 용모였다. 키가 크고 풍채가 늠름했다. 하나 성격이……. 곳비가 살짝 눈매를 찌푸렸다.

곳비의 입장에서 보면 금성 대군은 용의 장점보다 단점을 많이 닮았다. 머리부터 발끝까지 나는 조선의 왕자이니라, 하는 고고한 분위기를 풍기며 화려하고 고급스럽고 기품 있고 멋진 것만 찾아대고 걸쳤다.

굳이 따지자면 안평 대군이 고상하고 우아한 미를 추구한다면, 금성 대군은 도도하고 세련된 미를 추구하였다. 맛난 것과 귀한 것만 좋아하는 음식 취향도 비슷했다. 물론 용은 곳비를 만나서 조금 변하기는 했지만. 마음속에 있는 것을 거리낌 없이 내뱉는 성정도 비슷했지만 용이 좀 더 돌려 말할 줄 알았다.

다른 점이라면, 용은 무예에도 능했지만 무인이라기보다는 문인이자 예인이었다. 하나 금성 대군은 무인이었다. 용이 사랑하는 시 · 서 · 화보다는 검 · 도 · 총포에 관심이 더 많았다.

그리고 곳비가 마뜩잖아하는 점, 금성 대군은 한 대 콩 쥐어박고 싶을 때가 있을 만큼 눈치가 없는 편이었다. 아주 가끔씩 곳비에게 도움이 되는 말을 할 때도 있었는데, 금성 대군이 하는 말은 다 진심이었기 때문에 믿을 수 있었다.

"진심으로 대군이 반가운데요."

"신소리 집어치우고. 나오너라. 석방이다."

"저 의금부로 아니 끌려갑니까?"

"그래."

곳비가 벌떡 일어났다. 금성 대군이 곳비를 아래위로 뜯어보았다. 몰골이 초췌했다. 금성 대군의 얼굴에 못마땅한 기색이 드러났다.

"형님도 소 주서도 미쳤구나. 못생긴 너를 위하여 죄를 청하시니……."

"그게 무슨 말씀이십니까?"

"넌 몰라도 된다. 눈곱이나 떼고."

곳비가 눈을 비비며 밖으로 나왔다. 햇빛을 직접 보니 눈이 부셨다. 머리도 어지러웠다. 잠시 비틀거리자 금성 대군이 곳비의 팔을 붙들었다.

"괜찮으냐?"

"지금 저를 걱정해주십니까?"

곳비가 웃었다.

"아니."

금성 대군이 무뚝뚝하게 답했다. 손을 떼서 허공에 대고 털었다. 곳비가 그럴 줄 알았다는 듯이 금성 대군을 쳐다보고 웃었다.

"그 못생긴 얼굴은 그만 좀 들이밀래? 밀실에 다시 처넣기 전에."

"대신에 맛없는 화전을 들이밀겠습니다."

"농이 나오는 걸 보니 죽지는 않겠구나. 가자. 형님께서 기다리신다."

금성 대군은 곳비를 데리고 건춘문으로 나왔다. 문 앞에서는 용이 양 내관과 함께 기다리고 있었다. 용은 그사이 얼굴을 씻고 의관을 정제한 모습이었다. 무릎을 꿇고 밤을 샌 흔적은 보이지 않았다.

용은 곳비가 나오는 것을 확인하고 고개를 돌렸다. 가슴이 시려 차마 곳비를 마주 볼 수 없었다. 양 내관이 곳비의 앞으로 가마를 대령하고 오르라고 했다. 곳비가 손을 내저었다.

"궁녀가 어찌 가마를 타겠습니까? 소인은 말을 타겠습니다."

"그 몸으로 어찌 말을 탈까? 잔말 말고 타거라. 대군의 뜻이다."

곳비가 용을 보았다.

"대감, 소녀가 가마를 타는 것은 법도에 어긋나는 일이옵니다."

용은 곳비의 시선을 외면하며 생각했다. 곳비는 곧 열이 오르고 몸살이 날 터이다.

"몸 상태가 썩 좋지는 않던데……."

금성 대군이 먼 산을 보면서 말을 던졌다.

"하나 궁녀가 가마를 탈 수는 없지요."

금성 대군이 어쩔 수 없다는 눈빛으로 용을 쳐다보았다. 용이 어서 가마를 타라는 눈으로 곳비를 보는데 익숙한 목소리가 들렸다.

"내 것을 타면 된다."

정현 옹주가 제 가마를 뒤로하고 다가오고 있었다.

"옹주님."

곳비가 미소를 지었다. 용은 물론 금성 대군에 정현 옹주까지 저를 보러 오다니 순간 가슴이 뭉클해졌다. 정현 옹주가 곳비의 이름을 부르며 다가왔다.

곳비의 소식을 듣고 가장 놀란 이는 정현 옹주였다. 옹주는 거의 까무러칠 지경이었다. 하지만 옹주가 까무러친 지점은 다른 이들과 달랐다.

―소 주서가 사모하는 이가 곳비라고? 오라버니가 아니라?

―옹주님, 무슨 말씀을 하십니까?

감 상궁이 밖을 살피며 얼굴을 찡그렸다. 그녀도 이제 몸집이 줄고 머리카락이 희끗희끗했다.

―아니 그럼, 소 주서는 왜 오라버니를 그리 애틋한 눈으로 바라보았단 말이냐?

'가만, 오라버니가 아니라 오라버니 곁에 있던 곳비를 보았던 게로구나.'

정현 옹주는 치맛자락을 펄럭이며 일어나 대궐로 왔다.

옹주가 곳비에게 명했다. 수문장이 쳐다볼 만큼 목소리가 컸다.

"내 몸이 좋지 못하니 곳비는 내 곁에서 시중을 들거라."

곳비는 옹주와 함께 옹주의 가마에 탔다. 옹주가 곳비의 손을 잡았다.

"고생이 많았구나. 나는 소 주서와 네가 그런 사이인 줄도 모르고 한참 헛다리만 짚었더랬다. 나 때문에 많이 불편했지?"

"아닙니다. 소인이 오히려 송구스럽습니다."

"내가 미안하다. 네 마음을 헤아리지 못하고 괜히 두 사람 사이에

끼어든 꼴이 되었구나."

"제 마음이요?"

'우리 옹주님은 또 헛다리를 짚으시네.'

곳비가 미소를 지었다.

"옹주님께서 끼어드신 게 아닙니다. 소 주서와 저는 그런 사이가 아니랍니다. 저는 소 주서에게 마음이 없습니다."

"아니야? 그럼 소 주서 혼자?"

"……."

"그래도 너라서 다행이구나. 너라면 납득할 수 있다. 소 주서가 보는 눈이 있는걸. 나는 안평 오라버니 때문에 나를 거절한 줄 알았다."

"예? 안평 대군이요?"

"아무렴, 내가 오라버니한테 밀릴 수는 없지."

정현 옹주와 곳비가 마주 보고 웃었다.

5

영신은 비해당에서 용을 기다리고 있었다. 늘 영신에게 부채감을 안고 있던 용도 오늘은 영신을 보니 짜증이 밀려들었다. 영신은 용을 보자마자 소 주서를 구명해달라고 했다.

"그대가 벌인 일이니 그대가 알아서 하시오."

용의 표정과 음성이 차가웠다.

"알고 계셨습니까?"

"다시 한번 내 집 사람들을 곤경에 빠트렸다가는 용서치 않겠소."

"소첩은 이 집 사람이 아닙니까?"

"오래전에 그대에게 이 집을 벗어날 자유를 주었소만."

"대군을 연모합니다. 제가 연모하는 대군이 곳비를 연모하는 걸 가만히 두고 볼 수 없었습니다."

"그럼 내 이번 일로 그대에게 진 빚을 다 갚았다 생각하겠소. 내 더 이상 그대를 봐줄 이유가 없소."

"대감!"

"피곤하오. 이만 쉬고 싶소."

영신이 나가고 용은 길고 깊은숨을 토했다. 분노가 가라앉고 자괴감이 밀려왔다. 날이 밝으면 입궁하여 영교를 구명해야겠다고 생각했다.

날이 저물고 곳비가 비해당으로 건너왔다. 수성궁에 오자마자 쓰러지듯이 잠에 빠졌다고 들었는데 용의 예상대로 곳비는 고열과 몸살 증상이 있었다.

"어찌 쉬지 않고 왔느냐?"

"소 주서 나으리를 구명해주십시오."

순간 용은 심한 피로감을 느꼈다. 다시금 짜증이 밀려들었다.

"네가 간여할 일이 아니다. 가서 쉬거라."

"대감, 소 주서 나으리는 아무런 죄가 없습니다."

"왜 죄가 없느냐?"

곳비가 용을 정면으로 응시했다.

"무슨 죄가 있사옵니까?"

"네 입으로 실토하지 않았느냐? 소 주서를 연모하고 있다고. 궁녀에게 연정을 품게 한 죄. 하니 소 주서에 대해 더 이상 언급하지 말거라. 네가 소 주서를 염려하고 그의 이름을 입에 올리는 일은 아무런 도움이 되지 못하느니라."

용은 곳비의 시선을 외면하고 책을 펼쳤다. 이제 그만 나가달라는 무언의 표현이었다. 곳비는 용을 가만히 보았다. 용은 서책에만 시선을 두었다.

"대감."

곳비가 나직이 용을 불렀다. 용은 한숨을 길게 내쉬며 책을 덮었다. 저는 어찌해도 곳비를 이길 수 없었다.

"궁녀에게 연정을 품게 한 죄. 그것이 죄라면 죄인은 소 주서가 아니옵니다."

"……."

"죄인은 대군이시지요."

용이 곳비를 쳐다보았다. 곳비는 용의 시선을 그대로 받아냈다.

"정녕 모르시옵니까? 죄인은 대군이시옵니다."

"닥가 곳비, 닥쳐라."

용이 소리쳤다. 용의 음성이 단매처럼 매섭게 곳비의 가슴으로 날아들었다.

"넌 궁녀이다. 임금 외에 그 누구에게도 연정을 품어서는 아니 된다."

6

곳비의 검은 눈동자가 망망대해가 되어 용에게로 밀려들었다. 용은 검은 물속에서 허우적거렸다. 팔다리를 아무리 움직여봐도 소용없었다. 꿈이었다.

용이 눈을 떴다. 몸에는 식은땀이 흐르고 있었다. 상념이 머릿속을 헤집고 다녀 내내 뒤척였는데 새벽녘에 깜빡 잠이 든 것 같았다. 눈을 떠도 곳비가 보였다. 저를 바라보던 망연한 눈, 시선을 돌리며 얕게 토하던 한숨, 주먹을 쥐고 떨던 작은 손, 뒤돌아서서 방을 나가던 가녀린 어깨.

곳비에게 해서는 안 될 말을 하고 말았다. 도저히 할 수 없는 말을 하고 말았다. 영교의 말이 옳았다.

'이용, 너라는 사내는 진정 비겁하구나.'

용은 무거운 몸을 일으켜 입궐 차비를 했다. 양 내관이 조반을 드셔야 한다며 보챘지만 듣지 않았다.

임금이 핏기없는 얼굴과 흐린 눈으로 용을 맞았다. 옥체가 편치 않은 듯하였다. 자주 있는 일이었다. 용은 임금의 안부를 물었다. 임금은 웃는 얼굴로 괜찮다고만 했다. 용이 말을 꺼내지 못하고 망설이자 임금이 먼저 물었다.

"소 주서 때문에 왔느냐?"

"예. 전하, 죄인은 소 주서가 아니라 소신이옵니다. 하니 소 주서를 석방하시고 소신의 죄를 물으소서."

"소 주서가 이미 곳비를 사모하여 수작을 걸었다 자복하였다. 곳비는 응한 적이 없다고 하였으니 곳비에게도, 네게도 더 이상 죄를 물을 까닭이 없다. 만에 하나 죄가 있더라도 곳비, 그 아이에게 있지 네게 무슨 죄가 있겠느냐?"

용은 아우인 저를 다치지 않게 하려는 임금의 마음을 헤아릴 수 있었다. 그러기에 더더욱 임금을 속일 수 없었다.

"전하, 곳비를 사모하는 이는 소신이옵니다. 소신이 감히 임금의 궁녀인 곳비에게 연정을 품었사옵니다. 하니 소신을 벌하소서."

용이 무릎을 꿇고 엎드렸다. 임금이 잠시 생각하다가 입을 열었다.

"너와 곳비가 오랜 시간 각별하게 지냈지. 네 마음을 이해한다. 설령 이해하지 못하더라도 너를 벌할 순 없다. 물론 너와 곳비의 사이를 허락할 수도 없다. 이 일은 너도 말한 적이 없으며 나도 들은 바가 없는 것으로 하겠다."

용이 고개를 들었다.

"소신을 벌하실 수 없다면 곳비를 궁녀에서 해방하여주소서. 곳비를 궁녀에서 해방해주실 수 없다면 소신의 죄를 물으시고 소신을 죽여주소서."

용은 다시 머리를 조아렸다. 임금은 고개를 들라며 용을 몸소 일으켰다.

"한번 궁녀가 되면 종신토록 궁녀여야 한다. 궁녀가 해방이라니, 네가 지금 무슨 말을 하고 있느냐?"

"이미 당태종이 황태자 시절에 궁녀 삼천 명을 해방시켜준 전례가 있사옵니다. 곳비를 처로 맞고 싶사옵니다."

임금이 황급히 용의 말을 막았다.

"아니 된다. 소주서는 석방해주겠으나 곳비는 아니 된다. 이번만은 나도 어쩔 수 없구나."

"소신, 아바마마의 아들이자 전하의 아우인 것이 원망스럽사옵니다. 소신이 평생을 함께하고 싶은 사람은 곳비뿐이옵니다."

"안평……."

임금이 말을 멈추고 기침을 하기 시작했다.

"송구하옵니다."

임금이 고개를 끄덕이며 용에게 물러가라고 손짓했다. 내관과 내의들이 대전으로 들어왔다. 용은 힘없이 일어섰다. 발걸음이 떨어지지 않았다. 대전 밖에서 한참을 기다렸다가 임금이 무탈하시다는 소식을 듣고 걸음을 옮겼다.

용은 집으로 돌아왔다. 곳비가 서재에 들어 방을 정리하고 있었다. 곳비는 용에게 고개 숙여 인사만 건넨 후, 책상을 걸레로 훔쳤다.

"미안했다."

곳비의 손길이 멈추었다.

"그리 말하면 아니 되었다."

"……."

"내게 다시 기회를 주겠느냐?"

"……."

"우리 다시 함께할 기회를 주겠느냐?"

"……."

"내 이번에는 반드시 전하를 설득하겠다."

"싫습니다. 궁녀에게 허락된 연정은 없습니다. 더는 죄를 짓고 싶지 않사옵니다."

곳비가 고개 숙여 절을 하고서는 방을 나갔다.

그날 밤 용은 수성궁을 서성이다가 곳비의 처소 앞에서 걸음을 멈추었다. 곳비의 방은 어둡고 고요했다. 용이 물끄러미 방을 바라보았다. 주 상궁이 다가와 분부가 있으신지 물었다. 용은 아니라고 답하면서도 그 자리에 그대로 서 있었다. 주 상궁이 용을 바라보았다. 주 상궁의 눈길을 눈치챈 용이 걸음을 떼다가 멈추었다.

"곳비를 잘 부탁하네."

용이 희미한 미소를 던지고서는 자리를 떴다.

곳비는 방 안에서 숨을 죽이고 용의 목소리를 들었다. 당장 달려나가서 용을 붙잡고 싶었지만 그리할 수 없었다. 지금 이대로면 된다, 지금 이대로도 괜찮다, 지금 이대로도 좋아질 것이다. 곳비는 제 가슴을 쓸며 마음을 다잡았다.

곳비는 밤새 잠들지 못하였다. 생각이 멈추지 않았다. 동이 터도 마찬가지였다. 새벽 어스름이 걷히고 날이 환하게 밝자 곳비는 자리에서 일어났다. 곳비는 비해당으로 갔다. 용을 만나 다시 이야기해보고 싶어졌다. 하지만 용은 없었다. 대군께서는 주상 전하의 쾌유를 위한 불공을 드리기 위해서 아침 일찍 대자암으로 떠나셨다는 소식만 남아 있었다.

'되었어. 된 거야. 대군은 대군이시고, 나는 궁녀인 거야. 이걸로 된 거야.'

곳비는 애써 미소를 지었다. 미소를 지었는데도 쓸쓸함은 가시지
않았다.

소영교는 석방되었지만 태형을 받은 후라 몸이 만신창이였다. 영
교는 병석에서 영신의 방문을 받았다.

"곳비 항아님은 어찌 되었습니까?"

영교는 영신을 보자마자 곳비의 안부부터 물었다. 영신이 긴 한숨
을 내쉬었다. 미간에 깊은 주름이 졌다.

"네 꼴을 좀 봐. 네 걱정부터 하렴."

"곳비는 어찌 되었냐고요?"

"잘 있다. 미울 만큼 잘 지낸다. 넌 이 꼴이 되어서 돌아왔는
데……."

영신의 눈이 붉어졌다.

"안평 대군이 곳비를 연모한다. 하여 내가 곳비의 행실이 방자하
다고 감찰 상궁에게 투서를 넣었다. 한데 그 화살이 네게 돌아갈 줄
은 몰랐다. 왜 그리했느냐?"

"사실이니까요. 제가 곳비를 사모하니까요."

"그건 그냥, 내가 만든 소문일 뿐이었다."

"소문이 아니라 사실입니다."

영신이 눈매가 가늘어졌다.

"제가 곳비를 연모하고 있습니다."

"그렇다면 더더욱 곳비를 이곳에, 우리 곁에 둘 수 없구나."

"누이는 더 이상 아무 일도 하지 마십시오."

영교는 이제 제가 나서야겠다고 생각했다.

"너야말로 곳비 그 아이와 인연을 끊거라. 그 아이는 우리에게 악연이야. 너도 나도 불행하게 만들었어."

영신은 하루빨리 영교의 혼처를 알아봐야겠다고 생각했다.

"누이의 괴로움을 이해하고 있습니다. 하나 누이를 버린 건 대군이지 곳비가 아닙니다. 곳비의 잘못이 아닙니다."

"어찌 곳비의 잘못이 아니야? 곳비, 그 아이만 없다면 대군이 나를 버릴 일도 없었어."

"진정 모르시겠습니까? 대군은 곳비 때문에 누이를 버린 게 아닙니다. 누이가 명국에 갔을 때 이미 끝난 인연이었습니다."

영신이 아랫입술을 깨물었다.

"제겐 누이도 곳비도 소중합니다. 하나……."

영교는 더 이상 말을 잇지 않았다. 곳비를 위해서, 누이를 위해서 말이 아니라 행동할 때였다.

며칠 후 영교는 몸을 추스르고 거동을 할 수 있게 되자 곧장 곳비에게 갔다. 곳비는 영교와 만나는 것을 거절했다. 가지를 통해 서신만 전해왔다.

나으리와 처의 인연은 여기까지입니다.
다시는 나으리를 보지 않겠습니다.

영교가 서신을 움켜쥐고 고개를 떨구었다.

용은 탑을 돌고 있었다. 처음부터 탑을 돌 생각은 없었다. 탑을 보자 어린 시절 가족들과 다시 만나게 해달라고 탑을 돌던 곳비가 생각났고, 곳비를 업고 탑을 돌던 그 밤이 생각났다. 그 밤을 생각하니 발이 움직였다. 저도 모르게 발을 움직여 탑을 돌았다.

몇 바퀴를 돌고 용은 멈추었다. 몇 보 앞에 영교가 서 있었다. 두 사람은 한동안 어정쩡하게 마주 서 있었다. 숲에서는 벌레들이 귀가 시리도록 울어댔다.

"왔는가?"

용이 먼저 미소로 영교를 맞았다. 영교가 고개를 숙여 인사를 했다.

두 사람은 작은 방에 마주 앉았다. 동자승이 두 사람 사이에 찻상을 놓고 갔다. 용은 직접 차를 우려 영교의 잔에 따라주었다.

"들게."

"곳비 항아님을 데리고 떠나겠습니다."

용이 입술을 조금 벌리고 웃었다. 영교의 말이 너무 거침없어 오히려 순진하게 느껴졌다.

"곳비 항아님을 내쳐주십시오. 그건 하실 수 있을 테지요."

"곳비를 내치라니?"

"병이 든 궁녀는 궁에서 내쳐진다고 들었습니다. 병을 핑계로 곳비를 내쳐주십시오."

영교가 고개를 숙였다.

"병으로 방출한 궁녀라도 사내와 사사로이 인연을 맺을 수는 없네. 법도가 그러하다네."

"곳비 항아님과 함께 멀리 떠나겠습니다. 아무도 모르는 곳에서 기척도 내지 않고 조용히 살겠습니다. 잡히더라도 곧장 백 대밖에 더 맞겠습니까? 아니, 그 이상도 감수할 수 있습니다."

용은 차를 한 모금 마시고 잔을 내려놓았다.

"하면 곳비는? 곳비는 행복하겠는가? 곳비 생각은 안 하는가?"

"곳비 항아님을, 아니 곳비를 생각하여 드리는 말씀입니다."

"자네의 연모는 무엇인가? 정인을 곤경에 처하게 하는 것이 자네의 연모인가?"

"하면 대군의 곁에서 곳비가 행복합니까? 대군의 연모는 단지 육신의 안위만을 살피는 것입니까? 정인의 마음 따위는 나 몰라라 하고, 좋은 집에서 배불리 먹고 따사로이 지내게 하면 할 도리를 다하였다고 여기십니까?"

용이 이마를 찡그렸다. 대꾸를 하려다 멈추었다. 두 사람의 시선이 팽팽하게 맞섰다.

"차는 마저 들고 가시게."

용이 일어났다. 문을 열고 말했다.

"그리고 곳비는 자네가 함부로 입에 올릴 이름이 아니네."

용이 밖으로 나갔다.

한 달이 지나고 계절이 바뀌어도 용은 대자암에서 돌아오지 않았다. 그 사이 영교의 혼처가 정해졌다. 영교는 마음에 둔 사람이 있다며 부모님의 뜻을 따를 수 없다고 했다. 어머니는 그 처자가 궁녀가 아니냐며, 그 처자 때문에 이번 혼사를 치르지 않겠다면 자결하고 말겠다고 영교를 종용하였다.

영교는 어미의 말을 생각하며 수성궁 솟을대문 앞에 다다랐다. 영교는 곳비를 불러달라고 했지만 곳비는 나오지 않았다. 영교는 곳비의 처소로 성큼성큼 걸음을 옮겼다. 방 안에 들어서자 곳비가 놀란 눈으로 자리에서 일어났다.

"처음부터 당신을 연모했습니다. 이제 당신을 편하게 해주고 싶습니다. 병든 궁녀는 출궁할 수 있습니다. 제가 의녀를 매수해놓겠습니다. 출궁한 후 제가 모시겠습니다."

곳비는 너무 놀라 잠시 말을 잇지 못했다. 영교는 당황한 곳비의 모습을 보니 미안해졌다.

"송구합니다."

영교가 고개를 숙였다.

"제게 건네신 그 마음, 감사합니다. 하나 저는 그 마음을 받을 자격이 없습니다. 전 궁녀입니다. 이번 생에는 궁녀로서 살다가 궁녀로서 죽겠습니다."

"그럼 사람 곳비는, 여인 곳비의 삶은 어찌 됩니까?"

"사람 곳비도, 여인 곳비도 제가 입궁했을 때 이미 죽었습니다. 오로지 궁녀 곳비만 있을 뿐입니다."

"하여 행복하십니까?"

"불행하지는 않다, 그리 생각하면서 살아가렵니다. 하니 더 이상 저를 찾지 마십시오."

곳비가 한 달 내내 고민하던 문제의 해답이 영교와 대화를 하면서 나왔다. 저는 오직 궁녀 곳비일 뿐이었다.

영교를 보낸 후 곳비는 붓과 벼루를 씻어 햇볕에 말렸다. 오래전

용이 출합하면서 제게 남기고 간 물건이었다. 그동안 아까워서 쓰지
는 못하고 두고 보기만 한 물건이었다. 곳비는 붓과 벼루를 보자기
에 싸서 장 깊숙이 넣었다. 그동안 쓴 시들도 꺼내 다 태워버렸다. 서
책은 궁녀들에게 나누어주었다.

가지가 불안한 얼굴로 곳비를 붙잡고 앉혔다.

"너 왜 그러는 거야? 멀리 떠날 사람처럼……."

"이제 다시는 시를 쓰지 않을 거야."

가지의 얼굴이 더 어두워졌다.

"걱정 마. 아무 일도 없을 거야."

곳비는 가지의 어깨를 두드리며 희미하게 웃었다.

7

곳비는 대자암으로 떠나는 길에 영신의 부름을 받았다.

"자네 때문에 나도 내 인생도 엉망이 되었어. 내 평생 연모하는 사
람은 안평 대군뿐이야. 공녀로 끌려갔을 때도 대군을 잊지 못하여
병이 들었지. 대군의 곁이라면 미천한 첩의 자리도 행복했어. 또 소
주서는 어떠한가? 자네가 소 주서를 망쳤어. 소 주서는 우리 집안의
기둥이자 희망이었어. 그런 아이가 자네 때문에 부모님을 거스르고
출셋길을 마다하고 있어. 자네 때문에 나와 내 아우가 망가지는 꼴
을 더는 볼 수 없네. 하니 수성궁을 떠나게."

영신은 아름다운 얼굴에 독을 가득 품고 말했다.

"수성궁은 제집이고, 안평 대군은 제 가족입니다. 전 떠나지 않겠습니다."

곳비는 침착하게 답했다.

"자넨 대군도 망치고 있어. 대군께는 가셔야 할 길이 있네. 한데 자네 때문에 아무것도 못 하고 계시지. 대군이 대자암에 칩거하고 돌아오시지 않는 것도 자네 때문이야."

곳비는 조용히 영신의 말을 듣기만 했다. 영신은 표정을 바꾸고 곳비의 손을 잡았다.

"제발 부탁하네. 더는 대군도 내 아우도 흔들지 마시게. 자네만 없으면 모든 것이 제 자리를 찾을 게야."

"대군을 모셔 오겠습니다."

곳비는 영신의 손을 뿌리치고 뒤돌아섰다.

곳비가 대자암에 도착했을 때는 해가 진 다음이었다. 곳비는 용을 찾아 어둑한 암자를 두리번거렸다. 손에는 주 상궁이 싸준 음식 보따리가 들려 있었다. 용은 어디에도 없었다.

한 승려가 곳비를 보고 다가왔다. 곳비는 용의 행방을 묻기 위해 승려에게 다가갔다. 승려가 곳비의 앞에 섰다. 곳비가 몇 번 눈을 깜빡였다. 승려의 얼굴이 낯익었다. 깎은 머리와 해진 승복 차림의 승려는 아무리 봐도 용이었다.

"안평 대군…… 대감?"

곳비가 고개를 갸우뚱했다.

"그거 먹을 거냐?"

용이 무표정하게 곳비가 들고 있는 보따리를 가리켰다.

"꼴이…….."

"어서 먹자. 시장하구나."

용은 곳비를 뒤로 하고 성큼성큼 걸음을 옮겨 방으로 들어갔다. 곳비는 멍하니 용을 바라보다가 뭘 꾸물대고 있느냐는 채근에 걸음을 뗐다.

곳비가 보따리를 풀고, 용이 서안 위에 있는 책과 종이들을 치웠다. 곳비가 서안 위에 음식들을 차려놓았다. 하얀 쌀떡과 초록빛 나물로 부친 전, 노란 유병이 있었다.

"고기는?"

"부처님을 모시는 암자에서 무슨 고기랍니까?"

"내 누구 때문에 금욕한 지 오래되었다. 고기라도 먹고 식욕이라도 채워야 하지 않겠느냐? 아니면 사리가 나올 터이니."

"수성궁으로 돌아오시면 많이 해드리겠습니다."

"내 모습이 안 보이느냐? 돌아가지 않는다."

용이 깎은 머리를 쓰다듬었다.

"정녕 출가라도 하신 겝니까?"

"행자 수행이 끝나면 정식으로 출가할 게다."

용은 손으로 음식을 주섬주섬 집어 먹었다. 곳비의 눈이 커졌다가 다시 오므라들었다. 곳비는 눈을 가늘게 뜨고 용을 찬찬히 살폈다. 까칠한 피부, 무질서하게 자란 수염, 해진 옷. 음식을 먹는 본새가 곳비가 알던 용이 아니었다. 눈 주위에는 눈곱도 붙어 있었다. 곳비의 눈매가 낯선 짐승을 보는 것처럼 찌푸려졌다.

"손은 닦으셨지요?"

"그럼."

"얼굴이 좀…… 보기가 좋지는 않습니다. 세안은 언제 하셨습니까?"

"오늘 아침에? 아마."

"수염은?"

"깎아도 깎아도 자꾸 나서 아주 길어지면 한 번에 자르기로 했다."

곳비는 믿을 수 없었다. 우아하고 멋진 수염은 사대부의 품위에 꼭 필요한 것이라고 했다. 수성궁에 있을 때 용은 매일 아침저녁으로 정성스럽게 수염을 다듬었다.

"아니, 왜?"

곳비의 목소리가 커졌다.

"너 설마 겉모양을 보고 사람을 판단하는 소인배는 아니겠지?"

용이 곳비 가까이로 얼굴을 내밀었다. 곳비가 손가락으로 용의 눈가에 붙은 눈곱을 떼어냈다.

"오늘 아침이 아니라 어제였나?"

용이 고개를 갸웃거렸다.

"어찌하였든 내려놓으니 편하구나. 왕자의 지위도, 품위도, 책임도, 도리도…… 다 내려놓으니 좋구나. 무거운 짐을 너무 오래 지고 있었다. 고공무상무아(苦空無常無我)로다."

용이 알 수 없는 말들을 중얼거리고서는 떡을 입에 넣었다.

산사의 밤이 깊었다. 곳비는 용이 머무는 방을 등지고 쪽마루에 앉아 불탑을 바라보았다. 이름 모를 풀벌레 소리를 들으며 오래전 용과 함께 궁을 나와 산사에서 머물렀던 기억을 떠올렸다.

"그때부터였던 것 같습니다. 대군께서 절 업고 밤새도록 탑을 도셨지요. 대군의 등은 참으로 따스하고 넓었습니다. 돌아갈 가족도 집도 사라진 제게 대군의 등은 '괜찮다, 이제부터 내가 너의 가족이다.'라고 말씀하고 있었습니다. 그때부터 대군께서는 제게 아비였고, 오라비였고, 동무였습니다. 그리고 제 평생 한 분뿐인 정인이셨지요. 오래도록 대군을 사모했습니다. 대군이 절 봐주지 않던 그 시절에도, 대군이 다른 여인을 보던 시절에도, 대군이 가례를 올리고 대궐을 떠난 시절에도, 대군께 품은 연정을 거두어야만 한 시절에도, 수성궁으로 와서 궁녀로서 살아가야 하던 시절에도 대군을 사모했습니다. 그리고 이 마음 앞으로도 변치 않을 것입니다."

기척이 들렸다. 용이 방문을 열려고 하고 있었다.

"더 들어주십시오."

용이 방문에서 손을 뗐다.

"하나 이번 생은 대군을 모시는 궁녀로 살겠습니다. 대군께서는 지금처럼 왕자로 사십시오. 다음 생에 또 대군을 만나겠습니다. 저는 왕자, 대군은 내관으로 사십시오. 그리고 그다음 생은 대군도 궁녀도 아닌, 왕자도 내관도 아닌, 똑같이 귀하거나 똑같이 천한 남녀로 만나 백년해로하겠습니다. 하니 수성궁으로 돌아오십시오. 소녀가 최선을 다해 대군을 잘 모시겠사옵니다."

곳비의 입가에 엷은 미소가 떠올랐다. 목소리도 편안했다.

용이 방문을 열고 곳비의 자그마한 어깨를 바라보았다. 산사의 밤 냄새가 낯설지 않았다. 용도 오래전 산사까지 자신을 따라왔던 어린 곳비를 기억했다. 곳비는 같은 곳비인데 그때의 곳비는 없었다. 그때의 곳비라면 이리 쉽게 체념하지는 않으리라. 곳비의 나이 서른을 넘겼다. 누가 뭐래도 어엿한 궁녀의 모습을 갖추고 있었다. 그 사실이 용을 슬프게 했다.

"대군으로서의 삶이 이제 의미가 없구나. 풍진에서의 삶이 덧없구나. 날이 밝으면 돌아가거라. 다만……."

용은 왜인지 모르게 수양 대군이 마음에 걸렸다. 사람을 좋아하지 않던 수양 대군이 사람들과 교류하고 문객을 들이고 있었다. 용은 고개를 저었다. 괜한 기우일지 모른다. 수양 대군은 주상과도 세자와도 사이가 좋다. 그리고 제 처남들과도 친분이 두텁다. 처남들은 저보다 수양 대군을 더 따랐다. 수양 대군이 제 집안을 핍박하는 일은 없으리라.

"날이 밝으면 돌아가거라."

용이 문을 닫았다. 문창지 위로 맺히는 곳비의 그림자를 바라보다가 고개를 떨구었다.

용이 대자암으로 떠나고 계절이 네 번 바뀌었다. 그동안 용은 수성궁으로 돌아오지 않았다. 산사에서 용을 모시고 있는 양 내관이 이따금씩 수성궁에 들러 소식을 전하고 필요한 것들을 챙겨 갔다.

곳비는 오늘도 주인 없는 비해당에 있었다. 책 먼지를 털어내고 서안과 탁자를 닦았다. 지난 일 년간 곳비는 매일 비해당을 청소하고, 꽃도 꽂아두고, 새 책도 가져다 놓으면서 방주인을 기다렸다. 정리를 끝낸 곳비가 자리를 보며 고개를 숙였다.

"대감, 오늘도 평안하십시오."

"그럴 리가."

용의 목소리였다. 곳비가 얼른 뒤를 돌아보았다. 용이 대청에 서서 저를 보고 있었다. 상투를 틀고 갓을 쓰고 있었다. 비단 도포도 입고 있었다. 곳비가 입을 벌리고 소처럼 눈을 끔뻑였다. 곳비의 눈시울이 촉촉해졌다. 고개를 돌렸다가 용을 다시 보았다.

"대감, 어쩐 일이십니까?"

"성상께서 이번에도 안 오면 직접 사약을 들고 오신다고 하니 별수 있나? 어명을 따라야지."

용이 방으로 들어와 자리에 털썩 주저앉았다. 곳비가 선 채로 물었다.

"그럼 이제 승려는 아니 되시는 게지요?"

"다음 생애에 널 위한 내시로 태어나기 위해 내 해탈의 길을 잠시 미루었느니라."

곳비가 웃었다. 오랜만에 들어보는 용의 농이었다.

"아무렴, 조선 최고 한량이 해탈하기가 그리 쉽겠습니까?"

"넌 날 잘 모시겠다 하였으니 우선 잘 모셔보거라."

곳비가 멀뚱히 서 있었다.

"뭐 하느냐? 서둘러 입궐해야 하니 정복부터 내오너라. 아니, 씻어야겠으니 어서 차비하거라."

"예."

곳비가 허둥지둥 방을 나갔다.

잠시 후 노비들이 물과 의복을 들고 왔다. 용은 노비들을 보내고 곳비를 불렀다.

"소세."

용이 양반다리를 하고 앉아서 말했다. 곳비는 멀뚱히 서서 용을 바라보았다.

"뭐 하느냐? 소세."

"소녀가요?"

"잘 모시겠다고 하지 않았느냐? 아니냐? 모시는 일을 하지 말고 다른 일을 하겠느냐?"

"아니요. 모십니다, 모셔요."

곳비는 세숫대야를 용의 앞에 옮기고 얼굴을 씻겼다. 얼굴에 묻은 물을 닦아내고는 몸을 닦고 머리를 빗기고 옷을 입혔다.

"다녀와서는 목간도 해야겠으니 차비해놓거라."

"목간까지요?"

곳비가 얼굴을 찡그렸다.

"이미 넌 오래전에 내 알몸을 다 보지 않았더냐?"

"대감!"

곳비는 눈을 흘기며 얼굴을 붉혔다. 용이 웃으며 나가려다 말고 말했다.

"참, 온양 온정에서 네 몸을 씻기고 네 옷을 갈아입힌 이가 진정 주 상궁이었을까?"

"아!"

곳비가 소리를 질렀다.

"이제야 수성궁에 돌아온 실감이 나는구나."

용이 소리 내어 웃으며 방을 나갔다. 곳비가 수건을 주워 문을 향해 던졌다.

임금은 더 수척해 보였다. 용은 대전에 입시하기 전 내관에게 임금이 종기로 고생하고 있다고 들었는데 마주한 임금은 예상보다 더 몸이 나빠 보였다. 용은 걱정스러운 얼굴로 임금의 안부를 여쭈었다. 임금은 괜찮다고 하면서도 이따금씩 몸을 움직이며 고통스러운 듯 얼굴을 찡그렸다.

잠시 후 두 사람은 수라를 들었다. 수라상에는 꿩고기가 올라왔다. 임금은 용에게도 꿩고기를 권했다. 보양에 좋다고 하였다. 용은 꿩고기를 받아 맛나게 먹었다. 임금은 아비처럼 흐뭇하게 용이 먹는 모습을 보았다.

수라를 끝내고 세자가 들어왔다. 세자는 태어난 지 사흘 만에 어미를 여의고 세종 대왕의 후궁인 혜빈의 손에서 양육되었다. 그래서인지 임금에게도 용에게도 안쓰러운 손가락이었다.

용은 세자와 인사를 나누고, 요즈음 무슨 책을 읽고 있는지 물었다. 세자는 세종 대왕께서 친히 편찬하신 '자치통감훈의'를 읽고 있다고 했다. 세자는 용이 감수한 '의방유취'에 대해서도 이야기했다. 용은 교동에 머무를 때가 있었는데 그때 산야에서 직접 보고 캔 약초들이 '의방유취'를 감수하는 데 도움이 되었다고 했다. 세자는 무슨 일로 교동에 거주하였는지 물었고, 용은 사모하는 여인을 찾아 교동에 가게 되었다고 답했다.

세자는 열두 살 소년다운 외모를 가지고 있었지만 언행은 제 나이

보다 더 어른스러운 데가 있었다. 용은 세자의 총명함에 감복하면서 생전에 세자를 사랑하신 부왕을 떠올렸다.

두 사람이 이야기를 마무리했을 때, 임금은 세자에게 용에게 절을 올리라고 명했다. 당황하는 용과 달리 세자는 일어나서 용에게 큰절을 하였다.

"저하."

용이 무릎을 꿇으며 맞절을 하였다.

"세자, 숙부는 아비 대신이니라."

"예, 아바마마. 명심하겠사옵니다. 잘 부탁드립니다, 숙부님."

세자가 용을 향해 다시 한번 고개를 숙였다.

"저하, 소신은 전하와 저하의 신하이옵니다."

용이 다시 고개를 숙였다.

세자가 나가고 용이 나지막이 임금을 불렀다. 하지만 목이 메어 더 이상 말이 나오지 않았다. 오늘 임금이 저를 부른 뜻을 알았다. 임금은 사후를 대비하고 있었다. 그때가 머지않았다는 것을 임금도 용도 알고 있었다. 용은 슬픔을 삼키고 부러 밝게 말했다.

"하면 이제 사약은 받지 않아도 되옵니까?"

"신년 하례연에도 오지 않은 불충한 놈을 그냥 둘 수는 없지. 옛다, 받거라."

임금이 용에게 두루마리를 던졌다. 용이 두루마리를 펼쳐 임금의 친필을 읽었다. 놀란 용이 눈을 크게 뜨고 임금을 바라보았다.

"전하……."

용이 말을 잇지 못하고 고개를 숙였다.

"성은이 망극하옵니다."

용이 눈물을 흘리며 외쳤다.

영신은 후원에서 인왕산 자락을 바라보며 미소를 지었다. 용의 측
근인 이현로의 말을 떠올리며 산처럼 높고 큰 뜻을 품었다.

용이 돌아왔다는 소식을 듣고 이현로가 다녀갔다. 용이 출타하는
바람에 이현로는 용을 만나지 못하고 대신 영신을 만나 선물을 전했
다. 그가 영신에게 전한 건 새로운 희망이었다. 이현로는 일찍이 용
을 따랐다. 세간에서는 이현로를 일러 안평 대군의 '장자방'이라고
하였다. 영신은 이현로가 용의 곁에 있다는 사실에 새삼 감사했다.
하늘이 저를 버리지 않은 것 같았다.

등 뒤에서 인기척이 들렸다. 곳비를 불러놓은 터였다. 영신이 환하
게 웃는 얼굴로 곳비를 맞았다. 오랜만에 보이는 웃음이었다. 영신은
곳비를 데리고 방 안으로 들어갔다. 손수 차를 우려 곳비에게 따라
주었다. 곳비가 찻잔을 잡으며 감사 인사를 했다.

"내가 독이라도 탔으면 어쩌려고?"

곳비가 멈칫했다. 영신이 소리 내어 깔깔 웃었다. 곳비는 차를 한
모금 마셨다.

"오늘따라 기분이 좋아 보이십니다."

영신이 차를 한 잔 더 따라주며 말을 꺼냈다.

"암, 좋다마다. 대군께서는 새로 부부인을 맞으시고, 부부인과 함
께 대업을 이루실걸세."

소싯적 곳비는 용의 색시가 되겠다고 꿈꾸었다. 장성하여서도 제

가 궁녀가 아니라 용의 부인이라면 얼마나 좋을까 바란 적도 있었다. 하지만 지금은 아니었다. 저는 궁녀이고, 궁녀로서 대군을 잘 모시겠다는 생각뿐이었다. 하여 영신의 말은 불편하고 억울했다.

"제게 이런 말씀을 하시는 연유가 무엇입니까?"

"대군의 마음을 자네도 잘 알고 있지 않은가? 대군의 곁에 있어야 할 사람은 대군이 연모하는 사람이 아니라 대군께 필요한 사람이라는 것도 물론 잘 알고 있다고 생각하네."

곳비가 찻잔을 든 채 영신을 보았다. 영신의 눈이 반짝였다.

"하니 자네가 대군의 길에 방해가 되어서 되겠는가? 더 이상 대군의 심사를 어지럽히지 말고 떠나주시게. 대궐로 가도 좋고, 다른 왕자방으로 가도 좋고, 아니면 정현 옹주방으로 가도 좋네. 어디든지, 대군의 곁만 아니면 되네. 자네도 대군과의 사사로운 정은 다 잊고 자네의 길을 가시게. 상궁도 되고, 아니 상궁이 대수이겠나?"

'후궁의 반열에도 오를 수 있는 것을.'

영신은 왕자를 생산하고 나서는 곳비를 다시 부를 수도 있겠다고 생각하였다. 자신은 더 이상 대군의 첩실이 아니라 한 나라의 국모일 터이니 마음을 넓게 써야 했다. 소헌 왕후처럼 후궁들을 보듬어 안고, 내명부를 잘 다스려야 했다.

"대군께서 대업을 이루시면 훗날 내 자네를 다시 부르지."

곳비는 영신의 말뜻을 가늠하지 못했다. 어쨌든 제 존재가 용에게 걸림돌이 된다는 뜻일 터였다. 용이 저 때문에 석고대죄를 하고, 세간의 입에 오르내리고, 산사에 칩거하였으니 하는 말일 터였다. 그리고 영신과 영교에게도 제 존재가 불편하다는 것을 알고 있었다.

"하니 지금은 떠나주시게."

영신이 미소를 지으며 곳비의 손을 잡았다.

"싫습니다."

곳비가 단호하게 말했다.

용은 퇴궐하고 돌아오자마자 곳비부터 찾았다. 용의 목소리가 적요하던 비해당 뜰을 흔들었다. 양 내관과 주 상궁이 웃었다. 이제야 용이 돌아온 것이 실감 났다.

곳비가 방 안으로 들어오자 용이 양팔을 벌리며 곳비를 불렀다. 곳비가 얼굴을 붉혔다.

"옷까지 벗겨드려야 하옵니까?"

"그럼 내가 벗을까?"

"아, 아니요."

곳비가 다가와 용의 탈의를 도왔다. 발끝을 세워 사모를 벗기고 대를 풀었다. 매듭단추를 풀고 단령을 벗겼다. 오랜만에 하는 일이라 저도 모르게 이마에 땀 이슬이 맺혔다. 일을 마치고 곳비가 한숨을 쉬었다.

"술이랑 고기도 준비했겠지. 고기는 화로에 올려 두 번만 뒤집은 것으로."

"아니요?"

"왜?"

"분부가 없으셔서……."

"날 잘 모시겠다면서, 궁녀로서. 넌 내가 꼭 말을 해야 아느냐? 우리 대군께서 산사에서 풀떼기만 드시다 오셨는데 고기를 올려야겠다, 이런 생각은 못 하느냐? 응?"

반 시진 후 술과 고기와 색색의 안주로 차린 술상이 들어왔다. 용은 음식을 먹으면서도 싱겁다, 짜다, 심심하다, 맛이 없다, 뜨겁다, 차다 불평했다.

목욕을 할 때도 곳비를 불러대며 물의 온도가 너무 뜨겁다, 차다 불평했으며 잠자리에 들기 전에도 곳비를 불러 침의의 촉감이 미끄럽다, 거칠다면서 불평했다. 이불의 색이 마음에 들지 않는다는 불평에 마침내 곳비가 한숨을 쉬며 얼굴을 찡그렸다. 용은 곳비의 모습을 놓치지 않았다.

"한 해 전 대자암에서 대군과 궁녀로 살자고 하였지. 날 잘 모시겠다고 하면서. 이래도 날 잘 모실 수 있겠느냐? 궁녀로서?"

곳비는 '아니요' 라고 외치고 싶었지만 꾹 참았다.

"어림없는 소리."

용이 콧방귀를 꼈다. 곳비는 어금니를 앙다물고 참았다.

"잘 모신다고 하였는데 네 하는 꼴을 보니 잘 모시기는 영 글렀구나."

용이 곳비에게 다가왔다. 팔을 뻗어 한 손으로 곳비의 허리를 감싸 바짝 끌어당겼다. 곳비가 거부할 새도 없이 곳비의 귓가에 제 입을 가져갔다.

"하여 이제는 내가 너를 어부인으로 잘 모셔볼까 하는데?"

"예?"

용이 곳비에게 두루마리를 건네주었다. 낮에 임금께 받은 두루마리였다. 곳비가 두루마리를 펼쳤다. 곳비가 놀라 용을 올려다보았다. 용이 고개를 끄덕였다.

간가 곳비는 더 이상 궁녀가 아니다.

임금의 특별 교서. 곳비가 왈칵 눈물을 쏟았다. 용이 곳비를 꼭 껴안았다. 곳비의 등을 쓸어내리는 용의 손길이 부드럽고 따사로웠다.

문방오우(文房五友)

1

곳비가 울었다. 작은 몸을 떨면서 울었다. 서럽게, 슬프게 울었다.

"곳비야, 남들이 보면 초상이라도 난 줄 알겠다. 좋은 날 왜 이리 섧게 우느냐?"

용은 곳비의 눈물을 닦아주었다. 곳비가 고개를 들었다. 용이 고개를 끄덕이며 곳비의 붉은 빰을 감쌌다.

"그리고 내가 기다리고 바라던 날이다."

용은 품에서 붉은 비단을 꺼내 펼쳤다. 금비녀가 반짝 모습을 드러냈다.

"안평 대군 이용, 그대 단곳비를 부인으로 맞아 여생을 함께하고 싶소."

용이 곳비의 손바닥에 금비녀를 올려놓았다. 머리에 봉황이 새겨진 봉잠이었다. 혼례 때 꽂는 비녀였다. 용의 취향을 반영하여 왕비나 세자빈의 봉잠만큼 화려하고 고급스러웠다. 곳비는 봉잠을 어루만지며 영신의 눈빛을 떠올렸다.

어느 때보다 맑고 또렷한 눈빛으로 영신이 물었다. 대군 부인의 자리가 어떤 자리인 줄 아느냐고. 곳비가 머뭇거리자 영신이 답했다.

─선대왕 마마의 며느님, 금상 전하의 제수, 세자 저하의 숙모님이 되는 자리일세. 외명부 정1품 부부인의 봉작을 받고, 궁중의 모든 행사에 참석하여 외명부를 이끌어야 하고, 중전마마가 아니 계신 지금 내명부도 챙겨야 하네. 대군의 아드님이신 의춘군과 덕양정의 어미가 되고, 그 부친은 정1품에 추증되어 두 아드님의 외조부가 되지. 대군과 연정 따위를 주고받는 자리가 아니라는 말이야. 대군의 명예를 드높일 뿐만 아니라 대군께서 대업을 이루시는 데 물심양면으로 조력할 수 있어야 하네.

영신의 말에 기가 질린 곳비가 물었다.

─도대체 대군께서 이루셔야 할 대업이 무엇입니까?

영신이 입꼬리를 슬며시 올리며 웃었다.

─봉황의 뜻을 참새가 어찌 알겠는가? 자네 같은 이는 감히 상상조차 할 수 없는 일이지.

참새는 감히 상상조차 할 수 없는 대군의 대업이라면……. 곳비는 입술을 깨물었다. 입에 담는 것조차 허락되지 않은 일을 용이 꿈꾸고 있단 말인가. 아니다. 곳비가 아는 용은 결코 충의를 저버릴 사람이 아니었다.

─봉황의 뜻은 제 알 바 아니오나 안평 대군께서 다른 뜻을 품고 계시지 않다는 사실은 잘 알고 있사옵니다.

영신이 '후' 하고 웃었다.

─대군은 지금 알에 갇혀 계시네. 봉황이 그 알을 품으면 대군 또한 봉황이 되어 알을 깨고 나오실 테고, 참새가 그 알을 품으면 대군 또한 참새가 되어 알에서 나오시겠지.

─참새면 어떻습니까? 대군께서 형제로서, 신하로서 충의를 다하시고 만족하시는데요.

─순진한 사람. 두 눈을 시퍼렇게 뜨고 참새를 쪼아 먹으려고 호시탐탐 기회를 노리는 독수리가 있지 않은가.

수양 대군이었다. 언제부터인가 수양 대군은 용과 척을 지고 있었다.

─대군께서 봉황이 되어 뜻을 품고 날갯짓을 하셔야 사실 수 있네.

곳비는 영신의 말에 기가 질려 한숨을 토했다.

용이 곳비의 손을 잡았다.

"내년에 국상이 끝나면 가례를 올리자. 전하께서도 윤허하셨다. 내 그때 이 비녀를 직접 올려주마."

곳비는 가만히 비녀만 쳐다보았다. 저는 더 이상 궁녀가 아니었다. 자유의 몸이었다. 하여 용의 곁에 있을 수 없었다. 이제 궁녀로서도 용의 곁에 머무를 수 없었다.

"곳비야, 뭐라고 말 좀 해보렴."

곳비가 고개를 들었다.

"대감."

"응, 그래."

"안 됩니다."

곳비가 고개를 저었다.

"무엇이?"

"전 대감의 부인이 될 수 없습니다."

"너는 이제 궁녀가 아니다. 보아라. 주상 전하께서 직접 교서를 내려주시지 않았느냐? 너는 이제 여염의 여인이다. 네 뜻대로, 네가 원하는 삶을 살 수 있다."

"그럼 제 뜻대로 살겠습니다. 전 이제 이 풍진(風塵)을 떠나 정업원으로 가겠습니다."

정업원은 선대왕의 후궁이나 궁을 나온 궁녀가 머무는 사찰이었다.

"네가? 비구니가 되겠다고?"

용이 웃었다. 곳비가 진지한 얼굴로 용을 바라보았다. 용이 웃음을 그치고 곳비를 보았다.

"곳비야…… 농이지?"

"농이 아니옵니다."

"왜 그러느냐? 그간 내 널 많이 놀렸다고 이리 갚아주느냐? 내 잘못했다. 미안하다. 하니 농은 하지 말거라. 그런 얼굴도 하지 말거라."

"대감, 진정이옵니다."

"나를 떠나겠다고. 이제 우리가 함께할 수 있게 됐는데 나를 버리고 가겠다고?"

"자주 찾아뵙겠사옵니다."

용이 손을 들어 제 이마를 짚으며 한숨을 쉬었다.

"미친 게 아니야? 잠시 네가 바보가 된 게야? 그래. 필시 바보가 된 게야. 바보가 되어 내 뜻을 이해하지 못한 게야."

용이 교서를 잡고 흔들었다.

"보아라. 넌 이제 궁녀가 아니다. 이제 네 뜻대로 살 수 있다는 말이다."

"예, 제 뜻대로 대군을 떠나 정업원에서 살겠습니다."

"단곳비, 미쳤느냐?"

"미치지 않았사옵니다."

"아니야. 네가 미친 게 분명하다."

"미친 건 대군이시지요. 어떻게 제게 청혼을 하십니까?"

"그래. 내 미쳤다. 내 너한테 미쳐서 머리를 깎고 대자암에 처박혀서 감히 성상께 시위를 하였다. 내 너한테 미쳐서 부왕의 유지를 어기고 너를 양인으로 만들고 청혼을 하였다. 내 너한테 미쳐서 이 중요한 시기에 너와 가례를 올리고 도성을 떠날 생각을 하였다."

용의 음성이 높아졌다.

"대감, 이제 그만 미몽에서 깨어나 돌아오십시오. 대군께는 대군의 길이 있고, 저는 그 길을 함께 갈 수 없습니다."

곳비가 일어섰다. 양 내관이 밖에서 용을 찾았다. 용이 일어나 곳비의 손을 잡았다.

"대감."

양 내관이 문밖에서 용을 불렀다.

"물러가라."

"대감, 급히 아뢸 말씀이 있사옵니다."

"물러가라 했다."

"대감."

용이 신경질적으로 문을 열어젖혔다.

"물러가, 물러가. 물러가란 말이다."

양 내관이 무릎을 꿇었다.

"대감, 죽더라도 아뢰겠나이다. 대궐에서 승전색이 왔사온데 주상 전하께서 승하하셨다고 하옵니다."

용이 곳비를 향해 고개를 돌렸다. 곳비가 축축한 눈으로 용을 바라보았다. 용이 눈물을 떨구었다.

"전하."

"전하!"

뜰에서 궁녀와 내관들이 무릎을 꿇고 울부짖는 소리가 들렸다.

곳비와 용이 서로를 바라보며 눈물을 삼켰다. 곳비가 먼저 눈물을 흘리며 엎드렸다. 용이 주저앉아 눈물을 흘렸다. 곳비가 흐느끼고, 용이 울었다. 수성궁이 통곡했다.

사정전에 빈소가 차려졌다. 열두 살 임금이 즉위하고 교서를 반포하였다. 용은 빈전을 바라보며 대행왕과 나눈 마지막 대화를 떠올렸다. 대행왕은 곳비의 해방 교서를 용에게 건네주고 말했다.

─부왕의 뜻이었다.

용은 곳비의 이야기를 꺼내며 말을 잇지 못하고 숨을 내뱉지 못하시던 부왕의 모습을 떠올렸다.

─왕권이 안정되면 곳비와 너를 이어주라고 하셨다. 하나 시간이 없을 듯하구나.

용은 눈물을 훔치며 빈전으로 들어갔다. 어린 임금이 빈전에 홀로 앉아 어깨를 떨며 눈물을 짓고 있었다. 용이 다가갔다.

"전하, 인간사 영원한 것은 없사옵니다. 만나면 헤어지는 것이 인간의 숙명이옵니다. 떠날 때가 되면 누구나 떠나야 하는 법이옵니다."

용은 임금을 위로하면서 곳비를 떠올렸다. 제게 하는 말 같았다.

용은 닷새 만에 비해당으로 돌아왔다. 옷도 갈아입지 않고 쓰러지듯 자리에 누웠다.

'곳비도 떠날 때인가.'

용은 눈을 감고 숨을 길게 내쉬었다.

곳비가 소반을 들고 방 안으로 들어왔다. 대군의 꼴이 말이 아니라며 주 상궁이 들려 보낸 죽상이었다. 용이 일어나 소반을 받으려고 했다. 곳비는 상을 놓지 않았다.

"이리 다오."

"괜찮습니다."

용이 소반을 당겼다.

"내가 들겠다."

곳비가 팔에 힘을 주었다.

"제가 하겠습니다."

용도 힘주어 소반을 잡았다.

"이제 네 일이 아니다."

곳비가 소반을 놓지 않았다.

"대감의 일도 아니옵니다."

"네 한 번도 내게 져준 적이 없지. 늘 나를 이겨 먹어야 속이 시원하냐?"

"이번에도 져주시겠습니까?"

"그래."

용이 손을 뗐다. 곳비가 소반을 바닥에 내려놓았다.

"고집쟁이……."

용이 입술을 내밀었다. 곳비는 용을 보지 않고 죽을 저었다.

"늘 고집을 부려도 끝까지 나를 이겨 먹어도 나는 너를 은애한다."

곳비는 고개를 숙인 채 살짝 미소를 짓다가 무뚝뚝하게 말했다.

"잣죽입니다. 한술 뜨십시오."

"나를 봐주지 않아도 낯선 이처럼 나를 대해도 나는 너를 은애한다."

곳비가 고개를 들고 용을 쳐다보았다.

"지금 이 지경에 연정 타령이 나오십니까?"

"내 어마마마를 잃고 삼년상을 겨우 끝내자마자 부왕을 보내드려야 했다. 이번에는 부왕의 국상을 마치기도 전에 형님을 잃었다. 이 지경에 너마저 없으면 내 어찌 살겠느냐?"

용은 젖은 빨래처럼 어깨를 늘어뜨리고 어미 잃은 강아지처럼 가여운 얼굴을 했다.

"전 대감의 짝으로 어울리지 않사옵니다."

"내게 어울리는 사람은 내가 은애하는 여인이다. 넌 내가 은애하는 여인이고, 네 곁에 설 수 있는 여인은 너밖에 없다."

"대감은 대군이시고, 저는 아무것도 아닙니다."

"너는 안평 대군 이용이 은애하는 유일한 여인, 단곳비이다. 내가 너만을 은애하고 너만을 원하는데 네게 무슨 자격이 더 필요하겠느냐? 설령 네가 천인이라 하여도 내 연정 외에 네게 필요한 자격은 없다. 하물며 너는 양인이다. 내게 차고 넘치는 짝이다."

"하나⋯⋯."

'쉿.' 하며 용이 검지를 곳비에 입술에 가져다 대었다. 곳비가 얼굴을 찡그리며 뒤로 물러났다.

"죽이 식겠다."

용은 죽을 떠먹었다. 곳비가 말없이 용을 바라보았다. 용이 대군이 아니면 얼마나 좋을까, 생각했다.

"내 너를 위하여 대군의 자리도 버릴 수 있다. 하나 아직은 아니다. 주상께서 장성하실 때까지 시간을 다오."

용은 임금을 떠올렸다. 임금은 눈물을 훔치며 용을 바라보았다.

─숙부, 과인은 두렵습니다. 무섭습니다.

그 맑고 깨끗한 눈이 말하고 있었다.

─전하, 신 이용, 목숨을 걸고 주상 전하를 지키겠사옵니다.

진심이었다. 용은 목숨을 걸고 전하도 곳비도 지키겠다고 다짐하면서 수성궁으로 돌아왔다.

곳비는 제 생각을 들킨 것만 같아 얼굴이 화끈거렸다. 아무래도 용의 곁을 빨리 떠나야 할 것 같았다. 용의 곁에 더 있다가는 영영 떠날 수 없을 것 같았다.

"하니 내 곁에 머물러다오. 내 매번 져주었으니 너도 한 번은 내 뜻을 따라다오."

"잊으셨습니까? 이제 소녀는 대군의 허락이 필요 없는 몸입니다."

"정녕 네 뜻을 굽히지 않을 테냐?"

"예, 이번에도 제 뜻을 존중해주십시오."

용이 고개를 끄덕였다.

"그래. 이제 네 뜻이 어명보다 더 중하지. 하나 아직은 널 보낼 준비가 되지 않았구나. 잠시만, 아주 잠시만 내 곁에, 아니 수성궁에 더 머물러다오."

용이 쓸쓸한 얼굴로 말했다. 곳비가 고개를 끄덕였다. 용은 말없이 죽을 떠서 먹었다. 곳비도 말없이 용을 보며 생각했다.

'잠시가 언제일까.'

"내가 죽을 때까지, 그때까지만, 잠시만 내 곁에 있어다오."

"예?"

곳비가 용의 말뜻을 헤아리지 못하고 고개를 갸웃거렸다.

"살아있는 동안은 내 곁에 있어야겠지. 처녀와 홀아비가 한집에서 살면 말이 많을 테니 가례를 올려야겠구나. 국상 중이니 삼 년 후에 가례를 치르자꾸나."

"그건 잠시 머무는 게 아니잖아요."

"그럼 내 서둘러 죽으랴?"

"대감!"

곳비가 온 얼굴을 붉히며 소리를 질렀다.

"얼굴을 붉혀도 화를 내도 은애한다, 내 고운 곳비야."

용이 이를 드러내고 웃었다.

곳비가 비해당 서재로 들어왔다. 서재의 책과 글을 정리하는 일은 곳비의 몫이었다. 펼쳐놓은 책은 색종이를 끼워서 덮은 다음 사방탁자 위에 두었고, 덮인 책들은 책장 안에 넣어두었다. 글과 글씨는 둘 것과 버릴 것을 구분해서 정리했다.

곳비는 글을 챙기다가 손놀림을 멈추었다. 생경한 필체였다.

큰 하늘은 본래 고요하고 공허하니 (大空本寂寥)

현묘한 조화를 누구에게 물으랴 (玄化憑誰訊)

사람의 일이 진실로 어그러지지 않으면 (人事苟不差)

비 오고 볕 나는 것이 그로 말미암아 순응한다 (雨暘由玆順)

바람을 따라 도리 (桃李)에 부딪히면 (隨風着桃李)

화사하게 꽃소식을 재촉한다 (灼灼催花信)

촉촉한 윤기가 보리밭을 적시면 (沾濡及麥隴)

온 땅이 고르게 윤택해지리 (率土均澤潤)*

"절재(節齋, 김종서의 호) 대감께서 대군께 주신 시이군요."

영교의 목소리에 곳비가 고개를 들었다. 영교가 제 곁에 서 있었다. 백립을 쓰고 백의를 입고 있으니 속세 사람이 아닌 듯 보였다. 곳비가 한 발 뒤로 물러나 방문이 열려 있는지 확인했다.

"송구합니다."

영교가 방문 밖으로 물러났다.

---

* 단종 즉위년 6월 30일 신묘 1번째 기사, 1452년 명 경태(景泰) 3년, 김종서가 안평 대군에게 인심 수습과 모반을 재촉하는 시를 주다. ―〈단종실록 1권〉

"대군께서는 입궐하셨습니다."

"예, 저는 신경 쓰지 마십시오."

영교가 먼 산을 보면서 말했다. 곳비는 다시 글을 챙겼다.

영교는 글씨를 정리하는 곳비를 보면서 마음이 착잡해졌다. 어제 누이 영신이 다녀갔다. 영신은 곳비가 곧 정업원으로 갈 예정이니 국장이 끝나는 대로 혼례를 올리라고 했다.

─대군과 널 지키기 위해 내가 곳비에게 수성궁을 떠나라고 종용하였다. 대군과 널 지키기 위해서 난 못할 일이 없으니 더 이상 날 나쁜 사람으로 만들지 말거라.

대군을 연모하는 누이의 마음을, 곳비에게서 대군을 지키려는 누이의 마음을 이해는 하였다. 저 또한 곳비를 연모하기에 대군에게서 곳비를 지키고 싶었다. 하지만 곳비를 정업원으로 보낼 수는 없었다.

밖에서 여종이 청소를 해도 되겠냐고 물었다. 곳비는 여종을 들이고 서재를 나와 영교에게 말했다.

"오늘도 대군께서는 날이 저물고 퇴궐하실 모양입니다. 기다리려면 자리를 옮기시지요."

"오늘은 항아님을 뵈러 왔습니다."

곳비와 영교는 방을 나와 누마루에 올랐다. 여종이 다기를 가져왔다. 곳비가 차를 내려 영교를 대접했다. 영교가 차를 한 모금 들고 입을 열었다.

"정업원으로 가신다고 들었습니다."

"예."

"제 누이 때문이라면 정업원으로 가지 않으셔도 됩니다."

"아씨 때문이 아닙니다."

"안평 대군의 궁녀로서 살겠다고 하시기에 항아님을 포기하였습니다. 하나 항아님이 비구니로 사는 건 두고 볼 수 없습니다. 항아님이 저를 봐주실 때까지 기다리겠습니다."

곳비가 주변을 돌아보았다. 노복이 마당을 쓸고 있었다.

"광평 대군과 선대왕마마를 위해 기도를 올리고 싶습니다. 그 또한 궁녀로서 사는 길입니다."

곳비가 찻잔을 들고 한 모금 마셨다.

용은 퇴궐하여 고명대신과 잠시 자리를 같이한 후, 수성궁으로 돌아왔다. 영교가 비해당에서 용을 기다리고 있었다.

"자네가 왜 왔는지 알겠네. 곳비는 정업원으로 보내지 않을 것이네. 내 곳비에게 청혼을 하였네."

"궁녀에게 청혼이라니요?"

곳비가 말하지 않은 게로구먼. 용이 여유 있게 웃었다. 괜히 기분이 좋아졌다.

"곳비는 더 이상 궁녀가 아니네. 대행왕께서 직접 교서를 내리셨네."

영교가 놀라서 말을 잇지 못했다. 왜 곳비는 이 사실을 제게 말하지 않았는지, 이제 저는 정녕 곳비에게 벗도 아니란 말인지. 서운하고 속상했다. 영교는 곳비가 해방되었다는 소식에 기쁘면서도 곳비가 제게 거리를 둔다는 사실에 착잡해졌다

"항아님이 대군의 청혼을 받아들였습니까?"

"그건 아니지만……."

"그럼 제게도 기회가 있군요."

영교가 안도하며 미소를 지었다.

"곳비에 대한 마음이 아직 그대로인가?"

"연정이 어찌 변할 수 있겠습니까? 물론, 대군 같은 분도 계시지만……."

"자네 누이 때문에 나를 책망하고 있군."

"아닙니다. 대군이 아니었다면 누이는 환향한 공녀로 내내 손가락질받았겠지요. 허울뿐이더라도 대군의 여인으로 사는 게 낫겠지요."

영교는 더 이상 누이를 사랑하지 않는 용에게 서운해하면서도 어쨌든 누이를 받아준 용에게 감사하고 있었다.

"자네 누이도 그 허울을 벗고 자기의 삶을 살도록 내 물심양면 지원할 걸세. 하나 곳비에 대한 내 마음도 변한 적이 없네."

"그럼 선택은 항아님, 아니 낭자에게 맡기죠."

"자네 곳비를 두고 나와 연적이라도 되겠다는 건가?"

"낭자를 행복하게 해줄 수만 있다면 못할 것도 없지요. 낭자가 저를 봐줄 때까지 기다리겠습니다."

"하하하."

용이 소리 내어 웃었다.

"우리 곳비를 이리 아껴주는 이가 있으니 내 참으로 든든하이. 하하하."

양 내관이 안녕히 주무시라는 인사를 하고 나가려던 참이었다. 용은 양 내관을 불러 세웠다.

"내 오늘 잠이 안 올 듯하구나."

양 내관이 용의 시선을 피해 이마를 찡그렸다.

"네게 안마를 받아볼까, 아니면 곳비가 끓인 대추차를 먹어볼까……."

"고, 고, 곳비가 왔습니다."

"어디?"

"안 들리십니까? 대추차를 가져 왔다는데요. 지금 들어오라고 하겠사옵니다."

양 내관은 기름에 튀겨지는 콩처럼 재바르게 방을 나갔다.

한 다경 후 곳비가 대추차를 들고 왔다.

"앗, 뜨거워."

용이 찻잔을 들다가 내려놓았다.

"속히 들라 하시어 식힐 시간도 없었사옵니다."

"부르기 전에 매일 밤 가져오면 좋지 않느냐?"

"요즈음은 고단하시어 잘 주무시지 않사옵니까?"

"내 고단하여 잘 자는지 어찌 아느냐? 밤마다 내가 자는지 자지 않는지 살핀 게야?"

"얼음을 가져오겠습니다."

곳비가 정색하고 일어서려고 했다. 용이 곳비의 치맛자락을 잡았다.

"얼음은 너무 차서 싫다. 네가 식혀다오."

곳비가 용을 쳐다만 보았다.

"어서."

용이 투정하듯 재촉했다. 곳비는 찻잔을 들고 호호 불기 시작했다.

"낮에 소 주서를 만났다면서?"

"예."

"별말 없었고?"

"예."

"널 아직도 좋아한다던데?"

"예."

"'예'밖에 할 줄 몰라?"

"지금 대추차를 식히고 있지 않습니까?"

"그만하거라."

용이 웃었다.

"대추차가 아니라 네가 보고 싶어서 불렀고, 대추차를 식혀달라는 게 아니라 내 곁에 있어달라는 게다. 너도 알지 않느냐?"

곳비가 잠자코 있었다.

"곳비야, 궁녀가 아니면 어찌 살고 싶으냐?"

"……."

"네 어릴 때 내 색시가 되고 싶다 하였지."

"지금은 아닙니다."

"그래. 하나 네 궁녀가 아니라면, 아니 처음부터 궁녀가 아니었다면 좋은 낭군을 만나 아이도 낳고 오순도순 살고 싶었겠지?"

"그야 뭐……."

"그리 살아라. 이제 너는 궁녀가 아니지 않느냐? 정업원은 결코 아니 된다. 네 궁녀로 살고 싶지 않은 게지, 비구니가 되고 싶은 건 아니지 않느냐?"

용이 고개를 기울이며 달래듯이 물었다.

"제 나이 서른을 넘겼습니다. 이제 와서 궁녀가 아닌들 무엇을 하고 살겠사옵니까?"

"서른이 넘어도 좋다는 사람이 있더구나. 내 오라비의 마음으로 중신을 설까 하는데…… 인물이며 학문이며 인품이며 빠지는 게 없다. 집안도 좋다. 재물도 있다. 평생 밥 굶을 일 없다. 네게 중요한 거 아니냐?"

곳비가 코웃음을 쳤다.

"신소리 그만하십시오. 그리 완벽한 사내가 왜 저와 혼인을 한답니까?"

"예쁘고 똑똑하고 몸 튼튼한 널 마다할 이유가 없지."

"소실 자리는 싫습니다."

"물론. 내 어찌 어여쁜 누이를 소실로 보내랴?"

"소 주서 나으리도 싫습니다."

"소 주서? 미쳤느냐? 그 허여멀건 하고 얄쌍하고 매가리 없는 놈에게 너를 주겠느냐?"

용이 음성을 높였다가 다시 낮추고 말을 이었다.

"내가 소개하는 자리가 소 주서보다는 백배 천배, 아니 만 배는 더 낫다."

"그런 사내의 정실 자리가 있습니까? 어디 하자 있는 사람 아닙니까?"

"물론 중대한 하자는 아니다. 단 한 가지 흠이라면…… 한 번 갔다 오기는 했다만……."

"이런 미……."

"미쳤다고? 내 말하지 않았더냐? 너한테 미쳐 있다고. 잘 생각해 보아라. 이 조선 천지에서 나보다 멋진 사내는 없느니라."

"싫습니다. 그간 정의가 있어 국장이 끝나고 떠나려고 했는데 안 되겠습니다. 내일 당장 떠나야겠습니다."

곳비가 일어나 방을 나가려다가 멈추었다. 다시 자리에 앉는 곳비 의 표정이 꽤 심각했다. 용은 괜히 주눅이 들었다. 이 얼굴로 곳비가 할 말은 하나밖에 없었다.

"아이고, 내 형님의 장례도 아직 치르지 못하고 슬픔에 겨워 물 한 모금, 쌀 한 톨 넘기기도 어렵건만 스무 해를 넘게 동고동락한 곳비 는 나를 떠난다고 하는구나."

"대감."

곳비가 비장하게 용을 불렀다.

"아이고, 아이고."

용은 곡 소리를 내며 코를 훌쩍였다.

"대감."

"왜? 나를 버리고 떠나려고?"

"소녀, 낮에 절재 대감의 시를 보았사옵니다."

"아, 그래."

용이 웃었다.

"소녀, 감히 대감의 시에 담긴 뜻을 완전히 헤아리기 어려우나 그 시를 읽으니 마음이 놓였습니다."

"그래?"

"절재 대감과 대군께서는 뜻을 모으신 게지요?"

"그럼."

"두 분 어른께서는 성상께서 '온 땅을 윤택하게 하시도록' 심력을 다하여 보필하실 거지요?"

"물론이다."

곳비는 마음이 놓였다. 용을 믿었지만 영신이 말한 '대업'이 내내 가시처럼 목구멍에 걸려 있었다. 용의 '대업'이 임금을 지키는 일이라면 곳비는 안심하고 떠날 수 있었다.

"그럼 수양 대군께서는 다른 뜻을 품고 계십니까?"

용이 잠시 머뭇거리다가 입을 열었다.

"너는 아무것도 걱정하지 않아도 된다. 내 반드시 금상도 내 신부도 지켜낼 게야."

"어허, 누구 혼삿길 막을 일 있습니까? 신부라니요?"

곳비가 몸을 뒤로 물렸다. 용이 곳비와 눈을 맞추고 씩 웃었다.

"야밤에 이 몸을 찾으신 분은 낭자이십니다만."

"국상 중에 대군이 하실 말씀은 아니옵니다만."

곳비가 당차게 받아쳤다.

"국상이 끝나면 되느냐? 이제 삼 년 남았구나. 삼 년 후에 두고 보자."

"어림없습니다."

"하는 수 없지. 정인의 말을 들어야지."

"정인이요?"

"왜, 우리 정분난 사이가 아니더냐?"

"내일 당장 떠날 겁니다."

곳비가 일어섰다.

"정인, 어디 가시오?"

용이 방을 나가는 곳비를 보며 넉살 좋게 웃었다.

2

여름이 갔다. 곳비는 수성궁에서 가을, 겨울을 보내고 새 봄과 여름을 맞았다.

지난가을, 문종 대왕의 재궁은 현릉에 안장되었다. 졸곡이 끝나고 곳비는 짐을 꾸렸다. 용은 재궁이 도성을 떠나고 나니 마음이 몹시 아프고 허전하여 살 수 없다며 곳비를 붙잡았다. 마음을 추스를 때까지만 벗이 되어달라고 했다. '정인'이라는 말을 꺼냈다가 곳비가 일어서자 '벗'으로 고쳤다. 겨울에는 용의 차남 덕양정 우량이 병으로 죽었다. 곳비는 또 가지 못했다. 봄에는 떠나려 했으나 용은 눈물을 흘리며 곳비를 잡았다.

—내 지금은 너무 절망하여 너를 보낼 수 없구나.

용은 진짜 울었다. 농도 하지 않았다. 곳비는 아들을 잃고 실의에 빠진 용을 차마 떠날 수 없었다.

그렇게 곳비는 수성궁에서 계유년 여름을 맞았다. 곳비가 이별을 고하고 한 해가 지났다. 많은 일이 있었다. 수양 대군이 금성 대군을 방문하여 이현로와 사귀지 말라고 했다. 이현로는 용의 최측근이었다. 용은 별일 아니라고 했지만 곳비는 수양 대군이 용을 견제하고 있다는 사실을 알아차렸다. 수양 대군이 이현로를 매질하는 사건도 있었다. 수양 대군은 사헌부, 사간원과 더불어 이현로를 탄핵하기도 했다.

곳비는 수양 대군이 용을 탄핵하는 것 같아 가슴이 조마조마하였다. 다행히 임금은 귀담아듣지 않았다. 수양 대군은 고명사가 되어 명국으로 갔다. 곳비는 안심하였는데 영신은 안평 대군이 갔어야 했다며 아쉬워했다. 수양 대군이 황보인과 김종서의 아들을 인질로 데려갔다고도 했고, 지금이 중요한 때라고도 했다.

영신은 수성궁에서 수양 대군의 첩자들을 찾아냈는데, 그들은 용의 종적을 염탐하여 권람과 한명회라는 자에게 보고했다고 했다.

용은 날이 밝으면 무계정사로 가서 손님들을 맞았고 낮에는 사냥을 하고 밤에는 시·서·화를 논하였다. 용은 사람을 좋아했다. 용의 곁에는 자연스레 사람이 많이 모여들었다. 그들은 용이 도량이 넓고 성정이 너그럽다고 하였다. 시와 글씨, 그림에도 뛰어나 이를 흠모하는 이들도 많았다.

예전부터 수성궁은 용을 찾아온 문객들로 넘쳐났지만 근래에는 그 수가 늘어나 헤아리기 어려웠다. 대군이 곁에 사람을 많이 두는 것은 위험하다고 충언해주는 이도 있었지만, 용은 제 충심이 올곧고 제 마음이 떳떳하니 거리낄 것이 없다고 했다.

당시에는 곳비도 무엇이 위험하다는 건지 알 수 없었으나 요즘 들어 그 의미를 어렴풋이 깨닫게 되었다.

영신은 용만큼 바빠졌다. 용의 손님을 직접 대접하였고, 용과 가까운 대신들의 부인이나 여식들까지 챙겼다.

용은 수양 대군이 명국에서 돌아올 때 순안으로 가서 그를 영접했다. 곳비는 두 형제의 사이가 예전처럼 돌아갈 수 있겠다고 기대했으나 영신은 순진한 소리 하지 말라며 곳비를 나무랐다. 역시 곳비는 대군 곁에 있을 수 없다며 비웃었다. 곳비는 새삼 영신이 대단해 보였다. 영신이야말로 부부인에 어울리는 사람 같았다. 용에게 필요한 사람은 제가 아니라 영신인 것 같았다.

영교가 영신을 만나러 수성궁에 왔다가 곳비에게 들렀다. 아니, 곳비를 만나러 왔다가 영신에게 들렀으리라. 곳비는 모처럼 영교에게 차를 권했다. 영교가 눈빛을 반짝이며 곳비를 보았다. 사모하는 눈빛, 기대하는 눈빛, 오래 전 용을 볼 때마다 곳비가 짓던 눈빛이었다.

곳비와 영교가 꽃차를 사이에 두고 대청에 앉았다. 가지에게 곁에 있어달라고 했다. 가지는 하품을 하며 툇마루에 걸터앉았다.

"명례궁의 첩자가 늘 대군을 주시하고 있습니다. 수양 대군과 우리 대군의 사이가 예전 같지 않습니다."

곳비가 조심스레 말을 꺼냈다.

"남보다 못한 사이지요. 이제는……."

"주상 전하께서 유충하시어 혹 저들이 다른 마음을 품고 있습니까?"

영교가 놀란 듯 잠시 말을 잇지 못하다가 입을 열었다.

"안평 대군과 절재 대감, 대신들이 목숨을 걸고 전하를 지키고 있으니 염려하지 마십시오."

"우리 대군께서는요? 대군께서는 무탈하시겠지요?"

"그럼요."

영교가 곳비와 눈을 맞추며 고개를 끄덕였다. 곳비는 여전히 표정
이 어두웠다.

"제 누이의 안위에도 중요한 일입니다. 대군이 위태로운데 제가
누이를 수성궁에 두겠습니까?"

"예……."

곳비는 여전히 불안한 얼굴로 말끝을 흐렸다.

"정 못 믿겠으면 두고 보시면 되지 않습니까?"

"두고 볼 수 없어서 드리는 말씀입니다."

"예?"

"대군을 잘 보필해주십시오."

곳비가 고개를 숙였다.

"설마…… 떠나십니까?"

"너무 오래 있었습니다."

"대군을 그리 걱정하면서 어찌 떠나려 하십니까?"

"나으리께서 대군 곁에 계시겠다고 약조해주시겠습니까?"

"아니요. 싫습니다. 그 약조 드리지 못하겠습니다."

곳비가 말없이 영교를 보았다.

"제게 소중한 사람은 대군이 아니라 낭자입니다. 물론 낭자께 소
중한 분은 제가 아니라 대군이겠지요. 하니 대군은 낭자께서 지키십
시오."

"그럼 대군의 곁을 영영 떠날 수 없는데요?"

"대군의 곁을 떠나도 제게 기회를 주시지 않겠지요. 대군의 곁에서 낭자라도 행복하십시오."

"그리 말씀하시는 걸 보니 대군께서 정말 무탈하신가 봅니다."

곳비가 웃었다.

밤이 늦었다. 용은 아직도 돌아오지 않았다. 곳비는 자지 않고 기다리다 용이 돌아왔다는 소식을 듣고 비해당으로 향했다.

"곳비야, 이 야심한 시각에 찾아오면 내 심히 당황스럽구나."

"그럼 내일 아침에 다시 오겠습니다."

곳비가 일어서는 척을 했다.

"아니다, 아니다. 농이다."

용이 곳비를 붙잡았다.

"국상 중에 네 감히 대군을 어찌하겠느냐?"

용이 또 농을 했다. 곳비는 화를 내는 대신에 물끄러미 용을 바라보았다. 안팎으로 불안했다. 용은 곳비 앞에서 늘 웃으며 농을 했지만 곳비는 알았다. 용의 어깨가 점점 무거워지고 용의 얼굴에 주름이 늘어나고 있었다. 곳비는 용이 이 나라의 대군이고, 주상께 가장 필요한 사람이고, 중요한 일을 하고 있다는 사실을 새삼 깨닫게 되었다. 용이 저만 바라보며 제게 구애나 하며 시절을 낭비해서는 아니 되는 사람이라는 생각이 들었다. 용은 높은 곳에 있어야 했다. 멀리 있어야 했다. 대군에게 어울리는 사람을 곁에 두고 중요한 일을 해야 했다.

"네 눈빛이 어째 요상하다."

곳비가 웃었다.

"난 요상한 눈빛이 좋은데……. 끈적끈적하면 더 좋고."

"대감."

"알았다. 그만하마."

"요즈음 대감께서 얼마나 대단한 분이신지 알겠습니다."

"그걸 '요즈음'에 와서야 알았단 말이냐?"

"물론 풍채가 멋있고 재주가 아름답고 덕이 있는 분이라는 건 예전부터 알았지요."

"얼씨구 좋다."

용이 추임새를 넣으며 고개를 끄덕였다.

"게다가 금상께서 가장 의지하시는 숙부이시지요. 뭇사람이 따르는, 할 일이 많은 대군이시고요."

"그런 분이 너만 은애하여 너의 낭군이 되려 한다."

용이 미소를 지으며 곳비를 응시했다.

"하여 싫습니다. 저는 평범한 사내를 만나 평범하게 살고 싶습니다."

"……."

"대감께서 하시는 일, 위험한 일이지요? 대감의 곁에 있으면 제 안위도 보장할 수 없고 정치니 보위니 대군들의 싸움에 휘말리고 싶지도 않습니다."

"……."

"하나를 선택하십시오. 대군으로 살지, 저의 낭군으로 사실지."

오래전 세종 대왕은 수양산에서 절개를 지키다가 굶어 죽은 백이와 숙제처럼 끝까지 세자와 세손에게 절개를 지키라는 의미로 진양 대군이던 둘째 왕자 유를 수양 대군으로 개명했다. 그때 용은 수많은 왕자 중에서 왜 수양 형님만 개명을 하게 하셨을까 궁금해했다. 용은 이제야 그 연유를 알 것 같았다. 부왕은 이미 수양 대군의 가슴 깊숙한 곳에서 움트는 야심을 알아보셨으리라. 당시는 아무도 알아차리지 못하였다. 수양 대군 본인조차도.

새 임금의 시대가 열리면서 수양 대군은 독서와 사냥에 몰두하고 있는 것처럼 보였지만 권람, 한명회라는 작자들을 곁에 두고서 신숙주, 정인지와 같은 집현전 학사들과 교류하기 시작하였다. 수양 대군의 명례궁에 드나드는 인사들도 하나둘씩 늘어났다.

곳비가 물었다. 임금과 저 둘 중 하나를 택하라고. 충과 연정 둘 중 하나를 택하라고. 대군의 삶과 필부의 삶 중 하나를 택하라고. 용은 곳비에게 답하지 못했다.

'너의 낭군인 이용으로, 주상의 신하인 안평 대군으로 살겠노라고.'

용은 정치에 뜻이 없었다. 산수와 시서화, 술과 음악만 있으면 족하였다. 그리고 곳비. 그는 여생을 곳비와 함께하기로 결심하였다.

하지만 문종 대왕께서 훙서하시고 어린 임금께서 보위에 오르시자 수양 대군이 야심을 드러내기 시작했다. 임금을 지키기 위해서는 고명대신인 김종서, 황보인과 손을 잡고 수양 대군을 견제할 수밖에 없었다. 임금께서 장성하여 수양 대군과 맞서실 수 있을 때까지는 대군으로 살아야 했다.

수양 대군 곁에는 무관들이 모여들었다. 만에 하나 수양 대군이
반정까지 생각하고 있다면 제 곁은 위험한 자리였다. 만에 하나 잘
못된다면, 친형인 수양 대군이 저를 죽일 리는 없겠지만 평생 죄인
으로 살아야 할 터였다. 곳비에게도 연좌될 터였다. 제 곁은 곳비에
게 안전한 곳이 아니었다.

용이 길게 숨을 내쉬었다. 고민이 깊어졌다.

영교가 용을 찾았다.

"오랜만일세. 그간 왜 시회에 나오지 않았는가?"

"지금 한가하게 시회나 할 때입니까?"

"국상 중이라 술을 마실 수도 없고, 한량이 그럼 무엇을 하겠나?"

용이 웃었다. 영교가 심각한 얼굴로 용을 쳐다보았다.

"혜빈이 안평 대군이 사직을 위태롭게 하는 일을 꾀했다고 아뢰었
사옵니다."

"내 진정 사직을 위태롭게 했다면 금상께서 엄하게 벌하시겠지."

"혜빈은 세종 대왕의 후궁이시자 성상을 키우신 분이 아니옵니
까?"

"금상께서는 명군이시네. 시시비비를 잘 판단하실 게야."

용이 여유롭게 말했다.

"이번은 넘어간다 하더라도 저들의 칼날이 대군을 향하고 있는
한, 대군의 안위를 보장할 수 없습니다."

"내 이미 목숨을 걸고 금상을 지키겠다고 맹세하였네."

"그럼 곳비는요?"

'곳비'라는 말에 용은 살짝 불쾌하였지만 표 내지 않았다.

"곳비 또한 지킬 걸세."

"어떻게요?"

"하여 자네는 수양 형님께 의탁했는가?"

"무슨 말씀이십니까?"

"자네가 근래에 수양 형님과 교류한다는 걸 알고 있네."

용의 음성은 차분했다. 영교는 불쾌한 표정으로 물었다.

"설마 저를 감시하셨습니까?"

"자네를 감시한 것이 아니라 나 또한 명례궁을 주시하고 있네."

"예, 소인은 수양 대군에게 붙어서라도 곳비 낭자를 지켜내겠사옵니다. 대군은 낭자를 위해 무얼 하시겠습니까?"

양 내관이 청등롱을 들고 길을 밝혔다. 용과 곳비가 그 불빛에 의지하여 산길을 오르고 있었다. 곳비의 걸음이 더뎠다. 용이 손을 내밀었다.

"저 그렇게 약한 여인 아니옵니다. 혼자 갈 수 있사옵니다."

"네가 아니라 내가 힘이 든다. 손 좀 잡아다오."

곳비가 용의 속내를 알아차리고 용을 빤히 보았다.

"어서."

용이 곳비의 손끝을 잡고 흔들었다. 곳비가 용의 손을 잡았다. 용이 곳비의 손을 꼭 잡았다.

곳비는 숨이 찼다. 낮에는 어렵지 않게 오르던 곳이었는데 밤길은 또 달랐다.

"힘드냐?"

"야밤에 무슨 시를 짓겠다고 하시는지요?"

"우리 둘이 시를 쓴 지가 오래되지 않았느냐?"

"비해당도 있는데 굳이 무계정사까지 오르시겠다고 하니 드리는 말씀이지요."

"내가 가는 곳은 어디든지 좋다 하지 않았느냐? 아니, 마음이 바뀌었다고 했지. 하여 출합 때 따라오지 않았지."

용이 투정하듯 말했다. 곳비가 걸음을 멈추고 용을 보았다.

"좀 쉬었다 가겠느냐?"

"아니요. 처음부터 바뀌지 않았습니다. 대군께서 가시는 곳은 어디든지 좋았습니다. 그때는 소녀 마음이 어려 대군을 따라나서지 못했습니다. 마음에 담아두지 마십시오."

곳비가 미소를 지었다.

"담아두기는 뭘?"

용은 가슴이 먹먹해져 헛기침을 했다.

용과 곳비는 무계정사에 도착하여 자리를 잡고 앉았다.

곳비가 먹과 벼루와 붓을 꺼냈다. '아…….' 하고 용이 낮게 숨을 토했다. 용이 출합할 때 곳비의 처소 앞에 두고 간 물건이었다.

"이걸 여태 갖고 있었느냐?"

"아까워서 못 썼습니다."

"필요하면 내 얼마든지 줄 터인데…….'

"대군의 마음이 아까워서 못 쓴 게지요."

용이 먹을 집어 곳비에게 건넸다.

"먹을 갈아주겠느냐?"

곳비가 당연한 걸 왜 묻느냐는 표정으로 용을 보았다.

"네 이제 궁녀가 아니니 내가 부탁을 해야겠구나."

"부탁하지 마십시오. 대군은 뻔뻔한 게 어울리시옵니다."

"그래. 그럼 먹을 갈거라."

용이 웃었다.

"시제는 무엇이옵니까?"

"별(別)이다."

"헤어질 별, 좋은 시제이옵니다."

곳비와 용은 시를 썼다.

용이 봉투를 내밀었다.

"무엇이옵니까?"

"네가 달라고 조르던 것이다."

곳비가 봉투를 열었다. 종이를 꺼내 펼치고는 '후후'하고 웃었다.

"마음에 드느냐?"

"예, 그럼 저 이제 '고삐' 아니고, '곳비'인 게지요?"

종이에는 '丹花飛'*라고 쓰여 있었다. 용이 처음 곳비에게 성을 줄 때 쓴 것이었다. 용은 '슬플 비'를 썼다가 다시 '날 비'를 썼던 순간을 떠올렸다.

"너는 처음부터 내게 곳비, 꽃비였느니라."

곳비가 용을 바라보았다. 용이 무얼 말할지 짐작이 되었다. 곳비의

---

* 단곳비

눈이 복사물이 든 것처럼 붉어졌다.

"꽃비가 내리면 늘 좋은 소식이 왔지. 네가 내게 온 일이 가장 좋은 소식이었구나."

"대군도 제겐 가장 좋은 소식이셨습니다."

용이 고개를 끄덕였다. 곳비와 용이 잠시 서로를 응시했다. 곳비가 용의 뜻을 짐작하고 입을 열었다.

"하문하소서."

"나를 떠나겠느냐?"

"예."

"곳비야, 우리 사이에 가장 중요한 법도를 기억하느냐? 네 처음 생각시 생활을 할 때 내가 가르쳐주었지."

"기억하다마다요. 그 법도 때문에 제가 얼마나 고생을 했는데요?"

"그래. 네 앞으로 말썽 피우지 않고 내 명에 무조건 복종하겠다고 맹세하였지."

"소녀가 대군의 명은 무조건 들어야 하느냐고 물었고, 대감께서는 충과 의를 저버리지 않는 한, 다 들어야 한다고 말씀하셨지요."

곳비는 옛일을 떠올리며 설핏 미소를 지었다.

"하여 네게 명한다. 나 안평 대군 이용은 주상의 신하가 아니라 내 은애하는 여인 단곳비의 낭군으로 살겠으니 곳비는 내 명을 따르거라."

곳비가 잠시 용을 바라보다가 답했다.

"그 명, 따르지 않겠사옵니다."

용은 목이 메어 잠시 말을 하지 못했다.

"어째서냐?"

"충의를 배반하신 명은 따를 수 없으니까요."

용은 눈을 한 번 깜빡이고는 겨우 입을 열었다.

"그래. 우리 곳비 똑똑하구나. 내 너를 가르친 보람이 있구나."

용이 미소를 지었다.

"단곳비, 너는 더 이상 내 식구가 아니다. 둥지를 떠나 날개를 펴고 훨훨 날아가거라. 꽃잎처럼 날아가 네 뜻대로 살거라."

"단가 곳비, 대군의 명을 받들겠사옵니다."

용이 입술을 꾹 다물고 미소를 지었다. 눈에 넣어도 아프지 않을 곳비를 바라보다가 고개를 돌렸다.

"마침 반가운 손이 오는구나. 함께 수성궁으로 돌아가거라."

곳비가 용의 시선 끝을 따라갔다. 영교가 무계정사로 올라와서 용에게 절을 했다.

"소 주서, 밤이 늦었으이. 곳비를 수성궁까지 데려다주시게."

곳비가 용에게 절을 하고서는 영교를 따라나섰다.

"이제 다시 문방에는 사우(四友)만 남았구나."

용은 곳비가 두고 간 붓과 먹과 벼루를 쓰다듬으며 영교와 나눈 대화를 떠올렸다.

─예, 소인은 수양 대군에게 붙어서라도 곳비 낭자를 지켜내겠사옵니다. 대군은 낭자를 위해 무얼 하시겠습니까?

─나 또한 곳비를 위해 못할 일이 없네. 하나 금상도 지킬 걸세.

─둘 중 하나를 선택해야 한다면요?

─둘 다 선택할 걸세.

―소신은 곳비 낭자 하나이옵니다.

―충보다 연정이 우선이다?

―예.

용은 잠시 말을 잇지 못했다. 용은 연정도 충도 버릴 수 없었고, 연정을 충보다 우선시할 수도 없었다.

―자네 대답이 명료해서 좋으이. 내 처음으로 자네가 부럽구면.

―대감께서는 성상을 지키십시오. 저는 제 평생 한 여인만을 지키겠습니다.

용이 잠시 생각하다가 물었다.

―약조할 수 있겠는가?

양 내관이 용을 불렀다. 밤이 늦었으니 돌아가자고 했다. 용은 말이 없었다. 양 내관이 다시 용을 불렀다.

"내 이 세상천지에 돌아가고 싶은 곳이 하나도 없구나."

용이 한숨을 쉬었다. 울지도 통곡하지도 않았다.

곳비는 천천히 걸었다. 눈물을 흘리지도 소리 내어 울지도 않았다. 다만 '단곳비' 이름자가 적힌 봉투를 품에 꼭 안았을 뿐이었다.

영교는 곳비의 뒤를 따랐다. 팔을 길게 뻗어 앞을 밝혀주었다. 곳비를 앞지르지도 않고 곳비보다 처지지도 않게 보폭을 조정했다. 영교는 곳비와 용 사이에 무슨 말이 오고 갔을지 짐작했다. 이 시각에 용이 왜 저를 불렀는지, 왜 곳비를 데려다주라고 했는지도 헤아렸다. 그러기에 아무 말도 할 수 없었다.

낮에 용이 영교에게 물었다. 약조할 수 있느냐고. 용의 표정이 너무 비장하여 영교는 잠시 머뭇거렸다.

　─약조해주게. 내가 혹 변을 당해도 곳비를 지켜주시게.

　─물론입니다.

　─곳비를 위해서는 목숨을 내놓을 수 있겠는가? 맹세할 수 있겠는가?

　─예, 맹세하겠습니다. 목숨을 걸고 곳비 낭자를 지키겠습니다.

　─말이 아니라 가슴으로 약조해주시게.

　용이 무릎을 꿇었다.

　─곳비를 꼭 지켜주시게.

　용이 영교에게 절을 했다. 영교도 얼른 무릎을 꿇고 절을 했다.

　"대군과 얘기가 되신 게지요?"

　곳비가 수성궁 앞에서 걸음을 멈추고 뒤돌아보며 물었다.

　"이제 어찌하라 하시던가요?"

　"해주로 가라고 하셨습니다."

　해주는 곳비 어미의 고향이었다. 지금은 어미와 아우들이 용의 도움을 받아 정착하여 살고 있었다.

　"불편하시겠지만 소생더러 모시라고 하셨습니다."

　영교가 곳비의 눈치를 살폈다.

　"괜찮으시겠지요?"

　"혼자 가겠습니다."

　"먼 길입니다. 위험합니다."

　"괜찮습니다."

　"제가 괜찮지 않습니다. 차비하시는 대로 모시러 오겠습니다."

영교가 돌아섰다.

이른 새벽 수성궁에 꽃비가 내렸다. 무계정사 주변에 피어 있는 산철쭉이었다. 연붉은 꽃잎이 곳비의 처소를 지나 대문까지 길을 이루고 있었다. 간밤에 내린 용의 마음이리라.

수성궁 가솔들은 꽃길을 보며 희귀한 일이라고 했다. 상궁들은 '예전에 안평 대군께서 출합하실 때도 꽃비가 내렸지.' 했다. '그때는 홍매화였어.' 라고도 했다.

곳비는 차마 꽃잎을 밟을 수 없었다. 꽃잎을 보면서 조심히 비해당까지 걸었다. 주 상궁과 가지에게 짐을 맡기고 비해당 안으로 들어섰다. 양 내관이 눈시울을 붉히며 곳비를 맞았다.

"대군께서는요?"

"아직 기침하지 않으셨다."

곳비가 용의 방을 보았다. 방 안은 어둠에 잠겨 있었다. 하나 곳비는 느낄 수 있었다. 문 너머에서 저를 지켜보고 있는 용의 모습을. 곳비는 보이지 않는 용을 향해 큰절을 하고 비해당을 나섰다. 양 내관이 잘살아야 한다 소리치며 눈물을 훔쳤다.

대문간에는 궁인들과 노비들이 곳비를 배웅 나와 있었다. 어젯밤에 인사를 나누었는데 또 한바탕 눈물을 뿌리고서야 대문을 나섰다.

영교가 말을 끌고 와 있었다. 주 상궁과 가지가 곳비를 따라나섰다. '잘 가거라.', '들어가셔요.' 인사를 나누면서도 곳비는 말에 오르지 못했고, 주 상궁과 가지는 발걸음을 돌리지 못했다. 영교가 재촉했다. 주 상궁과 가지가 고개를 끄덕이며 걸음을 멈추었다. 곳비가 말에 올랐다.

"곳비야."

정현 옹주와 감 상궁이 치맛자락을 잡고 달려오고 있었다. 곳비가 말에서 내려 옹주에게 다가갔다. 옹주가 곳비의 손을 잡았다.

"곳비야, 내 소싯적에 네 뺨을 때린 적 있었지. 미안했다. 네 붉은 얼굴을 볼 때마다 마음이 쓰렸다."

"저도 옹주님 뺨을 때리지 않았습니까?"

"그래. 내 평생 내 뺨을 때린 이는 네가 처음이다."

옹주가 웃었다. 두 사람은 서로에게 사과했다. 옹주는 곳비를 끌어 안고 잘 살라고 당부했다.

정현 옹주가 영교에게 다가갔다. 영교가 인사를 했다. 정현 옹주가 영교의 손을 덥석 잡았다.

"다행입니다, 소 주서. 안평 오라버니가 아니라서 다행입니다. 저는 도련님이 안평 오라버니를 사모하는 줄 알고 얼마나 마음 졸였는지 모릅니다."

영교는 눈만 끔벅였다.

"도련님, 부디 무정한 저를 잊고 우리 곳비와 백년해로하세요."

"옹주님, 그건 아니옵니다."

곳비가 말했다.

"곳비야, 도련님을 포기하여 내내 미안했는데 네가 도련님과 떠난다니 이제야 내 죄책감도 덜 수 있다. 너 덕분에 이제야 내가 두 다리 뻗고 자겠구나. 고맙다. 네가 내 은인이다."

영교가 재촉하고서야 곳비는 말에 올랐다. 곳비는 옹주와 감 상궁,

주 상궁, 가지와 작별을 하고 고삐를 당겼다. 영교와 곳비, 이어 용의 명을 받은 여비와 호위가 그 뒤를 따랐다.

"안 돼."

여인의 목소리였다. 곳비 일행이 말을 멈췄다. 영신이 쫓아오고 있었다. 영신은 달려와서 영교의 옷자락을 붙잡고 안 된다, 못 간다며 소리쳤다.

곳비가 말에서 내렸다. 영신은 곳비에게 달려들었다.

"네 나와 무슨 원수가 졌기에 대군과 내 아우의 마음을 홀리느냐? 내 아우는 안 된다. 혼자 가거라."

"싫습니다."

"뭐라? 내 지금 내 아우를 데리고 가겠다는 말이냐?"

"왜 아씨만 행복해져야 하나요? 저도 행복해지려고요."

영신이 몸을 부들부들 떨며 곳비를 노려보았다.

"제게 가장 소중한 걸 놓고 가니 아씨가 손해 보는 건 아닙니다."

곳비는 영신을 뒤로하고 말에 올랐다.

3

영교는 곳비를 해주 읍성 안에 있는 기와집으로 안내했다. 곳비가 이곳이 어디인지 묻는데 집 안에서 곳비 어미와 아우들이 곳비를 부르며 달려왔다. 어미는 용이 이 집을 마련해주었고, 아우들은 용이 곳간을 가득 채워주었다고 했다.

곳비는 용의 씀씀이에 미안해져 표정이 어두워졌다. 곳비 어미가 곳비의 눈치를 살피며 너무 과분한 걸 받은 게냐고 물었다.

"아니요. 제가 대군을 위해 고생한 세월이 얼마인데요? 대군의 재력에 이 정도면 약소합니다."

곳비가 웃으며 어미를 안심시켰다.

날이 저물고 곳비는 대문간에서 영교를 배웅했다. 영교는 내일 뵙겠다고 인사를 건넸다.

"감사합니다. 인연은 여기까지입니다. 나으리께서는 이제 그만 한양으로 돌아가십시오."

곳비의 표정과 음성이 단호했다.

"낭자를 연모합니다. 처음부터 그랬습니다."

"저는……."

"아직 대답하지 마십시오. 한 달 후에 오겠습니다. 그때 대답해주십시오."

영교는 절을 하고 서둘러 걸음을 뗐다.

곳비를 보내고 용은 영신도 수성궁에서 내보냈다. 용은 혼이 반쯤 나간 사람 같았다. 안색이 창백하고 입술이 메말라갔다. 큰 병이 들어 보였다. 임금의 명을 받고 어의가 수성궁으로 와서 용을 진맥했다.

"대감, 혹여 심중에 근심이 있사옵니까?"

"내 조선에서 가장 팔자 좋은 한량이거늘, 근심이 무어 있겠소?"

"사결불수(思結不睡). 생각이 지나치게 많으시어 잠을 이루지 못하시옵니다."

"주상께는 무탈하다 아뢰어주시오."

용은 침을 맞고 약을 들었으나 오늘도 잠을 이루지 못했다.

며칠 전 수양 대군이 직접 무계정사로 찾아왔다. 용은 주위를 물리고 수양 대군과 단둘이 마주 앉았다. 용은 오랫동안 머릿속에만 품고 있던 의혹을 입 밖으로 내었다.

—문종 대왕께 구운 꿩고기를 매일 올리게 한 사람이 형님이시지요? 문종 대왕께서는 종기를 앓고 계셨고, 종기에 꿩고기는 상극이지요.

—이미 조정에서 논의된 바가 아니냐? 구운 꿩고기를 올린 자는 어의 전순의였다.

—전순의가 형님의 사람이라는 사실을 알고 있습니다. 그 덕분에 죽어 마땅한 자가 목숨을 부지하고 버젓이 도성 땅에 발을 붙이고 있지요.

수양 대군이 차를 한 모금 마시고 내려놓았다. 용을 보고는 미소를 지었다.

—그걸 알면 너 또한 내 사람이 되거라.

—저는 주상의 신하이고, 형님은 하나밖에 없는 동복 형님이시지요.

—그럼 네 형으로서 말하마. 사람들과 어울리지 말고 언행을 삼가며 조용히 지내거라. 형제지정으로 하는 마지막 충고이다.

용이 소리 내어 웃었다.

—조선 최고 한량이 사람들과 어울리지 않으면 무슨 재미로 삽니까?

―그럼 한량놀이나 계속하거라. 정치는 집어치우고.

용은 수양 대군의 번득이는 눈빛을 떠올리며 한숨을 쉬었다. 이리
저리 몸을 뒤척이다가 결국 이불을 걷어차고 밖으로 나왔다. 달빛을
맞으며 비해당 뜰을 거닐었다.

"또 못 주무십니까?"

용이 뒤돌아보았다. 곳비가 찻상을 들고 서 있었다. 대추 향이 은
근히 풍겨왔다. 용이 깜짝 놀라 물었다.

"곳비야, 네 어인 일이냐?"

"대군께서 이리 잠 못 드시는데 소녀가 어디를 마음 놓고 가겠습
니까? 우선 차부터 드십시오."

곳비가 대청에 찻상을 내려놓았다. 용이 곳비의 곁에 앉아 대추차
를 마셨다.

"도대체 며칠을 못 주무셨습니까? 사람 꼴이 아닙니다."

"네가 떠나기 전부터 지금까지 쭉 못 잤구나."

"소녀가 잠 오는 주문을 외워드리겠습니다."

"싫다. 내 잠들면 네 또 마음 놓고 떠나지 않겠느냐?"

"그럼 소녀까지 밤을 새게 할 작정이십니까?"

용이 망설였다.

"이리 소녀의 말씀을 안 들으시면 돌아가겠습니다."

곳비가 일어섰다. 용이 곳비의 손을 잡고 앉혔다.

"알았다. 내 앞으로 네 말은 다 들겠다."

곳비가 주문을 외웠다. 주문은 전혀 듣지 않았다. 용이 피식 웃었
다. 곳비가 고개를 갸웃거리며 이마를 찡그렸다.

"눈 감아보십시오."

용이 웃음을 참고 눈을 감았다. 곳비가 다시 주문을 외웠다. 여전히 소용이 없었다.

"곳비야, 아무래도 네 주문은 소용이 없구나."

용이 눈을 떴다. 곳비는 사라지고, 아침이 밝아 있었다.

'네 덕분에 잠이 들었구나.'

밖에서 양 내관이 기침하셨는지 여쭈었다. 용은 병풍 쪽으로 고개를 돌렸다. 눈물이 또르르 흘러내렸다.

곳비는 약탕기에 대추와 물을 넣었다. 어미가 다가와 웬 대추차냐고 물었다.

"오랜만에 우리 가족들이 함께 살게 되니 너무 좋아서 잠을 통 못 자겠어요."

"불면에 대추차가 좋으냐?"

"예, 안평 대군께서 출합한 뒤로 불면 증상이 심하셔서 제가 대추차를 준비해드렸어요."

어미가 곳비에게서 부채를 빼앗아 불씨를 살렸다.

"소 주서라는 분, 좋은 분이더구나. 널 누이처럼 아낀다는 안평 대군께서 너와 우리 집안일을 맡긴 걸 보면 믿을 수 있는 사람이지."

"좋은 분은 맞습니다."

"널 좋아하는 분이기도 하지?"

"제가 좋아하는 분은 아닌걸요."

"네가 좋아하는 이가 있느냐?"

"아니요."

곳비가 고개를 저었다. 어미가 곳비의 손을 잡았다.

"그럼 소 주서에게 네 앞날을 맡겨보면 어떻겠느냐?"

"제 앞날은 제 스스로 챙겨야지요."

어미가 곳비의 손을 잡아끌고 대청에 앉혔다.

"나도 처음엔 네 아버지가 마땅치 않았다. 네 아비가 하도 조르는 바람에 부모님의 등쌀에 밀려 혼례를 올리게 되었는데 살아보니 좋은 사람이더구나. 한 번도 후회한 적이 없었다."

"아버지와 사시면서 내내 고생하셨잖아요."

"내가 불행했던 건 대물림되는 가난 때문이었지, 아버지 때문이 아니었다. 아버지가 살아계실 때 행복했다. 소 주서는 큰 부자는 아니어도 너와 자식들을 굶길 사람은 아니지 않느냐? 네 특별히 마음에 둔 사람이 없다 하니 한번 진지하게 생각해보거라."

곳비가 잠시 있다가 물었다.

"만약, 제게 맘에 둔 사람이 있다면요?"

영교는 해주에 머물면서 한 달을 기다렸다. 영교가 머무는 집으로 부친이 찾아왔다. 영신이 수성궁에서 쫓겨났으니 너라도 정신을 차리고 돌아와 제대로 된 혼례를 올리라고 했다.

—소자는 곳비 낭자와 혼례를 올리겠습니다.

—차라리 이 아비가 죽으라고 고사를 지내거라. 내 눈에 흙이 들어가기 전에 궁녀 나부랭이는 처는 물론 첩으로도 들일 수 없다.

영교가 무릎을 꿇었다.

─누이를 위한 길입니다.

─네가 궁녀와 혼례를 하는 일이 어찌 누이를 위한다는 말이냐?

─곳비를 부탁한다는 안평 대군의 청이 있었습니다. 소자가 곳비 낭자와 혼례를 올리면 안평 대군도 제 청을 거절할 수 없을 테고, 우리 집안과 누이를 박대할 수 없을 것입니다. 소자, 반드시 누이를 안평 대군의 정실부인 자리에 올려놓겠습니다.

─참말이냐?

─예, 반드시 누이도 소자도 함께 사는 길을 찾겠습니다.

부친은 한숨을 내쉬고 혼서를 써주었다.

영교는 혼서를 만져보았다. 내일이면 한 달이 된다. 이 혼서를 들고 곳비에게 청혼을 할 생각이었다. 물론 한 달 만에 곳비의 마음이 바뀌었으리라고는 기대하지는 않았다. 우선 곳비 어머니에게 혼서를 넣고 곳비가 마음을 돌릴 때까지 기다릴 작정이었다.

"나으리, 손님이 오셨습니다."

누구지. 영교가 고개를 갸웃거리며 밖으로 나갔다. 뜰에 곳비가 서 있었다.

"나으리, 잠시 벗이 되어주시겠습니까?"

곳비와 영교는 나란히 걸었다. 두 사람은 읍성을 벗어나 들로 나갔다. 숲 어귀 느티나무 아래에서 곳비가 걸음을 멈추고 영교를 바라보았다. 곳비의 시선에 영교는 가슴에 검이 박힌 듯 아파왔다.

"표정을 보니 무슨 말씀을 하실지 알겠습니다. 그 뜻에…… 따르겠습니다."

"감사합니다."

곳비가 고개를 숙였다.

비해당 뒤뜰은 헤아릴 수 없을 만큼 넓었다. 정자와 연못이 있고, 그 뒤에 도화 숲이 있었다. 용이 복사꽃을 좋아하여 처음 이 집을 지을 때 복사나무를 심었다. 지금은 복사나무가 많이 자라 봄이면 복사꽃 향기가 비해당 앞뜰까지 번져왔다.

용은 정자의 이름을 '화우정(花雨亭)'이라 하였다. 봄에 꽃이 피고, 바람이 불면 복사꽃 잎이 꽃비가 되어 내렸다. 화우정에서 보는 꽃비는 장관이었다. 수성궁의 다른 곳과 달리 이곳만큼은 개방하지 않았다. 용 혼자서 아껴 두고 보는 곳이었다.

용은 화우정에 앉아 비를 보고 있었다. 용은 붓을 들고 먹을 찍었다. 먹이 갈려 있지 않았다. 곳비 대신 가지에게 서재를 정리하게 하고, 양 내관에게 먹 시중을 들라고 했다. 한 달이 지났지만 두 사람은 곳비처럼 용의 마음에 꼭 맞게 해내지 못했다. 용이 한숨을 쉬었다.

"소녀가 먹을 갈겠습니다."

곳비의 목소리였다.

"네가 온 걸 보니 내 또 꿈을 꾸고 있구나."

"꿈인들 어떠하고 생시인들 어떠하오리까?"

"그래. 우리가 함께 있는데 산 들 어떠하고, 죽은 들 어떠하겠느냐?"

용이 눈을 떴다. 비가 내리고 있었다.

"기다리는 꽃비는 아니 오시고, 물 비만 오누나."

용이 다시 눈을 감았다.

"하늘 기상은 청명한 것이 적고 인생은 변고가 많네. 누가 후세를 기다린다고 말하던가. 늙어감을 장차 어찌하리.*"

용은 일전에 비를 보며 지은 시를 읊었다.

"작은 해에 아름다운 빛이 있으니 만물이 광채를 더하네. 어느 때나 햇빛이 커져서 밝고 밝게 사방에 비칠꼬."

곳비가 화답했다. 날이 개고 나서 용이 지은 시였다. 하지만 목소리만 들릴 뿐, 눈에는 보이지 않았다.

"곳비야, 네 어찌 보이지 않느냐? 이제는 꿈속에서마저 사라져버린 게냐?"

"눈을 감고 있는데 어찌 보이겠습니까?"

"내 눈을 뜨면 네 매양 사라지지 않았느냐?"

"이제는 사라지지 않겠습니다. 하니 눈을 뜨십시오."

"참말이냐?"

"예, 소녀를 믿고 눈을 뜨십시오."

용이 눈을 떴다가 다시 감았다. 햇빛에 눈이 부셨다. 그새 날이 개어 있었다. 용이 다시 눈을 떴다. 눈앞에 곳비가 있었다.

"아직도 꿈을 꾸고 있구나."

"꿈이 아니옵니다."

곳비가 다가와 정자 앞에 섰다. 용이 말없이 웃었다.

"그래. 꿈이 아니겠지. 하나 내 진정으로 눈을 뜨면 너는 꿈처럼 사라지겠지."

---

* 단종 즉위년 6월 8일 2번째 기사, 1452년 명 경태(景泰) 3년, 이용이 비로 인하여 시를 짓다. —〈단종실록 1권〉

곳비가 정자로 올라와 용의 볼을 꼬집었다.

"대감, 정신 차리십시오. 꿈이 아닙니다."

"아프다. 볼이 아프다."

"꼬집었으니 아프지요."

곳비가 이번에는 볼을 세게 잡아당겼다.

"아아아. 곳비야, 정말 아프구나."

"예, 꿈이 아니니 아프시지요. 더 할까요?"

용이 눈을 번득였다.

"뭐? 꿈이 아니냐?"

"예."

"곳비야."

용이 곳비를 안았다. 곳비의 작은 몸이 제 품에 쏙 들어왔다. 정말 곳비였다. 진짜 곳비였다. 곳비가 제 품에 있었다. 용은 곳비를 더 꼭 안았다.

"곳비야, 네가 참말로 왔구나. 네가 왔어."

"예, 소녀가 왔습니다."

용은 곳비를 껴안고 한참 울다가 곳비의 어깨를 잡고 얼굴을 보았다.

"한데 네 어찌 왔느냐? 무슨 일이 있느냐?"

"예."

"무슨 일?"

용이 걱정스러운 표정으로 물었다. 곳비가 말없이 용을 바라만 보았다.

"곳비야, 무슨 일이냐? 무슨 일이 일어난 게야?"

용은 애가 타서 곳비를 재촉했다. 곳비가 은근히 미소를 지었다.

"소녀, 조선에서 제일 잘난 홀아비와 정분 한번 나볼까 하는데요?"

용은 얼이 빠진 채 곳비를 바라보았다.

"이의 없으시면 그 먹, 제가 대군의 곁에서 평생 갈겠습니다."

곳비가 먹을 들었다. 용은 먹을 가는 곳비를 멍하니 쳐다보다가 곳비의 손을 잡았다. 곳비가 먹을 내려놓고 용을 보았다.

"곳비야, 내 너를 지키기 위해서 살을 뜯고 뼈를 깎는 고통을 참으며 너를 보냈다."

"절 위해서 돌아왔습니다."

"더 이상 내 곁이 안전하지 않다."

"소녀, 이제 행복하게 살겠습니다. 대군의 곁이 제일 행복합니다. 대군의 곁이면 족하옵니다."

곳비가 도화보다 더 환하게 웃었다.

화우당 아씨

1

정현 옹주는 복숭아를 먹다 말고 울상을 지었다. 발그레한 복숭아 빛깔을 보니 곳비가 생각났다. 옹주는 어깨를 늘어뜨리고 한숨을 쉬었다. 곳비가 보고 싶었다.

방 밖에서 감 상궁의 목소리가 들렸다. 방문이 열리고 감 상궁이 치마를 펄럭이며 방으로 들어왔다. 감 상궁은 곳비가 수성궁으로 돌아왔다고 했다.

"뭐라? 곳비가? 참말이냐?"

옹주는 감 상궁에게 자초지종을 듣고 뒷목을 잡았다. 곳비가 사모하는 사내가 안평 오라버니이고, 안평 오라버니도 곳비를 연모하고 있다는 사실을 이제야 알았다. 옹주는 흥분하여 소리를 지르며 수성궁으로 갈 차비를 했다.

금성 대군은 수성궁 솟을대문으로 들어섰다. 정현 옹주가 막 가마에서 내려 금성 대군을 불렀다. 금성 대군은 옹주를 보자마자 입을 열었다.

"정현 누이도 들으셨소? 안평 형님이 곳비와 가례를 올린다고 합니다. 첩실이라도 말릴 판에 정실이라니 말이 된다고 생각하십니까?"

"신분 고하를 막론하고 은애하는 이를 부인으로 맞으신다니 역시 안평 오라버니는 범상치 않으십니다."

정현 옹주가 손바닥을 맞부딪치며 황홀한 표정으로 말했다.

"누이, 정신 차리십시오. 안평 형님은 이 나라의 대군이시고, 대군의 혼사는 왕실의 일이옵니다."

"금성 대군, 고정하십시오. 아직 당사자에게 확인한 것도 아니지 않습니까?"

"예, 이번에도 분명 안평 형님을 음해하려는 자들이 말을 만들었을 테지요. 우리 형님이 어떤 분이신데요? 종이 쪼가리 한 장이라도 최고가 아니면 거들떠보지도 않으시는 분입니다. 곳비라니, 가당치 않지요."

금성 대군이 고개를 저으며 비해당으로 발걸음을 옮겼다.

비해당 중문에 도착했을 때 정현 옹주가 금성 대군의 팔을 붙잡았다. 정현 옹주가 고갯짓으로 비해당 뜰을 가리켰다. 곳비와 안평 대군이 마주 서서 대화를 하고 있었다.

"수성궁에 널린 게 전각인데 또 무슨 전각을 짓는단 말입니까?"

곳비가 쏘아붙이듯 말했다.

"전각이 아니라 화우정이 작아서 넓히려고 한다."

"아니, 무슨 정자에 방 여섯 칸과 누마루, 대청, 부엌간까지 필요하답니까? 화우정을 그렇게 크게 지으려면 뒤뜰 복사나무는 다 베어야합니다."

"복사나무야 베고 또 심으면 되지."

"또또또, 그게 다 재물입니다."

"알았다. 그럼 복사나무는 살려두마. 대신 비해당과 연결되는 복도각은 있어야 한다. 그래야 오가기가 쉽지."

곳비가 잠자코 있었다. 비해당 서재는 곳비도 드나들 일이 많았다.

"좋습니다. 대신 부엌간은 빼십시오."

"그건 안 된다."

"그럼 방은 두 칸으로 줄이십시오."

용이 이를 드러내고 웃었다.

"그럼 우리 사이가 너무 가까워질 텐데……."

"제 방 아닙니까?"

"네 방이면 곧 내 방이기도 하고, 내 방이 곧 네 방이고 뭐, 그런게지."

용이 검지를 마주 붙이며 실실댔다.

"어림없습니다."

"왜? 너도 내 방을 네 방처럼 드나들지 않았느냐?"

"이제부터 안 됩니다."

"곳비야."

용이 어미에게 조르는 아이처럼 어깨를 흔들었다.

"이제부터 제 말 잘 듣겠다고 하셨지요?"

"그리하였지."

"그럼 화우정은 제 뜻대로 하겠습니다."

"곳비야……."

용이 양팔을 높이 든 채 어깨를 흔들었다. 곳비가 '후' 하고 웃었다.

"웃었다."

"안 웃었습니다."

곳비가 정색했다.

"이래도?"

용은 어깨를 더 심하게 흔들었다. 곳비는 이를 앙다물고 웃음을 참았다.

"이래도 안 웃어? 곳비야아야아야아……."

용은 계속 어깨를 흔들었다. 곳비는 용을 보지 않으려고 고개를 푹 숙이고 말했다.

"안 됩니다."

"그래. 머지않아 그대가 수성궁의 안주인이 될 터이니, 마님 뜻대로 하소서."

용이 고개를 숙이고, 곳비가 고개를 들었다.

"한데 손은 왜 계속 올리고 계십니까?"

"우리 고운 곳비, 고운 얼굴이 햇볕에 그을릴까 봐 그러지."

용은 곳비가 움직일 때마다 손차양을 옮겨 그늘을 만들었다.

중문 밖에서 금성 대군이 두 사람을 지켜보다가 주먹을 쥐었다.

"누이, 저분 우리 형님 맞습니까? 형님, 왜 저러십니까?"

"보기 좋습니다. 안평 대군이 사내는커녕 여인한테 절절매던 사람이더이까?"

정현 옹주가 곳비와 용을 흐뭇하게 바라보았다.

"그러니까요. 곳비, 저 요물이 무슨 짓을 한 게지요."

"아니지요. 안평 오라버니께서 드디어 임자를 만나신 겝니다."

"전 도저히 두고 볼 수 없습니다. 말려야겠습니다."

금성 대군은 용과 곳비를 향해 씩씩대며 걸어갔다. 곳비가 금성 대군을 알아보고 허리를 굽혔다.

"금성 대군께 안부 여쭈옵니다."

"아, 예."

금성 대군이 곳비를 향해 허리를 굽히다가 멈추었다. 저도 모르게 고개가 숙여지고 허리가 낮추어졌다.

"아니, 말리러 가신다는 분이 인사는 왜?"

정현 옹주가 다가와 웃었다. 금성 대군이 허리를 흔들면서 몸을 세웠다.

"허리가 찌뿌둥하여……."

용이 금성 대군과 정현 옹주를 보며 손을 흔들었다.

"마침 잘 왔다. 내 곳비와 정혼하였으니 앞으로 이 사람을 대할 땐 내 정혼자로서 예를 갖추거라."

정현 옹주가 용과 곳비에게 축하 인사를 건넸다.

"형님!"

금성 대군이 못마땅한 얼굴로 용을 불렀다. 세 사람의 시선이 금성 대군에게 향했다.

금성 대군은 세 사람을 번갈아 보다가 말없이 뒤돌아섰다. 중문 앞에 서 있는 감 상궁을 향해 걸어갔다. 감 상궁이 비켜서서 나가는 길을 터주었다. 금성 대군이 걸음을 멈추고 감 상궁을 노려보았다.

"아씨께 일산을 씌워드리게."

"옹주 자가께서 볕을 맞고 싶다고 하시어……."

금성 대군이 감 상궁의 손에서 일산을 낚아챘다. 세 사람이 있는 곳으로 돌아갔다.

"형님, 그게 뭡니까?"

금성 대군은 곳비의 머리 위로 솟은 용의 팔을 보면서 이마를 찡그렸다.

"꼴사납습니다."

금성 대군은 용의 팔을 내리고 그 손에 일산을 쥐여주었다. 용은 얼떨결에 일산을 받아 곳비에게 씌워주었다. 곳비가 난감한 얼굴로 일산을 물리고 금성 대군의 눈치를 보았다.

금성 대군은 곳비에게 눈길 한번 주지 않고 무뚝뚝하게 말했다.

"받으십시오."

"예?"

"일산도, 새 전각도……."

금성 대군이 곳비에게 시선을 주었다. 곳비가 마른 침을 삼켰다.

"형수님을 은애하는 형님의 마음입니다."

곳비의 입에서 딸꾹질이 터져 나왔다.

"어머머. 이게 뭐야? 곳비 너, 아니 곳비 낭자 벌써……?"

정현 옹주가 눈을 동그랗게 뜨고 말끝을 흐렸다.

"이것아, 네 오라비가 아무리 한량이라도 국상 중이다."

곳비가 계속 딸꾹질을 해댔다.

"그럼 이게 뭡니까?"

"딸꾹질, 처음 보냐? 그나저나 우리 곳비 많이 놀랐구나. 딸꾹질을 멈춰야 한다."

용과 정현 옹주는 딸꾹질을 멈추어야 한다며 호들갑을 떨었다.

금성 대군은 이들을 상관하지 않고 유유히 걸어갔다. 도포 자락을 날리며 비해당 댓돌로 올라서다가 뒤를 돌아보았다.

"참, 모친께 허락은 받으셨습니까?"

"모친이라니요?"

곳비가 용을 바라보며 묘한 표정을 지었다.

"아…… 대군께는 모친이 계셨지요."

영우재(英雨齋)는 수성궁 북서쪽에 있었다. 오래전 영신이 단안각을 차지하고 난 뒤 용이 새로 지은 집이었다. 용은 영우재를 여름 침소로 썼다. 집 뒤는 인왕산 푸른 숲이라 고요했고, 창을 열어놓으면 여름 내내 산바람이 불어와 시원했다.

화우정을 헐고 새집을 짓는 동안 용은 곳비에게 영우재를 임시 처소로 내주었다. 주 상궁과 안 상궁, 가지도 함께 기거하게 했다.

이른 아침 곳비는 영우재를 나와 디딤돌에 내려섰다. 색동저고리에 자주 치마를 입었다. 머리를 땋아 내리고 댕기를 둘렀다. '양갓집 규수 같다.', '열일곱 처녀처럼 곱다.', '대군께 보내기는 아깝다.'라는 등, 주 상궁과 가지가 말을 주고받았다.

영우재 앞뜰에서 용이 헛기침을 했다. 용은 일찍이 와서 곳비를 기다리고 있었다. 주 상궁과 가지가 웃으며 자리를 피했다.

"아무래도 이 혼사, 다시 생각해봐야겠습니다."

곳비가 말했다.

"어찌 그러시오?"

"시어머님이 계신 사실을 잠시 잊었습니다."

"하하하. 걱정 마시오. 어머니는 어마마마보다 더 너그러운 분이시오. 그대를 괴롭게 하실 분이 아니시오."

용은 부왕 세종 대왕의 아우이신 성녕 대군의 양자였다. 성녕 대군이 후사 없이 일찍이 졸하자 세종 대왕은 용을 성녕 대군의 양자로 입적시켜 제사를 받들게 하였다. 성녕 대군의 처인 부부인은 아직 살아있었고, 용이 아주 어렸을 때 용을 직접 양육하기도 하였다.

"부부인께서 절 마음에 들어 하지 않으시면요?"

"그럴 리가 있겠소? 어머니께서는 늘 내 의견을 따라주시오."

두 사람은 앞마당으로 나왔다. 마당에는 사인교와 평교자가 한 대씩 있었다. 용이 곳비를 사인교로 안내했다.

"오르시지요, 아씨."

"제가요?"

"그럼 내가 타랴?"

"제가 어찌 가마를 타겠습니까?"

"잊었느냐? 네가 누군지?"

"대군의 정혼녀?"

곳비가 웃었다.

"장차 정일품 부부인이 될, 귀하신 몸이지. 아씨께서는 이 가마를 탈 자격이 충분하십니다. 어서 오르시지요."

용이 한 손으로 사인교의 작은 문짝을 직접 들어 올렸다. 다른 손은 곳비에게 내밀었다. 곳비가 용의 손을 잡고 사인교에 올랐다.

"서른넷에 궁녀 출신이라고요?"

부부인은 말을 잇지 못했다.

"예, 어머니. 소자와 나이 차가 얼마 나지 않아 뜻이 잘 통하며 어릴 때부터 오랜 시간 봐온지라 서로에 대해 잘 알고 있사옵니다."

용이 대답했다. 곳비는 겸연쩍게 웃었다.

한 식경 전, 부부인은 함빡 웃으며 용을 맞았다. 인상이 온화하고 말씨가 부드러운 분이었다. 하지만 용의 이야기를 들으면서 얼굴엔 웃음기가 사라지고 말끝이 흐려졌다. 곳비를 못마땅해하는 기색이었다. 곳비는 짐작한 바라 당황하지도 기죽지도 않았다.

"선대왕께서 윤허하신 일을 내 무슨 수로 반대하겠습니까?"

부부인은 한숨을 쉬었다.

"어머니, 소자가 깊이 은애하는 사람입니다."

"대군께서 은애하시는 이를 내 무슨 수로 반대하겠습니까?"

부부인은 또 한숨을 길게 내쉬었다.

"어머니, 소자가 평생을 함께하고 싶은 사람입니다."

"좋아요. 내 매파를 통해 혼담을 넣지요."

"감사합니다, 어머니."

용과 곳비가 동시에 웃었다.

"단, 가례를 치르기 전까지 저 아이는 내 집에서 기거하는 조건입니다."

"예?"

곳비가 놀라 눈을 동그랗게 뜨고 반문했다.

"어머니!"

용도 눈을 동그랗게 뜨고 부부인을 보았다.

"여염집의 혼례가 아닙니다. 왕가의 일원이 되는 일입니다. 내 곁에 두고 가르칠 것이 많습니다."

"곳비는 궁에서 자란지라 궁중의 법도는 더 이상 익힐 것이 없습니다. 정음은 물론 진서도 사내들만큼 깨쳤고 서책도 많이 읽었습니다."

"원…… 사내들만큼 진서를 깨친 일이 자랑입니까?"

부부인이 더 못마땅한 기색으로 혀를 찼다.

"물론 아녀자의 도리도 잘 알고 있습니다. 그렇지, 곳비야?"

"예, 맞습니다."

곳비가 자신 있게 맞장구를 쳤다.

"그 자리가 어떤 자리인 줄 아십니까? 승하하신 세종 대왕과 소헌 왕후의 며느님이 되는 자리입니다. 주상의 숙모님이 되는 자리이고요. 의춘군의 어미가 되는 자리이고, 외명부 정일품 부부인이 되는 자리입니다. 이른 아침부터 늦은 밤까지 윗전을 공경하고, 대군을 내조하고, 제사를 받들고, 손님을 접대하며, 아랫것들을 다스려야 합니다. 글자 몇 개를 깨치고 밥 짓고 바느질만 해서 되는 자리가 아니란 말입니다. 마음가짐부터 몸가짐까지, 걸음걸이 하나, 말 한마디, 밥 한 숟갈 마음대로 못 뜨는 자리입니다. 이래도 가르칠 것이 없습니까?"

"하나 어머니……."

"어허, 대군. 체통을 지키세요. 규방의 일입니다."

"예, 소녀, 부족한 것이 많습니다. 삼가 배우고 익히겠습니다."

곳비가 공손히 말했다. 용이 울적한 얼굴로 곳비를 바라보았다.

용은 홀로 방을 나와 댓돌로 내려서다 말고 대청에 주저앉았다. 고개를 숙이고 한숨을 내쉬었다. 곳비와 떨어져 지내야 한다고 생각하니 움직일 기운이 없었다. 저도 아예 이곳으로 거처를 옮겨야 하나, 생각했다.

대청 아래에서 양 내관이 용을 불렀다.

"조금만 있다 가자꾸나."

"대감!"

"조금만 있다 가자니까."

용이 울컥하여 소리쳤다.

"대감, 잠시 보소서."

용이 고개를 들었다. 영신이 댓돌 아래에 서서 저를 내려다보고 있었다. 용은 벌떡 일어섰다.

"내 이미 휴서를 주었거늘 아직도 어머니와 왕래를 하시오?"

"대군께서 잠시 자리를 이탈하셨기에 저도 잠시 제 자리를 비웠을 뿐, 부부인과 제 사이는 변함이 없습니다."

"대체 무슨 소리를 하시오?"

"전 머지않아 마땅히 제가 있어야 할 자리, 대군의 곁으로 돌아갈 것이옵니다. 대군께서도 어서 돌아오시지요."

영신의 태도가 너무 한결같아 용은 살짝 불쾌해졌다.

"그런 일은 없을 테요. 다시는 내 주변을 기웃거리지 마시오."

용은 음성을 높였다.

"내 어머니 집에도 출입하지 마시오."

"내 손님입니다, 대군."

부부인이 대청으로 나왔다. 곳비가 뒤따라 나와 섰다. 용은 곳비와 부부인을 번갈아 보았다.

"대군께서 간여할 바가 아닙니다. 들어오시게."

부부인은 웃으며 영신을 맞았다.

"어머니!"

용은 영신의 앞을 막아섰다.

"손님을 그냥 보냅니까?"

부부인이 눈썹을 꿈틀거렸다. 저를 이겨 먹을 생각은 하지 말라는 무언의 신호였다.

곳비는 두 사람의 눈치를 살폈다. 용도 부부인의 체면도 모두 세워주고 싶었다.

"저…… 외람되오나 대군께서 어머님, 아니 부부인 마님께 하실 말씀이 있는 듯하니 소녀가 영신 아씨께 차를 대접하겠사옵니다. 두 분 말씀 나누소서."

곳비가 양 내관에게 눈짓을 했다. 양 내관이 부부인과 용을 안방으로 모셨다.

곳비는 영신과 별당에 들었다. 두 사람은 말없이 차만 마셨다.

"아씨께서 진심으로 행복해졌으면 좋겠어요."

곳비가 찻잔을 내려놓고 먼저 입을 열었다.

"그럼 난 대군께 돌아가야 하네."

"저도 대군을 떠날 수 없는걸요."

"떠나라는 게 아닐세. 우리 함께 행복하게 살자는 걸세."

"아씨, 어찌 낭군을 나누겠어요?"

영신은 곳비의 질문이 이상하다는 듯 반문했다.

"나누지 못할 건 뭐야? 다들 그렇게 살잖아."

"소녀는 아니에요. 전 그렇게 못 살아요."

"그럼 대군의 마음은 자네가 가져."

영신은 별일 아니라는 듯 대답했다.

"난 대군의 대업을 내조할 걸세. 태종 대왕께서도 원경 왕후께서 계셨기에 대업을 이루셨지."

"대군께서는 태종 대왕이 아닙니다."

"자네는 몰라. 대군께는 태종 대왕의 피가 흐르고 있어. 결국 대군이 원하는 건 용상이 될 거야."

"아니요. 아씨께서 오히려 대군을 모르세요. 대군은 다른 왕자들과는 달라요."

"그럼, 수양 대군은?"

"······."

곳비도 수성궁과 명례궁을 사이에 두고 돌아가는 사정은 알고 있었다.

"우리 대군께서 용상에 오르지 않으면 수양 대군이 용상을 차지하겠지. 그리고 우리 대군을 죽이겠지."

"친형제지간이지 않습니까?"

"순진한 사람."

영신은 곳비가 한심하다는 듯이 짧게 웃었다.

"자네랑 끝을 볼 이야기가 아닐세. 하나 자네도 곧 깨닫게 될 거야. 대군 곁에 어울리는 여인이 누구인지, 자네가 지금 얼마나 헛된 욕심을 부리고 있는지. 먼저 일어남세. 차 잘 마셨으이."

영신이 일어나 별당을 나갔다.

아침부터 저녁까지 곳비는 부부인 수업을 받았다. 오전에는 찬모에게 음식을 배우고, 오후에는 침모에게 바느질을 배웠다. 날이 저물고는 부부인에게 부인의 도리를 배웠다.

"여교(女教)에 이르기를, 여자에게 네 가지 행적이 있으니 첫째는 여자의 덕이며, 둘째는 여자의 언어요, 셋째는 여자의 용모요, 넷째는 여자의 공이라."

곳비가 미소를 지었다.

"소녀가 이미 다 갖추고 있는 것들이옵니다. 어머님, 아니 마님."

"어허."

"예, 말씀하소서."

"여자의 덕은 재주와 총명이 다른 것이 아니며, 여자의 언어는 말을 잘하며 이익을 도모하는 언사가 아니며."

"그럼 남자의 덕과 언어는요?"

곳비가 고개를 갸웃거렸다.

"어허."

"예, 말씀하소서."

곳비는 다소곳이 고개를 숙였다.

"여자의 용모는 반드시 안색이 좋고 고운 것만을 말하는 것이 아니며 여자의 공은 반드시 공교롭게 사람의 능력을 넘어서는 것을 뜻하는 것이 아니니라. 알겠느냐?"

곳비는 반박하고 싶었지만 꾹 참고 미소를 지었다.

"알다 뿐이겠사옵니까. 그 여인이 바로 소녀이옵니다."

"어허."

"예, 말씀하소서."

"제대로 듣고 있느냐?"

"물론이옵니다."

부부인이 의심스러운 눈초리로 곳비를 봤다.

"뭘 아느냐?"

"곡례(曲禮)에 이르기를 모두 다 함께 음식을 먹을 때에는 배부르게 먹지 말고, 한데 전 같이 먹을 때 배불리 먹는 게 좋사옵니다."

"어허."

부부인이 눈을 치켜떴다. 곳비는 부부인과 용이 친 모자간은 아니지만 '어허' 하면서 눈을 치켜뜨는 모습이 꼭 닮았다고 생각했다.

"아, 예. 또한 함께 밥 먹을 때에는 손을 쓰지 말고, 밥을 말아 먹지 말며, 한데 국밥 안 드셔보셨지요? 얼마나 맛있는데요? 대군께서도 처음에는 상스럽다고 하시더니 이제는 아주 잘 드십니다."

"어허."

"아, 예. 젓갈을 훌어 떠먹지 말고, 그지없이 마시지 말며, 소리 나게 음식을 먹지 말고…… 남녀가 한 데 섞여 앉지 말고, 횃대에 함께 옷을 걸지 말며……."

곳비는 오늘 배운 바를 다 읊어댔다. 부부인이 눈을 동그랗게 떴다.

"다 외운 게야?"

"예."

"어찌 한 번 듣고 외운 게야?"

"소녀 글을 아옵니다. 미리 읽고 외웠사옵니다."

"음…… 제법 영민한 모양이구나."

"영민하다 뿐이옵니까? 음식이면 음식, 바느질이면 바느질, 자수면 자수 다 합니다. 또 수성궁에 노비가 몇 명인데 제가 일일이 음식을 만들고 바느질을 하겠습니까? 대신 부리는 자들을 다치게 하지 않고 잘 시킵니다. 제가 사교성이 무척 좋거든요. 궁인들, 노비들 꽉 잡고 있사옵니다."

부부인이 웃었다.

"넉살은 좋구나."

"또 글을 압니다. 잘 압니다. 똑똑합니다. 사내로 태어났으면 정승 판서는 했을 것이옵니다."

"여인이 글을 알고 똑똑해서 뭐 하느냐?"

부부인이 고개를 기울였다.

"대군과 시를 짓습니다. 대화를 합니다."

"그야 벗이 있거늘."

"소녀는 가장 가깝고 믿을 수 있는 벗이 되지요."

부부인이 고개를 끄덕였다.

"또 있습니다. 소녀는 대군을 웃겨드립니다. 또 몸이 튼튼합니다. 아들이고 딸이고 많이 낳겠습니다."

부부인이 웃었다.

"웃기는 재주는 있구나."

"그리고 힘이 셉니다. 팔뚝 힘이 얼마나 센지 보셔요."

곳비가 부부인의 등 뒤에 앉아 어깨를 주물렀다.

"뭐, 힘은 세구나."

곳비는 어깨를 주무르며 말을 이었다.

"그리고 가장 중요한 능력. 소녀는 미모가 뛰어납니다."

"에이, 그건 아니니라. 영신이 훨씬 낫다."

"한데 어쩝니까? 대군께는 제 미모만 먹히는데요? 절대로 한눈 못 파십니다. 저 때문에 첩실들을 싹 다 정리하지 않으셨습니까? 어머님, 아니 마님도 생각해보셔요. 왜 여인만 일부종사해야 하옵니까? 예전에는 여인들도 개가하고 할 거 다 했습니다. 시대가 이상해졌습니다."

"그래. 네 말이 맞긴 맞구나."

부부인은 고개를 끄덕이다가 정신을 차렸다.

"내 지금 무슨 소리를 하누? 너만 보면 자꾸 넋이 나가지 뭐야? 그만 물러가거라."

"예, 어머님, 마님. 안녕히 주무십시오."

곳비는 큰절을 하고 물러 나갔다. 부부인이 곳비가 나간 자리를 보고 미소를 지었다.

"야옹, 야옹."

담장 밖에서 도둑고양이가 울었다. 곳비가 달려갔다.

"고야용, 야옹, 야옹."

곳비, 오늘 잘 지냈느냐? 곳비는 낮에 가지가 주고 간 언문 서신을 떠올리며 고양이 울음소리를 해석했다.

"야옹."

곳비가 네, 하고 대답했다.

"고야옹, 야옹, 옹옹옹."

곳비야, 보고 싶다고? 저도 보고 싶어요.

"야옹, 옹옹옹."

"고야옹, 야옹 야옹 옹옹옹."

은애한다고요? 저도 은애해요.

"야옹, 야옹 야옹 옹옹옹."

곳비가 대답했다.

달빛 아래서 암수 고양이가 담장을 사이에 두고 울었다.

며칠 후 부부인이 곳비를 앉혀 놓고 물었다.

"안평 대군과 꼭 혼인을 해야겠느냐?"

"예."

곳비의 눈빛이 결연했다. 부부인이 한숨을 쉬었다.

"소녀가 그리 마음에 안 드시옵니까?"

부부인이 곳비를 잠시 바라보다가 입을 열었다.

"대군과 네 궁합을 보았다."

곳비가 어깨를 들썩이며 웃었다.

"예, 벌써요? 그럼 소녀를 허락하신 게지요?"

"아니."

"그럼 궁합은 왜⋯⋯."

"다시 생각해보거라."

부부인의 얼굴이 어두워졌다.

"너와 혼인을 하면 안평 대군과 너는 죽어야 한다는구나."

곳비의 얼굴도 어두워졌다.

"저와 혼인을 하지 않으면요?"

"안평은 제 명대로 살 것이니라. 너도 물론 살 게야."

곳비가 잠시 생각하다가 대답했다.

"대군과 혼인하겠습니다. 대군은 저 없이도 살지 못하실 테니까요. 그리고 궁합 따위 믿지 않습니다. 우리 대군과 제 운명은 우리가 만들어 가겠습니다."

"죽음이 두렵지 않느냐?"

부부인이 놀라 물었다.

"두렵습니다. 하나 대군과 헤어져 사는 것이 더 두렵습니다."

"대군도 너도 이해할 수가 없구나."

열넷에 간택을 받아 성녕 대군과 혼인한 부부인은 연심을 몰랐다.

"하나 두 사람이 대단한 걸 하고 있다는 건 알겠구나."

"그럼 허락하신 겝니까?"

곳비가 웃었다. 부부인은 정색했다.

"아니. 그만 나가보거라."

곳비가 안방을 나왔다. 날은 어둡고 담장 밑에선 도둑고양이가 울었다. 곳비가 대청에서 내려오는데 안방에서 부부인이 곳비를 불렀다. 곳비가 안방을 향해 대답했다.

"내일 당장 수성궁으로 돌아가거라. 도둑고양이 때문에 못 살겠구나."

"감사합니다, 마님!"

곳비가 씩씩하게 외쳤다.

"이제 어머니라 부르거라."

"예, 어머님! 어머님, 감사합니다!"

가을, 비해당 뒤뜰에 화우당이 들어섰다. 용은 화우정을 헐고 화우당을 지었다. 복사밭과 연못을 그대로 살리기 위해 동향으로 지었다. 하여 용이 서재에 들어 북창을 열면 정면으로는 연못과 그 너머 복사밭이 보였고, 서편에는 화우당이 보였다. 화우당 방에 앉아 동창을 열면 정면에는 연못이, 서편에는 복사밭이, 동편에는 비해당이 있었다.

곳비가 화우당에 자리 잡는 첫날이었다. 국상이 끝나고 가례를 올릴 때까지 곳비가 쓸 거처였다. 곳비는 오늘부터 '화우당 아씨'라고 불렸고, 화우당에는 공식적으로 주 상궁과 안 상궁, 가지, 곳비를 모시는 여종 두 명만 드나들게 했다. 용도 화우당에는 들어가지 않았다. 비공식적으로 복도각을 통해 건너갔다.

낮에는 친우들을 불러 입택 고사를 지내고 음식을 나누어 먹었다. 날이 저물자 용은 곳비의 방에서 석반을 들고 차를 마셨다. 여느 때보다 많이 마셨다. 차까지 다 마시고 나니 두 사람은 더 이상 할 일이 없었다. 곳비가 부러 하품을 하며 기지개를 켰다.

"졸리지?"

"예, 졸려 죽겠습니다."

"그래도 오늘이 첫날밤인데……."

"예?"

곳비가 눈을 동그랗게 떴다.

"아니, 화우당에서 네가 잠드는 첫날 밤이 아니냐?"

"예."

"하여 내가…… 내가……."

곳비가 용을 향해 얼굴을 내밀며 물었다.

"내가 뭐요? 입이라도 맞추시게요?"

용이 눈빛을 반짝였다.

"맞춰도 되느냐?"

"안 되지요."

곳비가 정색했다.

"농이다, 농. 나는 이불을 깔아주려고 하였다."

용이 일어나서 벽장 문을 열고 이불을 꺼내 바닥에 깔았다.

"누워라."

"지금요?"

"나는 네가 눕는 걸 보고 가마."

곳비는 용을 보내기 위해 자리에 누웠다.

"자, 이불을 잘 덮고."

곳비가 이불을 덮었다.

"잘 자거라."

"예, 대군도 어서 가서 주무십시오."

"그래. 오냐."

용은 가지 않았다.

"뭐 하십니까?"

"그래. 일어난다, 일어나."

용은 일어나지 않았다.

"뭐 하십니까?"

"그래. 간다, 가."

용은 방을 나가다가 털썩 주저앉았다. 발걸음이 떨어지지 않았다. 곳비와 헤어지고 싶지 않았다. 이대로 나가면 잠을 못 이룰 것만 같았다.

"네가 잠든 걸 보고 가면 안 되겠느냐?"

곳비가 벌떡 일어나 용의 등을 떠밀었다.

"안 되지요. 어서 나가십시오."

"그래."

용은 어깨를 늘어뜨리며 방을 나갔다.

용은 제 방으로 돌아와 잠자리에 누웠다. 잠이 오지 않았다. 가부좌를 틀고 앉았다. 불경을 외웠다. 오래전 비해당 대청에서 곳비를 제 무릎에 누이고 불경을 외우던 일이 떠올랐다.

용이 불경을 멈췄다. 그때와 상황이 달랐다. 그때 곳비는 누이고, 소녀였다. 하나 지금은 서른이 넘은 여인이고, 제 정혼자였다. 용은 벌떡 일어났다. 용은 방을 나가 복도를 통해 화우당으로 걸음을 옮겼다. 곳비의 방 앞에서 무릎을 꿇었다.

"부처님, 열성조이시여. 부디 불초한 소손을 용서하소서. 국상 중이오나 소손, 건강한 사내로⋯⋯."

용은 곳비의 방 안으로 들어갔다. 얼굴이 후끈거리고 다리가 후들거렸다. 몸을 낮추고 곳비를 불렀다. 곳비는 대답이 없었다. 곳비의 얼굴 가까이 고개를 숙였다. 곳비는 콧김을 내뿜으며 잠들어 있었다. 용이 웃었다. 곳비를 한참 바라보다가 이불을 덮어주고 방을 나왔다.

화우당 마당에 달빛이 밝았다. 용은 달을 바라보며 기도했다.

"달아! 빨리 차올라라. 세월아! 빨리 달려라."

2

"아씨, 일어나십시오. 소세 물 대령했사옵니다."

이른 아침 노복이 곳비를 깨웠다. 곳비는 눈을 뜨고 기지개를 켰다. 일어나다가 멈칫했다.

'잠깐, 사내의 음성이었는데. 화우당에 사내는 들어오면 안 되잖아?'

곳비는 신분이 천하여 노복이 저를 무시하나 싶었다. 어떤 놈인지 혼쭐을 내줄까 하다가 관두었다.

"생각 없구나. 물러가라."

"에이, 소세도 아니 하고 대군을 뵈려고요?"

곳비가 웃었다. 어떤 놈인지 알 것 같았다. 곳비가 밖으로 나갔다.

용이 소세 물을 들고 방문 앞에 서 있었다.

"신새벽부터 영감 목소리를 내시고 뭐 하십니까? 이런 일은 노비들에게 시키시지 않고요."

"화우당 아씨를 잘 모시러 왔사옵니다."

"새벽부터 소세라⋯⋯. 하하하. 퍽도 상쾌합니다."

곳비는 대청에 주저앉아 대야에 손을 담그려 했다. 용이 곳비의 손을 잡았다.

"어허, 귀하신 아씨께서 어찌 직접 손에 물을 묻히십니까?"

"하면 소세를 어찌합니까?"

"소인이 있지 않사옵니까?"

용은 곳비의 얼굴을 닦아주었다. 손도 발도 닦아주었다. 곳비는 가만히 용을 바라보았다. 행복했다. 넘치도록 행복했다. 그리고 불안했다. 부부인이 본 궁합도, 영신의 말도⋯⋯.

"뭘 그리 보느냐?"

"대군, 우리 오래오래 행복하게 살아요."

"물론."

곳비와 용은 방에 들었다.

"내 너를 위해 준비한 것이 있다."

"설마 또 돈 지, 아니 재물을 많이 쓴 건 아니시겠지요?"

"아니, 대신 내 정성을 듬뿍 넣었다."

용이 품 안에서 손수건을 꺼냈다. 손수건에는 복사꽃이 수 놓여 있었다. 오래전 곳비가 어미에게 받은 것과 같은, 아니 비슷한, 아니 많이 다른 것이었다. 자수가 요상했다.

"저번에 주셨잖아요."

"지난번에 준 건 내가 수를 놓은 것이 아니라서……. 네가 어머니 댁에 있는 동안 내 주 상궁에게 틈틈이 배웠다. 솜씨는 부족하지만……."

사내가 자수를 놓다니, 더구나 왕자가 자수를 놓다니. 상상할 수 없는 일이었다. 그런데 용이 저를 위해 수를 배우고 수를 놓다니. 곳비는 너무 감동하여 잠시 말을 잇지 못했다.

"왜 별로냐?"

"아니요. 아주 훌륭합니다. 소녀, 이렇게 훌륭한 자수를 본 적이 없어서 잠시 할 말을 잃었습니다. 감사합니다."

곳비가 양팔로 용을 꼭 안았다.

"소녀, 정말 낭군을 잘 만났습니다. 세상에서 제일 멋진 낭군을 만났습니다."

"그걸 이제야 알았느냐?"

용이 어깨를 으쓱했다.

두 사람은 함께 조반을 들었다. 곳비가 마다했지만 용은 겸상을 고집하면서 직접 생선을 발라 곳비의 밥숟갈에 올려주었다.

"대감, 그만하십시오. 소녀가 하겠습니다."

"세상에서 제일 멋진 낭군은 여인에게 식사 시중을 들게 하지 않소."

용은 곳비가 밥술을 뜰 때마다 찬을 올려주었다.

곳비가 용의 시중을 들려 할 때마다 용은 세상에서 제일 멋진 낭군은 여인을 잘 모시는 법이라며 오히려 곳비의 시중을 자청했다.

용과 곳비는 조반을 들고 인왕산에 올랐다. 멀리 무계정사가 보였다. 용은 매일 무계정사에서 손님을 만났다.

"소녀는 예서 내려가겠습니다."

"수성궁까지 데려다주마."

"아니옵니다. 손님들이 벌써 와 있지 않습니까?"

"세상에서 제일 멋진 낭군은."

곳비가 용의 입술에 검지를 대고 속삭였다.

"소녀, 세상에서 제일 멋진 낭군을 어서 손님들에게 자랑하고 싶습니다."

용이 웃었다.

"그럼, 내 가보리다."

용이 무계정사에 올랐다.

"대감."

곳비가 용을 불렀다. 용이 돌아보았다. 곳비가 용에게 다가갔다.

곳비는 용의 눈을 바라보았다. 용도 곳비의 눈을 들여다보았다. 두 사람은 말없이 사랑을 고백했다.

"오늘도 무탈하시어요."

곳비가 용의 뺨에 입을 맞추고 미소를 지었다.

날이 저물었다. 곳비는 비해당에서 용을 기다렸다. 노비가 용의 소식을 전했다.

"아씨, 대감마님께서는 무계정사에서 석반을 드신답니다. 먼저 드시라고 하셨습니다."

오늘도 무계정사에 손님이 많이 들었다. 예전부터 수성궁은 늘 손님으로 붐볐으나 요즈음은 분위기가 다른 듯도 하였다. 아니, 달라진 점은 없었다. 그저 소문을 듣고 보니 달라진 듯 보일 뿐이었다.

—대감, 소문 들으셨습니까? 대감께서 역모를 준비하신다고 하더이다.

곳비가 책을 읽다 말고 물었다. 용은 난을 치고 있었다.

—하하하. 내 충심은 하늘이 알고 땅이 알고 열성조와 주상께서 아시오.

—만에 하나 수양 대군 측에서 모함을 한다면요?

—피를 나눈 형님이 그럴 리가 있겠소? 하니 우리 아씨는 염려 마시오. 주상께서 장성하실 때까지만 곁에서 보필해드리고, 그 후엔 한성을 떠나 한갓지게 삽시다.

곳비는 용의 말을 믿었다. 아니, 믿고 싶었다. 근래 용과 수양 대군이 척을 졌으나 원래 우애가 깊었다. 수양 대군이 용을 다치게 할 리는 없었다.

밤이 깊어도 용은 돌아오지 않았다. 곳비는 서안 앞에 앉아 먹을 갈았다.

한 식경이 지나고, 용이 돌아왔다. 곳비는 먹을 들고 절을 하고 있었다. 한 번, 두 번, 세 번, 네 번…… 가만 보니 절이 아니었다. 졸고 있었다. 용은 웃으며 곳비에게 다가갔다. 곳비의 고개가 자꾸만 아래로 기울어졌다. 곳비가 고개를 벼루에 부딪치려는 찰나 용이 곳비의 얼굴을 받쳤다. 곳비가 눈을 뜨고 용을 보았다.

"오셨습니까?"

"가서 자지 않고."

"아닙니다. 모처럼 대군의 글씨가 보고 싶어졌습니다."

"그럼, 먹을 갈아주겠소?"

곳비는 다시 먹을 갈았다. 용은 글씨를 썼다.

얼마 지나지 않아 곳비는 고개를 떨구었다. 벼루에 얼굴을 박기 직전 용의 손이 빠르게 움직였다. 곳비의 얼굴이 용의 왼손으로 떨어졌다. 곳비가 아무 일도 없었다는 듯 다시 눈을 뜨고 고개를 들어 먹을 갈았다. 곳비의 얼굴이 다시 벼루를 향해 돌진했다. 용의 왼손이 곳비의 얼굴을 받아냈다. 곳비는 다시 아무 일도 없다는 듯 고개를 들고 먹을 갈았다. 결국 곳비는 다시 고개를 떨구고 용은 곳비를 눕혔다.

용은 잠든 곳비의 얼굴을 한참 바라보았다. 이마도 예쁘고, 눈썹도 예쁘고, 눈도 예쁘고, 속눈썹까지 예뻤다. 코도, 입술도, 턱도 어디 하나 안 예쁜 데가 없었다. 그러고 보니.

"곳비야, 너는 인중도 어찌 이리 예쁘냐?"

용은 곳비의 인중이 너무 예쁘고 사랑스러워 가까이 다가가고 싶었지만 곳비를 깨우지 않기로 했다. 대신 붓을 들었다.

곳비 한 번, 붓질 한 번, 곳비 한 번, 붓질 한 번……. 곳비의 초상화를 그렸다. 어, 그러고 보니. 곳비의 뺨을 자세히 들여다보다가 용이 웃었다. 곳비 초상화의 뺨에 점 하나를 찍었다.

다음 날 새벽 곳비가 깨어나 초상화를 보며 물었다.

"왜 뺨에 점이 있습니까?"

"그대 얼굴에 먹물 한 방울이 묻었소."

"예?"

곳비는 뺨을 보려고 명경을 찾았다. 아무리 들여다보아도 얼굴에 점은 없었다.

"깨끗한데요? 절 놀리는 재미에 사시지요?"

"참말이오. 다만……."

용이 웃으며 붓을 들어 그림 위에 글을 썼다. 곳비가 소리 내어 읽었다.

내 님의 고운 얼굴에 까만 씨앗이 있기에
내 두 입술로 얼른 먹어 버렸다오

"예?"

"맛은 없었소. 하하하."

곳비가 얼굴을 붉히며 용을 흘겼다.

매일 비해당에는 웃음이 넘쳤다. 오늘은 금성 대군과 정현 옹주, 영교까지 와서 시회를 핑계로 즐거운 시간을 보내고 있었다.

요 며칠 곳비는 용이 떠먹여주는 대로 다 받아먹다가 체증에 걸렸다. 곳비가 인상을 쓰며 구역질을 했다.

"형수님, 혹시 회임이라도 하셨습니까?"

금성 대군이 물었다.

"국상 중에 회임이라니요?"

곳비가 펄쩍 뛰었다.

"국상 중이라도 할 건 다 하더이다. 특히 남녀상열지사는요."

정현 옹주가 별일 아니라는 듯이 대답했다.

"어허, 우리는 범인이 아니다. 삼가고 삼가야 한다."

용이 위엄 있게 말했다.

"한데 형수님이 오신 이후로 수성궁에 여인의 향기가 나지 않습니다. 형수님이 투기가 심하신 것 아닙니까? 형수님, 투기는 칠거지악인데요."

"투기라니요. 전 그런 거 모릅니다. 투기할 대상이 있어야지요? 대군께 여인은 저밖에 없는걸요. 아니 그렇습니까, 대감?"

"그렇다마다요."

곳비가 용을 쳐다보며 묻자 용이 맞장구를 쳤다.

금성 대군은 형님이 변했다며 웃었다. 정현 옹주는 함께 웃다가 영교를 바라보았다. 오늘 영교는 그 어느 때보다 울적해 보였다. 정현 옹주는 영교가 안쓰러워 가슴 한편이 찡했다. 정현 옹주는 영교 앞에 음식을 끌어다 주었다.

영교는 집을 나오기 전 영신이 한 말을 생각하고 있었다.

―비해당 시회에 초대받았다지?

―예, 대군께서 꼭 오라고 청하셨습니다.

―같이 가자꾸나.

―누이가 올 자리가 아닙니다.

영교는 알았다. 용에 대한 영신의 마음은 연정이 아니었다. 헛된 욕망을 위해 그저 부부인이라는 자리에 집착하고 있을 뿐이었다.

―대군을 봬야겠다. 이현로를 만나서 대군을 반드시 보위에 올리

겠다는 다짐을 받았다. 그리고 중궁의 자리도 내가 갖겠다고 약조를
받았다.

―누이, 포기하십시오. 보위도 누이도 대군의 뜻이 아닙니다.

영교는 역정을 내며 영신을 말렸다.

―아니, 포기할 수 없다. 수양 대군이 안평 대군을 노리고 있어. 차
라리 잘 됐다. 내가 안평 대군을 보위에 올리고 지켜드릴 것이야. 그
럼 대군도 내 공을 인정하시겠지. 당연히 내게 중궁의 자리를 주시
겠지.

―누이, 말을 삼가십시오. 자칫 누이도 우리 집안도 멸문을 당할
수 있습니다.

―승자가 되면 된다.

그때 정현 옹주가 영교의 등을 두드렸다. 좋은 인연을 찾아드리겠
으니 힘내라고 했다. 영교가 생각을 멈추고 멋쩍게 웃었다.

주 상궁과 가지, 양 내관이 용과 곳비의 목격담을 이야기하고 있
었다. 사람들이 자지러지게 웃었다. 곳비도 얼굴을 붉히며 꽃처럼 미
소를 지었다. 행복해 보였다. 지금까지 영교가 본 곳비의 모습 중에
서 가장 행복해 보였다.

영교는 늘 곳비의 행복을 바랐다. 비록 제가 아닌 대군의 곁이지
만 곳비가 행복해서 좋았다. 그러면서도 마음 한편에서는 내내 누이
가 걸렸다. 누이의 불행이 제 가슴을 긁고 있었다. 영교는 혼란스러
웠다. 곳비를, 대군을, 두 사람을 축복해야 하는데 자꾸만 누이가 밟
혀 마냥 축복할 수만은 없었다.

"대감, 단안각 아씨께서 오셨습니다."

노복이 비해당 아래에서 영신이 왔다고 알렸다. 용은 영교와 눈을 마주쳤다.

"제가 나가보겠습니다."

"부탁하네."

영교가 대신 나가서 영신을 만났다. 용을 만나겠다고 고집을 부리는 영신에게 돌아가라고 소리치고 매몰차게 돌아섰다. 가슴이 아렸지만 이 방법이 누이를 위한 최선이라고 생각했다.

날이 저물고, 비해당에 모인 사람들은 다 같이 석반을 들었다. 고기 냄새가 비해당을 가득 채웠다. 시끌벅적한 가운데 노복이 급하게 달려와 여쭐 말씀이 있다고 했다.

"단안각 아씨께서 부자를 드셨다고 합니다."

순간 비해당이 얼어붙은 듯 조용해졌다. 숨소리조차 들리지 않았다. 지글지글 고기 타는 소리만 울렸다.

"위독하시답니다."

영교와 용이 벌떡 일어났다. 용이 곳비를 보았다. 곳비가 고개를 끄덕였다. 용과 영교는 마루를 내려갔다. 비해당을 나와서 영교가 멈추어 섰다.

"제 탓입니다."

"아닐세."

"제가 누이의 이야기를 조금만 귀담아들어주고, 누이에게 조금 더 다정하게 대해야 했습니다."

"자책하지 말게. 굳이 따지자면 내 탓이겠지."

용은 교자에 오르고 영교는 말에 올랐다. 영교는 죄책감에 가슴이 터질 듯만 하였다. 누이가 무사하기를 기도했다. 누이만 무사하다면 무슨 짓이라도 하겠다고 하늘을 향해 맹세했다.

곳비는 손님들을 보내고 비해당 뜰을 왔다 갔다 했다. 모두 제 탓이고 제 잘못인 것 같아 견딜 수 없었다.

곳비는 차비를 하고 집을 나섰다. 가마 대신 말을 타고 가회방 홍현골 영신의 집으로 달렸다. 집 앞에 도착했지만 곳비는 차마 대문을 두드리지 못했다. 한참 동안 대문 앞을 서성이다가 뒤돌아섰다.

"아씨."

영교였다.

"왜 그냥 가십니까?"

"송구하여……."

"모셔다드리겠습니다."

"아닙니다."

"어찌 혼자 오셨습니까? 몸종이라도 데리고 다니셔야죠. 모셔다드리겠습니다."

"아닙니다. 나으리께서는 어서 아씨를 돌보셔요."

영교는 곳비를 마을 어귀까지 배웅했다.

"돌아가서 대군을 보내겠습니다."

"그런 뜻이 아니라…… 그저 아씨가 괜찮은지 궁금하여……."

"압니다. 대군께서 계셔봤자 누이가 빨리 깨어나는 것도 아닌걸요. 해독을 하는 데 시간이 걸린다고 합니다."

영교는 인사를 하고 걸음을 뗐다.

곳비는 비해당을 서성거리면서 용을 기다렸다. 밤이 이슥하고 달이 서쪽으로 기울어져가도 용은 오지 않았다. 곳비는 허우룩했다. 마음이 서글펐다. 용이 돌아오지 않으면 어쩌지, 하는 생각이 일순 들었다.

'아니야. 대군께서는 오실 거야.'

곳비는 용을 믿었지만 생각을 멈출 수는 없었다.

'영신 아씨와 함께 오시면 어쩌지? 대군은 너그러운 분이시니 그럴 수 있어.'

'그럼 나는 어찌해야 하지? 돌아가신 부부인 마님처럼 살아야 하나. 나는 그럴 수 없을 듯한데…….'

곳비는 한숨을 쉬었다. 영신은 사경을 헤매고 있는데 제 생각을 하는 제가 싫었다.

영신이 눈을 떴다. 용이 부른 어의가 맥을 짚었다. 영신의 어미가 눈물을 훔쳤다. 영신은 잠시 대군과 이야기를 나누고 싶다고 했다. 방 안에 있던 사람들이 나갔다.

방 안에는 용과 영신만 남았다. 영신은 한동안 말이 없었다.

"미안하오."

"대군이 없는 삶을 사느니 죽는 편이 낫습니다."

영신이 독기 품은 목소리로 말했다.

"대군이 받아주시지 않으면 소첩은 백 번이고 천 번이고 죽겠습니다."

용이 밖으로 나왔다. 영교가 용을 기다리고 있었다. 영교는 용을 사랑으로 청했다. 두 사람이 마주 앉았다.

"누이를 거두어주십시오."

영교가 무릎을 꿇었다.

"그럴 수 없네."

"정부인 자리를 원하지는 않사옵니다. 어차피 누이는 대군의 소실
이지 않습니까? 예전처럼 단안각에 기거하게 해주십시오."

"미안하이. 이제 내 집에 여인은 그 사람 하나뿐일세."

용이 떠났다.

영교는 서안 앞에 앉아 밤을 지새웠다. 어스름이 걷히고 먼 데서
닭울음 소리가 들려왔다. 영교는 지필묵을 꺼냈다. 붓을 들었다. 기
억을 더듬어 오래전 비해당 서재에서 봤던 시를 그대로 썼다. 절재
김종서 대감이 용에게 보낸 시였다.

곳비의 방이 밝았다. 용이 곳비를 불렀지만 대답이 없었다. 용은
조용히 방문을 열고 안으로 들어갔다. 곳비가 서안에 엎드린 채 잠
들어 있었다. 용은 곳비를 눕히고 불을 끈 뒤 방을 나왔다.

아침, 곳비는 눈을 뜨고 저도 모르게 가슴을 쓸어내렸다. 용이 제
곁에 누워 있었다. 곳비는 용의 이마와 눈썹을 쓸었다. 용이 꿈틀했
다. 곳비는 놀라 손을 뗐다. 용이 곳비의 손을 잡았다.

"언제 오셨습니까?"

"늦게……. 늦어서 미안하다."

"아닙니다. 늦어도 돌아오기만 하십시오."

"내 아무리 멀리 가도 그대가 있는 곳이라면 반드시 돌아오겠소."

곳비가 용의 가슴에 얼굴을 묻었다. 용이 곳비를 꼭 안았다.

계유년 시(十)월

1

붉은 잎이 한 장 두 장 떨어지고, 아침저녁으로 스산한 바람이 불어왔다. 용은 쌀쌀해진 일기에 몸을 움츠리면서도 여느 때보다 바빠졌다. 수성궁 가솔들은 안팎으로 분주히 월동 준비를 시작했다.

곳비가 화우당으로 거처를 옮겼을 뿐인데 가솔들은 용이 부부인을 맞은 것처럼 들떠서 손발을 움직였다. 음식도 더 많이 마련하고 솜이불도 더 많이 지었다. 곳비가 이 많은 음식과 이불을 언제 다 먹고 쓰냐고 걱정하자 주 상궁은 올겨울에는 대군의 손님이 더 늘어날 듯하니 오히려 모자라지 않을까 염려된다고 하였다.

곳비는 솜옷을 짓기 위해 주 상궁, 가지와 함께 장에 나왔다. 가장 좋은 비단과 솜으로 지어 임금과 중전께도 보내드릴 작정이었다.

"물렀거라. 수양 대군 행차시다."

구종의 목소리에 행인들은 대로 양 갈래로 갈라져 고개를 숙였다.

곳비도 그들 가운데에서 몸을 낮추었다. 가지가 저기 보라며 팔꿈치로 곳비의 팔을 쳤다. 곳비는 눈을 치켜떴다. 한명회, 권람 무리들이 말에 올라 수양 대군이 탄 말을 따르고 있었다. 그리고 그 사이에 소영교가 있었다.

근래에 영교는 수성궁에 발길을 끊었다. 영신이 부자를 든 후였다. 다행히 영신은 죽을 고비를 넘기고 살아났지만 영교는 용에게도 곳비에게도 글월 한 줄 전해주지 않았다. 아랫것들을 통해 영교가 명례궁에 드나들며 수양 대군과 가깝게 지낸다는 소문을 들었지만 곳비는 믿지 않았다. 영신이 수성궁을 나가고 용과 멀어졌더라도 영교와 용의 사이는 다르다고 생각했다. 용은 영교의 재주와 인품을 아꼈고 영교는 용의 능력과 도량을 흠모했다. 두 사람은 신분과 나이를 넘어서 지기(知己)였다. 곳비는 피는 물보다 진하다는 말을 실감하면서도 혹여 제가 두 사람의 사이를 더 멀어지게 한 게 아닐까 자책하곤 했다.

한데 오늘 소문을 사실로 확인하고 나니 용과 영교에게도 미안하고, 영교를 잃은 용의 마음이 얼마나 서운할지 짐작되어 제 가슴이 허우룩했다. 곳비는 영교의 뒷모습을 망연히 바라보다가 걸음을 뗐다.

수성궁으로 돌아온 곳비는 비해당부터 들러 용을 만나려고 했으나 이미 김종서 대감이 들어 있었다. 곳비는 서늘한 뜰에 서서 사랑을 잠시 바라보다가 걱정스러운 눈길을 거두고 화우당으로 건너갔다.

김종서가 비해당을 떠나고 용이 화우당으로 건너왔다. 무계정사로 가기 전에 곳비의 얼굴을 보기 위해 들렀다고 했다. 곳비의 근심과 달리 용은 변함없이 유쾌하고 부드럽고 따뜻했다.

"오늘 낮에 소 주서를 봤어요."

"잘 지내고 있소?"

"안부는 묻지 못했어요. 수양 대군을 수행하고 있더군요."

용은 별말 없이 차만 한 모금 들이켰다.

"소 주서가 수양 대군의 편이 된 건가요?"

용이 미소를 지었다.

"형제끼리 네 편 내 편이 어디 있겠소? 소 주서야 뛰어난 인재이니 형님과 교유하는 것도 좋지."

곳비는 하고 싶은 말을 삼키고 불안한 기색을 보였다. 용이 곳비에게 바투 다가앉았다.

"할 말이 있는 듯한데?"

곳비는 입술을 떼다가 다시 다물었다. 성녕 대군 부부인에게 배운 부녀자의 도리가 목구멍을 탁 틀어막았다.

"아니옵니다."

용이 웃었다.

"곳비야."

용은 이름을 나직이 부르며 곳비의 손을 잡았다.

"나는 네가 법도니 내훈이니 하는 것들에 갇혀 벙어리가 되는 건 싫다."

곳비가 차를 한 모금 마시고 입을 열었다.

"대감, 저는 좀 두려워요. 모두들 명례궁과 수성궁이 척을 지고 있다고 떠들어대고 있어요. 대감이 사냥을 핑계 삼아 사병을 양성하고 왕위를 찬탈할 거라는 소문이 돌고 있어요."

수성궁에는 날마다 사내들이 드나들고 용은 무계정사에서 그들과 강무를 즐겼다.

"또 황보인 대감이 대군에게 백옥대를 보내니 대군은 황금 침향대로 보답하고, 김종서 대감과 정분 영감에게는 서대를 일(一)요씩 주고, 진귀한 물건과 서화도 여러 사람에게 나누어 주었는데 이 모두가 정변을 도모하기 위해 사람을 포섭하는 것이라는 소문도 들었어요."

"넌 내가 정말 용상에 욕심이 있다고 생각하느냐?"

"아니요."

"하면 뭐가 문제이냐?"

"수양 대군은 왕좌에 욕심이 있지요."

"나와 형님 모두 세종 대왕의 아들이고, 문종 대왕의 아우이다. 나는 형님도 내 마음과 같다고 믿는다. 주상께 충심을 다 바칠 게야."

"하나, 만에 하나 수양 대군께서 다른 마음을 품었다면요?"

"그런 일은 없겠지만 만에 하나 그런 일이 생기더라도 내가 주상을 잘 지켜드릴 것이다."

곳비가 이마를 찡그린 채 조심스레 물었다.

"그 전에 수양 대군을 먼저 치시면 안 되나요?"

"형님과 나는 동복형제이다. 형제간의 의를 저버릴 수는 없다. 물론 형님도 그럴 것이니 염려 말거라."

곳비는 고개를 끄덕이면서도 근심을 떨칠 수 없었다. 용이 곳비를 품에 안고 등을 쓰다듬었다.

"걱정 말래도. 네가 그리 걱정하면 널 두고 화우당을 나설 수 없지 않느냐?"

이미 무계정사에는 아침부터 사내들이 와서 강무를 즐기고 있었다. 곳비는 괜찮다며, 김종서 대감과 황보인 대감과 대군이 있는데 수양 대군이 어찌 다른 뜻을 품을 수 있겠냐며, 제가 괜한 걱정을 했다며 밝은 얼굴로 용을 배웅했다.

용은 무계정사에 올랐다. 김종서가 사내 하나를 바닥에 꿇리고 역정을 내고 있었다. 용은 사내를 알아보았다. 명례궁의 간자였다. 정체를 알고 두고 보던 참이었는데 호랑이 김종서 대감의 눈에 꼬리가 밟힌 모양이었다. 용은 아무렇지도 않은 듯 웃으며 김종서에게 다가갔다.

"대감, 어찌 이리 대노하셨습니까?"

"마침 잘 오셨습니다, 대감."

용은 간자를 보며 소리쳤다.

"네 이놈, 무슨 잘못을 하였기에 절재 대감을 노하게 하였느냐? 내 엄벌에 처할 것이니 물러가 있거라."

김종서는 수하에게 간자를 잡아두라고 명하고, 용은 김종서를 데리고 방 안으로 들어갔다. 용과 김종서가 마주 앉았다.

"대감께서 저자를 왜 잡으셨는지 압니다."

"알면서도 그냥 두셨습니까?"

"숨길 것이 없는데 무엇이 걱정이겠습니까?"

김종서가 소리 내어 웃었다.

"대군의 성정이 이러시니 사람들이 모일밖에요. 하나 지금은 사람도 가려서 받으셔야 합니다. 결국 명례궁의 간자를 키운 꼴이 아닙니까? 저자는 노장이 처리하겠습니다."

용은 뜻대로 하시라며 미소를 지었다.

정현 옹주가 만삭의 몸으로 숨을 헐떡이며 화우당으로 왔다. 곳비
는 정현 옹주의 손을 잡으며 진정시켰다. 정현 옹주는 며칠 전부터
수성궁에 오려고 했으나 남편 영천위 윤사로가 한사코 말렸다고 했
다. 곳비는 윤사로가 왜 정현 옹주를 말렸는지 짐작했다. 윤사로는
수양 대군과 가까운 인물이었다.

"옹주 자가, 소녀도 이해합니다."

"한데 서방님 말씀이 심상치 않습니다."

윤사로는 단지 수양 대군과 친하다는 이유로 정현 옹주의 수성궁
출입을 막는 것이 아니었다. 윤사로의 말에 따르면, 수성궁에 곧 큰
일이 일어날 터이니 옹주에게 절대로 수성궁에 가지 말라며 신신당
부했다고 하였다.

하지만 남편이 가지 말란다고 수성궁에 오지 않을 정현 옹주가 아
니었다. 정현 옹주는 무거운 배를 끌어안고 자리에서 일어났다. 감
상궁과 궁녀들이 말렸다. 정현 옹주는 다시 자리에 앉았다.

감 상궁의 눈짓에 궁녀 하나가 개불 한 접시를 차려 왔다. 정현 옹
주는 둘째를 회임하고는 개불만 먹어댔다. 감 상궁은 정현 옹주의
눈치를 살피며 개불을 권했다. 정현 옹주는 개불을 조금 들다가 젓
가락을 내팽개쳤다.

―아녀자의 도리는 개풀, 정치고 정사고 하는 건 난 모른다. 오라
버니들이 싸우고, 조카님과 오라버니가 죽게 생겼는데 내가 여기서

개불이나 먹게 생겼느냐? 어서 차비하거라.

정현 옹주는 가마꾼들을 재촉하여 수성궁으로 달려왔다.

"수양 오라버니는 어릴 때부터 차가운 사람이었어요. 무서운 데가 있어요. 하나 안평 오라버니는 농담도 잘하고 너그러우셨죠. 적서 구별 없이 아우들을 대하셨어요. 특히 옹주들에게 잘해주셨죠. 집안이, 서방님이 수양 대군을 따른다고 하더라도 전 안평 오라버니를 지지할 거예요."

정현 옹주가 곳비의 손을 잡고 말했다.

아무 일 없이 며칠이 지났다. 시 월 십 일이었다. 마침 임금께서는 누이 경혜 공주의 궁방에 거둥해 계셨다. 내일 아침 일찍 용이 경혜 공주의 궁방으로 가서 임금을 모시고 입궐하겠다고 했다. 곳비는 용의 편에 솜옷을 보낼 작정으로 옷을 마무리하는 데 손을 놀리고 있었다.

밖이 소란스러웠다. 대군께서 오셨다고 노비가 알려왔다. 곳비는 옷을 놓고 일어섰다. 요즈음 용은 무계정사에서 석반까지 들고 밤늦게 내려왔더랬다. 이제 막 날이 저문 참인데 어찌 일찍 오신 걸까. 시절이 수상한지라 곳비는 반가운 마음보다 걱정이 앞섰다.

곳비의 염려와 달리 용의 얼굴은 어느 때보다 환했다. 곳비의 마음을 편안하게 해주기 위해 부러 짓는 환한 표정이 아니라 진심에서 우러나오는 환한 얼굴이었다.

"대감, 좋은 일이 있으십니까?"

용이 곳비의 양어깨를 잡고 들뜬 목소리로 말했다.

"형님이 오신다고 하오. 수양 형님이 오신다고 하오. 형님도 신경이 쓰이신 게지. 내 진즉에 형님을 초청하고 싶었으나 형님의 심중을 정확히 짐작할 수 없어 그러지 못했다오. 한데 형님께서 이리 먼저 손을 내밀어주시니 얼마나 고마운 일이오?"

용은 흥분하고 감격스러워하고 있었다.

"주안상을 준비해주시오. 최고 귀한 안주를 내주시오. 내 오늘 대신들과 백성들에게 명례궁과 수성궁이 화합하는 모습을 보여주리다. 우리 왕실이 하나라는 사실을 알려주리다."

곳비도 기뻤다. 수양 대군은 요 몇 년 동안 용의 가장 큰 근심이었다. 용과 수양 대군이 드디어 뜻을 모으고 성상을 보필한다고 생각하니 곳비도 가슴 속 주름이 다 펴지는 듯하였다. 곳비는 찬모를 불러 상을 준비하게 했다.

곳비가 사랑에서 용의 의복 시중을 들고 부엌간으로 나가려는데 문득 며칠 전 방문한 정현 옹주의 말이 떠올랐다. 정현 옹주의 남편 윤사로는 수성궁에 곧 큰일이 일어날 터이니 옹주에게 절대로 수성궁에 가지 말라며 신신당부했다고 하였다. 불과 며칠 만에 수양 대군의 마음이 움직인 것일까. 곳비도 확신할 수 없었다. 곳비는 다시 용의 맞은편에 앉았다.

"나가려고 하니 내가 또 보고 싶소?"

곳비가 웃었다.

"내 곁을 떠나기 싫소?"

곳비가 또 웃었다. 곳비는 용의 능청스러운 애정 표현이 좋았다.

용도 웃었다. 곳비를 미소 짓게 만드는 순간, 용이 가장 행복한 때였다.

"나가려고 하니 보고픈 것도 사실이요, 대군의 곁을 떠나기 싫은 것도 사실이옵니다."

"오늘만 참으시오. 이제 형님 일만 잘 풀리면 도성을 떠나 하루 종일 곁에서 보고 삽시다."

곳비는 고개를 끄덕였다. 한적한 시골에서 용과 단둘이 사는 삶. 용의 바람이자 곳비의 바람이었다. 아들도 딸도 있었으면 했다. 아들만 있어도 좋았다. 딸만 있어도 좋았다. 아니, 아들도 딸도 없어도 좋았다. 용만 있으면 모든 것이 좋았다.

곳비는 잠시 용을 바라보다가 마른 침을 삼키고 물었다.

"대감, 만에 하나…… 만에 하나……."

곳비는 조용히 숨을 토했다.

"만에 하나?"

용이 물었다.

"만에 하나…… 수양 대군께서 다른 마음을 품고 대군께 그 뜻을 전하러 오신다면요?"

"그럴 일은 없을 테지만 만에 하나 그렇다면 내 목숨을 걸고 형님을 설득하여 종사의 안위를 보존하겠소."

'목숨'이라는 말에 곳비는 장차 시어머님이 되실 성녕 대군 부인의 말을 떠올렸다. 곳비가 용과 가례를 올리면 둘 다 죽는다고 하였다.

'내가 지금 무슨 생각을 하는 거야?'

곳비는 얼른 생각을 떨치고 미소를 지었다.

"만에 하나보다는 구천구백아흔아홉이 일어나기가 훨씬 쉽지요. 만에 하나는 일어나지 않을 거예요."

"그렇다마다."

용이 고개를 끄덕이며 맞장구를 쳤다.

용은 수양 대군에게 줄 선물을 고르러 갔다. 곳비는 부엌간으로 나왔다. 부엌간은 연기와 음식 냄새와 사람들의 손놀림으로 분주하였다. 곳비는 궁인과 노비들에게 가장 좋은 재료를 아낌없이 쓰라고 당부하고, 수양 대군이 좋아하는 민어찜을 직접 준비하였다.

곳비가 부엌간에서 한창 바쁘게 움직이고 있을 때 가지가 곳비에게 바깥소식을 전했다. 양 내관이 따로 알려준 소식으로, 김종서 대감 휘하에 있는 부관이 대감의 명을 받아 수성궁 안팎에 병력을 배치하였다고 했다. 곳비는 무슨 큰일이 났나 싶어 가슴이 철렁 내려앉았다.

"왜?"

곳비가 이마에 주름을 드리우고 물었다.

며칠 전 절재 대감이 무계정사에서 간자 하나를 잡았는데 대감은 그자를 회유하여 이중 첩자로 썼다고 했다. 그 이중 첩자가 대감에게 명례궁의 첩보를 전하기를, 오늘 밤에 수양 대군이 술자리를 핑계 삼아 수성궁을 방문하여 안평 대군을 도모한다고 하였다.

곳비는 너무 놀라 비명을 지를 뻔하였다. 용을 도모한다니. 온몸이 떨리기 시작했다. 가지가 곳비의 손을 잡았다. 저도 떨고 있기는 마찬가지였다.

"걱정 마. 절재 대감께서 대비를 철저히 해놓으셨어. 우리 대군께서도 사병들을 부르셨어."

"대감은? 절재 대감께서는 오셨어?"

"절재 대감께서는 영양위(경혜 공주의 남편인 정종) 댁에 계신 성상 전하를 뵙고 자초지종을 아뢴 후 수성궁으로 오신다고 하셨대."

가지는 절재 대감이 병력을 수성궁에 집중시켰으니 용에게 염려 말라는 말도 전했다고 하였다. 곳비는 손을 가슴에 댔다. 숨을 크게 내쉬면서 마음을 진정시켰다. 곳비는 용만 생각했다. 용을 위해서 지금, 이 순간 제가 할 일을 생각했다.

곳비는 가지를 보내고 부엌간으로 향했다. 아무 일도 없는 것처럼 음식을 만들고 상을 차려야겠다고 다짐했다. 어쩌면 두 형제의 마지막 만찬이 될지 모르니 가장 좋은 상을 차리겠다고 결심했다.

한 식경쯤 지났을 때, 가지가 용의 분부를 받고 곳비를 부르러 왔다. 곳비는 주 상궁에게 상황을 귀띔하고 비해당으로 향했다. 여전히 놀랍고 두렵지만 제 마음을 드러내지 말자고 다짐했다.

용은 비해당 뜰에서 곳비를 기다리고 있었다. 곳비는 편안한 얼굴로 용을 불렀다.

"왔소?"

용이 다가와서 곳비의 손을 잡았다.

"예."

곳비는 나머지 손을 용의 손 위에 포갰다. 용의 손은 차면서도 축축했다. 얼마나 초조한지 알 것 같았다.

"소식을 들었습니다."

"병력이 있긴 하지만 혹시 모르니 그대는 궁인들과 어머님 댁에 가 있으시오."

"수양 대군께서 오랜만에 오시지 않습니까? 제가 음식을 준비하겠습니다."

곳비는 미소까지 지으며 의연하게 말했다.

"내 마음이 안 놓이오."

"대군을 떠나고 제 마음은 놓이겠습니까?"

용은 어쩔 수 없다는 듯이 고개를 끄덕였다.

곳비는 부엌간으로 돌아와 음식 하나하나에 정성을 다했다. 다 된 음식은 제가 직접 담았다. 음식을 담으면서 용의 소망이 이루어지길, 이 밤이 무사히 지나가길, 수성궁 식구들이 무탈하길 기도했다.

비해당에 주안상을 차리고 곳비는 용과 바깥채까지 나와 수양 대군을 기다렸다. 용은 사병들을 매복시키고 제 명이 있기까지는 결코 수양 대군을 추포해서는 안 된다고 명했다. 용은 첩보가 잘못되었기를 진심으로 바랐다. 첩보가 잘못되었으리라는 희망을 놓지 않았다.

곳비가 용의 손을 잡았다. 용이 곳비에게 미소를 지었다. 두 사람이 서로에게 웃음을 지으며 서로를 안심시켰다.

시간이 초조하게 흘러가고, 마침내 수성궁을 향해 말발굽 소리가 다가왔다. 용은 곳비를 뒤로 하고 대문간으로 나갔다. 밖에서 사내가 어서 문을 열라며 대문을 부술 듯이 두드렸다. 용은 숨을 한 번 가다듬고 고개를 끄덕였다. 청지기가 걸쇠를 따는 동시에 사내가 대문을 밀고 들이닥쳤다.

"절재 대감께서 돌아가셨습니다."

사내가 피를 토하며 쓰러졌다.

2

절재 김종서 대감이 죽다니. 용은 믿을 수 없었다. 노복들이 사내를 부축하자 양 내관이 사내에게 사실인지 물었다. 사내는 틀림없는 사실이라고 했다. 용은 여전히 믿기지 않아 헛웃음마저 나왔다. 양 내관이 사내에게 자초지종을 물었다.

용의 바람대로 수양 대군이 수성궁을 침입하여 용을 도모한다는 첩보는 거짓이었다. 하지만 용이 희망하는 결말은 이루어지지 않았다. 수양 대군의 역공이었다. 수양 대군은 이중 첩자를 이용해 거짓 정보를 흘렸다. 수양 대군이 수성궁으로 쳐들어가 안평 대군을 죽이고, 임금이 머무르고 있는 영양위 정종의 집으로 가서 김종서와 황보인, 조극관, 이양 등이 안평 대군을 옹립하려는 역모를 꾀했다고 고변을 할 것이라는 첩보였다. 거짓 첩보에 따라 김종서 대감이 병력을 수성궁에 집중시킨 틈을 타서 수양 대군은 김종서 대감의 집으로 향했다. 김종서 대감의 아들 김승규가 수양 대군을 맞았고, 수양 대군은 김종서 대감이 나오기를 청했다. 김종서 대감이 수양 대군을 맞으러 나왔다.

─그동안 제가 안평에 대한 오해가 쌓여 격조했습니다. 모처럼 회포를 풀까 안평의 궁방으로 가는 도중, 사모뿔이 떨어지지 않았겠습니까? 떨어진 채로 가자니 오랜만에 아우를 보는데 체면이 서질 않

을 것 같아 사모뿔을 빌리러 왔습니다.

김종서 대감은 수양 대군의 의복에 가려진 갑주를 눈치챘지만, 모른 척했다.

—사모뿔을 빌리러 돈의문을 나와 고마동까지 오셨습니까? 누가 보면 핑계라 하겠습니다. 허허허.

—사실은 청이 있어 왔습니다. 글월로 준비하였으니 살펴봐주십시오.

수양 대군은 수하에게 편지를 가져오게 한 다음, 편지를 김종서 대감에게 전했다. 김종서 대감은 고개를 숙여 편지를 살폈다. 편지지에 내려앉은 달빛이 하얗게 부서졌다. 그 순간 수양 대군의 수하가 철퇴로 김종서 대감을 내리쳤다. 대감은 편지를 쥔 재 바닥에 쓰러졌다. 백호랑이의 검붉은 피가 하얀 편지지에 스며들었다.

"그럴 리 없다. 내 직접 확인해보겠다. 내 눈으로 절재 대감의 시신을 보고서야 믿겠다."

용은 김종서 대감 댁으로 가겠다고 했다. 충복들이 말렸지만 용은 고집을 꺾지 않았다.

"대감, 우선 몸부터 피하세요. 절재 대감 댁에는 소녀가 다녀오겠습니다. 노비로 변장하면 위험하지는 않을 거예요."

곳비가 나서자 용은 냉정을 찾았다. 수성궁 가솔들에게 재물이 될 만한 것들을 챙겨서 피신하라고 하였다. 수성궁 가솔들은 뿔뿔이 흩어졌다. 양 내관은 용을 따르겠다고 했다. 주 상궁과 가지를 비롯하여 궁녀들은 수성궁을 지키겠다고 했다.

"소인들은 소인들의 본분을 다할 터이니 대군께서는 안위를 도모하십시오."

"자네들을 두고 어찌 가겠느냐?"

"소인들은 선대왕을 모시던 궁인이옵니다. 역도들도 함부로 대하지 못합니다."

주 상궁이 결연한 눈빛으로 용을 안심시켰다.

용은 곳비와 함께 백부인 양녕 대군과 효령 대군의 궁방으로 가서 문을 두드렸지만 둘 다 용을 받아주지 않았다. 이미 수양 대군이 대궐을 장악하여 충신들을 죽이고, 수양 대군의 군사들이 도성 곳곳에서 용을 찾아다니고 있었다. 충복들은 성녕 대군의 집으로 피신하자고 했다.

"양부의 집이니 그들이 제일 먼저 그곳을 찾을 것이다."

용은 곳비와 일행을 데리고 인왕산으로 피신했다. 오늘은 산속에서 밤을 새울 작정이었다. 김종서 대감의 소식을 알아보러 도성으로 내려간 수하가 돌아왔다. 김종서 대감은 목숨을 부지하고 아들 승벽의 처가로 피신했지만 결국 발각되어 절명(絕命)하였다고 했다. 용은 주먹을 쥐며 울음을 삼켰다. 하루 만에 수양 대군의 천하가 되었다.

용은 곳비를 따로 불렀다. 아무렇지 않은 척 미소를 지으며 곳비의 손을 잡았다.

"곳비야, 해주로 가 있거라."

"대감은요?"

"나는 역도들을 따돌리고 가겠다."

곳비는 입술을 깨물었다.

"역도들이 우리를 찾고 있으니 흩어지는 편이 낫다."

곳비는 용의 곁에 있고 싶었지만 제가 있으면 용이 움직이는 데 방해가 될 것 같았다. 떠날 수도 남을 수도 없었다. 용은 곳비의 마음을 알아차렸다. 혼자 떠나서 안위를 도모하라고 하면 결코 떠나지 않을 곳비였다.

"이렇게 하자. 개경 서문 밖 주막에서 소식을 기다리거라. 내 역도들을 따돌리고 합류하여 우리 함께 이징옥 대감이 계시는 길주로 가자. 대감께 가서 후일을 도모하자꾸나."

"꼭 오시는 거지요?"

"꼭 가마."

"빨리 오시는 거지요?"

"빨리 가마."

"무탈하게 오시는 거지요?"

"무탈하게 가마."

"꼭 무탈하게 빨리 오셔요."

용이 고개를 끄덕이며 곳비를 꼭 안았다.

곳비를 보내고 용은 성녕 대군의 집으로 향했다. 충복들은 수성궁 다음으로 위험한 곳에 왜 가느냐고 물었다. 용은 해탈한 듯 웃음을 지으며 말했다.

"설마 형님이 나를 죽이시겠느냐?"

용은 결국 성녕 대군의 집에서 추포되었다.

곳비는 개경에 머무르며 내내 용을 기다렸다. 낮과 밤을 가리지 않았다. 서리가 내리면 서리를 맞고, 바람이 불면 바람을 맞았다. 개경에도 도성에 난리가 났다는 소식이 전해져왔다. 하지만 용은 오지 않았다. 김종서 장군이 죽었다는 소식도 전해졌다. 곳비는 용의 소식이 전해지지 않아 다행이라고 생각했다.

사흘이 지나고, 곳비는 금성 대군이 보낸 인편으로 용의 소식을 들었다. 용은 이미 강화로 유배되었으니 해주로 피신하여 살길을 도모하라는 전갈이었다. 용의 뜻이라고 하였다. 곳비는 곧장 강화로 향했다. 곳비에게 용 없이 살길은 없었다.

곳비가 강화에 도착했을 적에 용은 벌써 교동으로 거처를 옮긴 뒤였다. 곳비는 다시 교동으로 떠나려 했으나 밤이 깊어 배가 없었다. 곳비는 삼간초가 헛간 한 자리를 빌렸다. 며칠 밤을 새웠지만 오늘도 잠을 잘 수 없었다. 대신 많은 생각을 했다. 수양 대군이 충신들은 여럿 죽였지만 동복 아우는 죽이지 않을 것이다. 금성 대군이 전한 소식에 따르면, 역도들이 용을 역적으로 몰아 죽이려고 했지만 성상께서 결코 윤허하지 않으셨다고 하였다. 용은 목숨만은 부지할 것이다. 훗날 성상께서 장성하여 강건한 군주가 되시면 용은 해배될 것이다. 곳비는 그때까지 신분을 숨기고 근처에 거처를 얻어 용을 바라지 할 작정이었다.

'살아있으면 다시 만날 수 있다는 희망을 품을 수 있으니까. 그 희망이 내가 살아가는 힘이 되어줄 테니까.'

곳비는 오래전 용이 한 말을 떠올렸다. 오래전 용이 품었던 희망을 이제 곳비가 품었다. 곳비는 하늘을 바라보았다. 별이 많았다. 내일은 날이 맑을 모양이었다.

곳비는 다음 날 교동으로 왔다. 교동은 작은 섬이겠거니 했는데 강화보다 다니는 사람이 더 많았다. 아낙 하나를 붙잡고 안평 대군이 안치된 곳이 어디냐고 물었다.

"우리도 지금 구경 가는 길이라오. 같이 가요."

구경이라니. 곳비는 화가 치밀었지만 참고 말했다.

"왕자님께서 유배된 일이 무에 좋은 일이라고 구경까지 가시오?"

"왕자님은 무슨, 역적이 사사되는데 이보다 더 좋은 구경거리가 어디 있소?"

"사사라니요?"

"역적들과 손잡고 임금님을 내쫓고 자기가 임금이 되려고 했다잖소. 나라에 제일 큰 역적이니 죽어 마땅하지. 그래도 왕족이라고 목은 안 베고 사약을 준답디다."

사사. 곳비는 너무 놀라 헛구역질을 했다. 며칠 동안 먹은 것이 없어서 노란 쓴 물이 쏟아져 나왔다. 아낙이 곳비를 붙잡고 괜찮으냐고 물었다. 곳비는 아낙을 뿌리치고 사람들이 향하는 쪽으로 달려갔다.

사람들이 무리를 지어 가고 있었다. 곳비는 사람들 사이를 비집고 들어가 무리 앞쪽에 섰다. 대궐에서 나온 금부도사와 군졸이 보였다. 곳비는 길가로 움직여 금부도사 행렬을 앞지르려고 했다. 먼저 가서 용을 만나야 했다.

곳비는 금부도사를 앞지르면서 그의 얼굴을 곁눈질하였다. 익숙한 얼굴, 소영교였다. 곳비가 나리, 하고 부르려는 찰나 키 큰 사내가 나타나 곳비의 입을 막았다. 사내는 곳비를 데리고 구경꾼 무리사이로 숨어들었다. 곳비가 작은 몸으로 악을 쓰며 발버둥 쳤다.

"접니다."

승려로 분장한 금성 대군이 곳비와 눈을 맞추고 손을 뗐다.

"대감, 소 주서가 어찌 저기에 있습니까? 분명 우리 대감을 살려주려고 온 게지요?"

"쉿."

금성 대군은 곳비를 데리고 숲속으로 몸을 숨겼다.

금성 대군이 주위를 살피면서 조용히 이야기했다. 김종서가 용에게 보낸 시가 용이 역모를 꾀했다는 중대한 증좌가 되었고, 그 시를 수양 대군에게 전한 이가 소영교라고 했다. 그 덕분에 소영교는 금부도사로 승진하였다고 했다.

곳비는 오래전 비해당 서재에서 영교와 절재 대감의 시를 보던 일을 떠올렸다. 하지만 곳비는 믿을 수 없었다. 곳비가 오랫동안 알아온 소영교는 결코 용을 배반할 사람이 아니었다.

"가족이 중요하니까. 발이 늦은 수성궁 가솔들은 모두 추포되어 역도들의 노비가 되었습니다. 수성궁을 지키던 궁인들도 관비가 되었습니다. 조카와 성녕 대군 부부인께서도 유배되었고, 질부와 형님의 기첩들도 모두 관비가 되었습니다. 그중에 소 씨 여인과 그 가족들만 무사합니다. 어찌 가능하겠습니까?"

곳비는 쓰러지듯 주저앉았다가 다시 무릎을 꿇었다. 금성 대군의 바짓가랑이를 붙잡고 용을 살려달라고 했다. 금성 대군도 무릎을 꿇었다.

"미안합니다. 내 형님을 살릴 힘이 없습니다."

금성 대군은 추포된 용을 의금부에서 만난 일을 떠올렸다. 용은 의연하게 말했다.

　―날 위해 죽음을 자초하지 말거라. 너는 반드시 목숨을 보전하여 주상을 지켜드려야 한다.

　곳비가 일어섰다. 용에게 가서 용을 따르겠다고 하였다. 끝까지 용과 함께 하겠다고 하였다. 금성 대군이 곳비를 말렸다. 그럴수록 곳비는 더 악다구니를 썼다. 금성 대군이 양팔로 곳비를 붙잡았다.

　"아씨를 살리라는 것이 형님의 마지막 부탁이었습니다."

　"싫습니다. 대군이 가시는데 제가 살아서 무엇 합니까? 저와 대군, 아직 가례는 올리지 않았지만 부부의 연을 맺자고 약조한 사이입니다. 낭군께서 가시는데 어찌 저 혼자 살 길을 도모하겠습니까?"

　곳비가 금성 대군의 팔을 뿌리치며 발걸음을 옮겼다. 금성 대군이 곳비를 더욱 힘주어 잡았다.

　"놓으라고, 놓으라고."

　곳비는 제정신이 아닌 양 금성 대군을 할퀴며 소리쳤다.

　"곳비야, 정신 좀 차려!"

　금성 대군이 소리를 질렀다. 곳비가 멍한 눈으로 금성 대군을 올려다보았다.

　"형님 생각 먼저 하거라. 네가 와서 같이 죽겠다고 하면 얼씨구나 좋다 하시겠느냐? 네가 무사치 않은데 형님이 마음 편히 가시겠느냐?"

　"그럼 저는 어떡합니까?"

　"웃거라. 웃으면서 형님을 보내드리자. 제발 마지막 가시는 길은 편안히 보내드리자."

곳비가 울음을 그치고 바닥에 주저앉았다.

초가 근처에는 사람들이 많이 모여 있었다. 곳비는 쓰개치마를 단단히 여미고 금성 대군은 삿갓을 깊숙이 쓰고 구경꾼 무리 앞줄에 섰다. 곳비는 당장이라도 기절할 것만 같아서 입술을 세게 깨물었다. 핏물이 배어났지만 알아차리지도 못했다.

용은 뜰에 무릎을 꿇고 앉아 사약을 받았다. 용이 웃으며 영교를 올려다보았다. 영교는 잠시 시선을 피했다가 용을 쳐다보았다.

"자네, 후회하지 않는가?"

용이 영교와 눈을 맞추며 물었다.

"소중한 이들을 지켰으니 후회하지 않습니다."

영교가 무표정하게 대답했다.

곳비는 분노와 배신감에 저도 모르게 영교에게 달려들 뻔했다. 금성 대군이 곳비를 붙잡으며 진정시켰다.

용은 대궐이 있는 동쪽을 향해 사배를 올리고 사약을 마셨다.

"떠나기 좋은 날이군."

맑은 햇살에 용의 얼굴이 빛났다. 용은 미소 짓고 있었다. 영교는 군졸에게 물어 방에 불을 지폈는지 확인하고 용에게 명했다.

"죄인은 방 안으로 들어가시오."

곳비는 억장이 무너지는 듯하였다. 사약을 마셔도 바로 죽지 않았다. 사약을 받은 죄인은 독이 빨리 퍼지도록 뜨끈한 방에서 죽을 때까지 기다려야 했다. 그 기다림이 죽는 것보다 더 고통스러워 차라리 죽기를 바란다고 하였다. 곳비는 흐느끼기 시작했다. 사람들에게 혹 정체를 들킬까 봐 손으로 입을 꼭 막고 흐느꼈다.

용이 일어나 방 안으로 향했다. 초가 쪽마루에 올라섰다. 방으로 들어가려다 말고 걸음을 멈춘 용이 천천히 몸을 돌렸다. 고개를 들어 사방을 둘러보았다.

하늘과 바람과 빛과 나무…… 흙과 풀과 사람.

이 강산을 눈과 마음에 새기려는 듯 천천히 시선을 옮겼다. 그 눈에는 애정이 있었다. 그리움이 있었다. 그리고 한 여인이 있었다. 용은 구경꾼들 사이에서 제 여인을 찾아냈다.

'곳비야.'

용이 미소를 지었다.

'대군.'

곳비도 미소를 지었다.

"죄인은 서두르시오."

영교가 소리쳤다. 용은 웃는 얼굴로 곳비에게서 시선을 거두었다. 몸을 낮추고 굽은 등을 보이며 작은 문 안으로 사라졌다.

구경꾼들이 각자의 집으로 흩어졌다. 바람에 마른 잎이 흩날렸다. 늙은 노복 하나가 마당을 쓸었다.

떠난 자와 남은 자

1

4년 후, 세조 3년

계유정난 이후 수성궁 가솔들은 뿔뿔이 흩어졌다. 몇몇은 어딘가에 몸을 숨기고 살아남았지만 대부분은 잡혀서 관비가 되었다.

곳비는 금성 대군과 정현 옹주의 도움을 받아 한성을 떠났다. 두 사람에게 폐를 끼치지 않으려고 소식을 끊고 사찰에 몸을 의탁했다. 가족은 찾지 않았다. 제가 가족들 곁에 있으면 오히려 해가 될 것 같았다. 훗날 가족들의 소식을 알아보았으나 가족들은 이미 해주를 떠난 지 오래였다. 용과 연루되지 않기 위해 피신한 듯하였다. 곳비는 차라리 잘 되었다고 생각했다.

어린 임금은 수양 대군에게 왕위를 넘겨주고 상왕이 되었다가 노산군으로 강등되어 유배를 간 곳에서 결국 사사되었다. 금성 대군도 유배되었다가 유배지에서 어린 임금의 복위를 도모하다가 사사되었다.

정현 옹주는 수양 대군의 편에 선 남편 덕분에 무탈했다. 용을 배반한 소영교도 덕분에 승승장구했다. 곳비는 살아남았다. 살아남아서 죽은 듯이 살았고 산 듯이 죽었다.

곳비는 불당에서 마지막 기도를 올리고 일어섰다. 지난 몇 년간 피눈물을 흘리며 배포를 키우고 솜씨를 닦았다. 용과 함께 하였기에 지난 삶에 후회는 없었다. 용과 함께 할 것이기에 두려움도 없었다. 곳비는 불당에서 나와 산마루에 올라섰다. 수성궁이 있던 인왕산 자락으로 고개를 돌렸다.

"대군, 조금만 더 기다리십시오. 곧 가겠습니다."

곳비는 단도를 품고 산을 내려왔다.

곳비의 단검에 영교가 쓰러졌다. 복부에서 끈적끈적한 피가 흘러내렸다. 영교가 숨을 빠르게 내쉬며 곳비의 이름을 불렀다.

"곳비는 죽었소. 당신이 대군께 사약을 내밀던 그 순간 죽었다오."

곳비의 단도 끝에 영교의 심장이 있었다. 곳비는 칼끝을 영교의 심장으로 천천히 밀어 넣었다. 망설임은 없었다. 그저 안평 대군과 금성 대군의 한만큼 고통을 주고 싶었다. 영교가 칼날을 손으로 잡았다.

"대군께서 기다리시오."

"내 곧 대군을 따를 터이니 당신이 염려할 일이 아니오."

"대군, 살아, 계시오."

영교가 힘겹게 말을 내뱉고 눈을 감았다.

용이 곳비를 헤주로 떠나보낼 결심을 하기 전, 영교는 용을 찾아갔다. 영교는 수양 대군에게 붙어서라도 곳비를 지켜내겠다고 했다. 대군은 곳비를 위해 무얼 하겠느냐고 물었다. 용은 영교에게 무릎을 꿇으며 곳비를 지켜달라고 했다. 말이 아니라 가슴으로 약조해달라고 했다.

─수양 형님께 가서 살길을 도모해놓으시게. 만에 하나 내게 불행이 닥칠 때 자네 누이도 자네 가족도 곳비도 살릴 수 있을 걸세.

영교는 용의 당부대로 수양 대군에게 접근하여 신임을 얻으려고 했다. 물론 절재 대감의 시까지 전하며 용을 역도로 몰 생각은 없었다. 그땐 그저 누이를 살리기 위해서 무슨 짓이라도 해야 했다. 하지만 제 성급한 판단이 용을 죽음에 이르게 할 줄은 몰랐다.

수양 대군은 최측근만 데리고 은밀히 정변을 도모하였기에 영교는 용이 추포되고 나서야 수성궁의 소식을 들었다. 곳비는 찾지 못했다. 용이 강화로 유배된다는 소식만 들었다. 용이 사사된다는 소식을 듣고 영교는 차가운 바닥에 머리를 찧으며 피눈물을 흘렸다.

영교는 자청하여 금부도사가 되어 사약을 들고 교동으로 갔다. 곳비가 나타날지도 몰랐다. 곳비는 꼭 살려야 했다. 다행인지 불행인지 곳비는 나타나지 않았다.

용이 예상한 대로 용은 사약을 마셨고 영교는 살았다. 하지만 용이 예상하지 못한 바가 있었다. 영교는 용을 살렸다. 양 내관을 빼돌리고, 군졸을 매수하고, 약을 바꾸고, 용을 살려냈다. 관 속에서 깨어난 용은 화부터 냈다.

—이 사람, 곳비를 살려달라 하였더니 나를 살리면 어찌하는가?

—곳비 아씨를 살리기 위해서입니다. 대군이 사셔야 곳비 아씨도 삽니다.

영교는 용을 부둥켜안고 싶었지만 무심하게 말했다.

영교는 용과 양 내관과 곳비네 가족들을 명국으로 피신시켰다. 곳비가 금성 대군과 함께 있다고 하니 곧 찾아서 명국으로 보내겠다고 했다.

하지만 곳비를 찾는 데 시간이 너무 오래 걸렸다. 처음에는 금성 대군이 영교를 배신자라고 여겨 곳비를 내어주지 않았고, 나중에 오해가 풀린 후에는 곳비가 종적을 감추어 곳비를 찾을 수 없었다.

곳비가 영교의 뺨을 두드렸다. 영교가 눈을 떴다.

"대군이라면, 안평 대군이 살아계신다는 말이오?"

"예, 제가 모셔다드리겠습니다. 아씨를, 아씨를 대군께 모셔다드려야 저는 죽을 수 있습니다."

2

용이 조반을 먹고 방에서 나왔다. 마루에서 곳비의 어미와 곳비의 남동생 길개와 그 처와 아이들이 조반을 들고 있었다. 용이 밥상을 내려다보았다. 제 상에는 쌀밥과 생선 한 마리가 올라와 있었는데 이들의 상에는 조밥과 간장, 무김치밖에 없었다. 그동안은 곳비 어미가 조선에서 챙겨온 재물이 있어 연명하였는데 그도 바닥이 난 듯싶었다.

"앞으로 내 밥상에도 쌀밥 올리지 마오."

"아, 그럼 우리야 좋지요. 입맛이 하도 고급이라고 들어서……."

길개가 눈치를 주자 곳비 어미가 말을 멈추었다.

용이 마루를 내려가 신을 신으려다가 멈추었다. 명국에 온 이후 용과 곳비네 식구들은 신분을 철저히 감추고 이곳 사람들처럼 입고 이곳 사람들처럼 생활했다. 이곳 말까지 익혔으나 집 안에서 신을 신고 생활하는 것은 아직도 적응이 되지 않았다.

등 뒤에서 길개가 대감의 은혜를 잊지 말라며 곳비 어미를 나무랐다.

"마음에 담아두지 마시오. 내 곳비의 생사를 모르니 하도 답답하여 실언을 하였소."

"내 자식 잃은 마음을 어찌 모르겠소? 오늘도 아니 오면 내 직접 조선으로 가리다."

용이 일어서서 집을 나섰다.

"날이 춥습니다. 오늘은 일찍 들어오십시오."

등 뒤에서 길개의 목소리가 날아들었다.

용은 한 시진을 걸어 나루터에 도착했다. 하루도 빠지지 않고 이곳에서 곳비를 기다렸다. 강 너머 바다를 생각하며 꽃비를 맞고, 소나기를 맞고, 낙엽을 맞고, 눈을 맞으며 네 해를 보냈다.

영교에게 서신을 보냈으나 답신을 받지 못했다. 하도 먼 길이라 서신이 도착하지 않았는지, 영교의 답신이 도착하지 않았는지 모를 일이었다. 한 해를 기다리다가 양 내관을 조선으로 보냈지만 양 내관에게서도 소식이 없었다.

멀리서 배가 들어오고 있었다. 배를 타려는 사람들이 짐을 챙겼다. 용은 자리에서 일어나 배를 맞았다. 오늘도 곳비는 오지 않았다. 용은 자리에 주저앉았다. 진눈깨비가 흩날리더니 눈발이 굵어졌다. 함박눈이 쏟아졌다.

뱃사공이 와서 날이 궂어 배가 나가도 들어올 수 없으니 모두 돌아가라고 했다. 배를 타려고 한 사람들은 시끄럽게 불평을 쏟아내며 집으로, 객잔으로 돌아갔다. 용은 돌아가지 않았다. 하염없이 강만 바라보며 눈을 맞았다.

객잔에서 술을 한 잔씩 걸치고 나온 사람들이 용에게 오늘은 배가 없다며 일어나라고 했다. 어떤 이는 용을 일으켜주기도 했다.

용이 일어났다. 눈발이 세져 앞이 잘 보이지 않았다. 용은 얼굴에 붙은 눈을 털어내고 고개를 들었다. 눈송이가 날아다녔다. 곧 눈송이가 꽃비가 되어 춤을 추었다.

'곳비구나. 내가 가마. 조금만 기다리거라. 내가 가마.'

용은 조선으로 돌아가 곳비를 찾아야겠다고 결심했다. 집으로 가서 떠날 차비를 해야 했다. 용은 서둘러 걸음을 옮겼지만 길이 미끄러워 더디어졌다.

등 뒤에서 사내 둘이 오고 있었다. 용은 그들을 먼저 보내기 위해 옆으로 비켜섰다. 사내들이 용을 스쳐 지나갔다. 순간 용이 사내 하나의 팔을 붙잡았다. 사내가 용을 쳐다보았다.

용과 사내는 잠시 서로를 쳐다보았다. 두 사람의 눈에 눈물이 맺혔다.

"왜 눈을 맞고 다니느냐?"

용은 겉옷을 벗어 사내의 머리 위에 씌워주었다.

"오래 기다리셨습니까?"

사내가 말했다. 용은 가슴이 먹먹하여 잠시 답을 할 수 없었다.

"아니."

사내가 익숙한 미소를 지었다.

"오래 기다리지 않았소. 내 그대를 기다리는 일은 언제나 찰나와 같소. 사 년도, 사십 년도, 사백 년도 하루처럼 기다릴 수 있소."

용의 눈에는 눈물이 입가에는 미소가 떠올랐다. 사내도 웃음을 지으며 눈물을 흘렸다.

"단곳비, 이제야 낭군을 뵙습니다."

"이용, 이제야 부인을 만났소."

하늘에서 눈이 꽃잎처럼 쏟아졌다. 곳비가 용에게 팔을 뻗었다. 두 사람이 서로를 꼭 안았다.

〈끝〉

참고자료

단행본

김경임, 『사라진 몽유도원도를 찾아서』, 산처럼, 2013

김용숙, 『조선조 궁중 풍속 연구』, 일지사, 1987

박영규, 『환관과 궁녀』, 김영사, 2004

박현모, 『세종, 실록 밖으로 행차하다』, 푸른 역사, 2007

성현, 홍순석 역, 『용재총화』, 지식을 만드는 지식, 2009

신명호, 『궁녀』, 시공사, 2004

신명호, 『조선 왕실의 의례와 생활, 궁중문화』, 돌베개, 2002

유영봉, 『안평대군에게 바친 시』, 다운샘, 2004

이종묵, 『조선의 문화 공간 1』, 휴머니스트, 2006

한국정신문화연구원, 『세종 시대의 문화』, 태학사, 2001

황인희, 『궁궐 그날의 역사』, 기파랑, 2014

논문

이완우, 「안평대군의 문예 활동과 서예」, 『미술사학연구(구 고고미술)』, 247권,
　　　한국미술사학회, 2005, p. 73-115

이종묵, 「안평대군의 문학 활동 연구」, 『진단학보』, 93권, 진단학회, 2002,
　　　p. 257-275

기타

조선왕조실록 https://sillok.history.go.kr/main/main.do